NORA ROBERTS

Lieutenant Eve Dallas - 28

Promesses du crime

Traduit de l'américain par Sophie Dalle

J'AI LU

Titre original :

PROMISES IN DEATH
Éditeur original :
G.P. Putnam's sons, published by the Penguin Group

Prologue

Son sort se joua à l'instant précis où elle décrocha le communicateur. Un mélange de plaisir et d'excitation la submergea tandis qu'elle abandonnait tout projet d'une soirée tranquille à la maison. Le geste gracieux et efficace, elle s'habilla rapidement et rassembla ses affaires.

Elle traversa son appartement en commandant la baisse des éclairages, puis revint brancher le petit chaton droïde, cadeau de son amant.

Elle l'avait baptisé Sachmo.

Il miaula, cligna des yeux et se roula en boule. Elle le gratifia d'une caresse affectueuse.

— Je reviens bientôt, murmura-t-elle, sans se douter qu'elle ne tiendrait pas sa promesse.

Tout en ouvrant la porte, elle jeta un dernier coup d'œil derrière elle, sourit à la vue du somptueux bouquet de roses sur le guéridon près de la fenêtre donnant sur la rue. Et eut une pensée pour Li.

Elle ferma à clé derrière elle pour la toute dernière fois.

Par habitude, elle emprunta l'escalier. Mince et athlétique, les yeux bleu foncé, elle avait un joli visage encadré de cheveux blonds qui lui frôlaient les épaules. À trente-trois ans, elle était heureuse de vivre et d'explorer les méandres de l'amour avec un homme qui la comblait de fleurs et de présents.

New York, cette vie, ce soupirant ouvraient un nouveau chapitre qu'elle se contentait de découvrir page après page.

Elle oublia momentanément son bonheur pour se concentrer sur le présent. Moins de dix minutes après l'appel, elle abordait au pas de course la troisième volée de marches.

Un instant lui suffit pour enregistrer le mouvement de son agresseur quand celui-ci surgit devant elle. Elle eut même le temps de le reconnaître. Mais pas assez... pas tout à fait assez pour lui parler avant de s'affaisser.

Elle reprit connaissance dans un sursaut, sentit des odeurs de peau brûlée et de sang, émergea des ténèbres dans la lumière. Le stunner l'avait paralysée, mais son esprit restait lucide. Prisonnière de la carcasse de son corps, elle lutta. Elle plongea le regard dans celui de son tueur. Un regard ami.

— Pourquoi ?

La question était à peine audible, mais elle se devait d'être posée. Il y avait forcément une réponse. Il y avait toujours une réponse.

Elle l'obtint en rendant son dernier souffle dans un sous-sol, cinq étages sous son bel appartement où les roses rouges s'épanouissaient et où un chaton dormait en ronronnant.

1

Eve pénétra dans la cabine de séchage. Paupières closes, elle savoura son plaisir. Elle avait réussi à dormir huit heures d'affilée et s'était réveillée suffisamment tôt pour s'offrir une séance de ce qu'elle appelait son « aquathérapie » personnelle.

Trente longueurs de piscine, une halte dans le bain à remous, une douche chaude de vingt minutes. Quel meilleur moyen de commencer la matinée ?

La journée précédente s'était révélée particulièrement fructueuse avec une affaire close en deux heures. Le coupable avait tué son *meilleur ami* et tenté de faire passer ce crime pour une attaque dont ils avaient été victimes tous les deux ; le hic, c'était qu'il avait au poignet la montre gravée du défunt.

Elle s'était ensuite rendue au tribunal pour témoigner à propos d'une enquête plus ancienne. L'avocat de la défense avait eu beau parlementer, poser et pontifier, il n'avait pas réussi à la déstabiliser.

Pour couronner le tout, elle avait dîné à la maison, puis regardé une vidéo en compagnie de son mari. Et fait l'amour avec enthousiasme avant de sombrer dans un sommeil profond.

Décidément, en ce moment, la vie était belle.

En fredonnant, elle attrapa le peignoir accroché derrière la porte – et se figea. Fronçant les sourcils, elle l'examina attentivement. Il était court, soyeux, couleur cerise noire.

Elle était absolument certaine de ne l'avoir jamais vu auparavant.

Elle haussa les épaules, l'enfila et entra dans la chambre.

Il existait toutes sortes de moyens d'améliorer une matinée bien commencée, songea-t-elle, et celui qui figurait en haut de la liste était là, devant elle. Connors buvait son café dans le coin salon tout en étudiant les cours en Bourse qui s'affichaient sur l'écran mural.

Ah ! ces mains qui avaient enchanté leur nuit ! L'une tenait une tasse, l'autre caressait distraitement leur énorme mollusque de chat, Galahad, dont les yeux bicolores exprimaient une extase absolue. Eve comprenait.

Cette bouche superbement sculptée l'avait transportée, enflammée, puis laissée alanguie et satisfaite.

Ils étaient mariés depuis presque deux ans, pensa-t-elle, et leur passion ne montrait pas le moindre signe de lassitude. Comme pour le prouver, son cœur fit un bond lorsqu'il tourna la tête et accrocha son regard.

Ressentait-il la même émotion ? se demanda-t-elle.

Un sourire illumina ce visage dont les dieux devaient se féliciter chaque jour.

Il se leva et s'approcha d'elle de sa démarche souple, prit son visage entre ses mains avant de réclamer ses lèvres.

— Café ? demanda-t-il.

— Volontiers. Merci.

Flic de choc à la tête de la Criminelle, elle se considérait comme une dure à cuire. Pourtant, à cet instant, ses jambes se dérobaient sous elle.

— Nous devrions prendre quelques jours de vacances, déclara-t-elle tandis qu'il programmait l'autochef. En juillet, par exemple. Pour fêter notre anniversaire de mariage. Si tu peux te libérer entre deux acquisitions planétaires.

— C'est drôle que tu en parles aujourd'hui.

Il posa le café sur la table ainsi que deux assiettes. Apparemment, il avait opté pour des œufs au bacon. Sur le canapé, Galahad tressaillit et ouvrit les yeux.

— Non ! gronda Connors.

Le chat se retourna lourdement.

— Je songeai à quelques semaines, reprit-il.

— Quoi ? Nous ? Quelques *semaines* ? Je ne peux pas…

— Je sais, je sais. En juillet 2060 New York sombrerait dans la criminalité et la ville serait réduite en cendres fumantes si le lieutenant Dallas n'était pas là pour servir et protéger ses concitoyens, répliqua-t-il avec ce léger accent irlandais qui ajoutait à son charme.

Il souleva le chat inerte et le déposa sur le sol afin qu'Eve puisse s'installer sur le divan.

— Possible, marmonna-t-elle. Du reste, je ne vois pas comment tu pourrais t'accorder un si long congé quand tu diriges quatre-vingt-dix pour cent des entreprises de l'univers connu.

— Cinquante, pas davantage, contesta-t-il. Mais à quoi bon posséder tout cela, Eve chérie, si je ne peux jamais profiter d'un moment avec toi, loin de ton travail et du mien ?

— Je pourrais sans doute m'absenter une semaine.

— Je pensais plutôt à quatre.

— *Quatre ?* Quatre semaines ? Ça fait un *mois* !

Il la dévisagea d'un œil rieur.

— Vraiment ? Ma foi, tu as raison…

— Je ne peux pas. Un mois, c'est… un mois. Dix jours, à la limite, mais…

— Trois semaines.

Elle plissa le front.

— À deux reprises cette année, nous avons dû annuler nos projets de week-end, lui rappela-t-il. Une fois à cause de ton boulot, une fois à cause du mien. Trois semaines.

— Pas plus de deux, en admettant que…

— Deux et demi, trancha-t-il en lui tendant une fourchette. On partage la différence. Tes œufs vont refroidir.

Elle avait arraché des aveux à des tueurs sans pitié, tiré les vers du nez de voyous corrompus, mais jamais elle n'aurait le dessus dans une négociation avec Connors.

— Où irions-nous ?

— Où souhaites-tu aller ?

Elle sourit. Tant pis si elle n'était pas la plus forte.

— Je vais y réfléchir.

Après avoir mangé, elle s'habilla, ravie de s'être autorisé pour une fois à prendre son temps. En accrochant son harnais, elle se dit qu'elle allait même s'offrir une dernière tasse de café avant de filer au Central.

Son communicateur bipa. Elle l'extirpa de sa poche et passa aussitôt en « mode flic ».

Connors observa la transformation. Cela le fascinait toujours de voir ces yeux d'ambre se vider de tout sentiment. Elle se tenait parfaitement droite, grande et mince, ses longues jambes écartées fermement plantées sur le sol. Impassible.

— Dallas.

— Dispatching à Dallas, lieutenant Eve. Incident au 525, 23e Rue Ouest. Sous-sol d'un immeuble d'appartements. Homicide possible, individu de sexe féminin.

— Bien reçu. Suis en route. Contacter Peabody, inspecteur Delia. Rendez-vous sur le site.

— Au moins, tu auras déjeuné, commenta Connors tandis qu'elle fourrait l'appareil dans sa poche.

Il suivit de l'index la fossette qu'elle avait au menton.

— Tant pis pour ma dernière tasse de café.

Les rues étaient encombrées. Le printemps, saison des jonquilles et des nuées de touristes, songea Eve en se faufilant dans la circulation. Elle atteignit enfin la Septième Avenue et put foncer sans ralentir pendant plusieurs minutes. Elle roulait vitre baissée et l'air ébouriffait ses courts cheveux châtains.

Des odeurs d'œufs frits et de mauvais café émanaient des glissa-grils, un nuage de poussière jaillit tandis qu'une équipe d'ouvriers attaquait un bout de trottoir au marteau-piqueur. Le bruit des machines, la cacophonie des avertisseurs à l'approche d'un nouveau bouchon, le martèlement des chaussures des piétons qui traversaient, tout cela concourait à créer la musique urbaine qu'elle aimait.

Elle avisa plusieurs vendeurs à la sauvette – munis ou non d'une licence – qui installaient leurs tréteaux dans l'espoir d'attirer travailleurs ou promeneurs. Casquettes et tee-shirts avaient remplacé les gants et écharpes de l'hiver. Sur les marchés, fruits et fleurs s'offraient à la vue, étalages colorés destinés à nourrir le corps et l'esprit.

Un travesti d'un bon mètre quatre-vingt-cinq trottinait sur des talons aiguille bleus. Il rejeta en arrière sa crinière blonde tout en palpant délicatement un melon. Immobilisée au feu rouge, Eve vit une femme minuscule, au moins centenaire, garer son scooter à la hauteur de l'étrange créature décolorée. Toutes deux se mirent à discuter aimablement tandis qu'elles sélectionnaient leurs fruits.

Il fallait aimer New York, songea Eve en redémarrant au vert. Ou en ficher le camp.

Elle poursuivit sa route jusqu'à Chelsea, sur la même longueur d'onde que sa ville.

Parvenue devant le 525, elle se gara en double file et alluma son panneau EN SERVICE, ignorant les invectives et les gestes grossiers de ses concitoyens. À New York, la vie et la mort étaient rarement un long fleuve tranquille.

Elle accrocha son insigne à sa veste, sortit du coffre son kit de terrain et aborda l'agent en uniforme devant l'entrée principale.

— Qu'est-ce qu'on a ?

— Un cadavre au sous-sol, sexe féminin, environ trente ans. Pas de carte d'identité, pas de bijoux, pas de sac, rien. Elle est habillée, ce ne serait donc pas un crime sexuel, expliqua-t-il tout en la conduisant sur les lieux. Un des locataires et son fils l'ont découverte quand ils sont descendus chercher le vélo du gamin dans leur box. Le père nous a alertés. Il pense qu'elle habite ici ou dans les parages. Il a l'impression de l'avoir déjà vue mais n'en est pas certain. Il a tout de suite sorti son fils de là et n'a pas pris le temps de bien regarder.

Ils descendirent un escalier en métal.

— Pas d'arme du crime, mais elle a des brûlures ici, enchaîna le policier en indiquant sa carotide. On dirait qu'elle a été neutralisée au pistolet paralysant.

— Je veux que deux de vos collègues quadrillent le voisinage. Qu'ils frappent à toutes les portes. Qui a vu quoi et quand. Tenez le témoin et son gosse à disposition. Leurs noms ?

— Burnbaum, Terrance. Le garçon s'appelle Jay. Appartement 302.

Eve salua d'un signe de tête les deux flics qui sécurisaient le périmètre et mit son magnétophone en marche.

— Dallas, lieutenant Eve, sur la scène du 525, 23e Rue Ouest. Ma partenaire est en route. Puis, s'adressant aux deux flics :

— Voyez si le gérant est dans le coin. Si oui, je veux lui parler.

Elle commença par scruter les lieux. Sol en béton, box fermés, tuyaux, toiles d'araignée. Pas une fenêtre, pas une issue. Pas de caméras.

— Je vais avoir besoin des disques de sécurité des entrées et des cages d'escalier.

Elle ouvrit sa mallette et entreprit de s'enduire les mains de Seal-It. On avait attiré la victime jusqu'ici, pensa-t-elle. Ou traîné de force. Peut-être l'avait-on eue par surprise.

Elle examina le corps. Plutôt mince mais musclé. La tête tournée sur le côté, un rideau de cheveux dorés masquant le visage. La chevelure était lisse et brillante, les vêtements de bonne qualité, les ongles manucurés.

Cette fille ne venait pas de la rue.

— La victime gît sur le flanc gauche, le dos vers l'escalier. Aucune empreinte visible sur le sol. Burnbaum a-t-il bougé le corps ?

— Il affirme que non. Il dit qu'il s'est précipité vers elle pour lui prendre le pouls. Son poignet était froid, il a tout de suite compris. Il s'est empressé de déguerpir avec le fiston.

Eve contourna le corps, s'accroupit. Une alarme se déclencha quelque part dans son cerveau tandis qu'un sentiment d'appréhension la submergeait. Elle souleva la chevelure. L'espace d'un instant, tout se figea.

— Merde ! C'est l'une des nôtres.

Le collègue s'avança d'un pas.

— Elle est flic ?

— Oui. Coltraine, Amaryllis. Vite, lancez une recherche. Donnez-moi une adresse. Inspecteur Coltraine. Nom de nom !

Morris... Bordel !

— Elle est domiciliée ici, lieutenant. Appartement 405.

Eve vérifia les empreintes parce que c'était la procédure. La nausée qui l'avait saisie vira à la rage.

— Identification : Coltraine, inspecteur Amaryllis. Département de police de New York. Domiciliée ici même, appartement 405, dicta-t-elle.

Elle souleva le pan de la veste.

— Où est votre arme, Coltraine ? Où est ce putain de revolver ? S'en sont-ils servi contre vous ? Vous ont-ils abattue avec votre propre pistolet ? Pas de traces de lutte visibles, pas de vêtements déchirés. Aucun signe de violence hormis les brûlures à la gorge. Il a pointé votre propre canon sur vous, c'est ça ? À la puissance max.

Quelqu'un dévala l'escalier. Eve leva la tête et reconnut sa coéquipière.

Peabody paraissait fraîche comme une rose. Ses cheveux noirs dansaient autour de son visage carré. Elle arborait des chaussures assorties à son blazer rose fuchsia – un choix qu'Eve n'aurait pas manqué de railler en d'autres circonstances.

— Sympa de leur part d'avoir attendu presque le début du service ! lança Peabody d'un ton enjoué. Qu'est-ce qu'on a ?

— C'est Coltraine.

— Qui ?

Peabody s'avança de quelques pas et blêmit.

— Ô mon Dieu ! Mon Dieu ! C'est la... Morris. Oh, non !

— Sa propre arme pourrait être celle du crime. Si elle est ici, nous devons la retrouver.

— Dallas.

Les yeux de Peabody s'étaient voilés de larmes. Eve comprenait : elle-même avait la gorge nouée. Cependant, elle secoua la tête.

— Nous pleurerons plus tard.

Elle se tourna vers l'uniforme.

— Montez avec un homme vérifier que son appartement est vide. Tout de suite.

— Oui, lieutenant.

Dans sa voix, Eve perçut une colère qui reflétait la sienne.

— Dallas, comment allons-nous lui annoncer la nouvelle ?

— Pour l'heure, on se concentre sur le présent. Cherchez son arme, son holster, tout ce qui pourrait lui appartenir. Occupez-vous de la scène, Peabody. Je me charge du corps.

Ses mains ne tremblaient plus. Elle sortit ses instruments et se mit à l'ouvrage. En ignorant délibérément la question qui la taraudait. Comment allait-elle s'y prendre pour déclarer au légiste en chef, Morris, son ami, que la femme qu'il aimait était morte ?

— Heure du décès : 23 h 40.

Lorsqu'elle eut terminé, elle se leva.

— Alors ? s'enquit-elle auprès de Peabody.

— Rien. Si l'assassin a voulu dissimuler l'arme ici, les cachettes ne manquent pas.

— Les techniciens passeront l'ensemble au peigne fin… Nous devons interroger l'homme qui a prévenu la police et son fils. Ensuite nous inspecterons son logement. On ne peut pas la faire transporter à la morgue avant que Morris soit au courant. Laissez-moi réfléchir, marmonna Eve en fixant le mur. Voyez à quelle heure il prend son service. Nous ne…

— Les uniformes savent qu'un flic est tombé, Dallas. La rumeur va se répandre très vite. Si Morris a vent de…

— Merde. Vous avez raison. Prenez le relais. Les collègues sont avec le locataire et son fils, appartement 302. Commencez par eux. Et ne laissez personne emporter la dépouille.

— Comptez sur moi. Ah ! enchaîna-t-elle en parcourant le texte qui venait de s'afficher sur son mini-ordinateur. Morris travaille de midi à 20 heures.

— Je file chez lui.

— Seigneur, Dallas ! fit Peabody d'une voix tremblante. Seigneur !

— Si vous en avez fini avec les témoins avant mon retour, allez fouiller l'appartement. Minutieusement, Peabody. Contactez la DDE mais accordez-moi quelques minutes d'avance. Rassemblez toutes les données possibles. Confisquez les disques de sécurité. Ne...

— Dallas, interrompit sa partenaire avec douceur, je sais ce que je dois faire. C'est vous qui m'avez tout appris. Vous pouvez avoir confiance en moi.

— Je sais, je sais, souffla Eve, le cœur serré. Comment est-ce que je vais lui annoncer ? Que lui dire ?

— Ce sera difficile de toute façon.

— Je vous appelle... tout de suite après.

Peabody lui prit la main et la serra très fort.

— Dites-lui... si c'est possible... que je suis désolée. Profondément désolée.

Eve opina et se dirigea vers l'escalier. Le tueur l'avait gravi, il avait franchi cette même porte. Elle rouvrit sa mallette. Pour retarder l'épreuve qui l'attendait ? Par conscience professionnelle ? Elle chaussa une paire de microlunettes pour examiner la serrure et le chambranle. Pas de signe d'effraction.

Il avait pu se servir de la carte électronique de Coltraine. À moins qu'il ne soit déjà caché dans les lieux à son arrivée.

Bon Dieu, elle ne *voyait* pas la scène ! Elle avait l'esprit trop embrouillé. Elle gagna le rez-de-chaussée pour inspecter l'issue à l'arrière de l'immeuble. Elle observa la caméra située juste au-dessus. Puis elle ferma la porte et la sécurisa tandis que l'un des uniformes la rejoignait en courant.

— L'appartement est vide, lieutenant. Le lit est fait, pas de vaisselle qui traîne. Tout est impeccablement rangé. Les éclairages fonctionnaient en mode tamisé. Elle... euh... elle avait un chaton droïde. Il dort.

— Avez-vous vu son arme ? Son insigne ?

Il serra les mâchoires.

— Non, lieutenant. Nous avons repéré un coffre dans l'armoire de la chambre, suffisamment grand pour accueillir deux revolvers et leurs holsters. Il était vide. Quant à l'insigne, nous n'avons pas cherché partout, mais…

— Que faites-vous du vôtre quand vous n'êtes pas en service agent… Jonas ?

— Je le pose sur ma table de chevet.

— Mouais. L'arme dans le coffre, l'insigne sur la table de chevet. Facile d'accès. L'inspecteur Peabody prend en charge la suite des opérations sur place. Sous aucun prétexte vous ne devez communiquer le nom de la victime, vous m'entendez ? Attendez que je vous en donne l'ordre. C'est clair ?

— Oui, lieutenant.

— La victime est des nôtres. Elle mérite ce respect-là.

— Oui, lieutenant.

Eve émergea sur le trottoir et aspira une grande goulée d'air. Levant les yeux, elle contempla les nuages qui commençaient à obscurcir le ciel.

Elle se dirigea vers son véhicule, l'ouvrit à distance. Coincé juste derrière, un conducteur courroucé passa la tête par la vitre de sa voiture en brandissant le poing.

— Connard de flic ! hurla-t-il. Vous croyez que la rue vous appartient ou quoi ?

Eve s'imagina se ruant sur lui pour lui défoncer la figure. Parce qu'un de ces flics qu'il insultait gisait sans vie sur le béton d'un sous-sol.

Son ressentiment dut se lire dans son regard. Le conducteur remonta précipitamment sa vitre et verrouilla ses portières.

Elle le fixa un instant, le regarda se ratatiner derrière son volant. Puis elle monta dans son propre véhicule.

À l'aide de l'ordinateur de bord, elle chercha les coordonnées de Morris. Curieux, songea-t-elle. Elle n'était jamais allée chez lui. Elle le considérait pourtant comme un bon ami. Mais ils se voyaient rarement en dehors du travail. Pourquoi ?

Parce que, pour elle, les mondanités étaient aussi pénibles qu'une visite chez le dentiste ? Possible.

Il avait une passion pour la musique, notamment le jazz et le blues. Il jouait du saxophone, s'habillait comme une star du rock branché et s'intéressait à quantité de choses futiles.

Il alliait le sens de l'humour à une grande profondeur. Avait un immense respect pour les morts. Et une infinie compassion pour ceux qui restaient.

Et voilà que la femme qu'il… l'avait-il aimée ? Peut-être. Peut-être. En tout cas, il avait certainement eu beaucoup d'affection pour cette femme, ce flic qui venait de perdre la vie. À présent, c'était lui qui restait.

Une pluie fine se mit à tomber. Si elle persistait, les marchands à la sauvette surgiraient de partout pour vendre des parapluies. Magie du commerce new-yorkais. La circulation ralentirait, les piétons accéléreraient le pas. Pendant un temps, les rues luiraient comme des miroirs sombres. Les dealers remonteraient leur capuche et continueraient à traiter leurs affaires en douce, ou se réfugieraient sous un porche jusqu'à la fin de l'averse. Si la pluie durait plus d'une heure, trouver un taxi se révélerait plus difficile que chercher une aiguille dans une botte de foin.

Dieu bénisse New York jusqu'à ce qu'elle vous dévore vivant !

Morris vivait dans le quartier de Soho. Elle aurait dû s'en douter. Cet homme qui avait choisi de soigner les morts avait une âme d'artiste.

Il avait un pendu tatoué sur le bras. Eve l'avait aperçu par inadvertance en l'appelant au milieu de la nuit : il n'avait pas pris la peine de bloquer la vidéo.

Il était craquant. Pas étonnant que Coltraine…

Ô Seigneur ! Seigneur !

Pour retarder l'instant fatidique, elle se mit en quête d'une place de stationnement. Elle parvint enfin à se garer à trois pâtés de maison de chez Morris.

Arrivée chez lui, elle leva la main pour appuyer sur la sonnette, s'arrêta dans son élan. Il la verrait sur son écran, il lui demanderait la raison de sa visite. Elle se servit de son passe-partout pour entrer dans le hall.

Elle prit l'escalier. Que dire ? Pas question de se contenter du discours standard : *J'ai le regret de vous informer... Je vous présente mes condoléances...* Pas avec Morris. Priant pour que l'inspiration lui vienne, elle sonna.

Un frémissement la parcourut. Son cœur battait la chamade. Elle entendit le cliquetis des verrous, vit la lumière passer du rouge au vert.

Il ouvrit la porte et lui sourit.

Ses cheveux tombaient sur ses épaules. Elle les avait toujours vus attachés en catogan. Il était en pantalon et tee-shirt noirs, et paraissait mal réveillé. Sa voix était ensommeillée lorsqu'il la salua.

— Dallas. Voilà qui est inattendu.

Elle le sentit intrigué. Pas du tout inquiet. Encore une ou deux secondes, pensa-t-elle, avant de lui briser le cœur.

— Je peux entrer ?

2

Les murs étaient couverts d'œuvres d'art, un mélange éclectique de toiles aux couleurs audacieuses et aux formes étranges, et de dessins au crayon de femmes plus ou moins dénudées.

L'espace était vaste, composé d'une cuisine noir et chrome ouverte sur un coin salle à manger rouge profond qui se prolongeait par un salon. Un escalier métallique menait à l'étage en mezzanine.

Coupes, bouteilles, pierres rares et photos se bousculaient pour une place d'honneur entre les livres – pas étonnant que Morris et Connors s'entendent si bien –, les instruments de musique, les sculptures de dragons, un petit gong en bronze et ce qui ressemblait furieusement à un véritable crâne humain.

Sans la quitter des yeux, Morris lui indiqua un long divan dépourvu d'accoudoirs.

— Asseyez-vous donc. Je peux vous offrir un café passable. Nettement moins bon que celui auquel vous êtes habituée.

— Non, ça ira.

Elle aurait volontiers accepté n'importe quoi pour retarder le moment fatidique. Morris lui prit la main.

— Qui est mort ? L'un des nôtres… Peabody…

— Non. Peabody est… non. Morris, il s'agit de l'inspecteur Coltraine.

À son expression, elle sut qu'il n'avait pas compris, qu'il n'avait pas établi le lien entre la question et sa réponse. Elle opta pour la seule solution possible : elle lui plongea le couteau dans le cœur.

— Elle a été tuée hier soir. Elle est morte, Morris. Partie pour toujours. Je suis désolée.

Il lui lâcha la main, recula d'un pas. Comme si, en brisant le contact, le cauchemar s'arrêterait.

— Ammy ? Vous parlez d'Amaryllis ?

— Oui.

— Mais…

Il s'interrompit abruptement. Eve savait quelles étaient ses interrogations : était-elle certaine ? Ça ne pouvait pas être une erreur ? Mais il la connaissait, et ne perdit pas son temps à poser des questions dont il connaissait la réponse.

— Comment ?

— Asseyons-nous.

— Je veux savoir comment.

— On l'a assassinée. Avec son arme de service, semble-t-il. Les deux qu'elle possédait ont disparu. Nous les cherchons. Morris…

— Non. Pas encore.

Son regard s'était vidé de toute expression, son visage était un masque.

— Dites-moi ce que vous savez.

— Pas grand-chose. Un de ses voisins et son fils l'ont découverte ce matin dans le sous-sol de son immeuble. On estime à 23 h 40 l'heure du décès. Pas de traces de lutte. Aucune lésion visible hormis les traces de brûlure du pistolet paralysant sur la gorge. Elle n'avait rien sur elle : ni papiers d'identité, ni bijoux, ni sac, ni insigne, ni revolver. Elle était entièrement vêtue.

Il eut un tressaillement, et elle comprit. Un meurtre assorti d'un viol paraissait encore pire.

— Je n'ai pas encore visionné les disques de sécurité parce que je souhaitais vous parler d'abord. Peabody est sur les lieux.

— Il faut que je me change. Je dois aller la voir.

— Non. Dites-moi en qui vous avez le plus confiance parmi vos collègues, et je m'arrangerai pour qu'il procède à l'autopsie. Vous ne toucherez pas à ce corps.

— Ce n'est pas à vous d'en décider. Je suis le médecin légiste en chef.

— Et moi, la responsable de cette enquête. Vous savez aussi bien que moi que votre relation avec la vic... avec l'inspecteur Coltraine vous impose de vous tenir à l'écart. Réfléchissez, Morris. Pour son bien autant que pour le vôtre, vous devez confier cette tâche à un confrère.

— Vous croyez que je vais rester là sans rien faire pendant qu'un autre l'examine ?

Il se tourna vers l'escalier et elle le saisit par le bras.

— Vous n'interviendrez pas, Morris. Je vous en empêcherai. Frappez-moi, hurlez, jetez-moi un objet à la figure si vous avez envie de vous défouler. Mais je ne vous laisserai pas faire. Désormais, Amaryllis est aussi à moi.

Ses yeux devinrent noirs de rage. Eve se prépara à recevoir un coup, mais la colère céda la place au chagrin. Cette fois, quand il pivota, elle le laissa aller.

Il s'approcha de l'immense baie vitrée surplombant le tohu-bohu de Soho. Il posa les mains sur le rebord, s'appuya sur ses bras, car ses jambes se dérobaient sous lui.

— Clipper, déclara-t-il d'une voix éraillée. Ty Clipper. Je veux qu'il s'occupe d'elle.

— J'y veillerai.

— Elle portait toujours une bague au majeur de la main droite. Une tourmaline carrée, rose, encadrée de minuscules languettes vertes. Un anneau en argent. Un cadeau de ses parents pour ses vingt et un ans.

— Entendu.

— Vous avez dit qu'on l'avait trouvée au sous-sol. Elle n'avait aucune raison de s'y rendre.

— Il y a des box.

— Elle n'en possédait pas. Elle m'a dit un jour que le prix de location était exorbitant. Je lui ai alors proposé d'entreposer des affaires chez moi si elle le souhaitait, mais elle n'avait pas encore eu le temps d'accumuler des objets inutiles depuis son arrivée à New York. Que fabriquait-elle là ?

— Je le découvrirai. Je vous le promets. Morris, je vous promets que je découvrirai qui a fait ça, et pourquoi.

Il hocha la tête, mais demeura le dos tourné.

— Quand on a des liens avec des flics – amis, amants ou collègues –, une partie de soi est consciente du risque de cet engagement. J'en sais quelque chose. Il faut ignorer la peur pour pouvoir maintenir ces liens. On sait que le risque est là, pourtant, quand ça vous tombe dessus, cela paraît impossible.

Il pivota lentement vers Dallas.

— Impossible, répéta-t-il. Qui connaît la mort mieux que moi, que nous ? Elle était si vivante. Aujourd'hui, elle n'est plus.

— Un salopard lui a ôté la vie. Je le trouverai.

Il revint vers le canapé, s'y laissa tomber.

— J'étais en train de tomber amoureux d'elle. Je le sentais. Nous voulions prendre tout notre temps, savourer chaque instant. Nous apprenions à nous connaître. J'en étais encore au stade où dès qu'elle entrait dans la pièce, dès que j'entendais sa voix ou que je sentais son parfum, mon cœur s'emballait.

Il se cacha le visage entre les mains.

Consoler ceux qui souffrent n'était pas le fort d'Eve. Peabody aurait su quels mots employer, quel ton adopter. Elle ne pouvait que suivre son instinct. Elle se rapprocha de lui.

— Dites-moi ce que je peux faire pour vous, et je le ferai. Dites-moi ce dont vous avez besoin, et je l'obtiendrai. Li…

Était-ce le fait de l'avoir appelé par son prénom pour la première fois ? Il se tourna vers elle, et elle le serra dans ses bras. Il ne tenta pas de s'écarter et garda la joue pressée contre celle d'Eve.

— Je veux la voir.

— Je sais. Accordez-moi un peu de temps. Nous allons prendre soin d'elle pour vous.

— Vous devez m'interroger, fit-il en s'écartant. Branchez votre magnétophone.

— D'accord.

La routine, se dit-elle. N'était-ce pas une forme de réconfort ?

— Où étiez-vous hier soir entre 21 heures et minuit ?

— J'ai travaillé pratiquement jusqu'à minuit, j'avais de la paperasse en retard. Ammy et moi avions prévu de nous échapper quelques jours la semaine prochaine. Un long week-end à Memphis. Nous avions réservé une chambre dans une vieille auberge. Nous avions l'intention de visiter Graceland et d'écouter de la musique. J'en ai discuté avec plusieurs collègues. Je peux vous donner leurs noms.

— Inutile. Je vérifierai. Vous a-t-elle parlé de ses enquêtes en cours ? De personnes au sujet desquelles elle avait des inquiétudes ?

— Non. Nous parlions assez peu boutique. C'était un bon flic. Elle était méticuleuse, organisée. Mais son boulot n'était pas toute sa vie. En cela, elle ne vous ressemblait guère. Elle avait une fonction, elle l'exerçait de son mieux. Elle était intelligente et capable. Professionnelle jusqu'au bout des ongles.

— Et sur le plan personnel ? Elle avait des ex ?

— Nous avons commencé à nous fréquenter peu après sa mutation depuis Atlanta. Et si nous y allions en douceur, ni l'un ni l'autre n'entretenait de relation parallèle. Elle a eu une histoire sérieuse à l'université. Cela a duré plus de deux ans. Elle est sortie avec un flic pendant un temps, mais elle avait pour règle, disait-elle, de ne pas s'engager. D'après elle, j'avais enfreint sa règle. Il y a eu un homme auquel elle tenait beaucoup, et dont elle s'est séparée juste avant de venir à New York.

— Elle ne s'est jamais plainte de ses voisins ? D'un individu dans son immeuble qui l'aurait harcelée ?

— Non. Elle adorait son appartement. Dallas, elle a de la famille à Atlanta.

— Je sais. Je préviendrai ses proches. Voulez-vous que j'appelle quelqu'un pour vous ?

— Non, merci.

— Je n'ai pas prévenu la psychologue parce que…

— Je n'en veux pas, coupa-t-il en pressant les doigts sur ses paupières. J'ai sa clé. Je vais vous la remettre.

— D'accord.

Il grimpa à l'étage et revint peu après avec une carte électronique.

— Elle en avait une d'ici ?

— Oui.

— Changez vos codes.

Il prit une profonde inspiration.

— Entendu. Tenez-moi au courant.

— Vous pouvez compter sur moi.

— Je veux absolument participer.

— Nous verrons. Je vous contacterai. En attendant, je suis à votre disposition vingt-quatre heures sur vingt-quatre. Mais il faut que je retourne là-bas.

— Dites à Ty… dites-lui de lui passer les disques d'Eric Clapton. Elle avait un faible pour sa musique.

Il gagna l'ascenseur, ouvrit la grille.

— Peabody… Peabody voulait que je vous fasse part de sa tristesse.

Eve pénétra dans la cabine et garda les yeux rivés sur Morris tandis que les portes se refermaient.

Sur le chemin du retour, elle joignit Peabody.

— Les techniciens ont-ils retrouvé l'arme ?

— Négatif.

— Merde ! Contactez la morgue. Morris confie l'autopsie à Ty Clipper. Il demande à ce que le médecin passe des morceaux d'Eric Clapton pendant l'examen.

— Aïe ! Comment va-t-il ? Est-ce que…

— Il tient le coup. Arrangez-vous pour qu'on suive les directives de Morris. J'arrive. Vous et moi allons passer l'appartement de Coltraine au peigne fin.

— Justement, j'allais m'y mettre. J'ai interrogé Burnbaum et son fils. Rien à signaler. L'enquête de voisinage n'a rien révélé d'intéressant. Quant à la sécurité…

— Vous me raconterez tout ça à mon arrivée. Dix minutes.

Elle coupa la communication. Elle avait besoin de silence, le temps de se ressaisir. Elle ne pouvait pas se permettre de craquer devant le chagrin d'un ami.

Au domicile de la victime, elle attendit que l'équipe de la morgue emporte le corps.

— Vous la remettrez directement à Clipper, ordonna Eve. Elle est flic. Elle passe en priorité.

— Nous savons qui elle est, rétorqua l'un d'entre eux. Ce n'était pas seulement un flic, c'était la compagne de Morris. Nous prendrons soin d'elle, lieutenant.

Satisfaite, elle emprunta les escaliers jusqu'à l'appartement de Coltraine. Elle y pénétra en se servant de la clé que lui avait confiée Morris. Peabody était à l'intérieur.

— Rude épreuve, commenta cette dernière en dévisageant Eve. Ça se lit sur votre visage.

— À moi de m'en remettre. Sécurité ?

— Rien sur la porte de derrière. Il a dû entrer par là et neutraliser la caméra. La DDE est dessus. Celle de l'entrée était en fonction. Coltraine a pénétré dans l'immeuble aux alentours de 16 heures avec une mallette remplie de dossiers – toujours là – et un grand sac en papier. Elle n'est pas ressortie, du moins pas par ce côté. Les caméras des escaliers ont toutes été coupées entre 22 h 30 et minuit. Celle de l'ascenseur n'a pas été touchée. Le voisin confirme qu'elle prenait toujours l'escalier.

— L'assassin devait la connaître ainsi que ses habitudes. Il l'a dû l'intercepter dans l'escalier.

— J'ai une équipe de techniciens qui l'inspectent de haut en bas.

— Pour avoir agi aussi rapidement et proprement, le meurtrier devait savoir qu'elle s'apprêtait à sortir. Soit cela faisait partie de sa routine, soit il l'a attirée à l'extérieur. Nous consulterons ses transmissions, mais il l'a probablement appelée sur son communicateur portable puis a emporté l'appareil avec lui. C'était quelqu'un qu'elle connaissait. Un ami, un ex, un de ses indics, un habitant de l'immeuble ou du quartier.

Eve jeta un regard circulaire.

— Vos impressions ?

— Je ne pense pas qu'on l'ait forcée à sortir. Tout est impeccable, et ce chaton droïde, ajouta Peabody en désignant la boule de fourrure ronronnante, Coltraine l'a mis en mode sommeil à 23 h 18. Ce n'est pas le genre de chose qu'on fait lorsqu'on est menacé.

Eve déambula dans la pièce à l'atmosphère féminine.

— L'assassin l'appelle *via* son communicateur portable. « Rejoins-moi, on va boire un verre », ou « je viens de me disputer avec mon copain, viens me consoler ». Non. Non.

Secouant la tête, Eve s'aventura dans la petite chambre avec sa montagne de coussins sur le lit impeccablement fait.

— Elle avait son arme. Réaction normale pour un flic, mais je l'imagine mal passer son harnais pour aller prendre un pot.

— Un de ses indics ? « Rendez-vous à tel endroit, à telle heure, j'ai un scoop. »

— Possible. Nous interrogerons son patron, son coéquipier, ses collègues. Elle rencontrait peut-être une source extérieure ou un individu dont elle se méfiait vaguement. Elle s'était équipée en conséquence, au cas où. Pourtant il lui est tombé dessus et l'a descendue avant qu'elle puisse se défendre.

— Elle ne s'attendait pas à le croiser dans l'escalier. Elle n'était pas suffisamment sur ses gardes, et vlan !

— Voyons ce que nous pouvons trouver ici.

Elles se mirent au travail, inspectant tiroirs, placards, armoires et poches. Les morts n'avaient plus d'intimité. Coltraine l'aurait compris et accepté.

La table de chevet recelait quelques trésors – huiles pour le corps et joujoux divers –, et Eve dut lutter pour ne pas imaginer Morris et Coltraine en train de faire l'amour.

— Elle avait un faible pour la lingerie fine, commenta Peabody. Sexy, tout en dentelle. Elle aimait les belles choses. Les flacons, les lampes, les coussins. Ses tiroirs sont bien rangés, tout le contraire des miens. Elle ne croule pas sous le bric-à-brac. Les objets ne sont pas nécessairement assortis, mais le tableau général est harmonieux.

Eve s'approcha d'une table en angle sur laquelle trônait un système compact de communication. Dans l'unique tiroir, elle découvrit un mini-ordinateur. Cependant, lorsqu'elle l'alluma, l'accès lui fut refusé.

— Elle est flic. Elle l'a sécurisé, constata Eve. Nous le remettrons à la DDE. Je veux savoir ce que contient ce disque dur.

Cette fouille lui avait permis d'en apprendre davantage sur la victime. Peabody avait raison : Coltraine avait un goût exquis, elle était très féminine mais sans chichis. Chez elle, tout avait sa place. Les roses dans le coin salon étaient fraîches.

Elle découvrit une boîte contenant des cartes de fleuristes, toutes signées de Morris. Sur ce plan, il n'avait pas lésiné. Cela ne signifiait pas pour autant que Coltraine n'avait pas entretenu une relation parallèle. Quand une femme décidait de sortir à une heure pareille, ce pouvait être pour aller retrouver un de ses amants.

Pourtant, Eve n'y croyait pas. Elle avait vu Coltraine en compagnie de Morris. Elle avait senti l'électricité entre eux.

— Immeuble sécurisé, dit-elle à voix haute. Un joli petit appartement, un droïde animal domestique. Beaux meubles, vêtements de qualité. Peu de chaque. Elle est sélective. Peu de bijoux mais de belles pièces.

— De même pour les produits de beauté, intervint Peabody. Elle savait ce qui lui convenait et y restait fidèle. Moi, j'ai un tiroir rempli de tubes de rouge à lèvres, de fards à paupières et de shampooings périmés. Un seul flacon de parfum. Dans le frigo, les restes d'un repas asiatique en sachet sous vide, des produits bio, de l'eau minérale et des jus de fruits. Deux bouteilles de vin.

— Elle a un amoureux, mais elle vit seule. La trousse de toilette d'homme appartient sans doute à Morris. Nous lui poserons la question avant de l'expédier au labo. La chemise, le caleçon, les chaussettes et le pantalon lui ressemblent. Il n'a pas grand-chose ici. Je suppose qu'ils passaient plus de temps chez lui. C'est quatre fois plus grand, dans un quartier qui grouille de restaurants, de cafés et de galeries. Comment le meurtrier a-t-il su qu'elle était chez elle hier soir ? Il la surveillait ? J'aurais dû demander à Morris à quel rythme ils se retrouvaient.

— Laissez-lui un peu de temps, Dallas.

— L'assassin n'est pas entré ici. Trop risqué. Non, il l'a appelée.

— Ils s'étaient peut-être fixé un rendez-vous au préalable.

— Là encore, trop risqué. Elle aurait pu en parler à quelqu'un – Morris, son coéquipier, son patron. « Je retrouve X ce soir », et nous serions en train de parler avec X au lieu de nous demander qui il est. Morris travaillait, il l'avait sûrement prévenue. Elle n'allait pas le contacter à 23 heures pour lui dire qu'elle sortait. Elle rassemble ses affaires, branche son droïde chaton et s'en va. Elle connaissait son meurtrier ou celui qui lui a tendu le piège.

Eve consulta sa montre.

— Laissons la place aux techniciens. Demandez à la DDE d'embarquer tout le matériel électronique. Nous passerons à la morgue avant de prévenir la famille.

— Je m'en charge.

— Entendu. Ensuite nous interrogerons ses collègues et son patron.

Dans la voiture, Peabody se recroquevilla sur son siège, le regard rivé sur la fenêtre.

— Dallas ? J'ai un truc qui me ronge et j'aimerais bien m'en débarrasser.

— Vous lui en vouliez parce qu'elle sortait avec Morris.

— Oui, souffla Peabody, soulagée. Je la connaissais à peine et je me suis surprise à penser : « Pour qui se prend-elle ? » C'est grotesque : je suis avec McNab et je n'ai jamais eu la moindre histoire avec Morris hormis l'occasionnel fantasme autorisé. Pourtant j'avais décidé que je n'aimais pas Coltraine, juste à cause de ça. À présent elle est morte et je me sens minable.

— Je sais. J'ai réagi comme vous. Excepté pour la partie fantasme.

— Je me sens un peu mieux, déclara Peabody en se redressant. Vous n'avez jamais nourri le plus petit fantasme à l'égard de Morris ?

— Non ! Seigneur !

— Juste un minuscule. Par exemple, vous vous rendez à la morgue une nuit, les lieux sont étrangement déserts, vous pénétrez dans la salle d'autopsie et Morris s'y trouve. Nu comme un ver.

— Non ! Taisez-vous, à la fin !

Mais, curieusement, le poids qui l'oppressait s'allégea.

— Vous ne vous sautez donc pas dessus assez souvent, McNab et vous, pour avoir besoin de fantasmer sur un collègue ? Dans une morgue, qui plus est !

— Je ne me l'explique pas. La morgue est un lieu à vous flanquer la chair de poule, mais Morris est terriblement sexy. Quant à McNab et moi, pas plus tard qu'hier soir…

— Stop ! Je ne veux rien savoir.

Peabody haussa les épaules.

— Morris a confié l'autopsie de Coltraine à quelqu'un en particulier ?

— À Clipper.

— Waouh ! Comment se fait-il que les médecins légistes soient tous aussi séduisants ?

— Je m'interroge sur ce mystère depuis le début de ma carrière.

— Sérieusement, Clipper est… super ! Il est gay et il a un ami, mais quel magnifique spécimen ! Son compagnon est artiste. Il peint les gens. Littéralement. Sur leur corps. Ils vivent ensemble depuis six ans.

— D'où tenez-vous toutes ces informations ?

— Contrairement à vous, j'aime entendre parler de la vie privée des gens, surtout quand il est question de sexe.

— Clipper n'étant pas attiré par les femmes, vous ne risquez pas d'être perturbée par vos fantasmes.

Peabody eut une moue songeuse.

— Pas sûr… Deux hommes nus, un pot de peinture, moi. Les possibilités sont infinies.

Eve laissa Peabody à ses pensées. Il était plus facile de penser au sexe qu'au meurtre d'un flic, au chagrin d'un collègue et ami.

Lorsqu'elles arrivèrent à l'institut médico-légal et empruntèrent l'interminable tunnel carrelé de blanc, l'atmosphère changea. Ce n'était pas une mort, un meurtre comme les autres. La sensation d'avoir perdu un proche pouvait menacer leur objectivité. Elles croisèrent une technicienne qui s'arrêta et fourra les mains dans les poches de sa longue blouse blanche.

— Clipper s'est installé dans le local de Morris. Je ne sais pas s'il… si Morris va venir. Quand vous le verrez, vous pourriez peut-être lui dire que… que nous sommes tous là.

— D'accord.

— Si on peut faire quoi que ce soit.

La jeune femme haussa les épaules dans un geste d'impuissance.

— Et merde ! conclut-elle avant de poursuivre son chemin.

Eve franchit le seuil de la salle où Morris avait l'habitude de travailler. À sa place se tenait Ty Clipper, un mètre quatre-vingt-cinq, des muscles d'athlète moulés dans une chemise bleu pâle et un pantalon kaki. Il avait remonté ses manches jusqu'aux coudes et enfilé un tablier transparent.

Il avait les cheveux ras, une barbichette, et un visage anguleux intéressant. Mais c'étaient surtout ses yeux qui retenaient l'attention, avec ses paupières lourdes et ses iris couleur ambre qui offraient un contraste fascinant avec son teint basané.

— Je n'ai pas terminé. Je suis désolé, s'excusa-t-il avec un léger accent cubain.

— Que pouvez-vous me dire ?

— Elle n'a pas été violée. Aucune trace d'agression ou d'activité sexuelle. Un détail important pour Morris.

— En effet.

En fond musical, une voix d'homme suppliait une femme prénommée Layla.

— Eric Clapton ?

— Oui.

— Morris y sera sensible.

Eve s'approcha de la table sur laquelle était étendue Coltraine.

— Elle ne s'est pas défendue, nota-t-elle. Aucun autre signe de violence que les brûlures sur la gorge.

— Quelques hématomes mineurs sur les épaules et à l'arrière de la tête, enchaîna Clipper en désignant l'écran de l'ordinateur. Elle a dû se cogner contre le mur.

— On l'a poussée.

— Probablement. Le décès a suivi de près. Les brûlures correspondent aux lésions provoquées par un pistolet paralysant. Avez-vous récupéré son arme ?

— Non.

— En attendant, je ne peux pas confirmer qu'elle a servi au crime. Je peux seulement affirmer que ces marques sont le résultat d'un contact avec un modèle appartenant à la police.

— S'il s'agit de son arme, comment l'a-t-il désarmée ?

Contrairement à Morris, Clipper ne lui proposa pas de chausser une paire de microlunettes. Elle s'en empara de son propre chef et se pencha sur le corps.

— Pas d'abrasions aux poignets et aux chevilles. Tenez ! Là ! Sur le biceps. Une seringue ?

— Je crois que oui.

— Comment a-t-il réussi à s'approcher suffisamment d'elle pour la droguer sans qu'elle se défende ?

— J'ai ordonné une analyse toxicologique en priorité. Vous avez raison, il n'y a aucune trace visible de violence à l'extérieur du corps. À l'intérieur, en revanche...

Eve jeta un coup d'œil à Clipper, puis pivota pour examiner ce que révélait l'incision en Y.

— Que dois-je chercher ?

— Ses organes internes ont souffert.

— Elle a pris un coup ?

— J'ai encore quelques tests à faire avant d'en avoir la certitude. Je sais que vous êtes pressée, mais...

— Si Morris vous a choisi c'est certainement parce que vous êtes méthodique et précis. Donnez-moi votre avis.

— Un tir à bout portant.

— Qui l'aurait neutralisée. Elle est touchée, heurte le mur et s'effondre. Le meurtrier l'a ensuite descendue au sous-sol. Rien ne montre qu'elle a été traînée sur le sol. Il l'a donc portée. À moins qu'ils n'aient été plusieurs. Pourquoi ne pas l'achever sur place ? Parce qu'ils voulaient quelque chose, ils voulaient qu'elle leur révèle une information. Ils l'ont déposée par terre, l'ont ranimée à l'aide d'amphétamines ou d'adrénaline... Pour lui dire quelque chose ou l'interroger. Et quand ils ont eu ce qu'ils voulaient, ils l'ont achevée.

Eve ôta les lunettes et les jeta de côté. Lorsqu'ils avaient pressé le pistolet contre sa gorge, Coltraine savait ce qui l'attendait. Elle était paralysée, mais consciente.

— Ils se sont servis de son arme pour l'humilier. Ils l'ont piégée dans l'escalier, neutralisée, descendue au sous-sol, réveillée puis assassinée. En l'espace d'une vingtaine de minutes. C'est rapide. Ils ont pris son calibre, ses papiers, son insigne, son communicateur, ses bijoux. Pourquoi les bijoux ? Ça fait un peu amateur, non ? Alors pourquoi ? Parce qu'ils étaient là ? Pour le souvenir ?

— Parce que c'était une façon de la mettre à nu ? suggéra Peabody. Ils lui laissent ses vêtements, mais lui prennent ce qui compte pour elle, et l'abandonnent sur le sol. Sans rien.

— Possible, concéda Eve. Clipper, je ne pense pas que Morris viendra aujourd'hui. Dans le cas contraire, débrouillez-vous pour qu'il ne la voie pas avant qu'elle...

— Oui.

3

Eve fonça à travers le Central. Elle emprunta les escalators plutôt que l'ascenseur pour éviter de se retrouver coincée avec des flics. Elle en avait déjà croisé suffisamment – uniformes, civils, officiers et huiles – pour savoir que la rumeur s'était répandue.

Lorsqu'elle pénétra dans la salle commune de sa brigade, tout mouvement, toute conversation cessèrent. Ce n'était pas le moment de se dérober.

— À 23 h 40 la nuit dernière, l'inspecteur Amaryllis Coltraine a été assassinée par un ou des inconnus. Tous les membres de cette division sont donc avertis, ou le seront, que les congés, prévus ou non, sont annulés jusqu'à la clôture de cette affaire. J'accorderai des heures supplémentaires à tous ceux qui seront sollicités pour mener cette enquête. En cas d'absence pour maladie ou autre difficulté d'ordre personnel, vous devrez vous adresser à moi, et vous avez intérêt à ce que le prétexte soit valable... Vous ne ferez aucune déclaration, officielle ou officieuse, aux médias sans m'en avoir informée au préalable. Considérez tous ce dossier comme faisant partie de vos enquêtes en cours. Désormais, elle est à nous.

Eve poursuivit jusqu'à son bureau et commença par commander un café à l'autochef. À peine s'emparait-elle d'une tasse fumante que l'inspecteur Baxter surgit derrière elle.

— Lieutenant.

— Soyez bref, Baxter.

— Je voulais vous dire que Trueheart et moi mettons le point final à une affaire qui devrait être résolue très vite. Si vous avez besoin de renfort, nous sommes à votre disposition. Laissez tomber les heures supplémentaires, Dallas. Nous sommes solidaires.

Elle n'en attendait pas moins de leur part, mais leur réaction la réjouit.

— Entendu. Je vais interroger son patron, son coéquipier et ses collègues d'Atlanta. Je vais avoir besoin de copies de toutes ses enquêtes abouties et en cours, de ses notes aussi. Et de regards neufs sur ces documents. Il me faudra les biographies de tous les habitants de son immeuble. De toutes les personnes qu'elle rencontrait quotidiennement. Ses voisins, l'épicier chez qui elle achetait ses légumes, le type qui lui livrait ses pizzas. Ses relations. Ses amis. Je veux la connaître dedans comme dehors.

— Morris...

— Je retournerai le voir, mais il a besoin d'un peu de temps pour se ressaisir. Ne vous inquiétez pas, Baxter, j'aurai largement de quoi vous occuper, Trueheart et vous.

— D'accord. Je... euh... je l'ai draguée, il y a quelques mois.

— Baxter, vous draguez tout ce qui porte une jupe.

Il ébaucha un sourire, touché par cette tentative de plaisanterie.

— Que voulez-vous que je dise ? Les femmes sont merveilleuses. Elle ne m'a pas repoussé, vous savez. Mais elle était folle de Morris. Nous sommes tous prêts à vous aider parce qu'elle était flic. Mais nous courrons encore plus vite et sauterons encore plus haut pour Morris. Je tenais à vous le dire.

— Avertissez-moi dès que vous serez libre.

— Oui, lieutenant.

Elle posa sa tasse sur son bureau et constata qu'elle avait reçu plusieurs appels. Des journalistes, sans doute. Elle les enverrait au service de relations publiques.

Elle écouta les messages, les tria, en ignora certains, en sauvegarda d'autres. Puis elle réécouta celui de Whitney, son commandant, qui lui ordonnait, par la bouche de son assistante, de se présenter au rapport dès son arrivée. Elle se leva et traversa la salle commune en sens inverse.

— Peabody, contactez le lieutenant de Coltraine et convenez avec lui d'un rendez-vous dans les plus brefs délais. Priez-le d'organiser une rencontre avec son ou ses partenaires. Je suis chez Whitney.

Dommage qu'elle n'ait pas eu davantage de temps, songea-t-elle en suivant le labyrinthe de couloirs qui menait au domaine du patron. Le temps de rassembler ses pensées, d'installer son tableau de meurtre, de peaufiner ses notes, de fouiller dans l'existence d'un flic mort. Mais quand Whitney appuyait sur la sonnette, mieux valait répondre.

Il ne la fit pas patienter. Dès qu'elle franchit le seuil, la secrétaire la propulsa dans le saint des saints.

Il se leva, grand et imposant, parfaitement à l'aise et sûr de son autorité. Elle lui appartenait, se disait toujours Eve, parce qu'il l'avait « gagnée », étape par étape.

— Lieutenant.

— Commandant.

Il ne l'invita pas à s'asseoir. Ils resteraient debout. Il l'étudia un moment, l'expression grave, le regard froid.

— Rapport.

Elle lui exposa les faits en quelques mots, sans tourner autour du pot, tout en posant un disque sur son bureau.

— Je dois rencontrer son lieutenant, son coéquipier, quiconque pourrait me fournir de nouveaux éléments ou des détails.

— Morris a un alibi ?

— Oui, commandant. Il travaillait. Il y a des témoins ainsi que les vidéos de sécurité pour le confirmer. Inutile de perdre du temps là-dessus. Il n'y est pour rien.

— Tant mieux. Parfait. Votre avis, Dallas ?

— Elle était chez elle. Soit elle a reçu un appel sur son communicateur portable, soit elle avait organisé un rendez-vous au préalable – personnel ou officiel, impossible de le préciser pour l'instant. Son coffre à revolvers était ouvert et vide. Il est de taille à contenir une arme de service et un calibre plus petit ainsi que les deux harnais.

— Elle était donc armée en quittant son appartement.

— Oui, commandant. Je penche plutôt pour une rencontre professionnelle. Mais je la connais mal. J'ignore quel genre de flic elle était.

— Poursuivez, murmura-t-il en hochant la tête.

— Elle est sortie après 23 h 18, heure à laquelle elle a mis son chaton droïde en mode sommeil. Elle a branché son système de sécurité et pris l'escalier. D'après ses voisins, c'était son habitude. Son agresseur était embusqué dans l'escalier. Tir à bout portant, elle a heurté le mur. Il l'a ensuite transportée au sous-sol où il a dû lui administrer un stimulant non encore déterminé pour la ranimer. À 23 h 40, on a pointé une arme, vraisemblablement la sienne, sur sa gorge. La DDE vérifie les disques de sécurité. Nous savons que la caméra de la porte de derrière était bloquée. Il est entré par là, et d'après mon examen, la serrure était intacte. Soit il était en possession d'une carte-clé ou d'un code, soit il est très, très malin. Il était au courant de ses habitudes et savait qu'elle descendrait à pied. Il l'a appelée et elle est allée le rejoindre. C'est mon scénario. Coltraine connaissait son meurtrier.

— Pour l'heure, tous les médias devront être dirigés vers le service de relations publiques. De toute façon, la mort d'un seul flic ne suscitera guère d'intérêt. S'il y a du changement, je vous préviendrai. Vous êtes libre d'utiliser autant d'hommes que vous le jugerez nécessaire. Là encore, en cas de changement, vous serez alertée. Cette affaire doit être traitée en priorité. Je veux des copies de tous les rapports au fur et à mesure de leur arrivée.

— Bien, commandant.

— Je parlerai à la famille sous peu. Je suppose qu'ils voudront que les funérailles aient lieu à Atlanta. Cependant, nous allons organiser ici une cérémonie en son hommage. Je vous tiendrai au courant.

— Je veillerai à transmettre l'information à ma division.

— Je vous ai retenue assez longtemps. Avant que vous ne partiez, toutefois, j'ai une question d'ordre personnel à vous poser. Morris a-t-il tout ce dont il a besoin ?

— Si seulement je pouvais vous répondre. Je ne sais pas comment l'aider. Je crois qu'ils s'aimaient vraiment.

Whitney hocha la tête.

— Nous ferons ce qu'il faut, et trouverons les réponses.

Eve regagna son bureau et s'y enferma pour travailler en paix.

— Dallas ?

— Les résultats des analyses arrivent déjà, annonça Eve tandis que Peabody entrait dans la pièce. Et je n'ai eu à menacer personne. Pas seulement parce que c'était l'une des nôtres mais parce qu'elle était l'amie de Morris. On lui a injecté un stimulant pour la ranimer : elle était donc lucide mais paralysée, incapable de se défendre. Aucune trace sur elle. Aucune empreinte sur la porte de derrière. Rien. Ses organes internes ont été sérieusement endommagés par un coup tiré à bout portant. Si elle avait survécu, elle serait en mauvais état. Il n'a pas pris de risques, s'est montré prudent. Il s'y connaissait suffisamment pour savoir comment la neutraliser sans la tuer d'emblée.

— J'ai discuté avec les officiers d'Atlanta. J'ai demandé l'assistance d'un psychologue pour ses parents et son frère.

— Parfait.

— Son lieutenant est à notre disposition. Ils n'ont pas de partenaire attitré, elle a donc travaillé avec tous les membres de l'unité.

— Nous les interrogerons tous. Allons-y !

Peabody jeta un coup d'œil au tableau de meurtre et à la photo d'identité de Coltraine.

— Elle était vraiment belle.

Elle pivota sur ses talons et suivit Eve.

— J'ai lancé des recherches sur les autres locataires, reprit-elle, et Jenkinson s'est proposé pour nous donner un coup de main là-dessus. J'ai eu la DDE. McNab m'assure qu'ils maîtrisent la situation. Ils ont déjà récupéré le matériel électronique de Coltraine... Il paraît qu'elle sauvegardait tous les messages de Morris. Rigolos, romantiques, sexy...

Peabody poussa un soupir.

— Et d'autres provenant de ses parents, de son frère, de ses amis d'Atlanta. Tous classés par dossiers. Elle avait aussi conservé des documents de travail. McNab est dessus. Morris l'a appelée à 20 heures. Ils ont bavardé un moment pendant que lui s'offrait une pause casse-croûte. Rien d'autre sur son ordinateur personnel pour la journée d'hier. Elle avait effectué son service de 8 à 16 heures.

— Quand a-t-elle commandé les plats asiatiques ? Les a-t-elle achetés chez un traiteur ou fait livrer ?

— Les plats asiatiques ?

— Les restes dans son frigo. En pénétrant chez elle, elle portait une mallette et un grand sac en papier. Quand a-t-elle passé sa commande ? S'est-elle arrêtée en chemin pour la récupérer, l'a-t-elle rapportée du boulot ? Commencez à recenser les traiteurs et les boutiques de restauration qui livrent à domicile autour de chez elle.

— D'accord.

— Selon le rapport du médecin légiste, elle a mangé vers 19 h 30, bu un verre de vin. Elle a mis en marche sa benne de recyclage, il ne restait donc pas grand-chose pour le labo. Tâchons de savoir si elle a dîné seule. Nous allons reconstituer son emploi du temps pas à pas, depuis l'instant où elle s'est levée hier matin.

— Avez-vous demandé à Morris s'ils étaient ensemble la veille de sa mort ?

— Non. Merde ! J'aurais dû. Nom de nom !

Elle s'immobilisa au beau milieu du parking, sortit son communicateur.

— Laissez-moi respirer, Peabody, souffla-t-elle en composant le numéro de Morris.

Son répondeur se déclencha, comme elle s'y attendait.

— Morris, c'est Dallas. Je suis désolée de vous déranger. J'essaie d'établir une chronologie des événements pour la journée d'hier. Quand vous aurez un moment, pourrez-vous me préciser si l'inspecteur Coltraine et vous étiez ensemble hier matin. Ce serait…

Le visage de Morris apparut à l'écran. Son regard était vide.

— Oui. Elle avait dormi chez moi la veille. Nous avions dîné au bistro du coin, *Chez Jaq*. Aux alentours de 20 heures, il me semble. Nous sommes revenus ici.

Elle est partie hier matin vers 7 heures. Un peu après. Elle travaillait de 8 à 16 heures.

— Parfait. Merci.

— Je lui ai parlé à deux reprises hier. Elle m'a appelé dans l'après-midi, et je l'ai rappelée dans la soirée pendant que je dînais. Elle allait bien. Je suis incapable de me souvenir de nos dernières paroles. J'ai essayé. En vain.

— Cela n'a pas d'importance. Ce qui compte, c'est tout ce que vous vous êtes dit pendant tous ces mois. Je peux passer plus tard, si vous…

— Non, merci. Je préfère être seul.

Eve fourra l'appareil dans sa poche.

— C'est bien, ce que vous lui avez répondu, observa Peabody. À propos de tout ce qu'ils se sont dit.

— Je ne sais pas. Pour l'heure, je fonctionne à l'instinct.

Summum de la laideur post-Guerres Urbaines, le commissariat de Coltraine se dressait entre une épicerie coréenne et une charcuterie juive. Le cube en béton était sans doute assez solide pour supporter le poids des bombes, mais il ne remporterait jamais un prix de beauté.

À l'intérieur, ça sentait le flic : mauvais café, sueur, amidon et savon bon marché. Les uniformes allaient et venaient tandis que les civils franchissaient les barrières de sécurité. Eve présenta son insigne au scanner, qui contrôla ses empreintes ainsi que celles de Peabody avant qu'on les laisse entrer.

Elle fonça vers le bureau du sergent et brandit son insigne. Le regard féroce, le visage fripé, il était de ces vétérans qui doivent avaler un bon bol de griffes au petit-déjeuner.

— Lieutenant Dallas et inspecteur Peabody du Central. Nous avons rendez-vous avec le lieutenant Delong.

— C'est vous qui menez l'enquête ? dit-il sans plus de précisions.

— Exact.

— La 18e brigade est au premier. L'escalier est par ici, l'ascenseur par là. Vous avez du nouveau ?

— Pas encore. Y a-t-il des absents qui seraient venus voir l'inspecteur Coltraine ces derniers jours ?

— Pas que je sache. Si vous voulez parcourir mon registre, pas de problème.

— Merci, sergent.

— Je ne sais pas quel genre de flic elle était, mais elle n'est jamais passée devant ce bureau sans me saluer. Ça en dit long sur une personne, qu'elle prenne la peine de vous dire bonjour tous les matins.

— En effet.

Il les suivit des yeux tandis qu'elles empruntaient l'escalier. La salle commune était relativement petite, et nettement plus silencieuse que celle d'Eve au Central. Six bureaux encombraient la pièce, dont quatre étaient occupés. Deux officiers se concentraient sur l'écran de leur ordinateur, deux autres étaient en communication. À l'entrée, un fonctionnaire était assis derrière un étroit comptoir. Ses yeux étaient gonflés, ses joues maculées de taches rouges, conséquence d'une crise de larmes récente. Il paraissait terriblement jeune.

— Lieutenant Dallas et inspecteur Peabody pour le lieutenant Delong.

— Oui. Nous... Il vous attend.

De nouveau, Eve sentit tous les regards sur elle. Elle les soutint l'un après l'autre alors que les hommes cessaient toute activité. En plus de la colère, du ressentiment et chagrin, elle lut sur leurs visages qu'ils la jaugeaient : « Serez-vous à la hauteur ? »

À travers une paroi de verre, elle vit Delong se lever pour les rejoindre.

Âgé d'environ quarante-cinq ans, il était plutôt petit, les épaules larges. Il portait un costume gris foncé, une chemise blanche et une cravate anthracite. Ses cheveux noirs ondulaient autour de son visage mince aux traits tirés.

— Lieutenant, inspecteur, les salua-t-il en leur serrant la main. Par ici, je vous prie.

Delong ferma la porte derrière eux.

— Pour commencer, sachez que vous aurez notre entière coopération. Nous sommes à votre disposition.

— Merci.

— J'ai déjà copié les dossiers de l'inspecteur Coltraine et autorisé la DDE à emporter son matériel électronique. Je vous ai aussi préparé des copies de son dossier personnel et de mes évaluations.

Il ramassa une pochette, et la tendit à Peabody qui la rangea dans sa mallette.

— Vous pouvez vous installer ici ou dans un box pour interroger mes hommes. Vous pouvez aussi utiliser la salle de conférences à l'étage supérieur si cela vous convient mieux.

— Je ne veux ni vous chasser, ni mettre vos hommes mal à l'aise. La salle de conférences sera parfaite. Toutes mes condoléances, lieutenant. Je sais combien il est dur de perdre un flic sous ses ordres.

— Ça l'aurait déjà été si elle était tombée en service. Mais là… Pouvez-vous m'en dire davantage ?

— Nous pensons qu'on lui a tendu un piège dans la cage d'escalier de son immeuble, puis transportée au sous-sol. Nous n'avons pas retrouvé son arme, qui pourrait être celle du crime. Sur quelle affaire travaillait-elle ?

— Un cambriolage à Chinatown. Un vol avec effraction dans un magasin d'électronique : deux caisses de portables et plusieurs ordinateurs... Un car-jacking avec braquage... Tout est là.

— A-t-elle évoqué des menaces à son encontre ?

— Non. Jamais. Je suis pour la politique de la porte ouverte. Nous sommes une petite équipe. En règle générale, s'il y a un problème, j'en entends parler.

— Qui était son partenaire ?

— Nous modifions les équipes au cas par cas. Elle aura travaillé avec tous les collègues à un moment ou à un autre. Le plus souvent, je la mettais avec Cleo. L'inspecteur Grady. Elles étaient sur la même longueur d'onde. Mais pour le vol avec effraction, elle bossait avec O'Brian.

— Comment s'entendait-elle avec ses collègues ?

— Elle n'a eu aucun mal à s'intégrer parmi nous. Au début, sa venue a provoqué quelques remous : elle débarquait du Sud, elle était belle. Mais elle a tenu bon et gagné le respect de tous.

— Quel genre de flic était-ce ?

Il poussa un petit soupir.

— Solide. Attentive aux détails. Organisée, le regard aiguisé. Elle s'acharnait sans jamais se plaindre. Ammy était un atout. Elle a résolu sa part d'enquêtes. Elle ne faisait pas de chiqué. On pouvait compter sur elle.

— Et sur le plan personnel ?

— Là encore, elle était discrète. Tout le monde était au courant de sa liaison avec Morris. Nous ne sommes que quatre : difficile de garder un secret. Elle était heureuse. Si elle avait des soucis, elle n'en a rien montré.

— Pourquoi l'a-t-on mutée chez vous ?

— Je lui ai posé la question. Elle m'a expliqué qu'elle avait l'impression de s'enraciner, qu'elle avait besoin de changement. Je regrette de ne pas pouvoir vous renseigner davantage. Je connais votre réputation, lieutenant. La vôtre aussi, inspecteur, ajouta-t-il à l'adresse de Peabody. J'aurais souhaité pouvoir traiter ce dossier, mais je sais qu'Ammy est entre de bonnes mains.

— Merci. Si vous voulez nous indiquer le chemin de la salle de conférences, nous allons nous y installer. Dans la mesure où sa coéquipière la plus régulière, l'inspecteur Grady, est disponible, nous commencerons par elle.

— Je vous y conduis.

La pièce contenait une immense table, de nombreuses chaises brinquebalantes, deux écrans muraux, un tableau blanc et un autochef d'un autre temps.

Peabody goûta le café et pâlit.

— Il est pire que le nôtre. Incroyable ! Je vais me chercher un soda au distributeur. Je vous en rapporte un ?

— Oui, merci.

En attendant, Eve pensa à Delong. Elle compatissait. Si Coltraine était tombée en service, sous ses ordres, il aurait éprouvé de la colère, du chagrin et de la culpabilité. Mais il saurait pourquoi elle était morte. Et qui l'avait tuée.

Elle disposa son magnétophone et son carnet de notes devant elle, puis sortit son mini-ordinateur pour lancer une recherche sur l'inspecteur Cleo Grady.

Trente-deux ans. Inspecteur de troisième échelon, huit ans de métier. Mutée de Jersey à New York. Jamais mariée, pas de concubin, pas d'enfants. Plusieurs récompenses et une poignée de tapes sur les doigts. Membre à sa demande de l'équipe de Delong depuis trois ans. Parents retraités en Floride. Pas de fratrie.

Eve leva les yeux comme on frappait sur le chambranle.

— Inspecteur Grady.

— Asseyez-vous, fit Eve.

La rage et le ressentiment se lisaient dans son regard, sur sa bouche pincée. Ses cheveux blonds, courts et lisses, révélaient les petites pierres bleues étincelantes à ses oreilles. Ses yeux d'un bleu profond, presque marine, demeurèrent rivés sur Eve tandis qu'elle pénétrait dans la pièce.

Elle devait mesurer environ un mètre soixante-cinq. À la fois musclée et dotée de courbes harmonieuses, elle portait un pantalon marron, un chemisier blanc et un mince blouson en daim. Comme Eve, elle préférait le harnais d'épaule.

— Le patron nous demande de coopérer, nous nous plierons donc à sa requête, déclara-t-elle d'une voix sèche. Mais cette enquête devrait nous revenir.

— S'il s'agissait de ma partenaire ou d'une personne de ma brigade, je réagirais sans doute comme vous. Toutefois, c'est nous qui menons cette investigation. Cet entretien sera enregistré, inspecteur.

Elle marqua une pause le temps que Peabody entre et ferme la porte derrière elle.

— J'ai pris de l'eau et des tubes de Pepsi, annonça-t-elle en posant les bouteilles sur la table.

Cleo refusa d'un signe de tête.

— Vous pourriez au moins me dire ce que vous avez.

— Votre lieutenant vous mettra au courant. Vous pouvez jouer les dures avec nous, inspecteur Grady, mais ce n'est pas le meilleur moyen d'aider l'inspecteur Coltraine.

— Si vous cherchez à salir sa réputation...

— Pourquoi ferions-nous une telle chose ? Nous ne sommes pas les Affaires internes. Nous sommes la Criminelle. Votre coéquipière a été assassinée, inspecteur. Alors épargnez-moi vos foutaises. Coltraine et vous travailliez souvent ensemble.

— Oui. Le patron pensait qu'on était complémentaires.

— Vous voyiez-vous en dehors du boulot ?

— Bien sûr. Pourquoi ne nous...

Elle se tut, leva la main, attrapa la bouteille d'eau qu'elle venait de refuser, enleva le capuchon et but goulûment.

— Pardonnez-moi, mais j'ai du mal. Ammy faisait partie de notre équipe et nous étions devenues amies. En consultant nos dossiers, vous constaterez à quel point notre collaboration était efficace. Au fil du temps, nous avions pris l'habitude de boire un verre ou de dîner ensemble après le service. Parfois toutes les deux, parfois avec les autres. Nous ne discutions pas toujours boutique. Nous abordions toutes sortes de sujets normaux : la mode, les problèmes de poids, les hommes.

— Vous étiez proches, commenta Peabody.

— Oui. Nous avions chacune notre vie, mais on s'entendait bien. Vous savez ce que c'est. Quand on bosse avec une autre femme, on peut avoir des conversations qu'on n'aurait jamais avec un homme.

— Vous a-t-elle parlé d'ex-amants, de petits amis, de types qui la draguaient ?

— Avant de quitter Atlanta, elle a fréquenté deux garçons. Le premier était flic, ils étaient surtout bons copains. Le second était avocat, mais elle n'était pas amoureuse et la relation s'est étiolée. Si elle a demandé sa mutation, c'est parce qu'elle avait l'impression de faire du surplace, de perdre son acuité professionnelle. Elle voulait du nouveau.

— Aucune relation sérieuse ? insista Eve en repensant à ce que Morris lui avait raconté.

Cleo marqua une hésitation.

— Elle a évoqué une ancienne liaison, assez intense. Mais ça n'a pas marché.

— Un nom ?

— Non. Je sais juste qu'elle a accusé le coup – sur le plan émotionnel. C'est à la suite de cette rupture qu'elle a vécu cette aventure avec l'avocat. Mais elle voulait recommencer de zéro, ailleurs... Elle a rencontré ce médecin légiste peu après son arrivée. D'après Ammy, il y a eu une étincelle immédiatement. Mais ils ont pris leur temps. Ils n'ont pas couché ensemble tout de suite... Quand ils se sont enfin décidés... elle s'est confiée à moi. Elle était folle de lui, et réciproquement. J'ai passé plusieurs soirées avec eux. Ça crépitait vraiment entre eux. Elle ne voyait personne d'autre.

— Elle n'a jamais fait allusion à des harcèlements, sur le plan privé ?

— Non.

— Acceptait-elle les rendez-vous en solo ? Avec des indics ou des suspects ?

— Avec des indics, parfois. Mais elle était parmi nous depuis moins d'un an. Elle n'avait pas beaucoup d'informateurs.

— Les noms ?

Cleo se redressa. Les flics détestent dévoiler leurs sources.

— Elle s'adressait le plus souvent à un type qui gère une boutique de prêts sur gages sur Spring Street. Stu Bollimer, originaire de l'État de Georgie : elle lui a fait son numéro de Belle du Sud pour l'amadouer.

— Vous l'utilisiez de votre côté ?

— Je sais qu'elle lui avait parlé de notre enquête sur le cambriolage à Chinatown. Il avait promis de tendre l'oreille.

— Savez-vous si quelqu'un avait une dent contre elle ?

— Quand on serre des voyous, ils vous en veulent. Rien de spécial ne me vient à l'esprit. J'y réfléchis sans arrêt depuis que j'ai appris la nouvelle. Nous sommes une petite brigade. Elle aimait bien s'occuper des dossiers simples : le papy et la mamie détroussés dans leur épicerie, le gosse qu'on bouscule pour lui tirer son airboard. En fait, elle rêvait de se marier, de fonder une famille et de devenir mère professionnelle. Ne vous méprenez pas, elle aimait son métier et elle le faisait bien. Mais elle espérait, surtout depuis Morris, qu'un jour...

— Merci, inspecteur. Je vous serais reconnaissante de m'envoyer l'inspecteur O'Brian. S'il n'est pas disponible, votre lieutenant peut faire monter qui il veut.

— O'Brian est à son bureau. Je vous l'envoie, fit Cleo en se levant. Si vous manquez de main-d'œuvre, j'espère que vous ferez appel à nous. Il y a des flics ailleurs qu'au Central.

— Je m'en souviendrai. Merci, inspecteur.

Dès que Cleo fut sortie, Eve s'adossa à sa chaise.

— Elle n'a donc pas compris ? Elle est aveugle ?

— Quoi ? Que ses collègues et elle sont tous suspects ? Je suppose qu'on ne soupçonne jamais d'emblée les membres de sa propre famille.

— Les civils, non. Les flics, si. C'est le b.a.-ba.

Eve prit quelques notes avant de parcourir ses données sur O'Brian.

— Le suivant est en service depuis vingt-trois ans. Nommé au premier échelon il y a cinq ans. Affecté ici depuis douze ans. Marié pour la deuxième fois il y a quinze ans. Pas d'enfants du mariage numéro un, deux du mariage numéro deux. Plusieurs récompenses et deux citations pour bravoure. Avant son transfert ici, il était à la Criminelle.

Eve ouvrit son tube de Pepsi, s'octroya une bonne dose de caféine.

— Il est ici depuis plus longtemps que son lieutenant.

— Les types comme lui deviennent souvent la pierre de touche de l'équipe. Celui que les collègues consultent quand ils rechignent à solliciter les huiles.

— Nous en avons pour un bon moment. Vérifiez s'il y a du nouveau qu'on pourrait utiliser ici, voulez-vous ?

Costaud, la mâchoire carrée, le regard perçant, O'Brian fit son entrée alors que Peabody s'installait au bout de la table.

— Lieutenant. Inspecteur.

— Inspecteur O'Brian. Nous nous partageons les tâches afin de perdre le moins de temps possible. Nous discuterons pendant que ma partenaire établit quelques contacts.

— Bien, répondit-il en s'asseyant. Allons droit au but, dans ce cas. L'inspecteur Coltraine était un bon flic, solide. Fiable. À l'affût des moindres détails. Au début, j'ai eu des doutes à son sujet. J'avais des préjugés sous prétexte qu'elle était belle. Très vite, j'ai décelé la femme qu'elle était réellement. Elle savait s'intégrer dans une équipe, se tenir sur le terrain et vis-à-vis des collègues. Si elle a été assassinée dans la cage d'escalier de son immeuble, ce n'était pas par un inconnu.

— Comment êtes-vous au courant ?

Soutenant le regard d'Eve, il répondit :

— J'ai des relations. Je m'en suis servi. Je n'ai pas partagé mes découvertes avec les autres. C'est au patron de décider de ce qu'ils doivent savoir ou pas. Mais je vous l'affirme : si elle a quitté son appartement hier soir avec ses deux armes, c'est qu'elle était sur un coup. Elle est tombée en service, et j'ai la ferme intention d'exiger qu'elle reçoive les honneurs qui lui sont dus.

— Qui a pu pénétrer dans le bâtiment ?

— Aucune idée. Ici, nous traitons des affaires pépères. Pas de quoi inciter quelqu'un à descendre un flic. Nous étions sur un vol par effraction dans un magasin d'appareils électroniques. Commis par l'un des employés, sans aucun doute. Nous l'aurions coincé avant midi aujourd'hui. J'ai l'intention de l'inculper d'ici ce soir. Un imbécile, un bon à rien, mais pas un tueur de flics. Je sais que Delong vous a confié le dossier. Vous pourrez le constater par vous-même.

— A-t-elle pu, à force de se concentrer sur les détails, tomber sur un gros morceau ?

— Si c'est le cas elle ne m'en a rien dit. Nous entretenions de bonnes relations, enchaîna-t-il d'une voix éraillée, en fixant la table. Elle est venue dîner chez moi à plusieurs reprises. Ma femme l'appréciait énormément. Comme nous tous. C'était peut-être Morris.

— Pardon ?

— Une affaire sur laquelle il bossait ou avait bossé. Quelqu'un qui voulait se venger de lui. Ammy aimait cet homme. Ça crevait les yeux. Ils étaient fous l'un de l'autre. Je ne sais pas. Je m'interroge. Je ne vois pas de lien entre ses enquêtes et sa mort.

— Cela vous ennuierait de me dire pourquoi vous avez quitté la Criminelle ?

Il haussa les épaules.

— Ce boulot m'a coûté mon premier mariage. J'ai eu une autre chance. Je me suis marié, j'ai eu un enfant. Une petite fille. Je me suis dit que je ne voulais plus prendre de risques. Je me sens bien ici. Nous formons une équipe soudée, nous avons largement de quoi nous occuper. Mais je suis rarement dérangé en pleine nuit, et je peux dîner presque tous les soirs avec ma famille. Inutile de me poser la question : j'étais à la maison hier soir. Mon aînée – elle a quatorze ans – avait invité une amie, soi-disant pour réviser. Tu parles ! murmura-t-il avec un sourire. À minuit, j'ai dû les sermonner parce qu'elles gloussaient comme deux idiotes au lieu de dormir.

— L'inspecteur Grady a mentionné un indic. Stu Bollimer.

— En effet. Ce type est un cafteur-né. Je l'imagine mal lui tendre un piège pareil. Il n'a pas l'envergure.

— Bien. Merci, inspecteur.

— Vous tiendrez le patron au courant ?

— C'est mon intention.

— C'est un bon chef, dit-il en repoussant sa chaise. Si Coltraine avait eu un souci, elle se serait adressée à lui, ou à moi.

— Comment qualifieriez-vous son instinct ?

Pour la première fois, il eut une hésitation.

— Moins aiguisé qu'il aurait pu l'être. Elle avançait à tâtons. Comme je vous l'ai expliqué, elle était minutieuse et savait mettre les gens à l'aise, les témoins comme les victimes. Mais je ne dirais pas qu'elle avait du flair, j'imagine. La tête, oui, mais peut-être pas le flair. Elle n'en était pas moins un bon flic.

— Sans doute. Nous ferons de notre mieux, inspecteur O'Brian. Qui devrions-nous voir maintenant ?

— Pourquoi pas Newman ? Il est effondré, il ne fichera rien de la journée.

— Vous me l'envoyez ?

Peabody attendit qu'O'Brian soit sorti.

— La pierre de touche, répéta-t-elle. C'est lui qui morfle le plus. Le patron est le patron, mais lui, c'est le leader de l'équipe.

— Elle n'avait pas le flair d'un flic. Il n'osait pas le dire par respect. Mais il savait que cela pouvait nous aider dans notre enquête. Elle n'avait pas l'instinct. Elle a reçu l'appel, elle a foncé sans réfléchir. C'était une embuscade, une action planifiée, mais elle n'a rien vu venir. Détail important.

Eve s'attela à la lecture de la fiche de l'inspecteur Josh Newman.

4

Eve trouva Josh Newman triste, équilibré et bavard. Le genre facile à vivre, jugea-t-elle. De ces hommes qui accomplissent leur travail avec sérieux, puis rentrent chez eux et s'empressent d'oublier le boulot.

Un type assez ordinaire. Le bon père de famille qui exerçait le métier de flic par hasard, avait peu de chances d'atteindre le stade d'inspecteur à l'échelon deux. Et qui n'avait rien de nouveau à lui apporter sur Coltraine.

Elle convoqua Dak Clifton. À vingt-neuf ans, c'était la plus jeune recrue de l'équipe, mais il comptait déjà huit années d'exercice sur le terrain, dont quatre au titre d'inspecteur. Quelques minutes suffirent à Eve pour le cerner et l'affubler d'un surnom : le Crâneur.

Son physique avantageux – teint hâlé, yeux bleu acier et tignasse châtaine aux pointes décolorées par le soleil – était probablement un atout face aux témoins de sexe féminin. De même que son style agressif et arrogant avait dû ébranler un certain nombre de suspects.

Eve se contrefichait qu'il l'essaie sur elle.

Il se pencha vers elle, envahissant son espace, le regard luisant.

— Nous n'avons pas besoin d'huiles venues de l'extérieur. Cette enquête doit être menée au sein de la maison. Ici, nous prenons soin des nôtres.

— Ce n'est pas à vous d'en décider. Si vous voulez aider les vôtres, inspecteur, commencez donc par vous calmer.

— Nous avons travaillé avec elle. Pas vous. Pour vous, elle n'est qu'un dossier parmi d'autres.

Ces paroles lui rappelèrent celles de Cleo Grady.

— Vous ne savez pas ce qu'elle représente pour moi. Si vous voulez vous défouler, choisissez quelqu'un d'autre. Et maintenant, vous allez répondre à mes questions.

— Sinon ? Vous m'embarquez au Central ? Je rêve ! Vous êtes ici à nous cuisiner alors que vous devriez être en train de traquer l'assassin.

— Écoutez-moi attentivement, Clifton. L'inspecteur Coltraine est mort. Vous me faites perdre mon temps et vous m'agacez alors que vous devriez vous mettre en quatre pour aider à l'enquête sur une collègue.

Ce fut au tour d'Eve d'envahir son espace.

— Du coup, je m'interroge. Êtes-vous juste un connard ? Ou avez-vous des raisons de ne pas vouloir répondre à mes questions ? Supposons que vous soyez juste un connard. Dites-moi où vous vous trouviez hier entre 22 heures et minuit.

Il s'empourpra.

— Vous ne valez pas mieux que ces rats des Affaires internes.

— Je suis pire. Et si vous ne vous dépêchez pas de me répondre, inspecteur, je vous traîne au Central.

— J'étais chez moi avec une femme, riposta-t-il, l'air narquois, en se frottant l'entrejambe. Vous voulez savoir ce que nous avons fait et combien de fois ?

— Peabody ? aboya-t-elle sans quitter Clifton des yeux. Est-ce que ça nous intéresse de savoir ce que cet abruti a fait avec sa queue entre 22 heures et minuit hier ?

— Pas le moins du monde.

— Je veux le nom de votre conquête, Clifton, et estimez-vous heureux que j'aie mieux à faire que de rédiger un rapport sur votre comportement.

— Allez vous faire foutre.

— Son nom, Clifton, sans quoi je vous fiche un blâme et trente jours de suspension. Accouchez.

— Sherri Loper. Elle est dans les étages, aux relations publiques.

— Quels étaient vos rapports avec l'inspecteur Coltraine ?

— Nous travaillions ensemble.

— Ça, je le sais. Vous vous entendiez comment ?

— Très bien.

— Vous avez été coéquipiers sur des enquêtes ?

Il haussa les épaules, contempla le plafond.

— Certains d'entre nous font leur boulot.

Eve s'écarta.

— Si vous continuez à me les briser, Clifton, je vous rendrai la pareille. Croyez-moi, je suis meilleure que vous à ce petit jeu. Je suis votre supérieure hiérarchique, ne l'oubliez pas. À présent, montrez un minimum de respect pour un chef et votre camarade décédée.

— Je vous le répète, on s'entendait bien. Tout le monde appréciait Ammy. Elle avait l'art et la manière. Nous voulons tous savoir qui est le salaud qui l'a descendue. Ça n'a aucun sens, marmonna-t-il en fourrageant dans ses cheveux. Pourquoi est-ce que vous n'êtes pas en train de frapper à toutes les portes de son immeuble ? C'est forcément un voisin. Elle habitait dans un bâtiment sécurisé, et elle était prudente.

— Vous êtes-vous rendu chez elle ?

— Oui, bougonna-t-il. Deux ou trois fois. Je suis allé la chercher ou la déposer. J'ai une voiture, pas elle. Et alors ?

— Avez-vous eu une liaison avec l'inspecteur Coltraine ?

— Espèce de...

— Attention, Clifton ! Si vous me traitez de noms d'oiseaux, vous avez intérêt à les précéder d'un *lieutenant*. Répondez à ma question.

— Non. Nous buvions un verre ensemble de temps en temps. Il nous est arrivé de manger un morceau. Elle était folle de son légiste. C'est lui que vous devriez interroger. Lui qui avait accès à son appartement.

— Savez-vous s'il y avait des frictions entre le Dr Morris et elle ?

Il haussa les épaules et tourna la tête vers la fenêtre.

— Les gens couchent ensemble, ils se disputent. En cas de meurtre, le premier suspect, c'est le conjoint ou l'amant. Pourtant, c'est nous que vous harcelez.

— Merci, inspecteur.

Eve le regarda sortir en claquant la porte.

— Selon moi, il l'a draguée, et elle l'a repoussé avant de se jeter dans les bras de Morris. Il est jaloux. Il est habitué à ce que les femmes rampent devant lui, pas devant un autre.

— Il serait idiot de nous fournir un faux alibi.

— Certes. Mais nous vérifierons quand même. En fait, vous allez vous en charger tout de suite. Je vais remercier Delong.

— S'il y a eu une histoire entre Clifton et Coltraine, leurs collègues seraient au courant, non ?

— Les flics sont doués pour garder les secrets.

Elles se retrouvèrent dehors et, sur l'insistance de Peabody, firent un saut chez le traiteur. Eve ne savait pas trop ce que contenait le sandwich qu'elle mangeait, adossée contre son véhicule, mais il était rudement bon.

— L'alibi de Clifton est confirmé, dit Peabody qui se régalait de son côté. Pas très aimable, la fille. « Oui, on a passé la nuit ensemble, et alors ? »

Grincheuse. Sur la défensive. Ils vont bien ensemble ces deux-là.

Eve continua de manger en observant les flics qui allaient et venaient. On s'activait beaucoup dans ce commissariat, dont la petite taille renforçait les liens entre les individus. Les flics avaient tendance à se soutenir les uns les autres. Elle avait déjà eu l'occasion de sanctionner des ripoux : une procédure pénible et désagréable.

— Clifton a écopé de plusieurs avertissements et de quelques sanctions pour abus de pouvoir. Il se met facilement en colère. Je doute qu'il soit impliqué dans ce meurtre, mais il va falloir creuser un peu de ce côté.

— J'ai horreur de ça. Jeter la suspicion sur les nôtres.

— Alors espérons que l'assassin est un vulgaire criminel, sans insigne. Nous allons avoir une conversation avec l'indic, ensuite je retournerai sur la scène du crime.

Elle grimpa dans la voiture, obligeant Peabody à l'imiter.

Elles trouvèrent sans difficulté la boutique de prêts sur gages et son gérant. Il ressemblait vaguement à une fouine, songea Eve – du moins telle qu'elle s'imaginait cet animal. Assis derrière une vitre blindée, il traitait avec un junkie en manque.

Le nez aquilin de Bollimer tressaillit au milieu de son visage trop mince. Il avait reniflé la présence des flics.

— Je t'en donne cinquante dollars.

— Allez, mec ! s'écria le drogué, désespéré. Il m'en faut cent. Ça vaut plus que ça. Deux cent cinquante, facile ! Un peu de cœur, mon vieux. Je vais crever.

Bollimer fit mine d'examiner la montre de plus près.

— Soixante-quinze. C'est mon maximum.

— Quatre-vingt-dix ? C'est une belle pièce.

— Soixante-quinze.

— D'accord, d'accord, je prends.

Bollimer tapota sur le clavier d'un mini-ordinateur et l'imprimante cracha un formulaire qu'il tendit à son client.

— Tu connais la chanson.

Le junkie griffonna son nom sur les deux parties, déchira celle qu'il devait conserver, rendit l'autre à Bollimer. Celui-ci se remit à pianoter et un long tube translucide expectora les soixante-quinze dollars.

— Tu as trente jours pour la récupérer.

Il hocha la tête tandis que le camé se précipitait dehors.

— Il reviendra, mais pas pour reprendre cette montre, grommela Bollimer en la posant de côté. Que puis-je pour vous ?

— C'est un client régulier ?

— Binks ? Oh, oui. Cet objet lui appartient. Je l'ai déjà vu à son poignet.

— Tôt ou tard, il ne lui restera plus rien à mettre au clou. Il sera forcé de voler et finira par agresser quelqu'un.

Bollimer opina solennellement.

— C'est malheureux, mais ainsi va le monde. Je gère une entreprise irréprochable. J'ai une licence. Je consulte la liste rouge des marchandises dérobées tous les jours, je coopère avec les autorités. Si vous êtes à la recherche de quelque chose qui n'a pas encore été recensé, allez-y, jetez un coup d'œil.

— Nous sommes de la Criminelle, répliqua Eve en lui présentant son insigne. Nous enquêtons sur le meurtre de l'inspecteur Coltraine.

Il écarquilla les yeux, bouche bée.

— Quoi ? Ammy ? Ammy a été tuée ?

— Les médias l'ont annoncé. On leur a communiqué le nom de la victime il y a deux heures. Vous n'écoutez jamais les infos, Stu ?

— Pourquoi voulez-vous que je m'intéresse à ces conneries ? Attendez. Attendez une seconde.

Il appuya sur un bouton et une grille s'abaissa devant la porte d'entrée. Eve entendit le cliquetis du verrou. Bollimer avait beau paraître sincèrement ébranlé, elle posa la main sur sa hanche, près de son arme, quand il recula son siège et se rua hors de sa cage en verre.

Ses yeux étaient voilés de larmes.

— Que s'est-il passé ?

— On l'a assassinée hier soir. Son corps a été découvert au sous-sol de son immeuble ce matin.

Ces éléments avaient été transmis à la presse.

— Ce n'est pas possible. Pas possible, murmura-t-il en pressant les doigts sur ses paupières. Vous saviez que j'étais son indic ?

— Oui. Lui avez-vous filé un tuyau récemment qui aurait pu énerver quelqu'un au point de l'abattre ?

— Non. Que des peccadilles. Autrefois, j'œuvrais dans des sphères plus élevées. Je me suis fait choper. J'ai mariné en taule. Ça aussi, vous le savez. Depuis, j'essaie de rester sur les rails. La prison, ce n'est pas mon truc et je ne tiens pas à y retourner. Ammy est venue un jour avec sa collègue blonde. Elles cherchaient des bijoux chapardés au cours d'une agression. J'avais une des pièces qui les intéressaient – une bague. J'avais effectué la transaction à peine une heure auparavant. Nom de nom ! D'habitude, j'ai davantage de flair.

Il tapota le côté de son nez.

— La blonde m'est tombée dessus – le problème, c'est que ces objets ne figuraient pas encore sur la liste rouge. Je me suis énervé : « Pour qui vous me prenez ? Un télépathe ? » Je leur ai remis la bague, le ticket de caisse, une copie de la carte d'identité de la cliente. Collaboration totale. Quant à moi, je peux m'asseoir sur mes deux cents dollars, mais c'est le jeu.

— Elles ont coincé le coupable ?

— Ouais. Ammy est repassée le lendemain pour me remercier. Sympa, non ? Elle m'a raconté que le type qui avait détroussé le couple de passants avait offert la bague à sa petite amie. Et qu'aussitôt, elle était venue ici la mettre au clou. Ammy et sa partenaire l'ont obligée à dénoncer son copain et ont récupéré tous les bijoux. On s'est mis à discuter parce qu'on est tous les deux originaires de Georgie. Je ne suis pas allé dans le Sud depuis plus de vingt ans mais tout de même… Elle était revenue seule, en m'apportant un café. Gentil, hein ? Du coup, j'ai commencé à lui fournir des infos quand j'en avais. Elle était adorable… Ils l'ont massacrée ?

— Pas autant qu'ils l'auraient pu.

Eve décida de tenter le tout pour le tout.

— Ils lui ont pris son arme. Vous en vendez en douce, Stu ?

— Je ne prends même pas les couteaux, encore moins les pistolets paralysants et les mitraillettes. Mais je connais des gens qui connaissent des gens… Je me renseignerai.

Il se racla la gorge.

— Il y aura une cérémonie ? J'aimerais y assister. Je veux lui rendre hommage. Elle était adorable.

— Je vous préviendrai dès que je le saurai. Voici ma carte. Si vous entendez quoi que ce soit, contactez-moi.

— Entendu.

Eve pivota sur ses talons, se retourna.

— Vous dites qu'elle est revenue seule. Était-elle seule chaque fois que vous vous rencontriez ?

— Presque toujours. Vous savez ce que c'est quand on courtise un indic.

— Oui. Merci.

Peabody renifla lorsqu'elles émergèrent sur le trottoir.

— J'ai failli fondre en larmes ! J'ai l'impression qu'il l'aimait vraiment. Comme sa fille.

— Apparemment, elle avait cet effet sur les gens. Peut-être avait-elle rendez-vous avec un autre indic ?

— Je préfère ça plutôt que d'imaginer un de ses coéquipiers dans la peau du meurtrier.

— Elle l'aura forcément noté quelque part.

Eve s'installa dans la voiture, réfléchit.

— Peut-être qu'elle avait mis le doigt sur une affaire qui la dépassait ? Ou qu'elle s'était laissé mener en bateau ? Un mot de travers, une question mal interprétée, et vlan ! on se débarrasse d'elle.

— Elle travaillait souvent sur des cambriolages. Celui qui s'est introduit dans son immeuble était habile. Un pro.

Eve démarra.

— Nous consulterons Feeney. Personne n'est plus rapide que lui. Enfin, excepté Connors. Feeney effectuera les croisements avec les dossiers qu'elle avait en cours. Avec un peu de chance...

— Même avec l'assistance de Feeney et de McNab – voire la magie de Connors – cela va prendre un temps fou. Si vous le lui demandez, Feeney pourrait mettre Callendar sur le coup. Elle est très efficace.

Eve s'apprêtait à répondre quand elle aperçut l'enseigne d'un restaurant chinois. À moins de deux pâtés de maison de l'immeuble de Coltraine, songea-t-elle en se garant.

— Vous m'avez sorti la liste des restaurants ?

— Oui, répondit Peabody en ouvrant son mini-ordinateur. Celui-là doit y figurer. *Jardin de Chine*. C'est le plus proche quand on vient de cette direction. Il y en a un autre, de l'autre côté de l'immeuble, et une multitude dans un rayon de cinq blocs.

— Coltraine préférait les escaliers. Je parie qu'elle se rendait le plus souvent possible à pied au commissariat. Elle devait passer devant le *Jardin de Chine*. Et si elle prenait le métro, la station est là-bas, son chemin la menait forcément devant. Allons-y.

La salle étroite étincelait de rouge et d'or. On était en plein milieu de l'après-midi, pourtant plusieurs tables étaient occupées par des clients buvant du thé et grignotant des nems miniatures. Une femme couronnée d'une touffe de cheveux en épis quitta sa banquette en coin et vint vers elles.

— Bonjour. Souhaitez-vous vous asseoir ?

— Non, merci.

Eve montra son insigne.

— Ah !

La femme baissa les yeux, les releva. Son regard vert océan exprimait tristesse et compréhension.

— Vous êtes ici à propos de l'inspecteur Coltraine. Venez vous asseoir, je vous en prie. Vous prendrez bien un thé.

Elle les précéda vers la banquette où l'attendait une jeune fille. Celle-ci se leva précipitamment.

— Je suis Mary Hon, se présenta-t-elle en indiquant la banquette de la main. Ma famille et moi sommes profondément désolées.

— Vous connaissiez l'inspecteur Coltraine.

— C'était une cliente fidèle, une personne charmante. Nous prions tous pour elle et pour que son meurtrier soit puni.

— Est-elle venue hier ?

— Je l'ai servie moi-même, répondit Mary tandis qu'on leur apportait tasses et théière. Il était tôt, à peine 18 heures. Elle m'a dit qu'elle avait fait du lèche-vitrines sur le chemin du retour et essayé une paire d'escarpins qu'elle n'avait pas les moyens de s'offrir. Nous avons plaisanté un peu. Elle ne savait pas de quoi elle avait envie et m'a demandé de lui faire la surprise. Je lui ai donné le poulet moo-shu et deux rouleaux de printemps parce que je savais qu'elle en était friande.

— Elle était seule ?

— Oui. Elle a précisé qu'elle voulait des plats à emporter, car elle avait l'intention de manger chez elle en travaillant. Je vous l'ai dit, il était tôt, et nous n'avions pas grand-monde. Nous avons donc continué à bavarder pendant qu'on préparait sa commande en cuisine. Elle m'a dit qu'elle devait travailler et son ami aussi parce qu'ils projetaient de partir pour un long week-end bientôt. Elle paraissait très heureuse. Elle m'a payée sans même regarder ce que j'avais mis dans le sac. Elle a dû rester un quart d'heure, pas plus.

— Elle venait toujours seule ?

— Presque.

Mary souleva la tasse. Ses mains étaient fines et élégantes. Elle portait un large anneau en or et ses ongles étaient peints en rouge sombre.

— Je l'ai vue une ou deux fois en compagnie de son ami. Elle l'appelait Li. Ils respiraient le bonheur, ces deux-là. Ne me dites pas que c'est lui qui l'a...

— Non, ce n'est pas lui. Merci de votre aide, madame Hon.

— Elle va me manquer.

— De plus en plus triste, commenta Peabody lorsqu'elles furent dehors. On n'imagine pas le nombre d'individus qu'on peut croiser dans une vie ni la façon dont ils nous voient. Le traiteur du coin, le gérant de votre pizzeria préférée. La caissière du supermarché. Ça compte.

— L'un de ces individus qu'elle a croisés voulait sa mort. Suivons son parcours à partir d'ici.

Aux alentours de 18 heures, Amaryllis Coltraine avait foulé ce trottoir et acheté un repas à emporter au *Jardin de Chine*. La journée était belle, plus belle qu'aujourd'hui. Avait-elle déambulé tranquillement ou, comme toute New-Yorkaise digne de ce nom, pressé le pas ?

Elle avait pris son temps, décida Eve. Pourquoi se dépêcher ? Elle n'avait pas vraiment faim, elle ne mangerait pas avant une bonne heure. Selon toute apparence, elle prévoyait une soirée studieuse.

— Même sans courir, le trajet dure cinq minutes à tout casser, constata-t-elle en glissant son passe-partout là où Coltraine avait utilisé sa carte-clé.

— Inspectez sa boîte aux lettres.

Peabody s'exécuta. Pas de courrier.

— Elle a pris l'escalier.

Dallas et Peabody dépassèrent les ascenseurs et bifurquèrent à droite. Eve marqua une pause pour scruter les alentours. Porte de derrière en face, escaliers vers le haut et vers le bas sur la droite.

— Par où allait-elle sortir ? L'avant ou l'arrière ? Elle n'avait pas de voiture : venait-on la chercher ? Préférait-elle se rendre à son rendez-vous à pied ou en métro ? Ce n'est pas ici qu'ils l'ont piégée : c'est trop près du hall.

Elles commencèrent à monter.

— Les escaliers sont propres. Pas de détritus, pas de graffitis, pas de taches d'usure sur la rampe ou les murs. La plupart des locataires doivent utiliser l'ascenseur.

Eve s'immobilisa sur le premier palier.

— Voici l'endroit où je l'aurais surprise. Je me tapis derrière l'escalier, je l'entends descendre, je jauge son rythme à ses pas. Elle tourne là, se retrouve face à moi. Tout près. Boum ! Le tour est joué. Je la soulève – avec mon ou mes complices si j'en ai – et je la transporte au sous-sol. À cette heure-là, les lieux sont déserts. Mais je suis armée, au cas où.

Eve plissa les yeux et examina Peabody.

— Vous pesez plus qu'elle.

— Merci de me rappeler que j'ai quatre kilos à perdre.

— Question poids, elle était plus de mon gabarit, poursuivit Eve, ignorant la remarque de sa coéquipière. Moins grande, mais de la même corpulence. Vous avez le dos solide. Portez-moi jusqu'au sous-sol.

— Hein ?

— Hissez-moi sur votre épaule à la manière des pompiers. C'est comme ça qu'il a dû s'y prendre. Ça lui laissait une main libre pour son arme.

Eve se plaqua contre le mur comme si elle avait reçu un coup en pleine poitrine et se laissa glisser à terre.

— Ramassez-moi, descendez-moi.

— Mince !

Peabody délia les épaules, s'accroupit, poussa un grognement. Au deuxième essai, elle parvint à draper Eve sur son épaule. Puis elle grogna de nouveau et se redressa.

— Je me sens ridicule, marmotta-t-elle. En outre, vous êtes plus lourde que vous n'en avez l'air.

— Elle n'était pas légère comme une plume, argua Eve. Inconsciente, chargée de deux armes, de son communicateur, enfin, de tout ce qu'elle avait emporté avec elle. Pas mal, concéda-t-elle alors que Peabody atteignait le dernier palier. Même en râlant. Si c'était un homme, il était sans doute plus grand et plus musclé que vous. Et il avait un objectif. La dissimuler au plus vite.

— Mouais.

Le souffle court, Peabody s'immobilisa devant la porte menant au sous-sol.

— Et maintenant ? La porte est scellée.

— Servez-vous de votre passe-partout. Il a utilisé le sien ou la carte-clé de Coltraine.

Peabody changea de position. Lorsqu'elles eurent franchi le seuil, elle referma la porte d'un coup de fesses.

— Bon. Vous allez me tuer d'ici peu. Par quoi commencez-vous ?

— Je vous balance sur le sol.

— Il ne l'a pas fait. Elle aurait eu davantage d'ecchymoses. Il l'a déposée. Déposez-moi.

— Seigneur !

Peabody plia les genoux et se pencha en avant, les coudes sur les cuisses.

— Vous devriez faire plus de gym, railla Eve. Il la désarme. Si vous essayez, je vous fracture tous les doigts ! prévint-elle. Il lui prend son insigne, son communicateur. Il la ranime avec un stimulant.

Fronçant les sourcils, Eve vérifia l'heure.

— Elle a quitté l'appartement aux alentours de 23 h 22. Comptons deux minutes pour descendre l'escalier. Embuscade, transport. Moins de trois minutes. Disons qu'il était 23 h 25. En incluant le temps nécessaire pour lui piquer ses affaires, puis la ranimer, il reste dix minutes avant l'heure du décès. C'est long.

— Il avait des choses à lui dire.

— Ou à lui soutirer. Une conversation ? Une séance de torture émotionnelle ? Il a fait durer le plaisir. Il n'a pas débloqué les caméras tout de suite.

— Et s'il avait attendu de l'avoir tuée pour récupérer son arme et le reste ?

— Trop risqué. Non, après l'avoir achevée, il s'est assuré qu'il n'avait laissé aucune trace, qu'il n'avait commis aucune erreur.

Eve s'assit, scruta les lieux.

— À moins d'être assez bête pour mettre sa bague ou son arme au clou, il n'a omis aucun détail.

Elle se leva.

— Remontons chez elle. Ensuite nous irons au Central, nous agraferons Feeney et nous ferons le point.

Dommage, songea-t-elle, de retour dans son bureau du Central. Une journée bien pleine et rien que des impressions : comment les gens voyaient la victime, la ressentaient. Elle pouvait désormais y ajouter sa propre image de Coltraine. Elle avait mis ses pas dans les siens, dressé la chronologie probable des événements. Mais elle ne pouvait pas savoir qui ou ce qui avait réussi à l'attirer hors de chez elle.

Une deuxième fouille de l'appartement n'avait rien donné.

Feeney et ses meilleurs informaticiens avaient commencé à lancer des recherches et à recouper des données. Plusieurs de ses hommes à elle se penchaient sur les enquêtes passées et en cours de Coltraine. Eve avait la sauvegarde de son agenda, mais rien n'était inscrit à la date de sa mort.

Elle transmit une copie de ses données au Dr Mira, la profileuse du département – à qui elle demanda un rendez-vous au plus vite –, au commandant et chez elle.

Elle se leva. Une dernière tasse de café, un dernier passage en revue avant de rentrer à la maison et tout revoir à tête reposée.

Baxter fit son entrée, un carton scellé entre les mains.

— Livraison spéciale. C'est pour vous. Ils l'ont scanné à l'entrée. Ce sont des armes. Modèles de la police.

— Où est le coursier ?

— Au dépôt. On a vérifié les empreintes : il y a celles du coursier et celles de deux autres individus, tous deux employés à l'entrepôt où le colis a été déposé. Pas d'explosifs.

Peabody se précipita derrière Baxter.

— Ce sont forcément les siennes. À qui d'autre pourraient-elles appartenir ?

— Nous allons le découvrir. Enregistrement : Colis adressé au lieutenant Dallas, Eve, division de la Criminelle, Central, livraison spéciale par coursier. Scanné et approuvé.

Elle brisa le sceau. À l'intérieur se trouvaient deux revolvers, l'insigne de Coltraine, sa carte d'identité, et un disque dans une pochette de protection. Eve ravala son impatience.

— Relevons les empreintes sur tout ça.

— Je vais chercher mon minikit, lança Peabody avant de sortir en courant.

— C'est une claque en pleine figure, gronda Baxter. Nous le savons déjà. « Oyez ! J'ai piqué tout ça à un flic, puis je l'ai tué. Voyez ce que vous pourrez faire. »

— Oui. Mais s'il est assez effronté pour nous narguer, il l'est assez pour commencer à commettre des erreurs.

Elle s'empara du kit que Peabody venait d'apporter.

— Contenu, intérieur de la boîte, RAS. Pas de cheveux, pas de fibres, rien. Quant au disque, il s'agit d'un texte écrit. Aucun virus détecté. Voyons ce que ce salaud a à nous dire.

Elle le glissa dans sa machine et en ordonna l'affichage. Le texte était en gras et en capitales.

J'AI PRIS CECI À CETTE PUTE DE FLIC ET JE L'AI TUÉE AVEC SON ARME. UN JEU D'ENFANT. JE VOUS LES RENDS. UN DE CES JOURS J'ENVERRAI PEUT-ÊTRE LES VÔTRES À QUELQU'UN D'AUTRE.

— Une petite conversation avec le coursier s'impose, énonça Eve froidement. Baxter, allez interroger les gars de l'entrepôt avec Trueheart.

— Tout de suite.

— Peabody, avec moi.

5

Tandis qu'elle rentrait chez elle, Eve se demanda si l'assassin de Coltraine avait conscience de la portée de son geste, malgré l'insolence du message et sa menace implicite. Les armes et l'insigne de l'inspecteur étaient de nouveau entre les mains des autorités.

On ne s'en servirait plus pour infliger le mal.

Le coursier n'y était pour rien. Il s'était contenté de faire son boulot. Elle reconnaissait l'avoir malmené, poussé dans ses retranchements, sans doute terrifié. Mais désormais, elle était certaine qu'il n'avait aucun lien avec cette affaire.

La visite de Baxter et de Trueheart au dépôt n'avait rien donné. Le nom et l'adresse sur le récépissé étaient faux, la livraison payée d'avance par le biais d'un formulaire informatique que le tueur avait pu se procurer en une multitude d'endroits, voire télécharger sur son propre ordinateur ou dans un cybercafé.

Les seuls éléments dont elle disposait étaient le lieu ainsi que l'heure à laquelle le colis avait été retiré et enregistré. Livraison express le jour même.

L'assassin s'était préparé à réagir dès que les médias auraient diffusé la nouvelle – et le nom du responsable de l'enquête. Il lui avait suffi d'inscrire son nom et de lancer le processus.

Eve en déduisit que cette initiative faisait partie du plan. Non seulement l'expédition du colis au Central, mais aussi l'utilisation de l'arme de Coltraine contre elle. Tout était prévu, étape par étape.

De quoi ruminer.

En franchissant le portail de la propriété, elle pensa à Morris. Que faisait-il ? Tenait-il le coup ? Ici, le printemps explosait littéralement. Les arbres croulaient sous les fleurs roses et blanches, jonquilles et tulipes se disputaient les plates-bandes, comme si un artiste épanoui avait peint son bonheur à travers le parc.

Les tourelles de l'imposante demeure jaillissaient vers le ciel. Les fenêtres éclairées promettaient un accueil chaleureux.

Eve abandonna son humble véhicule au pied du perron, et pénétra chez elle.

Summerset ne rôdait pas dans le vestibule tel un gros nuage noir. L'espace d'un instant, Eve fut vaguement déçue de ne pas pouvoir se défouler sur le majordome de Connors – son bouc émissaire préféré. Puis elle entendit des voix dans le salon et comprit qu'il était en train de servir quelque chose à quelqu'un.

Mince ! Qui était là ?

Elle songea à piquer un sprint dans l'escalier pour aller s'enfermer dans son bureau. Sauf que le système de sécurité devait avoir détecté son arrivée. Prise au piège, elle traversa le hall.

Comme toujours, c'est Connors qu'elle vit en premier. Assis dans un fauteuil, il paraissait détendu, amusé. Parfaitement à l'aise.

Malgré le bébé sur ses genoux.

Eve tressaillit, le cerveau soudain assailli par une multitude de sensations. Le gloussement de son amie Mavis, le sourire béat de Leonardo tandis qu'il portait la main de son épouse à ses lèvres. La silhouette noire de Summerset, le chat enroulé à ses pieds.

Et l'enfant, Bella Eve, tout en rose, blanc et or.

Enfin, Eve se rappela qu'ils avaient prévu d'inviter Mavis et sa famille à dîner.

Merde !

— Salut ! lança-t-elle en pénétrant dans la pièce. Désolée d'être en retard.

— Dallas !

Mavis se leva d'un bond, un tourbillon de couleurs avec ses boucles blondes aux pointes roses.

Elle semblait montée sur ressorts, songea Eve, tandis qu'elle s'approchait sur ses hauts talons triangulaires ornés de zigzags arc-en-ciel. À chaque pas, sa jupe microscopique parsemée de brillants verts et roses virevoltait. Elle étreignit Eve, puis s'écarta pour la contempler avec ravissement.

— Tu n'imagines pas ce que tu as raté ! Nous avons mangé comme des ogres, et Belle a montré à tout le monde qu'elle savait rouler sur le ventre et agiter son hochet.

— Waouh ! murmura Eve, à court d'inspiration.

Leonardo s'approcha à son tour. Il était aussi grand et bronzé que Mavis était menue et pâle. Décidément, ils formaient un couple sensationnel.

Il déposa un baiser sur sa joue. Sa chevelure en torsade effleura sa peau comme du satin.

— Tu nous as manqué.

— Oui. Navrée.

Mavis pressa le bras d'Eve.

— Ne t'inquiète pas. Nous savons combien ton métier est prenant. Viens voir la petite !

Mavis la traîna jusqu'à Connors. Ce n'était pas qu'elle rechignait à voir Belle, se rassura Eve. Enfin, pas exactement. Mais elle ressemblait à une poupée. Et Eve avait horreur des poupées.

Connors la gratifia d'un sourire ravageur.

— Bienvenue à la maison, lieutenant.

— Mouais.

Elle aurait pu l'embrasser pour se faire pardonner, mais cela l'obligerait à se pencher par-dessus ce superbe baigneur rose et or aux grands yeux brillants.

— Tu n'as pas salué tous nos invités.

D'un geste preste, si preste qu'elle ne vit rien venir, il se leva et déposa la petite dans ses bras.

Eve parvint à ravaler une injure pour n'émettre qu'une sorte de miaulement éraillé. Elle maintint Belle à bout de bras comme s'il s'agissait d'un engin potentiellement inflammable.

— Euh... coucou ! Jolie robe.

Comment un être aussi minuscule pouvait-il être humain, sous tous ces froufrous ? Qu'est-ce qui lui passait par la tête quand elle vous fixait ainsi, au point de vous flanquer la chair de poule ?

Mal à l'aise, ne sachant trop quelle attitude adopter, Eve se tourna lentement pour remettre l'enfant à Mavis. Ou à Leonardo. Même à Summerset. Et pourquoi pas au chat ? Belle cligna des yeux et lui sourit. Elle remua les jambes, agita son hochet rose et se mit à gazouiller.

Eve plia légèrement les coudes et la secoua. Un liquide blanc gicla de la bouche du bébé.

— Qu'est-ce que c'est ? Qu'est-ce que j'ai fait ? J'ai appuyé sur un bouton ?

— C'est juste un petit renvoi.

Mavis rit en tamponnant la bouche de sa fille avec un mouchoir rose.

— Elle aussi, elle a mangé comme un ogre.

— Oui. Bon, eh bien, je te la rends, marmonna Eve.

— Lieutenant.

La voix de Summerset. Eve carra les épaules. Le moment était venu. Il allait la couvrir de reproches parce qu'elle avait oublié qu'ils avaient des invités, et manqué le dîner.

Elle se prépara à l'attaque en concoctant quelques ripostes féroces et pivota vers lui. Il se contenta de lui tendre un verre de vin.

— Je vous apporte votre repas ici.

Les yeux étrécis, elle le regarda sortir.

— C'est tout ? Il est malade ?

— Il sait pourquoi tu es en retard, expliqua Connors. Que tu enquêtes sur la mort d'une collègue. Reconnais-lui certaines qualités.

Elle fronça les sourcils, but une gorgée de vin.

— Je suis obligée ?

Dans la mesure où elle ne pouvait pas se remettre immédiatement au travail, elle consentit à se percher sur l'accoudoir du fauteuil de Connors.

— J'ai pensé à te laisser un message pour te prévenir que je serais en retard.

— Je sais.

Il lui frotta la cuisse.

— Vous avez progressé ?

— Pas vraiment. C'est déjà assez dur quand il s'agit de l'un des nôtres, mais devoir l'annoncer à Morris, voir son visage...

— Morris ?

— Ils sortaient ensemble. Morris et Coltraine. La victime. C'était sérieux.

— Oh, non ! souffla Mavis en étreignant davantage sa fille. C'était Ammy ? Nous n'avons pas écouté les informations, aujourd'hui. Nous n'étions pas au courant. Connors nous a simplement dit que tu étais sur une affaire d'homicide, un flic. Nous ne savions pas que c'était... Oh, Leonardo !

Il la serra contre lui.

— C'est... abominable, lâcha-t-il. Nous les avons rencontrés par hasard dans un club un soir. Nous avons bu un verre avec eux. Ils étaient si heureux... Je suis tellement désolé. Pouvons-nous faire quelque chose pour lui ?

— Honnêtement, je n'en sais rien.

— C'est la seule fois où nous l'avons vue, renchérit Mavis.

Une larme roula sur sa joue et elle appuya le menton sur le crâne de Belle.

— Elle était pleine de vie, et ils semblaient tellement amoureux. Tu t'en souviens, mon chou, que je t'ai dit ensuite qu'ils étaient faits l'un pour l'autre.

— Je m'en souviens.

Mavis se redressa, tapota le dos de sa fille.

— Je suis contente que tu t'occupes de l'enquête, Eve. Tu démasqueras le salaud qui a fait ça. Morris le sait. Nous allons te laisser à ton boulot. Si je peux t'aider d'une façon ou d'une autre, n'hésite pas. Je suis à ta disposition.

Mavis installait Belle dans sa poussette quand Summerset revint avec un plateau.

— Vous partez ?

— C'est l'heure du dodo pour Bellissima, répondit Mavis en se hissant sur la pointe des pieds pour déposer un baiser sur la joue du majordome. Nous reviendrons – nous les filles – pour la grande célébration. Un enterrement de vie de jeune fille nous remontera le moral. Et vous, les hommes, pendant ce temps, vous fêterez le marié à Vegas.

— Hein ? s'exclama Eve.

— Je remplis mon devoir de garçon d'honneur, expliqua Connors. J'attends ce moment avec impatience.

Lorsqu'elle fut seule avec Connors, le vin et une assiette appétissante, Eve plissa le front.

— Pourquoi dois-tu aller jusqu'à Las Vegas – c'est bien à Las Vegas que tu vas, pas hors planète, sur Vegas II ?

— Non, non. La capitale du jeu.

— Et si j'ai besoin d'aide avec toutes ces femmes ? Je ne sais même pas ce qu'elles ont prévu parce que Peabody et Nadine ont tout pris en main. Imagine que…

— Tu pourrais te renseigner au lieu de feindre que cet événement n'aura pas lieu. Tu n'as rien à craindre. Cc sont tcs amics... Mangc ton rcpas avant qu'il nc refroidisse.

— Je vais le monter.

— À ta guise. Tu me raconteras ce qui est arrivé à la fiancée de Morris et tu me diras en quoi je peux me rendre utile pour retrouver son meurtrier. Morris est aussi mon ami, ajouta-t-il.

— Oui, oui, jc sais.

Elle s'abandonna subitement, vint poser le front sur son épaule.

— Seigneur ! C'était horrible. Une épreuve comme j'en ai rarement vécu. J'en avais la nausée juste avant de sonner chez lui. Je dois absolument résoudre cette affaire. Pour lui. Pas uniquement par conscience professionnelle.

— Je comprends.

Il l'enlaça et l'étreignit avec force.

— Je suis à ta disposition.

Elle opina et s'écarta.

— Allons dans mon bureau. J'y vois toujours plus clair, ou sous d'autres angles, quand je t'expose les faits.

— Parle-moi un peu d'elle. Tu la connaissais bien ?

— Non. Je l'ai croisée à une ou deux reprises à la morgue. Elle est arrivée d'Atlanta il y a moins d'un an. Mavis a raison : Morris et elle étaient fous l'un de l'autre. Tous les témoins que j'ai interrogés aujourd'hui l'ont senti. C'était un bon flic, du genre attentif aux détails. Mais sa vie ne tournait pas autour du boulot. Tu vois ce que je veux dire.

Il ébaucha un sourire.

— Oui.

— Organisée, féminine. Huit ans de service. Stable. Très appréciée de tous : ses collègues, son principal indic, même la gérante du restaurant chinois où elle commandait ses plats à emporter. Je n'imagine pas ce qu'elle a pu faire, qui elle a pu contrarier pour qu'on la prenne ainsi pour cible.

— Tu penses que le crime était prémédité ?

— Oui.

Elle lui résuma la situation tout en mangeant.

— Les serrures ont été vérifiées ?

— Oui. Elles étaient intactes. Il a pu utiliser un passe-partout. Ce pourrait être un voisin. Quelqu'un qui se serait débrouillé pour dupliquer son passe ou celui d'un autre locataire de l'immeuble. Ou encore, un individu aussi doué que toi. Toujours est-il qu'il n'a laissé aucune trace.

— Tu dis qu'il l'a neutralisée avec un pistolet paralysant. Un engin difficile à se procurer, et très coûteux. Aurait-il pu la désarmer d'abord, puis utiliser son arme les deux fois ?

— Ça ne colle pas. Elle ne s'est pas débattue. Elle n'a aucune lésion extérieure hormis les traces de brûlures et les hématomes derrière la tête et les épaules. Aucun flic ne tend son calibre comme ça, même à quelqu'un qu'il connaît.

— Si je te demandais de me montrer le tien, tu me le confierais.

Eve réfléchit.

— D'accord, peut-être l'aurait-elle fait avec quelqu'un dont elle était très proche. Mais je n'y crois pas. Elle a quitté son appartement avec ses deux armes. Elle a emprunté l'escalier comme elle en avait l'habitude. C'était une embuscade. Il fallait agir vite et bien. Pas le temps d'échanger des mondanités.

Elle se leva et se mit à arpenter la pièce. Connors constata qu'elle n'avait pas fini son assiette.

— Nous avons lancé des recherches sur tous les locataires. Quelques-uns ont un casier, mais rien de grave. Nous les questionnerons, cependant je m'interroge : pourquoi aurait-elle pris la peine de s'équiper ainsi pour rencontrer un voisin ?

— Peut-être avait-elle l'intention de s'arrêter à un étage.

Eve s'immobilisa, fronça les sourcils.

— Pourquoi pas. Mais elle a pris ses précautions, ce n'est donc pas une visite de courtoisie. En admettant que le tueur soit dans un des appartements, pourquoi a-t-il éprouvé le besoin de bloquer la caméra de sécurité au-dessus de la porte de derrière ? Pour brouiller les pistes, peut-être... Pour qu'on cherche hors de l'immeuble.

Elle se remit en marche.

— Une complication inutile. Toutefois nous retournerons interroger les locataires.

— Je peux te donner un coup de main pour les appareils électroniques.

— J'ai confié cette mission à Feeney. Il est toujours heureux d'accueillir à bord un super-crack de l'informatique, mais il est possible qu'il maîtrise la situation. J'ai une tonne de dossiers à lire. Je dois étudier ses enquêtes, en cours et clôturées, et tous les documents qu'Atlanta m'a expédiés. Tu sais raisonner – oui, oui, je sais, tu vas le prendre comme une insulte –, tu sais raisonner comme un flic. Tu pourrais peut-être te charger d'Atlanta pendant que je me concentre sur New York. D'autant qu'il va falloir faire des recoupements. Voir s'il existe des liens entre le passé et le présent.

— Sur ce plan, je suis plus rapide que toi.

— Oui. Tu sais aussi raisonner comme un criminel, reprit-elle en inclinant la tête, ce qui est un atout. Aurais-tu envoyé les armes au responsable de l'enquête ? Pourquoi ? Ou pourquoi non ?

— Je ne les aurais pas prises, point. Un malfaiteur intelligent n'emporte rien – sauf s'il est là pour voler, ce qui n'était pas le cas – et il ne laisse rien derrière lui.

— Pourtant, il l'a fait. Et je ne pense pas qu'il soit stupide.

— Il devait avoir de bonnes raisons. Abandonner les armes sur place aurait été, à mon avis, encore plus insultant à l'égard de Coltraine. Et de toi ou de quiconque chargé de diriger l'enquête. Ce n'est pas un pro.

— Parce que ?

— Un pro fait son boulot, s'en va, et tourne la page. Il ne nargue pas la police.

— Je suis d'accord. Il voulait lui soutirer quelque chose, une information ou un objet qu'elle aurait emporté mais dont nous n'avons pas connaissance. Ou bien il voulait lui transmettre un message avant de l'achever. Et il souhaitait qu'on la découvre sans délai… Je vais installer mon tableau de meurtre et lancer quelques calculs de probabilités avant de m'attaquer aux fichiers. Tiens ! ajouta-t-elle en lui tendant un disque. Voici Atlanta. Toutes les données sont sur mon ordinateur au Central, auquel tu sais accéder.

— Je m'y mets tout de suite.

— Connors…

La question l'avait rongée toute la journée, pourtant elle n'avait pas eu l'intention de la poser.

— Morris… Tout à l'heure, quand j'étais avec lui, il a dit que pour maintenir une relation avec un flic… il ne fallait pas penser au risque, ignorer la peur. C'est ainsi que ça se passe ?

Il glissa le disque dans sa poche pour lui prendre les mains et caressa son alliance.

— Je suis tombé amoureux de toi telle que tu étais, avec tes qualités et tes défauts. J'ai accepté l'ensemble.

— Ce n'est pas une réponse. Enfin, si, probablement.

Il plongea son regard dans le sien.

— Comment puis-je t'aimer sans avoir peur ? Tu es ma vie, Eve. Tu te demandes si je m'inquiète, si je crains qu'un jour Peabody ou Feeney, ou ton commandant ne vienne frapper à ma porte ? Bien sûr que oui.

— Je suis désolée. J'aimerais tant que...

Il l'interrompit en effleurant ses lèvres d'un baiser.

— Je ne changerais rien. Morris a raison, il faut l'ignorer et aller de l'avant. Si j'en étais incapable, je t'interdirais de sortir de cette maison... Que deviendrions-nous ?

— Je suis prudente.

Il posa sur elle un regard où l'amusement le disputait à la frustration.

— Tu es intelligente, rectifia-t-il. Habile. Mais pas toujours aussi prudente que tu devrais l'être. J'ai épousé un flic, j'assume.

— Je t'avais pourtant découragé.

Cette fois, il s'esclaffa et l'embrassa sur le front.

— Je n'ai rien voulu savoir. Je me trouve très doué, comme mari de flic.

— Le meilleur de tous.

— Quel compliment !

— J'ai de la chance et j'en suis consciente. Quand je déboule avec deux ou trois heures de retard, comme ce soir, alors que nous avions des amis à dîner, et que tu ne te fâches pas, je ne trouve pas ça tout naturel. Je t'en suis reconnaissante.

— Tant mieux. Nous avons échangé des serments il y a bientôt deux ans, dit-il, sentant qu'elle avait besoin d'être rassurée. Et je trouve que nous les avons parfaitement tenus jusqu'à maintenant.

— Je pense, oui. Tu sais, si par moments tu ne parviens pas à chasser la peur, tu devrais m'en parler. Même si cela nous vaut une dispute, tu as le droit de t'exprimer.

Il laissa courir l'index sur la fossette de son menton.

— Au travail, lieutenant. Ce soir, j'ai l'esprit en paix.

Elle installa son tableau de meurtre, y fixa la photo de Coltraine, celles de tous les membres de son équipe, les noms des locataires de son immeuble qui avaient un casier, ceux des personnes impliquées dans ses enquêtes en cours. Elle compléta l'ensemble avec une photo du colis contenant les armes, l'insigne, le message. Les rapports du laboratoire, la chronologie des événements. La description de la bague que la victime aurait dû porter au majeur droit.

Pourquoi l'assassin avait-il rendu les armes, mais gardé la bague ?

Elle orienta le tableau afin de le voir de son bureau. Armée d'une tasse de café fumante, elle s'installa pour lancer une série de calculs de probabilités.

L'ordinateur lui annonça qu'il y avait quatre-vingt-six pour cent de chances que la victime et son meurtrier se soient rencontrés préalablement. Et confirma à quatre-vingt-dix-huit virgule huit pour cent que la victime n'avait pas été choisie au hasard.

Jusqu'ici, Eve et la machine étaient sur la même longueur d'onde.

Elle décida d'en rester là et de s'atteler à la lecture des dossiers.

Le vol à Chinatown s'était déroulé sans violence. Deux hommes masqués s'étaient précipités dans une supérette à la fermeture en menaçant la gérante avec un couteau. Ils avaient exigé l'argent de la caisse et les disques de sécurité. Ils les avaient obtenus sans difficulté. Puis ils avaient ordonné à la femme et à son mari de se coucher par terre. Apparemment, ils s'étaient rempli les poches de barres de chocolat avant de prendre la fuite. Ils avaient emporté moins de trois cents dollars.

Les victimes avaient été choquées, mais s'en étaient sorties indemnes. Le mari avait remarqué un tatouage sur le poignet de l'individu au couteau – un petit dragon rouge –, et tous deux avaient affirmé que les agresseurs étaient jeunes.

Le coup des friandises acheva d'en convaincre Eve.

Ils avaient donné à la police une description détaillée des protagonistes : taille, poids, type physique, couleur de peau, habillement. Des témoins avaient vu deux jeunes hommes correspondant à leur profil sortir en courant du magasin.

Des gosses, songea Eve. En effet, les enquêteurs n'avaient pas tardé à retrouver le salon de tatouage et s'apprêtaient à arrêter un certain Denny Su, dix-sept ans.

Ni un adolescent comme lui ni son imbécile de copain n'étaient assez malins pour s'introduire dans l'immeuble de Coltraine et abattre un flic.

Le cambriolage par effraction (les malfaiteurs avaient brisé une fenêtre pour entrer) était plus intéressant. Mais un type capable de contourner la sécurité du bâtiment de Coltraine se serait servi de ses connaissances pour pénétrer plus discrètement dans la boutique d'appareils électroniques. D'autre part, la fenêtre avait été cassée de l'intérieur, les collègues en avaient donc déduit que c'était l'œuvre d'un employé. Ils avaient un suspect. D'après ce que put lire Eve, ils étaient sur la bonne voie.

Là encore, il s'agissait d'un jeune, plutôt bête, déjà arrêté à plusieurs reprises pour vols à l'étalage. Il prenait son pied à voler, point final. Il n'avait rien d'un tueur de flic.

Eve effectua néanmoins des calculs de probabilités. Dans les deux cas, l'ordinateur était en accord avec elle.

Elle contempla son tableau de meurtre.

— Dois-je me pencher de plus près sur les membres de votre équipe, Coltraine ? C'est un sale boulot. L'ordinateur va caler. Pourquoi un flic irréprochable, du moins sur le papier, éliminerait-il un autre flic ? Cela paraît impensable, mais je dois le faire.

— Eve.

— Quoi ?

Elle jeta un coup d'œil à Connors qui se tenait sur le seuil de la porte séparant leurs bureaux.

— Pardon, je parle toute seule. Tu as trouvé quelque chose d'intéressant à Atlanta.

— Une affaire sur laquelle elle a travaillé il y a environ trois ans. Tu n'as pas lu ces dossiers ?

— Je les ai reçus cet après-midi. Alors, c'est quoi cette affaire ?

— Le braquage d'un magasin d'antiquités haut de gamme. Les voleurs ont frappé le propriétaire, emporté des marchandises d'une valeur de plusieurs milliers de dollars et détruit le reste. Ils l'ont aussi obligé à ouvrir son coffre-fort et à leur remettre tout ce qu'il contenait : espèces, crédits, reçus. C'est un des vendeurs qui a découvert son patron gisant sur le sol en venant prendre son service. Il a prévenu la police et les secours. On a confié l'enquête à Coltraine.

— Et ?

— Elle a été amenée à interroger le propriétaire de la boutique à plusieurs reprises. Il s'agit d'un certain Ricker. Alex Ricker.

6

— Ricker.

Eve eut l'impression d'avoir reçu un direct au plexus.

— Le fils de Max Ricker ?

— Oui. J'ai vérifié.

Elle inspira profondément.

— Ainsi Alex Ricker possède des propriétés et une entreprise à Atlanta. Il n'était pas en Allemagne ?

— Il y a grandi et son père l'a gardé à l'abri. Quand Ricker et moi avons… traité ensemble, Alex a été tenu à l'écart. Je ne l'ai jamais rencontré. Je ne suis pas sûr qu'aucun des associés de Ricker le connaissait – à l'époque, en tout cas.

Eve s'était ressaisie. Elle réfléchit à voix haute.

— Tu as travaillé avec Ricker dans le passé. Quand tu as décidé de voler de tes propres ailes, tu as bien mieux réussi que lui. Des années plus tard, tu m'as aidée à coincer Ricker et il va finir ses jours dans une cage en béton hors planète. Je me demande ce que son fiston chéri pense de tout cela.

— Je ne sais rien de leur relation, mais Ricker a un lien avec moi, de même qu'avec mon père et le tien. Il s'est donné du mal pour m'éliminer et a échoué. Il a tenté de se débarrasser de toi, en vain. Aujourd'hui, son fils pourrait bien avoir un rapport avec ta victime.

Eve se balança sur son siège, pianota sur ses cuisses.

— Max Ricker avait plus d'un flic dans sa poche. Il fricotait avec les officiels, les politiciens. Nous en avons repéré quelques-uns l'an dernier, mais sûrement pas tous. Ricker a-t-il légué tout ce qui lui restait à son fils ?

— Je ne peux pas l'affirmer – pas encore. Mais cela me paraît couler de source.

— Oui. Sans oublier ses sociétés – celles qui nous ont échappé, que nous n'avons pas pu dissoudre. Les contacts, l'argent... Coltraine tombe sur le fils d'un criminel notoire qui purge une peine de prison à vie... enfin plusieurs. Forcément, elle se renseigne. Elle veut en savoir davantage sur le propriétaire du magasin dévalisé. La routine. Histoire de s'assurer que ce n'est pas une fraude aux assurances, par exemple. Ce faisant, elle remonte jusqu'au père. Elle l'interroge sur ce point. Elle n'a pas le choix.

Eve se leva, alla se planter devant la photo de Coltraine.

— Il y a trois ans, Ricker courait dans la nature, contournait allègrement les lois, mais la moindre recherche sur le fils aurait révélé des données sur le père.

— Je ne sais pas en quoi cela peut concerner ton enquête, mais...

— Exactement : mais...

Elle pivota vers son mari.

— Coltraine a-t-elle clôturé l'affaire ?

— Plus ou moins. Elle avait trois suspects. Dans les trois cas, lorsqu'elle s'est présentée chez eux avec un mandat de perquisition, elle s'est aperçue qu'ils avaient pris la poudre d'escampette en laissant derrière eux divers objets volés chez l'antiquaire. Quarante-huit heures plus tard, on a découvert leurs cadavres flottant dans la rivière Chattahoochee. Enchaînés l'un à l'autre.

— La rivière quoi ? C'est toi qui viens d'inventer ce nom ?

— Non. Les Amérindiens s'en sont chargés, il y a plusieurs siècles.

— Je trouve humiliant de mourir dans la rivière Hoochie-Coochie.

— Chattahoochee.

— Peu importe.

— Je doute que les habitants d'Atlanta soient de cet avis.

Il s'approcha d'elle et lui caressa tendrement la joue.

— Maintenant que tu as tenté d'alléger l'atmosphère dans l'espoir d'y voir plus clair… enchaîna-t-il.

Au bout d'un moment, songea Eve, le mariage transformait les murs en baies vitrées afin que l'on sache toujours tout l'un de l'autre.

— D'accord. D'accord. Tel père, tel fils ? Ricker est un assassin. Il n'avait pas l'ombre d'un scrupule à briser les nuques ou à manier le couteau. Le fils s'est fait détrousser, il traque les voleurs – ou suit les pas de Coltraine jusqu'à eux –, et les supprime. Ou il commandite les meurtres. Elle a dû creuser la question.

— D'après le dossier, à l'heure du décès des trois suspects, Alex Ricker assistait à un bal de charité à Miami. Des dizaines de témoins l'ont confirmé.

— Il ne voulait pas se salir les mains. Il a couvert ses arrières et engagé un professionnel.

— Possible. Il est aussi insaisissable que l'était son paternel. Ah, au fait, j'ai pu accéder au rapport du médecin légiste.

Elle faillit protester, se ravisa.

— Les trois individus ont subi des violences entraînant de multiples fractures pendant plusieurs heures avant qu'on leur tranche la gorge. Selon moi, c'est bel et bien la touche Ricker.

— Coltraine devait le savoir... Tout le monde a vanté sa minutie, son attention aux détails. Elle n'aurait jamais laissé passer ça.

— Elle a revu Alex par la suite et vérifié son alibi. Tandis que l'affaire des meurtres s'étiolait, Ricker a récupéré tous ses biens.

Eve se frotta la nuque.

— C'était il y a trois ans. Elle a patienté deux ans avant de demander sa mutation. J'ai beau rêver de boucler un autre Ricker sous n'importe quel prétexte, je vois mal le lien entre le meurtre de Coltraine et ce trio d'homicides.

— Il n'en existe peut-être pas. Cela dit, Alex Ricker est à New York depuis une semaine.

— Vraiment ?

Eve fourra les mains dans ses poches et se balança d'avant en arrière.

— Quelle coïncidence ! railla-t-elle. Où est-il ?

— Il possède un pied-à-terre sur Park Avenue.

— Pratique. Je lui rendrai visite demain matin.

— Je t'accompagne.

Il leva la main pour l'empêcher de refuser.

— Tout ce qui concerne Ricker, son fils, son cousin issu de germain, voire son caniche nain, me concerne.

— Les chiens sont interdits au Pénitencier d'Omega. Bref... Je ne me disputerai pas avec toi au sujet de Ricker, père ou fils. Nous l'avons suffisamment fait il y a un an.

— Un an, répéta Connors. Une sorte d'anniversaire. Nous voici encore avec un flic mort sur les bras – tu en as eu plus d'un au printemps dernier – et un autre Ricker. Les coïncidences s'accumulent.

Elle suivait déjà son raisonnement.

— Nous devons mener une recherche approfondie sur Alex Ricker. Quand a-t-il acheté l'appartement de

Park Avenue, quelles entreprises dirige-t-il, combien d'entre elles sont situées à New York ? Son nom apparaît-il souvent dans des enquêtes ? Qu'a-t-il fait depuis un an ? A-t-il contacté son père ? Un paquet de questions.

— Nous n'obtiendrons pas toutes les réponses par les voies traditionnelles. Crois-moi, il a dû se protéger.

— Nous nous servirons de ton ordinateur de choc.

Il inclina la tête.

— Ton empressement m'étonne, lieutenant.

Elle fixa le portrait de Coltraine.

— Imaginons qu'il y a trois ans, elle en ait appris davantage sur Alex Ricker que ce qu'elle a noté dans ses rapports.

— Tu crois que, comme son père, il avait des flics dans sa poche ? Dont Coltraine ?

— Je n'en sais rien, avoua-t-elle, l'estomac noué. Seigneur ! J'espère que non. Pour Morris. Si elle était corrompue, il faut que je le découvre. Si elle n'avait rien à se reprocher et si Alex Ricker a quelque chose à voir avec sa mort, il faut que je le découvre aussi.

Dans le bureau sécurisé de Connors, la console en U exhibait un matériel de haute technologie à l'abri de l'œil vigilant de la brigade de surveillance informatique.

Le procédé était illégal, se rappela Eve. Toutes les informations qu'ils parviendraient à rassembler devraient rester confidentielles. Mais au moins, elle saurait. Pour Morris, elle devait savoir.

Connors s'attacha les cheveux en catogan et roula les manches de sa chemise. Il posa la paume sur le détecteur.

— Connors. Mise en marche.

Une constellation de boutons lumineux s'embrasa.

— Connors reconnu. Mise en marche effectuée.

Il se tourna vers Eve.

— Nous allons avoir besoin de café.

— Je m'en occupe.

Elle se dirigea vers l'autochef, programma un pot entier, remplit deux tasses. Lorsqu'elle se retourna, Connors l'observait.

— Au boulot, marmonna-t-elle en le rejoignant.

« Pour Morris, songea-t-elle à part soi. Mais pas seulement pour lui. »

— Mon père a travaillé pour Ricker, le tien aussi, et nous avons établi auparavant qu'ils s'étaient rencontrés sur une mission avant cette fameuse nuit à Dallas, reprit-elle. Celle au cours de laquelle j'ai tué mon propre père.

— Celle au cours de laquelle, à huit ans, tu l'as empêché de te violer une fois de plus, rectifia-t-il.

— D'accord, grogna-t-elle. Il n'en est pas moins mort. Ton père aussi. Et le tien doublait Ricker sur une affaire de trafic d'armes, il y a environ vingt-quatre ans.

— À Atlanta.

— C'est ça, à Atlanta. Au bout de la chaîne, tu travaillais pour Ricker.

— Façon de parler, rétorqua Connors d'un ton froid.

— Tu étais associé avec lui. Avance rapide : Ricker débarque à New York avec la ferme intention de te détruire.

— Et toi aussi, par la même occasion, lui rappela-t-il.

— Il y a trois ans, quand Ricker rêvait sans doute de te dévorer le foie, Coltraine fait la connaissance du fils de Ricker, Alex, à Atlanta. Entre ce jour-là et aujourd'hui, nous avons expédié Max Ricker en prison. C'était il y a un an. Deux mois plus tard, Coltraine demande sa mutation à New York. Elle s'éprend du médecin légiste en chef. Un homme avec qui j'entretiens des relations professionnelles et que nous considérons tous deux comme un ami. Alex Ricker arrive à New York. Coltraine meurt. Vu le nombre de recoupements, nous avons tout intérêt à examiner ce parcours de près.

— Comment réagiras-tu si cette démarche nous ramène à ton père et au mien ?

— Aucune idée. Nous verrons, répondit-elle avant d'inspirer à fond. L'assassin m'a adressé personnellement les armes et l'insigne de Coltraine. Il a peut-être soudoyé un complice au sein du Central pour qu'on me confie cette enquête. Cela dit, il ne faut pas être un génie pour deviner que j'aurais été impliquée, quand bien même l'affaire serait revenue à un collègue. À cause de Morris. Quelle que soit la situation, ce colis m'aurait été destiné.

— Du coup, le message qu'il contenait résonne davantage comme une menace qu'une bravade.

— Possible. Coltraine n'était pas un flic de terrain, Connors. Elle décortiquait les puzzles, à l'affût des détails. Elle ne fréquentait pas la rue, encore moins celle de New York. Personne ne me descendra avec mon arme, même si je dois la porter sur moi jusqu'à la fin de mes jours.

Il esquissa un sourire.

— Tu comptes sur ton orgueil pour te sauver ?

— Entre autres. Si je suis la cible finale, pourquoi avoir éliminé Coltraine ? Pourquoi mettre tous les flics de la ville en état d'alerte, et *ensuite* seulement s'attaquer à moi ? Je suis meilleure qu'elle ne l'était. Je ne me vante pas, c'est un fait. Ç'aurait été plus malin d'essayer de m'éliminer plutôt que de tenter sa chance alors que je traque un tueur de flic. En sachant qu'en fouillant dans les dossiers dudit flic je tomberai sur Alex Ricker en moins de vingt-quatre heures.

— Logique. Et relativement réconfortant.

— Quoi qu'il en soit, ce sont des spéculations. Et il nous faut des données.

— Je vais avoir besoin d'un peu de temps pour forcer les barrages protecteurs.

— Je continue à étudier les rapports de Coltraine.

Ricker, pensa-t-il en s'asseyant. Un virus jaillissant à l'improviste, se répandant, puis se rétractant, pour ressurgir plus tard tout au long de sa vie.

Ricker avait-il plongé le couteau dans la gorge de Patrick Connors dans cette allée sombre de Dublin, tant d'années auparavant ? C'était bien la seule chose dont il lui était reconnaissant.

Faux, se réprimanda-t-il.

Grâce à Ricker, Connors avait beaucoup appris du temps où ils étaient associés. Il avait pris conscience des limites qu'il refusait catégoriquement de franchir. Max Ricker s'était montré à la fois amusé et agacé quand il avait déclaré qu'il ne s'impliquerait pas dans des affaires de prostitution qui impliquaient des mineures ou des femmes non consentantes. Ou qu'il ne tuerait pas sur commande pour le seul plaisir de répandre de l'hémoglobine.

Connors avait tué. Il avait du sang sur les mains. Mais il avait toujours agi dans un but précis. Jamais pour le profit. Jamais pour le fun.

Et Alex Ricker ? Qu'avait-il appris de son propre père ?

Les pensionnats en Allemagne de type militaire, nota-t-il. Très stricts, très coûteux. Des précepteurs pendant les vacances, puis une université privée. Il avait étudié le management, la finance, les langues, la politique et le droit international. Il avait joué au football.

Jamais marié. Pas d'enfant déclaré.

Alex Maxime Ricker, trente-trois ans, résidences à Atlanta, Berlin, Paris et, récemment, New York. Profession déclarée : financier et entrepreneur.

Valeur actuelle : 18,3 millions de dollars.

Connors se mit à creuser. Il s'y appliqua pendant plus d'une heure, ordonnant une multitude de recherches automatiques et manuelles.

— Tiens ! Tiens !

— Quoi ? Qu'est-ce que tu as ?

— Hmmm ?

— Moi, je n'ai rien, grogna Eve en faisant pivoter son siège vers lui. Zéro. Et toi ?

— En tout cas, je n'ai pas de café, riposta-t-il en jetant un coup d'œil sur sa tasse vide.

— Tu me prends pour qui ? Une droïde domestique ?

— Si tu l'es, pourquoi n'es-tu pas affublée d'un tablier blanc à froufrous et d'une charlotte, et rien d'autre ?

Elle lui coula un regard sincèrement ahuri.

— Pourquoi les hommes s'obstinent-ils à trouver sexy ce genre de tenue ?

— Voyons, laisse-moi réfléchir. Une femme nue, ne portant que des symboles de servitude. Tu as raison, moi-même, j'ai du mal à comprendre.

— Vous êtes une bande de pervers, tous autant que vous êtes, grommela-t-elle, avant d'ajouter : Alors, où en es-tu ?

— Je sais pourquoi Alex Ricker n'est pas apparu sur mon radar. Non pas que je pense particulièrement à lui. Mais d'un point de vue purement professionnel, pourquoi n'est-il pas apparu ?

— Pourquoi ?

Connors commanda un affichage mural et désigna l'écran.

— Il s'est dispersé en une multitude de petites et moyennes entreprises. Aucune d'entre elles ne détient suffisamment de fonds pour attirer l'attention.

— À partir de quel montant deviennent-elles intéressantes ?

— Pour moi ? Huit à dix millions, sauf si j'opte pour l'acquisition de sociétés ou de propriétés individuelles.

— Moins de dix millions, ça ne vaut pas le coup, ironisa Eve en se levant pour aller chercher le café. Il blanchit ou dissimule de l'argent ?

— Jusqu'ici, je n'ai rien trouvé. Il a acheté ou fondé des sociétés. Il est propriétaire à part entière de plusieurs d'entre elles, se contente d'une majorité de parts dans d'autres. Certaines sont des filiales de ses sociétés plus importantes.

Lorsqu'elle lui tendit sa tasse, il se tapota le genou en guise d'invitation. Elle grimaça, puis s'esclaffa.

— Ces sociétés possèdent parfois de l'immobilier – des demeures à Athènes, Tokyo, en Toscane. Il détient ces biens à travers une exploitation basée à Atlanta, appelée *Intérêts Divers*. Et la *Corporation Morandi*... Morandi étant le nom de sa mère.

— Qui est morte, si je ne m'abuse.

— En effet. Il avait six ans, elle a ingéré une dose massive de somnifères et a prétendument sauté ou est tombée par la fenêtre de sa chambre située vingt-deux étages au-dessus d'une rue de Rome.

— Où était Max Ricker ?

— Excellente question. D'après les rares déclarations que contient le dossier sur cette tragique histoire, il se trouvait à Amsterdam. Alex possède aussi une entreprise baptisée *Maximum Exports*, propriétaire notamment du magasin d'antiquités cambriolé à Atlanta. Son casier judiciaire est vierge. Il a été interrogé à diverses reprises par les autorités de plusieurs continents, mais n'a jamais été inculpé. Toutes ses activités et structures sont légales. Il frôle parfois les limites, mais ne les franchit jamais. Je suis certain qu'il tient une double comptabilité pour chacune de ses entreprises et cache des sommes considérables sur des comptes anonymes codés.

Connors s'étira, but une gorgée de café.

— Il fait profil bas. Ni vu ni connu. Facile, quand on n'a rien à se reprocher en apparence. Mais il suffit de fouiller un peu, de rassembler les pièces, pour constater qu'il s'agit en fait d'une seule entité d'une valeur dix fois supérieure à ce que préconisent les données officielles. Si tu veux, je peux dénicher les fameux comptes anonymes.

— Ceux-là seront probablement licites. Mais qu'en est-il des illicites ?

— Il est possible que les sociétés les plus petites ou les plus obscures ne soient que des façades. Un magasin d'antiquités – il en a plusieurs à travers le monde – est pratique pour exercer un commerce frauduleux. Pour savoir s'il a pris la suite de son père, il me suffirait d'interroger quelques personnes.

— Pas encore. D'une part, je ne veux pas éveiller leurs soupçons : on pourrait le mettre en garde. D'autre part, je ne veux pas m'acharner sur Alex Ricker alors que je n'ai aucune preuve formelle de son implication. Coltraine est ma priorité. Je vais étudier ses relevés bancaires. Je le ferai d'ici pour plus de discrétion. J'espère qu'elle était clean. Si elle l'était, je ne veux pas être responsable de la moindre rumeur à son sujet.

— Je me charge des relevés. J'irai plus vite que toi. En outre, ces recherches personnelles te mettent mal à l'aise.

Eve se passa la main dans les cheveux, puis alla se poster devant la fenêtre.

— Elle est morte. Elle ne peut plus se défendre. Et je suis là, à contourner les lois pour savoir si *elle* était mêlée à un mauvais coup. Si elle était l'indic d'Alex Ricker.

— En sa qualité de médecin légiste en chef, Morris peut-il accéder à ce fichier ?

— Il pourrait se débrouiller pour le faire. En m'arrangeant pour que ces éléments n'y figurent pas, qui suis-je en train de protéger ? Lui ou moi ?

— Eve, il n'y a rien de mal à cela. Si tu découvres le pire, il faudra le mettre au courant. Sinon, à quoi bon lui faire part de tes interrogations ?

— Tu as raison. Fonce. Tu seras plus efficace que moi.

Elle demeura où elle était, les yeux rivés sur la ville illuminée. Morris avait-il pris un sédatif pour dormir, oublier son chagrin pendant quelques heures ? Ou bien contemplait-il lui aussi la ville sans la voir ?

Elle lui avait promis de lui apporter des réponses. Et si elle devait lui annoncer que la femme qu'il aimait était un flic corrompu, une menteuse, qu'elle l'avait manipulé ? Si les réponses étaient aussi douloureuses que les questions ?

— Eve.

Elle se retourna.

— Oui ?

— Je peux insister, mais d'après ce que j'ai devant moi, cette femme ne menait pas grand train. Ça t'intéressera peut-être d'apprendre qu'un inspecteur de troisième échelon gagne légèrement plus à New York qu'à Atlanta. Mais le coût de la vie y est plus élevé. Elle payait ses factures en temps et en heure, accusait parfois un léger découvert pendant un mois ou deux. Pas de dépôts ni de retraits inhabituels, pas de dépenses majeures. Mes tentatives n'ont pas fait apparaître un deuxième compte.

Eve se détendit.

— Elle ne manigançait rien.

— Tu es allée chez elle. As-tu remarqué des œuvres d'art ? Des bijoux ?

— Rien de spécial. Des affiches encadrées, quelques gravures, une ou deux belles pièces de joaillerie, tout le reste était de la pacotille du meilleur goût. Restons-en là. Attendons d'avoir discuté avec Alex Ricker.

— Entendu.

Il commanda la sauvegarde de tous les documents, posa de nouveau la paume sur le détecteur.

— Connors. Coupez.

Les lumières de la console s'éteignirent. Il rejoignit Eve, posa le bras sur ses épaules.

— C'est plus difficile quand c'est personnel.

Elle ferma brièvement les yeux.

— Je pense à Morris sans arrêt. Est-ce qu'il tient le coup ? Ou pas ? Comment l'évolution de mon enquête risque-t-elle de l'affecter ? Je devrais me retirer pour toutes les raisons qui me poussent à vouloir résoudre cette affaire à tout prix. Parce que l'existence d'un ami s'en trouve bouleversée.

Connors hocha la tête. S'écartant, il lui prit la main et l'entraîna vers l'ascenseur.

— Que te dit ton instinct ? Comment perçois-tu Coltraine ? Pas de filtres, ajouta-t-il tandis qu'ils pénétraient dans la cabine... Chambre des maîtres, ordonna-t-il.

Eve hésita, haussa les épaules.

— Elle m'énervait un peu.

— Parce que ?

— Eh bien, c'est ridicule, mais... à cause de Morris. Parce qu'il est... Il est Morris et que je n'avais rien vu venir. Je n'ai jamais été entichée de lui, je n'ai jamais éprouvé du désir pour lui. Pas comme Peabody et ses fantasmes sexuels. Doux Jésus !

— Quelle traînée ! Je croyais que c'était moi, son fantasme sexuel.

— Tu figures en tête de liste, concéda-t-elle en entrant la chambre, mais, apparemment, Peabody a de l'imagination.

— Intéressant.

— Je viens sans doute de violer le code des filles en te racontant ça, d'autant que la question n'est pas là. Je ne sais pas ce que je pensais de Coltraine exactement parce que j'étais obnubilée par l'attitude de Morris.

— Vous avez un lien, une certaine intimité. À tes yeux, c'était une intruse.

— Exactement, reconnut Eve. Et elle ne méritait pas cela de ma part. Elle le rendait heureux. C'était visible. Maintenant que j'y pense, je n'ai pas été étonnée en visitant son appartement. Il est harmonieux, impeccable : il la reflète bien. Cette femme était ordonnée, elle avait des goûts précis. Elle s'habillait avec élégance sans en mettre plein la vue. Elle respirait la sensualité, la féminité, mais on devinait le flic derrière. Elle prenait son temps, pour se mouvoir, pour s'exprimer. C'est un truc du Sud, non ? Elle n'avait rien d'une New-Yorkaise.

— Tu l'as à peine connue, mais tu as vu en elle une personne subtile, discrète. À l'aise avec sa sexualité, organisée, ayant un goût sûr, et prête à tenter une nouvelle aventure. Ton instinct et ce que tu as appris depuis le début de cette enquête confirment que son métier comptait pour elle, sans plus. On peut supposer qu'une telle femme soit attirée par un homme comme Alex Ricker. Et réciproquement. En admettant que cette relation ait évolué, n'aurait-elle pas fini par entrer en conflit avec son travail ?

— Un flic qui s'acoquine avec un type de réputation douteuse ? fit-elle en haussant un sourcil. Ma foi, en quoi est-ce un problème ?

Il s'esclaffa.

— Toi et moi, c'est différent. Mais on peut spéculer. Imagine que notre idylle ait mal tourné.

— On aurait pu finir…

Il posa ses lèvres sur les siennes pour la faire taire.

— Nous étions faits l'un pour l'autre.

Elle lui encadra le visage de ses mains.

— Oui. Ton père, le mien, Ricker… ils ne nous ont pas empêchés de nous trouver, Connors.

Elle le lâcha, et entreprit de défaire son harnais.

— Quand Ricker a de nouveau croisé notre chemin, nous avons connu un moment difficile. Je ne veux pas que cela se reproduise. Je ne veux pas que cette affaire nous sépare.

— Moi non plus. Tu veux que je te promette de ne pas m'emporter si tu te jettes au-devant d'Alex Ricker comme tu l'as fait avec son père ? C'est impossible.

— Tu dois me faire confiance.

— Je te fais confiance. Chaque jour de mon existence.

Et c'était sans doute cette confiance qui l'empêchait d'avoir peur pour elle en permanence, devina-t-elle.

— Alors je vais te promettre une chose. J'essaierai de te prévenir si je dois avoir affaire avec Alex Ricker au cours de cette enquête.

— Tu *essaieras* ?

— Si je me retrouve face à un imprévu, si je manque de temps, si je ne le sais pas à l'avance, je ne peux pas t'avertir. Je ne peux pas te faire une promesse que je risque de ne pas tenir

— D'accord. Et moi, je te promets d'essayer de ne pas m'énerver.

Elle lui sourit.

— Je serai probablement obligée d'intervenir, et tu t'énerveras.

— Mais nous aurons tous deux *essayé*.

— Oui. Au cas où ce ne serait pas suffisant, sache que je t'aime.

Le plaisir monta en lui, lui réchauffa le cœur. Il l'enlaça et articula tout contre ses lèvres.

— Il n'y a que toi. Pour toujours.

Elle l'étreignit, lui offrant ce dont il avait besoin avant qu'il le lui demande. L'intensité de leur amour le bouleversait. Elle l'embrassa avec ardeur, le comblant de bonheur.

Le goût de sa peau, frais et familier, l'émerveillait comme la première fois. Un murmure lui échappa dans sa langue maternelle.

— *A grha.*

Il la souleva d'un mouvement leste et elle éprouva une sensation de vertige. Sa griserie s'intensifia tandis qu'il la déposait sur le lit, s'allongeait sur elle. Son poids, son corps… jamais elle ne s'en lasserait !

Étaient-ce parce qu'ils avaient été privés d'amour durant tant d'années qu'ils avaient ce besoin l'un de l'autre ? Son odeur – elle blottit le nez au creux de son cou, le huma. Ses caresses – elle s'arqua vers lui, frémissante. Personne avant lui ne l'avait ainsi subjuguée.

Soupirs langoureux, mouvements lents, sensations étourdissantes. Ils se déshabillèrent. Nue, elle ne manquait jamais de le fasciner, de l'exciter. Ses courbes subtiles le captivaient. Elle était à la fois si douce et si musclée. Un physique de guerrière, se disait-il parfois. Une guerrière qui s'offrait à lui, le remplissait de joie et de paix. Elle tremblait. Aussi éperdue que lui. Et lorsqu'il se glissa en elle, elle murmura son nom en le regardant droit dans les yeux.

7

Eve contacta Peabody pour lui ordonner de retourner au Central et de s'occuper du suivi avec la DDE. Elle garderait sa partenaire en réserve pour tout ce qui concernait les interrogatoires d'Alex Ricker. Elle préférait commencer par rencontrer seule avec Connors le fils de l'homme qui s'était réjoui de les voir rôtir à petit feu.

« Pourvu que ce ne soit pas une erreur de stratégie ! » pria-t-elle en se faufilant dans les encombrements.

— J'ai besoin d'informations, décréta-t-elle. J'ai surtout besoin de savoir quelle était sa relation avec Coltraine – s'ils en entretenaient une.

— Entendu.

Pendant qu'elle conduisait, Connors se mit à l'ouvrage sur son mini-ordinateur.

— Il n'appréciera pas de nous voir à sa porte, remarqua Eve. Son père est en prison. C'est nous qui avons verrouillé la cellule.

— L'un de mes souvenirs les plus chers.

— Si nous voulons qu'il coopère, mieux vaut éviter d'insister sur ce point, observa-t-elle. Soit nous prenons du recul par rapport au passé, soit nous nous en servons. Tout dépendra de sa réaction. La réussite de cet entretien dépend de la manière dont nous l'aborderons.

Connors ébaucha un sourire.

— À t'entendre, je ne connais rien à l'art de la négociation.

— Je t'ai vu à l'œuvre, camarade. Je ne tiens pas à ce qu'il exige la présence d'un avocat sous prétexte que tu l'as gratifié de ton célèbre regard « Connors l'effrayant ».

— Moi aussi, je t'ai vue à l'œuvre. Je conseille au lieutenant « Botteuse de fesses » de se maîtriser.

Elle grogna tout en ralentissant devant un immeuble aussi ancien que respectable.

— C'est à moi de donner le ton, le rythme.

— N'oublie pas que ce n'est pas la première fois que je fais un interrogatoire avec toi.

Connors descendit du véhicule. Le portier s'immobilisa en pleine foulée. L'expression dédaigneuse qu'avait suscitée la voiture de police défraîchie se métamorphosa en un sourire courtois.

Agaçant, songea Eve. Un coup d'œil sur Connors, qui arborait son autorité avec autant d'élégance que son superbe costume taillé sur mesure et ses chaussures italiennes, et le message passait de « Allez garer cette caisse minable plus loin » à « Que puis-je pour vous, monseigneur ? »

— Bonjour, monsieur. Que puis-je pour vous ?

Eve se retint de ricaner. Connors se contenta d'incliner la tête.

— Lieutenant ?

— Département de police de New York, annonça-t-elle en présentant son insigne. Nous sommes venus voir Alex Ricker. Ma bagnole reste là où elle est.

Le regard du portier passa d'Eve à Connors, puis revint sur Eve. Il était visiblement perplexe, mais il tenait à sa place, aussi se garda-t-il de poser des questions.

— Je vais voir s'il est disponible. Si vous voulez bien entrer dans le hall.

Il regagna la porte, la tint grande ouverte.

Le carrelage en marbre clair veiné de noir et les lambris devaient être là depuis deux siècles. Les fauteuils étaient en velours rouge, les tables surmontées de lampes au pied doré, et un gigantesque lustre en cristal pendait du plafond.

L'huissier ouvrit un panneau dissimulant un communicateur. Il composa un code, s'éclaircit la voix, redressa les épaules.

Eve examina le visage qui apparut sur l'écran. Ce n'était pas Ricker, mais un homme du même âge. Un personnage tiré à quatre épingles, ses cheveux noirs ondulant autour d'un visage aux traits réguliers.

— Désolé de vous déranger, monsieur Sandy. J'ai ici deux policiers qui souhaitent s'entretenir avec M. Ricker.

Sandy demeura impassible.

— Vérifiez leur identité, je vous prie, répondit-il d'un ton sec, teinté d'un léger accent européen.

Un tantinet hautain, décida Eve en tendant de nouveau son insigne au portier qui le scanna.

— Dallas, lieutenant Eve, dit-il. C'est bon.

Il se tourna vers Connors.

— Expert consultant, civil, Connors, articula Eve. Avec moi.

— Faites-les monter, ordonna Sandy. Je préviens M. Ricker.

— Bien, monsieur.

Le portier se dirigea vers un ascenseur à l'instant précis où les portes s'ouvraient.

— Deux passagers pour le triplex de Ricker.

Eve et Connors pénétrèrent à l'intérieur.

— Bel immeuble, murmura-t-elle. Il t'appartient ?

— Non.

Sachant comme Eve que le système de sécurité enregistrait à la fois le son et l'image, il s'adossa nonchalamment contre la paroi.

— Je doute qu'il se sente à l'aise dans un bâtiment dont je serais le propriétaire.

— En effet. Je parie qu'il jouit d'une vue spectaculaire.

— Sûrement.

Les portes s'ouvrirent sur un vestibule qui sentait la rose. Pas étonnant, vu l'énorme bouquet qui s'épanouissait dans le vase chinois trônant sur un guéridon. Monsieur Tiré-à-quatre-épingles les attendait.

— Lieutenant Dallas, monsieur Connors. Je suis Rod Sandy. L'assistant personnel de M. Ricker. Si vous voulez bien me suivre.

Eve ne s'était pas trompée : la vue était spectaculaire. Le mur de baies vitrées s'ouvrait sur une terrasse en brique et un panorama de flèches et de tours. Le salon, immense et clair, respirait l'Europe d'un autre temps avec ses antiquités et ses sièges confortables aux teintes profondes.

Une pièce qu'Amaryllis Coltraine aurait certainement appréciée.

Un autre bouquet de fleurs se dressait à la place des bûches dans la cheminée de marbre. Écrans, appareil électroniques et autres engins technologiques étaient soigneusement dissimulés.

Le tout exhalait le confort et le bon goût, et l'argent nécessaire pour maintenir les deux.

— M. Ricker est en communication. Il vous rejoindra dès qu'il aura terminé, expliqua Sandy, sous-entendant que son patron était un homme fort important qui décidait du temps qu'il consacrait à ses inférieurs. Asseyez-vous, je vous en prie. Puis-je vous offrir un café ?

— Non, merci, répondit Eve sans bouger. Vous travaillez depuis longtemps pour M. Ricker ?

— Plusieurs années.

— Vous êtes son secrétaire depuis plusieurs années, et vous ne nous demandez pas quel est l'objet de notre visite.

Il esquissa un sourire.

— Vous ne m'auriez sans doute pas répondu. De toute façon, c'est inutile, ajouta-t-il avec une pointe de mépris. M. Ricker vous attendait.

— Pas possible ? Où étiez-vous avant-hier soir entre 21 heures et minuit ?

— Ici. M. Ricker a passé la soirée ici. Comme moi.

— Vous habitez ici ?

— Quand nous sommes à New York, oui.

— Vous comptez rester longtemps ?

— Pour l'heure, nos projets sont flexibles.

Il regarda au-delà d'Eve.

— Souhaitez-vous que je reste ?

— Non, ce n'est pas la peine.

Alex Ricker se tenait sur le seuil, ses yeux bruns parcoururent Eve avant de se fixer sur Connors. Eve l'observa à la dérobée : visage ciselé, cheveux auburn. Comme Connors, il portait un costume taillé sur mesure.

Il s'avança, la silhouette élancée, la démarche souple, apparemment à l'aise. Mais il ne l'était pas, devina Eve. Pas tout à fait.

— Lieutenant Dallas.

Il lui serra la main.

— Connors. Je me suis souvent demandé si nous aurions l'occasion de nous rencontrer un jour. Face à face. Si nous nous asseyions ?

Il choisit un fauteuil, s'y enfonça. Une fois de plus, Eve eut l'impression que sa décontraction était feinte.

— Votre assistant nous a dit que vous nous attendiez.

— Vous, oui, lieutenant. Je suis de près votre… carrière.

— Vraiment ?

— Il me semble naturel de m'intéresser à l'officier de police responsable de la situation actuelle de mon père.

— C'est lui le responsable.

— Bien sûr…

Il se tourna vers Connors.

— Indépendamment de ce fait, votre épouse aurait excité ma curiosité. Si je comprends bien, vous travaillez souvent ensemble. Ou devrais-je dire plutôt, lieutenant, que vous engagez parfois votre mari comme expert civil ? Je n'avais pas imaginé que ce serait le cas cette fois-ci.

Il marqua une pause comme pour bien souligner qu'il changeait de sujet.

— Vous êtes ici au sujet d'Amaryllis. Votre visite ne me surprend guère. J'étais certain que vous alliez étudier ses dossiers, ceux d'Atlanta comme ceux de New York, et qu'inévitablement, en tombant sur mon nom, vous vous poseriez des questions.

— Quelle était votre relation avec l'inspecteur Coltraine ?

— Nous avons eu une liaison pendant presque deux ans, et avons rompu il y a environ un an.

— Pourquoi ?

Il eut un geste d'impuissance.

— Ça n'a pas marché.

— Qui a pris l'initiative ?

— Ce fut une décision mutuelle. À l'amiable.

Eve s'efforça de conserver un ton aimable.

— L'expérience m'a appris qu'une rupture au bout de deux ans se fait rarement à l'amiable. L'un des deux est forcément offensé.

Alex croisa les chevilles et haussa imperceptiblement les épaules.

— Nous en avons profité pendant que cela a duré, et nous nous sommes quittés bons amis.

— Son métier, votre… passé. Ce devait être compliqué pour elle.

— Nous passions d'excellents moments, et laissions le boulot – le sien comme le mien – de côté.

— Pendant deux ans ? C'est une curieuse sorte d'intimité.

— Nous n'éprouvions pas le besoin de mélanger tous les aspects de nos existences.

Eve sentit qu'elle l'avait agacé. Elle insista.

— Il semblerait, en effet. J'ai discuté avec son ex-coéquipière, son ex-lieutenant et nous avons contacté sa famille. Personne ne vous a mentionné, vous, son amant pendant presque deux ans. Du coup, je m'interroge. Étiez-vous vraiment si intimes ou aviez-vous quelque chose à dissimuler ?

Le regard de Ricker se durcit.

— Nous faisions profil bas pour les raisons que vous venez d'évoquer. Mes liens familiaux lui auraient posé problème sur le plan professionnel. Notre relation ne concernait que nous. Vous pouvez le concevoir, je pense.

Elle haussa les sourcils.

— Le lieutenant et moi ne nous sommes jamais cachés, intervint Connors.

— Chacun ses choix.

— Votre père n'aurait pas approuvé, pas plus que ses supérieurs, enchaîna Connors en le dévisageant. Non, il n'aurait pas apprécié du tout que son fils et héritier couche avec l'ennemi, à moins que ce ne soit dans le but de le recruter. Là, il aurait applaudi.

— Si vous cherchez à ternir la réputation d'Ammy, vous…

Il s'interrompit brusquement, mais son élan de colère demeura comme suspendu entre eux.

— Nous laissions nos métiers respectifs en dehors de notre relation. Et il vient un moment où l'approbation d'un père n'est plus une priorité.

— Max était-il au courant ? s'enquit Eve.

— Demandez-le-lui, rétorqua Alex froidement. Vous savez où le trouver.

— Oui. Une cage en béton sur Omega. Sinistre.

— Êtes-vous ici pour m'interroger sur Amaryllis ou sur ma relation avec mon père ?

— Tout dépend. Quand avez-vous vu l'inspecteur Coltraine pour la dernière fois ?

— La veille de son décès. Je l'ai appelée en arrivant en ville. Elle est venue ici. Nous avons bu un verre en discutant. Elle est restée deux heures.

— Vous n'étiez que tous les deux ?

— Rod était dans le bureau.

— De quoi avez-vous parlé ?

— Elle m'a raconté combien elle était heureuse à New York ; elle adorait son nouvel appartement, se sentait bien dans son boulot. Je lui ai parlé de Paris, où je venais de séjourner. Elle m'a dit qu'elle avait une relation sérieuse avec un homme qui la rendait heureuse. Il était évident qu'elle était sincère : elle rayonnait.

— Et le soir où elle a été assassinée ?

— J'ai dîné ici. Aux alentours de 20 heures, il me semble. Rod pourra vous le préciser. J'ai travaillé un peu. Il est monté dans sa chambre vers 22 heures. Je suis sorti peu après.

— Sorti ? Où ?

— J'étais agité. J'avais besoin de prendre l'air. J'aime marcher dans New York et j'y viens rarement. Je suis allé jusqu'à Broadway… La nuit était fraîche, agréable. J'ai fini par atterrir à Times Square.

— Seul ?

— Oui. J'ai tenté ma chance dans deux ou trois salles de jeux vidéo. Je suis joueur. Je me suis arrêté dans un bar. Plein à craquer, bruyant. On passait un match de base-ball sur l'écran mural. Je préfère le foot. J'ai bu une bière. Puis je suis revenu ici à pied. Je ne sais pas quelle heure il était. Pas très tard. Avant 1 heure, je pense.

— Quel est le nom du bar ?

— Aucune idée. Je me promenais au hasard, j'ai eu soif.

— Vous avez un reçu ?

— Non. Je n'ai bu qu'une putain de bière et je l'ai payée en espèces. Si j'avais su qu'il me faudrait un alibi, j'aurais prévu le coup.

« Coléreux, le bonhomme », pensa Eve.

— Un homme d'affaires comme vous, à la tête d'entreprises réparties à travers le monde – et vu votre passé –, estime peut-être nécessaire de posséder une arme.

— Vous le savez pertinemment. Vous vous êtes déjà renseignée.

— Vous avez un pistolet paralysant enregistré à votre nom. Peut-être serez-vous assez aimable pour me le confier afin que je le fasse analyser. Dans la mesure où vous buviez une bière en regardant un match de base-ball pendant qu'on assassinait l'inspecteur Coltraine.

Le ressentiment se lut dans son regard.

— Et si mon père n'avait pas été Max Ricker ?

— J'aurais les mêmes exigences. Si vous préférez, je peux obtenir un mandat.

Il ne répondit pas. Il se leva, s'approcha d'une table, ouvrit un tiroir et revint avec un revolver plus petit et moins puissant que celui d'Eve. Il le lui remit ainsi que le permis.

— Pratique, railla-t-elle.

— Je vous le répète : je m'attendais à votre visite. Je ne suis pas mon père. Je ne tue pas les femmes, conclut-il tandis qu'Eve glissait le tout dans un sachet.

— Juste les hommes ?

— Je tenais beaucoup à Amaryllis, sinon nous n'aurions pas cette conversation. À présent, j'y mets un terme, ajouta-t-il en acceptant le récépissé que lui tendait Eve. J'espère que le flic qui a coffré mon père rattrapera le salaud qui a tué Amaryllis.

Il se dirigea vers le vestibule, appela l'ascenseur.

— Vous connaissez la chanson : ne quittez pas la ville sans notre permission, restez à notre disposition, blablabla.

Eve pénétra dans la cabine avec Connors.

— Oui, je connais la chanson. Je sais aussi que si notre passé faisait de nous ce que nous sommes, nous serions tous fichus.

Il tourna les talons tandis que les portes se refermaient.

Dès qu'ils furent sur le trottoir, Eve s'arrêta et pivota vers Connors. Il secoua la tête, la prit par le bras et l'entraîna jusqu'à la voiture.

— Quoi ? fit-elle. Quoi ? répéta-t-elle lorsqu'ils furent à bord.

— Roule. Si j'attendais la visite d'un flic qui me soupçonnait d'avoir éliminé un collègue, j'aurais posté un gars dans la rue, avec des yeux et des oreilles afin de savoir exactement ce que le flic pensait de moi et de notre conversation.

Eve appuya sur l'accélérateur en fronçant les sourcils.

— Tu as des espions, toi ?

Il lui tapota la main.

— Il ne s'agit pas de moi.

— La loi…

— Du calme, du calme. Il était amoureux d'elle, il l'est toujours. Jusqu'à un certain point.

— Les gens tuent souvent ceux qu'ils aiment.

— Si c'est le cas, soit il est incroyablement stupide, soit il est d'une intelligence diabolique. Son alibi est pathétique. Tu vas devoir récupérer les disques de sécurité de son immeuble afin de vérifier ses allées et venues.

— C'est mon intention. Il doit s'en douter, aussi il sera sorti et rentré à peu près aux heures qu'il a citées. Au début, il était nerveux. Petit à petit, la colère a pris le dessus. Son arme ne nous révélera rien. Il s'en est séparé trop facilement. Il en a peut-être une autre, non autorisée. Voire un arsenal !

— Max avait une passion pour ce commerce. Alex est plus lisse que son père. Et cependant pas tant que ça. Curieux, vraiment. Max n'aurait jamais trahi ainsi sa colère, il n'aurait pas réagi de cette façon. Et pourtant, Alex possède une élégance dont son père était dépourvu. Il ne semble pas du genre à traiter Amaryllis de *pute,* comme dans le message qui était avec les armes. Trop vulgaire.

— Peut-être qu'il emploie des sous-fifres vulgaires.

— Possible. Ou alors il l'a fait exprès pour brouiller les pistes. Parce que cela ressemble davantage à son père.

— Les relations avec son père sont-elles vraiment tendues ou a-t-il seulement voulu nous en donner l'impression, je me pose la question. Tu vas à ton bureau ?

— Je suppose que oui.

— Je t'y jette.

— Trop aimable. Maintenant, tu me jettes.

— Pardon, je te dépose. À ta guise. À propos de jeter… Coltraine rompt avec son amant à Atlanta. Ça le fiche en rogne – une séparation à l'amiable, mon œil ! – ou bien il décide de l'ignorer, ou alors il se met à la harceler, ce qui la pousse à demander sa mutation.

— Pour mettre de la distance entre eux.

— Il a dit qu'il venait rarement à New York. Il débarque, il l'appelle. « Et voilà que ça recommence ! » se dit-elle. Elle s'est enfin remise, elle est amoureuse de Morris. Elle va voir Ricker, s'efforce de lui faire comprendre que leur histoire est bel et bien finie. Il fait mine d'accepter la situation mais, au fond, il est fou de rage. « Cette pute n'a pas le droit de me jeter comme ça. Elle ne va pas s'en sortir comme ça. » Il rumine. Le soir fatidique, il l'appelle et exige qu'ils se rencontrent sans quoi il va lui mettre des bâtons dans les roues.

— Elle se dispute avec lui, ou s'efforce de le raisonner, enchaîna Connors, poursuivant son argumentation. Ou plus simplement, elle joue son jeu. Mais elle prend la précaution de s'armer.

— Seulement voilà : il la guette. Il est déjà dans l'immeuble. Il a pu se débrouiller pour récupérer sa carte-clé quand elle lui a rendu visite, ou son acolyte Sandy s'en est chargé et l'a dupliquée ni vu ni connu. Il la piège dans l'escalier, la descend au sous-sol, la ranime pour l'assaillir d'insultes. Elle implore sa pitié, lui promet tout ce qu'il voudra, elle assure qu'elle l'aime – n'importe quoi pour sauver sa peau. Il sait qu'elle ment et cela ne fait qu'attiser sa fureur. Pan ! Rideau.

Elle poussa un soupir.

— Ça ne colle pas.

— Tu penses qu'il l'aurait frappée.

— Pas toi ? Une pétasse qui t'a plaqué et qui écarte les cuisses pour un autre homme. Elle mérite une punition.

— Il l'aimait. Peut-être suffisamment pour la tuer, et trop pour lui faire du mal.

— Les gens sont tellement tordus, marmonna-t-elle. Non, ce qui me chiffonne, c'est que le geste n'avait rien d'impulsif. Il n'a pas décidé tout à coup d'aller chez elle lui régler son sort. Tout était planifié. Imaginons qu'il y ait réfléchi avant même d'arriver à New York. S'il avait engagé un privé pour la surveiller, il était au courant de sa liaison avec Morris. Il l'invite chez lui : « C'est bon de te revoir, je suis heureux pour toi », puis il l'appelle sous un prétexte quelconque et elle accepte de le retrouver quelque part. Ou encore –

cette hypothèse me plaît d'autant moins qu'elle pourrait être la bonne – ils couchaient encore ensemble. Puis ça a dérapé et il s'est débarrassé d'elle.

— Cela ne tient qu'en fonction des éléments dont nous disposons actuellement, fit remarquer Connors. Est-ce que je peux faire quelque chose pour Morris ?

— Non. Ce matin, je lui ai laissé un message. Je ne voulais pas… Tu sais, je voulais juste qu'il sache que nous nous démenons et qu'il peut me joindre quand il veut. Je vais être obligée de lui demander s'il savait que Coltraine avait eu une liaison avec Ricker. Ça m'étonnerait. Il me l'aurait signalé hier. Il avait beau être sous le choc, il me l'aurait dit, il m'aurait mise sur une piste. Je vais devoir une fois de plus lui flanquer un coup de poing dans les tripes.

Connors savait que, pour elle, ce serait plus dur que d'affronter un psychopathe armé.

— Si tu le souhaites, je peux décaler mes réunions. Aller le voir avec toi maintenant.

Sa gorge se noua. Connors était là. Il serait toujours là pour elle.

— Je ne peux pas. Il faut que je mette tout ça noir sur blanc, que je porte le pistolet au labo, que je mette Peabody au parfum, et d'autres trucs de ce genre. J'espère avoir du solide à annoncer à Morris.

Elle ralentit devant l'immense tour noire abritant les Industries Connors.

— Merci.

Il lui prit la nuque pour l'attirer vers lui et réclama ses lèvres.

— Prends bien soin de mon flic préféré.

— J'essaie d'en faire une habitude.

— Mouais.

Il descendit, lui jeta un ultime coup d'œil et se dirigea vers le gratte-ciel qu'il avait créé.

Elle fit d'abord un saut au labo. Sur le chemin du Central, elle dressa mentalement la liste de choses à faire. Rédiger son entretien avec Alex Ricker, noter ses impressions. Vérifier, par curiosité, le rythme auquel le père et le fils communiquaient. Lancer des calculs de probabilités sur tous les scénarios qu'elle venait de soumettre à Connors. Rencontrer Mira afin d'établir un profil solide de la victime et du meurtrier. Mettre Peabody au courant de l'évolution de l'enquête. Examiner les résultats de la DDE.

Ensuite, parce qu'elle ne pouvait pas repousser l'échéance, elle s'attaquerait aux « autres trucs de ce genre » dont elle n'avait pas parlé à Connors.

Elle contacterait Don Webster du Bureau des Affaires Internes.

Car si quelqu'un avait eu vent de la relation entre Coltraine et le fils de Max Ricker, ce ne pouvait être qu'un membre du BAI. Et il aurait transmis l'info d'Atlanta à New York.

La perspective de cuisiner Webster lui donnait des boutons. Lorsqu'elle pénétra dans la salle commune, elle était déjà très énervée.

— Dallas ! Hé ! Attendez !

Avec un grognement, elle éluda l'appel de Peabody.

— Accordez-moi cinq minutes.

— Mais...

— Cinq minutes !

Eve entra dans son bureau au pas de charge. Morris était assis dans le fauteuil réservé aux visiteurs.

— Ah ! Salut !

La prochaine fois que Peabody lui hurlerait d'attendre, elle obéirait, se promit Eve.

Il se leva. Ses yeux étaient cernés, son visage terriblement pâle.

— Je suis désolé de vous ennuyer, de vous harceler quand vous vous donnez à fond pour résoudre cette affaire, mais tant pis.

Elle ferma la porte.

— Ne vous inquiétez pas.

Je vais la voir. Mais je voulais passer ici d'abord, au cas où vous auriez du nouveau.

Le communicateur d'Eve bipa. Elle l'ignora.

— Un nuage de lait dans votre café, n'est-ce pas ?

— Oui, merci.

Elle programma l'autochef et en profita pour mettre de l'ordre dans ses pensées.

— J'ai parlé avec la famille, dit-elle.

— Je sais. Moi aussi.

Elle lui tendit une tasse, s'assit en face de lui.

— J'ai eu une conversation avec son lieutenant à New York et celui d'Atlanta. Ainsi qu'avec ses collègues d'ici et de là-bas. Elle était très appréciée.

Il opina.

— Vous tentez de me réconforter et je vous en suis reconnaissant. Mais cela ne me suffit pas. J'ai besoin de faits. D'hypothèses si vous n'avez rien de plus. Je veux savoir ce qui s'est passé selon vous. Et pourquoi. Promettez-moi de me dire toute la vérité.

— Je vous en donne ma parole. Mais il faut que ce soit réciproque. J'ai une question à vous poser et je veux la vérité.

— Mentir ne l'aidera pas.

— Non, en effet. Morris, saviez-vous que l'inspecteur… qu'Amaryllis avait eu une liaison avec le fils de Max Ricker, Alex Ricker, avant d'être mutée à New York ?

8

Elle eut sa réponse instantanément. Morris écarquilla les yeux, entrouvrit la bouche. Il demeura un moment sans dire un mot, préférant se concentrer sur son café, le temps de se ressaisir. Il avait délaissé ses costumes bien coupés pour un jean et un pull noir, et ses cheveux étaient rassemblés en un simple catogan, sans fioritures.

Comme elle l'avait pressenti, Eve venait, pour la deuxième fois en quelques heures, de lui asséner un coup de poing dans le ventre.

— Morris…

Il leva la main.

— C'est confirmé ?

— Oui.

— Je savais qu'elle avait eu quelqu'un peu avant de quitter Atlanta, dit-il enfin en se massant la tempe. Leur rupture l'avait désemparée. C'est l'une des raisons pour lesquelles elle avait demandé sa mutation. Pour recommencer de zéro, ailleurs. J'aurais dû vous le signaler hier. Je n'y ai pas pensé. Je ne pouvais pas imaginer…

— Ce n'est pas grave.

— Elle a évoqué cette relation comme on se raconte quand on commence à se découvrir. Elle a dit… Qu'a-t-elle dit, au juste ? J'essaie de m'en souvenir. Qu'ils avaient pris conscience l'un et l'autre que ça ne marcherait pas, qu'aucun ne pouvait répondre aux attentes de l'autre. Elle n'a pas mentionné son nom. Je ne le lui ai pas demandé. Pourquoi l'aurais-je fait ?

— Avez-vous eu la sensation qu'elle avait peur de lui, de la manière dont ils s'étaient séparés ?

— Non. Je me rappelle seulement avoir pensé que c'était un imbécile de ne pas avoir su la retenir. Elle n'a plus abordé le sujet, et moi non plus. Le passé ne nous intéressait pas. Nous étions focalisés sur le présent et l'avenir. Est-ce lui qui l'a tuée ?

— Je n'en sais rien. C'est une piste et je vais la suivre. Mais je ne peux rien affirmer, Morris. Vous allez devoir me faire confiance.

— J'ai confiance en vous plus qu'en qui que ce soit. Sincèrement.

— Alex Ricker est à New York.

La colère, à peine contenue, fit monter le sang au visage de Morris.

— Il l'a contactée et elle est allée le voir la veille de sa mort. Il me l'a appris ce matin quand je lui ai rendu visite.

Morris posa sa tasse et se leva pour aller se planter devant l'étroite fenêtre.

— Il n'y avait plus rien entre eux. Je l'aurais su.

— En effet. Alex Ricker prétend qu'ils se sont séparés à l'amiable. Ils se sont revus en tant qu'amis, ont bu un verre ensemble et bavardé, elle lui a avoué qu'elle avait rencontré quelqu'un. Il a précisé qu'elle paraissait heureuse.

— Vous l'avez cru ?

« Comment ne pas révéler ses soupçons tout en tenant parole ? » se demanda-t-elle.

— Je pense qu'il a dit la vérité, du moins en partie. Si elle s'était sentie menacée, ou inquiète, vous en aurait-elle parlé ?

— Je veux le croire. Je veux aussi croire que je m'en serais rendu compte. Elle ne m'a pas dit qu'elle devait le rencontrer et, désormais, je ne peux plus lui demander pourquoi. Ce que signifie son silence.

Eve n'avait pas besoin de voir son visage pour deviner son désarroi.

— Peut-être que cette rencontre avait si peu d'importance à ses yeux qu'elle ne voyait pas l'intérêt de vous en parler.

Il pivota vers elle.

— Mais vous en doutez.

— Morris, les gens en couple se comportent parfois de façon étrange. Ils en disent trop ou pas assez.

« Moi, par exemple, songea-t-elle. Je n'ai pas dit à Connors que j'avais l'intention de contacter Webster. »

— Dans la mesure où notre relation commençait à devenir très sérieuse, elle craignait peut-être que je ne me mette à poser des questions auxquelles elle ne voulait pas répondre. Je ne peux pas lui en vouloir d'avoir eu un amant avant moi, nous ne sommes plus des enfants. Mais qu'elle ait eu une liaison avec Alex Ricker…

— Oui.

— Fils d'un criminel et assassin notoire. D'un homme qui, à l'époque où ils se fréquentaient, courait toujours dans la nature, et régnait encore sur son empire. Les probabilités qu'Alex Ricker ne soit en rien lié aux activités de son père sont faibles. Et pourtant Ammy, officier de police, a eu une histoire avec lui.

— Il n'a jamais été arrêté ni inculpé.

— Dallas.

— D'accord, c'est louche, ambigu. Embêtant. J'appartiens à la police, Morris, et non contente de tomber dans les bras d'un homme à la réputation douteuse… je l'ai épousé.

— On finit par oublier, murmura-t-il en revenant s'asseoir. Cette histoire aurait pu susciter des frictions pour elle au boulot. Comme pour vous… Le BAI a-t-il enquêté sur elle ?

— Je ne vais pas tarder à le savoir. Ce qui me chiffonne, c'est qu'elle ait gardé le secret. D'après la déposition de Ricker, des collègues d'Atlanta et d'ici, personne n'était au courant de cette relation.

— Je vois.

Pauvre Morris ! Cette relation avait été suffisamment *importante* pour qu'Ammy la garde secrète.

— Peut-être était-elle simplement résolue à dissocier sa vie personnelle de sa vie professionnelle.

— N'essayez pas de me réconforter, de m'épargner. Je sais comment ça fonctionne. Tout le monde à la morgue, dans son commissariat, et jusqu'au dernier rond-de-cuir du Central savait qu'Ammy et moi étions ensemble. Elle avait dû dissimuler sa liaison avec Ricker délibérément, parce que c'était Ricker. Et pendant si longtemps ? C'est grave.

Il marqua une pause et fronça les sourcils.

— Vous dites que vous n'allez pas tarder à le savoir. Vous avez l'intention de vous adresser au BAI ?

— C'est indispensable. Je serai aussi circonspecte que possible, mais…

— Une seconde ! Max Ricker avait des flics dans la poche. Vous vous demandez si le fils avait fait de même avec Ammy.

— Je suis forcée d'envisager cette éventualité. Si je l'élimine d'emblée, son assassin risque de passer entre les mailles du filet. Je refuse que cela arrive. Même pour vous.

— Je la *connaissais*. Je savais comment elle raisonnait, ce qu'elle ressentait, comment elle dormait, mangeait, vivait. Si elle avait été corrompue, je l'aurais su.

— Vous n'étiez pas au courant pour Alex Ricker.

Il la fixa. Elle le vit se fermer, exclure d'un coup l'amie, le flic, la collègue.

— En effet. Merci de me tenir informé, conclut-il d'un ton guindé en se levant.

Elle le rattrapa avant qu'il n'atteigne la sortie.

— Morris, je ne peux pas et ne veux pas m'excuser de faire mon boulot, même si je suis désolée de devoir vous faire souffrir. Et de devoir vous dire ceci : n'approchez Alex Ricker sous aucun prétexte. Si vous ne me le promettez pas, je vous ferai suivre. Je ne vous laisserai pas empiéter sur cette enquête.

— Vous avez ma parole.

Il sortit. Restée seule, Eve s'assit à son bureau et se cacha le visage dans les mains. Que c'était compliqué, l'amitié !

Elle *devait* s'assurer que Coltraine n'avait rien eu à se reprocher. N'était-ce pas assez difficile comme ça ? Devait-elle supporter en plus le poids de la culpabilité à la perspective de blesser Morris dans le processus ?

Bon sang, oui ! Impossible de passer au travers.

Elle aurait volontiers ignoré le coup à sa porte, histoire de ruminer quelques minutes de plus sur son triste sort. Mais son sens du devoir l'emporta.

— Quoi ? Qu'est-ce que vous voulez ?

Peabody passa la tête à l'intérieur.

— Euh… ça va ?

Voilà à quoi servait l'amitié. Quand on avait le moral à plat, quand on s'apitoyait sur soi-même, quelqu'un était là pour venir prendre de vos nouvelles.

— Non. Pas vraiment. Entrez. Fermez derrière vous.

Peabody s'exécuta et Eve exhala profondément.

— DDE ?

— Les appareils électroniques de Coltraine n'ont rien révélé de particulier. Ses communicateurs non plus. Pas la moindre référence à un rendez-vous le soir de son décès. *Idem* pour ses agendas. Le seul élément ayant éveillé notre curiosité est noté sous la rubrique « personnel » : deux lettres, A.R. Pas d'adresse, pas de numéro, juste l'annotation « a/s » qui correspond ailleurs à « après le service ».

— J'ai la solution de cette énigme. Asseyez-vous. A.R. n'est autre qu'Alex Ricker.

— Alex… comme dans Max Ricker ?

— Son fils unique. Voici ce qu'il en est.

Peabody écouta le récapitulatif d'Eve sans un mot, mais son visage traduisit une véritable palette d'émotions allant de « Nom de nom ! » à « Quoi, à présent ? » en passant par « Pauvre Morris ».

— Vous le lui avez dit ?

— Oui.

Peabody opina.

— Vous n'aviez pas le choix.

— Je ne lui ai pas parlé du piètre alibi de Ricker parce qu'il ne m'a rien demandé. Je ne lui ai pas précisé que Ricker éprouvait encore des sentiments pour Coltraine, que ça crevait les yeux. Inutile de jeter de l'huile sur le feu. Débrouillez-vous pour obtenir un mandat de perquisition afin de fouiller l'appartement de Ricker et de confisquer son matériel électronique. Il s'y attend. Il aura pris ses précautions. Mais nous sommes malins. À force de creuser, nous finirons par mettre au jour ce qu'il nous cache. Quant à son alibi, envoyez un homme à Times Square avec une photo. Qu'il commence par passer au crible les bars sportifs. Nous prendrons le relais dès que je serai libre de retourner sur le terrain.

Eve se frotta les yeux.

— À présent, je dois convaincre Webster de me rejoindre quelque part où nous ne risquons pas de croiser des collègues.

— Cela vous donne une idée de la difficulté de l'exercice pour Coltraine. L'objectif n'était pas le même, mais organiser une rencontre en douce est stressant. Je n'imagine pas supporter une telle situation pendant presque deux ans. Soit elle était folle de lui, soit il faisait l'amour comme un dieu.

— Ou encore, elle aimait le grand frisson, et le profit.

— Mouais, marmonna Peabody. Je préfère ne pas y penser.

— Et moi, donc ! Malheureusement, j'y suis contrainte, et... je sais où je vais lui donner rendez-vous. Fermez la porte en sortant. Je ne tiens pas à ce qu'on m'entende, ajouta-t-elle en pivotant vers son ordinateur.

Il s'agissait d'un club de strip-tease où les clients s'imbibaient de boissons pour adultes à vous brûler la gorge et à vous corroder l'estomac. Pour ceux qui en avaient les moyens, la direction mettait à disposition des chambres privées équipées d'un lit et d'un verrou, et un espace où l'on pouvait s'adonner à divers plaisirs, naturels ou pas.

Les alcôves empestaient les substances illicites. Le soir, sur la scène, se produisait généralement un orchestre plus ou moins déshabillé et plus ou moins talentueux. Des danseuses aussi dénudées et aussi peu douées que les musiciens se joignaient en général à ces derniers, ainsi que certains clients sous influence.

L'endroit était réputé pour ses bagarres imprévisibles et violentes – un attrait supplémentaire aux yeux de certains. Le sol était gluant et la nourriture, immonde.

C'était là qu'Eve avait enterré sa vie de jeune fille ; elle avait aussi arrêté un meurtrier dans la foulée. Le bon vieux temps.

Derrière le comptoir trônait un géant archi-musclé de près de deux mètres. Sa peau noire luisait sous son gilet en cuir ouvert et ses tatouages. Son crâne rasé brillait comme la pleine lune tandis qu'il essuyait le bar au rythme endiablé d'une musique de sauvages sur laquelle se trémoussaient trois créatures hideuses.

À cette heure-ci, il n'y avait pas foule, juste quelques hommes regroupés autour des tables, qui sirotaient leur boisson en contemplant le spectacle, apparemment médusés par la chorégraphie topless.

Deux d'entre eux la dévisagèrent, puis se recroquevillèrent, sans doute dans l'espoir de disparaître. Le barman la gratifia d'un regard appuyé.

— Salut, maigre jeune fille blanche !

— Salut, grand Black !

Son visage se fendit d'un large sourire. Il se pencha en avant, la souleva de terre et déposa un baiser sur ses lèvres.

— Eh, ça va !

— Je ne peux pas m'en empêcher. Vous m'avez manqué. J'ai pensé à vous pas plus tard que ce matin. Incroyable, non ?

— Incroyable. Comment ça va, Crack ?

— Des hauts et des bas. Surtout des hauts ces temps-ci. J'ai fait un saut au parc tout à l'heure, voir l'arbre que vous avez planté pour ma petite sœur. Il commence à faire des feuilles. Ça m'a mis du baume au cœur.

Comme si on avait appuyé sur un interrupteur, son expression se métamorphosa quand un client eut l'audace de s'approcher pour commander une boisson alors qu'il était déjà occupé.

Dépité, ce dernier s'éclipsa aussitôt.

On l'appelait Crack en hommage à sa manie de faire claquer l'un contre l'autre les crânes de tous ceux – employés ou clients – dont le comportement lui déplaisait.

— Qu'est-ce que vous fabriquez ici ? demanda-t-il.

— J'ai un rendez-vous. Je voulais que ce soit en privé.

— Vous voulez une chambre ?

— Pas ce genre de privé.

— Tant mieux. J'aime bien votre mec.

— J'ai pensé que le lieu était bien choisi pour éviter de me cogner dans un autre flic. Si ça ne vous pose pas de problème.

— Si vous voulez, je vire tous ces abrutis et je ferme la boutique. Vous pourrez y rester le temps que vous voudrez.

— Une table me suffira, merci.

— Un verre ?

— J'ai l'air d'être au bord du suicide ?

— J'ai des bouteilles d'eau derrière.

Soudain, il se figea.

— Si c'est pour éviter les flics que vous êtes là, vous avez un souci. J'en vois un qui se pointe.

Elle aperçut Webster et hocha la tête.

— Normal. C'est mon rendez-vous.

— Installez-vous où vous voulez.

— Merci.

Elle se dirigea vers Webster, lui indiqua une table à l'écart et poursuivit son chemin.

Elle était toujours mal à l'aise avec lui. Pas parce qu'ils avaient couché ensemble une fois lorsqu'ils étaient tous deux inspecteurs à la Criminelle. Mais parce que lui avait pris l'affaire beaucoup plus au sérieux qu'elle.

La situation était d'autant plus délicate que des années plus tard, il avait perdu la tête et entrepris de la draguer. Connors était arrivé à l'instant précis où elle le repoussait. Les deux hommes s'étaient rués l'un sur l'autre tels des loups affamés, démolissant le bureau de son domicile et s'infligeant mutuellement des dommages corporels considérables avant que Connors ne mette son adversaire K-O.

Ils s'étaient réconciliés. Connors et elle, Connors et Webster, Webster et elle… Il n'empêche, c'était délicat.

Et c'était bien avant que Webster n'intègre le Bureau des affaires internes.

Bel homme au regard perçant, Webster scruta la salle avant de s'asseoir, comme Eve, le dos au mur.

— Intéressant comme endroit.

— Ça me convient. Je te remercie de t'être déplacé.

— Que de politesses !

— Ne commence pas.

Il haussa les épaules, se cala dans son siège.

— On peut avoir du café ici ?

— Bien sûr. Si tu as envie de crever.

Il lui sourit.

— Connors sait-il que nous nous rencontrons dans un bar louche ?

— Webster, j'aimerais autant que personne ne soit au courant que je rencontre un inspecteur des AI, peu importe le lieu.

Il se redressa.

— Chacun son boulot, Dallas. Si tu n'avais pas besoin du BAI, je ne serais pas là.

Il venait de marquer un point. Elle ne chercha pas à le contredire.

— Le BAI s'intéresse-t-il à mon enquête sur le meurtre d'Amaryllis Coltraine ? lâcha-t-elle sans préambule.

— Pourquoi ?

— Oui ou non, Webster ?

— As-tu trouvé une preuve ou es-tu sur une piste indiquant que le BAI devrait s'en mêler ?

Elle s'inclina vers lui.

— Merde. Un flic est mort. Un peu de compassion.

Il imita son mouvement.

— Merde. Si je m'en fichais, je ne serais pas au BAI.

— Réponds à ma question, je répondrai à la tienne.

Il s'écarta, la dévisagea un instant, puis :

— Oui.

L'estomac d'Eve se noua, mais elle acquiesça.

— J'ai besoin de savoir si elle avait les mains sales, Webster.

— Je ne peux pas te le dire. Je ne peux pas te le dire, répéta-t-il comme elle le fusillait du regard, parce que je n'en sais rien.

— Dis-moi ce que tu sais. Donnant-donnant, ajouta-t-elle. Je te ferai part de mes découvertes à condition que cette conversation reste officieuse, sauf décision mutuelle contraire.

— D'accord. Tu ne m'aurais pas sollicité si tu n'avais pas déjà établi le lien entre Coltraine et Alex Ricker. Il figure sur ta liste de suspects ?

— Oui. Je n'ai pas grand-chose contre lui, mais je cherche. Si je comprends bien, les Affaires internes se penchent sur le cas de Coltraine depuis Atlanta ?

— Les collègues de là-bas ont appris qu'elle avait une liaison avec Ricker.

— Comment ?

— Des photos de Coltraine et de Ricker, main dans la main, bouche contre bouche, ont atterri sur un bureau du BAI.

— Pratique. Quelqu'un voulait sa peau.

— Probablement. Ça ne change rien. L'enveloppe est arrivée environ neuf mois avant qu'elle demande sa mutation. Nos gars ont pu le confirmer. Coltraine et Ricker avaient chacun leur domicile mais passaient le plus clair de leur temps ensemble dans un appartement à Atlanta, situé en haut d'une tour dont Max Ricker était le propriétaire. Entrée privée, ascenseur privé, garage privé. Elle pouvait aller et venir sans être repérée. Profitant de ses congés, elle l'a accompagné à Paris, à Londres et à Rome. Il lui a offert des bijoux, du lourd.

— Je n'ai rien remarqué de tel chez elle.

— Elle lui a tout rendu quand ils ont rompu.

— Comment le sais-tu ? Elle était surveillée ? Sur écoute ?

— Je ne peux ni le confirmer ni le nier. Je te dis ce que je sais.

— Pourquoi le BAI ne l'a-t-il pas convoquée ?

— Contrairement aux croyances populaires, nous ne pourchassons pas les flics pour le plaisir. Alex Ricker ? Rien ne prouve que c'est un criminel. Rien ne prouve non plus que Coltraine lui transmettait des informations. Quant à planter des mouchards chez elle, Alex Ricker et son vieux sont du genre à faire le ménage régulièrement.

— Et ils sont suffisamment malins pour ne pas aborder n'importe où des sujets compromettants.

— On n'a eu que des bribes.

— A-t-elle rencontré Max Ricker ? Traitait-elle avec lui ?

— Pas que l'on sache. Encore une fois, le fils Ricker et elle voyageaient pas mal. Ce n'est donc pas impossible. Mais d'après lesdites bribes, le fiston a clairement établi que papa était un sujet tabou. Résultat des courses, l'atmosphère s'est sérieusement dégradée au paradis après la chute de papa.

— Quand nous l'avons incarcéré, murmura Eve.

— Oui. Elle a commencé à espacer leurs rencontres. Ils se sont disputés à plusieurs reprises en présence de témoins. Puis ils ont arrêté définitivement. Quelques semaines plus tard, elle demandait sa mutation à New York.

— C'est à ce moment-là que vous avez pris le relais.

— On gardait un œil sur elle. Discrètement. Si on l'avait filée de plus près, elle serait peut-être encore vivante. Le fait est que nous n'avons rien trouvé. Depuis son arrivée en ville, rien n'indique qu'elle ait eu des contacts avec Ricker – père ou fils.

— Alex est à New York. Elle l'a vu la veille de sa mort.

— Bordel !

— Vous n'étiez pas au courant.

— Je viens de te dire que nous n'avions rien contre elle, rétorqua-t-il, visiblement contrarié. Nous ne crucifions pas les flics, nom de nom ! Elle avait fricoté avec le fils d'un voyou, mais nous n'avions rien contre lui. Ni contre elle, selon toute apparence. Nous n'étions pas à ses trousses. Aujourd'hui, je le regrette. Je déteste les ripoux, Dallas, mais je déteste encore plus les flics morts.

— D'accord, d'accord. Du calme, Webster.

— Merde ! Tu penches pour la thèse de l'amant éconduit ? Il la tue ou la fait tuer parce qu'elle l'a plaqué et qu'elle s'envoie en l'air avec Morris ?

Eve haussa les sourcils.

— Enfin, tout le monde sait que Morris et elle étaient ensemble ! reprit-il. Je suis sacrément désolé pour lui.

— Oui, bien sûr, marmonna-t-elle, ce pourrait être ça. Sauf qu'Alex m'a fourni un alibi merdique. Si c'est un malfaiteur, il est vraiment intelligent, alors pourquoi ne s'est-il pas concocté un meilleur alibi ?

— Parfois les alibis les plus merdiques sont les plus crédibles.

— Oui, j'y ai pensé. Il était toujours épris d'elle.

Webster eut un sourire peiné.

— Je sais ce que c'est.

Elle se serait giflée. Elle était tombée dans le panneau.

— C'est bon, Webster.

— Je m'en suis remis, répliqua-t-il. Mais je sais ce que c'est. Ça vous fiche en boule, ça vous ronge. Cela dit, je n'ai jamais eu envie de te tuer.

— Celui qui l'a éliminée avait prémédité son geste. Tu ne peux pas me dire si elle était corrompue ou non ?

— Pas plus que toi. Tu ne peux pas lui accorder le bénéfice du doute. Quoi que tu penses du BAI, tu sais que tu dois continuer à creuser.

— Je ne suis pas obligée d'aimer ça.

— Tu crois que j'aime ça, moi ? gronda-t-il, une lueur de colère dans les yeux. Nous avons juré d'appliquer la loi, pas de l'utiliser. De protéger et de servir, pas de *se* servir en cours de route. Nous sommes supposés représenter certaines valeurs.

Difficile de dire le contraire.

— Le BAI a-t-il enquêté sur moi quand j'ai commencé à fréquenter Connors ?

— Bien sûr. Un peu. Tu le savais au fond de toi. Ta réputation n'a jamais été entachée. Du reste, personne n'a jamais pu coincer Connors, enchaîna-t-il avec un sourire bref. D'après mon expérience personnelle, il peut être le pire des salauds, mais en aucun cas il ne t'aurait utilisée à ses fins.

Il hésita, puis lâcha :

— Tu ne seras peut-être jamais capitaine.

— Je sais. Aucune importance.

— Dommage.

Surprise de déceler une pointe de déception dans sa voix, elle demeura à court de mots. Webster haussa les épaules.

— Enfin, peu importe, marmonna-t-il. Je jetterai un coup d'œil sur cette affaire pendant mon temps libre. Qu'on ne la salisse pas si elle ne l'a pas mérité. Si tu as du nouveau sur Ricker, j'apprécierai que tu me mettes au courant.

— Entendu.

— Que sait Morris ?

— Je lui ai parlé de Ricker avant de te joindre. Je ne le mènerai pas en bateau.

— Donc, tu l'as prévenu que tu allais solliciter le BAI.

— Il sait lire entre les lignes.

— Si tu lui en reparles, dis-lui que j'opérerai en douce.

— Il en sera soulagé.

— Oui, à moins que je ne découvre quelque chose. Dans ce cas, il voudra me dévorer tout cru. Il faut que j'y retourne, annonça-t-il en se levant. Méfie-toi de Ricker. Tu as serré son père. Il y a de grandes chances pour qu'il ait envie de *te* dévorer toute crue.

Eve attendit qu'il eût disparu avant d'aller saluer Crack.

Un individu normal aurait trouvé étrange de filer d'un rendez-vous dans un club de strip-tease à un autre dans l'élégant bureau du Dr Charlotte Mira. Pour un flic, ce n'était que la routine.

Psychiatre en chef et profileuse du département, Mira avait droit à un espace aéré, décoré à son goût, à savoir : féminin et élégant.

Comme elle.

Mira était assise, ses jambes croisées mises en valeur par un tailleur rose pâle, ses cheveux ondulant autour de son joli visage, une tasse de thé à la main.

— J'ai envoyé une carte de condoléances à Morris, dit-elle. Ça paraît si dérisoire. Vous l'avez vu, bien sûr.

— Oui. Il tient le coup. Il est bouleversé, mais il s'accroche. Vous avez eu le temps de lire tous les documents ?

— Oui. Quand la victime est des nôtres, l'affaire passe en priorité. Elle a eu une liaison avec le fils de Max Ricker. Une relation dangereuse. Un risque professionnel. Pourtant, je ne la qualifierais pas de téméraire.

— Elle était flic.

— Oui. Un métier périlleux. Toutefois, d'après son dossier, elle n'a jamais tiré avec son arme au cours de sa carrière. Elle a résolu des puzzles. C'était une intellectuelle. Organisée, minutieuse. Elle était issue d'une famille bourgeoise unie. Elle a toujours été une excellente élève. Ses évaluations professionnelles montrent une grande constance. Cette femme était prudente. Alex Ricker était l'exception.

— Amour ? Désir ? Appât du gain ?

— Si ce n'était qu'une question d'appât du gain, pourquoi une telle intimité ? Se fréquenter pendant près de deux ans, le cacher à sa famille, à ses collègues, à ses amis ? Le désir peut allumer l'incendie, mais la flamme ne brûle jamais bien longtemps. Un peu des trois, peut-être ?

— D'abord l'attirance – l'homme est beau, intéressant, il a de la classe. Puis le danger. La fille bien en pince pour le mauvais garçon.

Mira esquissa un sourire.

— Serait-ce une projection ?

— Non. Moi, j'ai carrément reçu un coup de massue sur la tête. Certes, il existe des parallèles mais la façon dont elle l'a joué…

— … n'a rien à voir avec la vôtre, interrompit Mira. Il est possible que la nature clandestine de cette relation ait attisé le feu. D'après ce que j'ai lu, elle a toujours suivi scrupuleusement les règles. Sauf là.

— Elle se laisse embraser. « Viens à Paris avec moi ce soir. » Waouh ! Et, oui, elle a franchi de nombreux obstacles pour être avec lui et y rester, l'amour a donc joué un rôle. Elle est amoureuse, et un beau jour, il lui lance « Tu pourrais me rendre un petit service ? » Elle y consent.

— La fois suivante, il exige davantage. Elle s'enfonce. Logique.

— Il lui en demande de plus en plus. La situation dérape. Selon mes sources, ils ont rompu au moment où on a expédié Max Ricker en prison. Elle constate les dégâts, s'inquiète.

— La donne a changé, renchérit Mira. Depuis la défaite de son père, Alex a les pleins pouvoirs.

— Elle craque, rompt avec lui, prend ses distances. Elle a dit à Morris qu'elle avait voulu recommencer de zéro, ailleurs. Alex Ricker perd une maîtresse et une source de renseignements. Dur à encaisser.

— Son père est un homme violent et instable. Un criminel notoire, puissant et sans scrupules. Sa mère est morte quand il était enfant. Accident, suicide.

— Ou meurtre, ajouta Eve.

— Ou meurtre, concéda Mira. S'il a reçu une bonne éducation et grandi dans un milieu aisé, il n'en a pas moins été confiné dans des institutions quasi militaires. Max Ricker devait attendre beaucoup de son unique héritier. Alex savait qu'un jour, il devrait reprendre les rênes. Lui aussi est du genre circonspect. S'il s'est lancé dans des entreprises malsaines, il a minimisé les risques en accumulant une multitude de couches de protection pour couvrir ses arrières. Son image publique est nettement plus policée que celle de son père. Il a su se mettre à l'abri du scandale.

— Mais il souffre.

— Sans doute. Son seul parent survivant, celui qui a subvenu à ses besoins pendant l'essentiel de sa vie, est derrière les barreaux. La plupart de ses biens ont été confisqués. Et, comme vous l'avez fait remarquer, les répercussions suite à l'arrestation de Max Ricker ont coïncidé avec une rupture sentimentale.

— Sale semaine.

— Il devait se sentir furieux, trahi, abandonné. Une fois de plus. D'abord sa mère meurt, puis son père est expédié hors planète, enfin la femme qu'il aime – ou avec qui il entretient une relation intime – le quitte.

— La vengeance est un plat qui se mange froid.

— Certes. Cependant...

— Merde ! J'en étais sûre !

— On ne détecte aucune intimité dans ce meurtre. Aucune passion, aucun châtiment. C'est un geste calculé, froid, distant. Elle lui appartenait au sens vrai du terme. Soit en tant que femme, soit en tant que femme et source. S'il avait été mû par la colère, même froide, ou son sentiment de trahison, on en aurait relevé des traces.

Mira but une gorgée de thé, changea de position.

— Pouvait-il résister à l'envie de lui faire mal, de prolonger son martyre ? Il aurait choisi un endroit plus sûr. Cela dit, l'emploi de son arme est un acte personnel, voire intime. Insultant.

— Vous pensez qu'il a commandité le meurtre.

— Ce serait plus probable, selon moi. Il est habitué à protéger sa personne et ses intérêts. Vous renvoyer les revolvers accompagnés d'un message ? Un homme prudent les aurait laissés ou aurait ordonné qu'on les laisse sur la scène de crime. Ou s'en serait débarrassé. Les renvoyer, c'est une provocation.

— La touche finale. Le tueur était fier de son œuvre.

— Oui. Dites-moi, Coltraine était-elle amoureuse de Morris ?

— Je pense que oui.

Mira poussa un profond soupir.

— Ce n'en est que plus douloureux pour lui. Toutefois, si elle aimait Morris, je ne pense pas qu'elle l'aurait trahi. Cela ne lui ressemble pas.

— Ce qui donne à Ricker un autre mobile. Leur liaison était de l'histoire ancienne, mais qu'en était-il de leur relation professionnelle ? Si tant est qu'ils en avaient une.

— S'ils en avaient une, ils étaient liés l'un à l'autre. Pourquoi aurait-elle tenté le diable ?

— Elle n'a peut-être pas eu le choix. J'aimerais tant qu'elle soit clean.

Mira effleura le bras d'Eve.

— Moi aussi. Savoir un ami dans le chagrin est insupportable.

— Il me fait confiance pour conduire cette enquête, mais si on découvre qu'elle avait les mains sales, je ne sais pas s'il me le pardonnera un jour. Ça me fiche en rogne de devoir m'en soucier. Je n'aurais pas à le faire si…

— … si vous vous en moquiez.

— Justement. C'est là que le bât blesse, soupira-t-elle. Merci, Mira, ajouta-t-elle en se levant.

— Je suis à votre disposition.

Eve sortit du bureau pour regagner l'étage réservé à la Criminelle.

9

Le problème, quand on était le fils d'un criminel connu, c'était que les flics n'avaient aucun mal à obtenir des mandats de perquisition. Son précieux document à la main, un petit bataillon de flics sur ses talons, Eve pénétra pour la deuxième fois dans le triplex d'Alex Ricker.

Elle ne fut pas surprise de le découvrir en compagnie d'un trio d'avocats.

Le meneur, un certain Henry Proctor, avait l'allure d'un politicien sur le retour avec sa crinière blanche, son visage ridé et son costume classique. Sa riche voix de baryton avait dû résonner dans des dizaines de salles de tribunal, sculptant la loi comme un ciseau sur le marbre pour défendre ses clients fortunés.

— Mon client est prêt à coopérer pleinement avec la police dans cette affaire, à condition que vous suiviez la procédure à la lettre.

— Vous n'avez qu'à lire celle-ci, riposta Eve en lui tendant le document. Nous sommes autorisés à fouiller les lieux et à confisquer tout matériel électronique et de communication.

— Un conseiller juridique ou un domestique de M. Ricker suivra le processus. Qui sera dûment enregistré. M. Ricker exercera par ailleurs son droit de filmer la fouille et la confiscation. Il ne fera aucune déclaration et ne sera pas interrogé pour le moment.

— Ça me va. Capitaine Feeney.

Le patron de la DDE assistait rarement à de telles actions. Mais Eve voulait s'assurer qu'aucune erreur ne serait commise – et Feeney avait insisté pour participer. Elle adressa un signe de tête à son ancien partenaire et mentor.

Son visage de basset demeurait impassible. Elle se demanda si elle était la seule dans la pièce à deviner qu'il jubilait. La moindre chiquenaude à l'encontre d'un Ricker suffisait à ensoleiller une journée.

— Mesdames, messieurs, vous connaissez la chanson, fit-il. N'oubliez pas de rédiger un récépissé pour tout appareil embarqué.

— Nous apprécierions de savoir quand vous nous les rendrez, intervint Proctor. Ceci occasionne une gêne considérable.

Feeney, le costume fripé et les chaussures usées, passa la main dans ses cheveux roux et argent.

— Cela dépend, n'est-ce pas ?

— Inspecteur Baxter, enchaîna Eve, votre équipe et vous commencerez par le deuxième étage. Officier Carmichael, occupez-vous de celui-ci. Peabody, nous montons au premier.

Elle voulait se concentrer sur les chambres, les espaces privés, intimes. Même les gens les plus avertis se sentaient en sécurité là où ils dormaient, faisaient l'amour, s'habillaient et se déshabillaient. Si Alex devait avoir commis une erreur, omis un détail qui pourrait le relier au meurtre de Coltraine, ce serait là.

Personne ne dit mot. Eve avait prévenu l'équipe que toute parole, toute expression, tout geste, tout éternuement serait consigné. Et utilisé par les avocats pour remettre en cause à la fois la procédure et la démarche à l'origine de la perquisition.

— Nous allons commencer par la chambre de M. Ricker, annonça-t-elle à l'assistant, Rod Sandy.

Il les accompagna, l'air ouvertement désapprobateur, jusqu'au salon à l'étage qui menait à la suite principale.

Alex savait vivre, nota Eve. Le salon s'ouvrait sur un bureau/salle de séjour ordonné, meublé d'un comptoir en verre noir sur lequel étaient alignés plusieurs mini-ordinateurs. Un bar assorti au comptoir, quelques fauteuils club et un écran mural complétaient l'ensemble. Connaissant le faible de Connors pour les panneaux secrets, Eve laissa courir ses doigts sur les murs.

— Voici ce que vous cherchez, dit Sandy en contournant le bar pour ouvrir un placard dissimulé contenant vins et liqueurs. Nous coopérerons, lieutenant, poursuivit-il d'un ton dégoulinant de dédain, afin que vous en terminiez au plus vite et partiez.

— Dont acte, répliqua Eve sur le même ton.

Elle s'éloigna avec Peabody.

L'homme aimait l'espace, décida-t-elle. La chambre était immense, le mur du fond entièrement composé de baies vitrées donnant sur une terrasse et la ville au-delà. Alex pouvait savourer son café du matin ou son cognac du soir, assis à la table bistro ou alangui sur le divan. Un bureau ancien servait de support pour un ixième mini-ordinateur. Des miroirs reflétaient les murs tapissés de soie et l'imposant lit à baldaquin.

Sandy déambula en silence, leur montra les panneaux qui dissimulaient encore des alcools, l'autochef, divers écrans. Eve scruta le dressing avec sa penderie surchargée et ses tiroirs pleins à craquer. « Enfin quelqu'un qui possède autant de vêtements que Connors », se dit-elle.

— Remontez vos manches, Peabody.

Il fallait être malin et expérimenté pour retirer méticuleusement tout objet compromettant de son espace sans toucher à ses affaires personnelles.

Elle trouva des préservatifs et des sex-toys, diverses lotions destinées à embellir l'acte sexuel. Rien d'illicite. À en juger par la quantité de produits de beauté et d'hygiène alignés sur les étagères, Alex prenait grand soin de sa personne.

Mais la vanité n'était pas un crime.

Quant à sa garde-robe, il préférait et avait les moyens de s'offrir des tissus en fibres naturelles et les services d'un tailleur. Même ses tenues décontractées avaient du style. Il avait un faible pour les couleurs douces, les matières confortables, les caleçons plutôt que les slips, et, à moins qu'il ne l'ait posé sur la table de nuit pour son bénéfice à elle, les romans d'espionnage.

— Rod, je ne vois pas de mini-ordinateur personnel.

Raide comme un soldat, les bras croisés, il riposta :

— Je suppose que M. Ricker l'a sur lui.

— Il n'en conserve pas un à son chevet ? C'est curieux. Peabody, vous ne trouvez pas étrange que M. Ricker n'ait pas un mini-ordinateur personnel à son chevet afin de pouvoir travailler au lit, envoyer un courrier électronique, vérifier les cours de la Bourse ?

— Si, lieutenant, cela me paraît étrange.

— Les lois de cet État vous obligent-elles à posséder plusieurs mini-ordinateurs personnels ? s'enquit Sandy froidement.

— Non, non, c'est juste un peu bizarre.

Elle quitta la chambre, traversa le salon et poussa une porte donnant sur ce qui ressemblait à une petite chambre d'amis. Lit, écran mural, kitchenette minuscule. Encore un comptoir en verre noir. Sur celui-ci trônait une coupe remplie de fleurs fraîches.

— Autre anomalie. Ceci ressemble à une table de travail, comme celle de la chambre principale. Pourtant, il n'y a aucun équipement. Juste ce bouquet… Très joli, ajouta-t-elle en le reniflant.

— Je ne pense pas qu'il soit interdit d'avoir des fleurs chez soi.

— Non, mais nous collectionnons les bizarreries, Rod. Par exemple, ce détecteur d'empreintes à l'entrée. En quel honneur, ce système de sécurité supplémentaire ?

— À l'origine, M. Ricker pensait en faire son bureau, puis il a changé d'avis.

— Hon-hon…

Eve s'approcha de la commode, en ouvrit les tiroirs.

— Ce meuble me semble flambant neuf. Il n'a jamais été utilisé. Comme si on venait de le poser là. M. Ricker reçoit donc si rarement ? railla-t-elle.

Il eut un sourire à la fois amer et satisfait.

— Nous redécorons.

— Tu parles !

Elle indiqua l'unique armoire à Peabody, puis pénétra dans la salle de bains attenante.

Compacte, fonctionnelle, et scrupuleusement propre. Mais Eve était prête à parier qu'elle avait déjà servi. De même qu'elle était convaincue que le matériel électronique de la « chambre d'amis » avait été transféré ailleurs. Très récemment.

— Dites-moi, Rod ? Encore un truc qui me tracasse. Vous m'avez affirmé qu'Alex et vous aviez passé la soirée – celle du meurtre de l'inspecteur Coltraine – à la maison. Or Alex m'a avoué qu'il était sorti.

— Je le croyais ici.

— Vous ne surveillez guère votre patron.

Il se hérissa. Eve savoura l'instant.

— Je ne *surveille* pas Alex. Nous avons dîné ensemble, comme je vous l'ai déclaré. Je suis monté aux alentours de 22 heures. Je n'ai appris que cet après-midi qu'il était sorti. Je pense qu'on a encore le droit dans ce pays de prendre l'air et de s'offrir une bière en chemin ?

— Certainement. Comment vous entendiez-vous avec l'inspecteur Coltraine ?

— Très bien, encore que nous ne nous soyons pas vus depuis un an. Ce drame me bouleverse et je partage la peine d'Alex.

— Vous ne l'avez pas croisée lorsqu'elle lui a rendu visite, ici même, il y a deux jours ?

— Non. Alex souhaitait la voir seule. Je suis resté en haut.

— Vous semblez y passer un temps fou, répliqua Eve avec un sourire désarmant. Si nous en profitions pour visiter vos quartiers, Rod ?

Elle feignit de tout inspecter – autant pour la procédure que pour titiller le secrétaire, qui l'exaspérait –, mais elle savait qu'elle ne trouverait rien. Alex était rusé, il avait anticipé la démarche.

Une fois que ce fut terminé et qu'ils se retrouvèrent dehors, Eve demanda à Feeney :

— Tu as vu la petite chambre jouxtant le salon du premier ?

— Oui. Détecteur d'empreintes et code vocal à la porte. À moins qu'il ne l'utilise pour y retenir ses esclaves sexuelles contre leur gré, je dirais qu'on l'a vidée ces jours-ci de tout engin électronique. Des machines non enregistrées, probablement.

— Je me suis dit la même chose. Excepté pour les esclaves sexuelles.

— Les hommes y pensent sans doute plus que les femmes.

— Je ne peux que le présumer. Il aura nettoyé tous ses disques durs.

— Bien sûr. Il n'est pas stupide.

Feeney extirpa un sachet de pralines de sa poche, l'ouvrit, et le tendit à Eve.

— S'il a effacé des données, nous en découvrirons des traces.

Parce qu'elles étaient là, sous ses yeux, Eve prit deux amandes caramélisées.

— Mais s'il a du matériel non enregistré, c'est là que se trouvent les données compromettantes, observa-t-elle.

— Comme je l'ai dit, il n'est pas stupide.

— J'espérais vaguement retrouver la bague de Coltraine dans le fond de son tiroir à chaussettes.

— Ça valait le coup de chercher. Ce type est louche. Plus sophistiqué que son père, mais louche.

— Oui. De là à tuer un flic... Je vais travailler de chez moi. Si tu as du nouveau, tu me préviens aussitôt.

— Et réciproquement. Je ne connaissais pas cette femme, mais elle était des nôtres. Et puis, il y a Morris. La DDE ne prendra aucun repos avant d'avoir clôturé ce dossier.

Eve s'approcha de Peabody, qui bavardait avec McNab et sa copine de la DDE, Callendar.

McNab faisait tinter tout ce que contenaient les poches de son maxi-pantalon cargo rouge pivoine. Il portait une veste jonquille et avait coiffé ses cheveux blonds en une longue tresse qui lui tombait dans le dos. À ses côtés, Callendar était une explosion de couleurs : tee-shirt agrémenté de zigzags multicolores moulant un poitrail généreux, sur-chemise flottante et caleçon scintillant. Elle mâchait un chewing-gum, chaque mouvement de bouche faisant rebondir les énormes triangles suspendus à ses oreilles.

— Va pour une pizza, annonça-t-elle. C'est toi qui régales.

— Je suis d'accord pour la pizza, mais pour savoir qui la paie, on tire au sort.

McNab tendit le poing et Eve étrécit les yeux tandis que les deux génies de l'informatique entamaient leur premier round de « papier-feuille-ciseaux ».

— Navrée d'interrompre la récréation, mais nous avons un meurtrier à traquer.

McNab posa sur elle son regard vert.

— Ne vous inquiétez pas : on va se restaurer en bossant. On veut juste régler le problème du carburant et du porte-monnaie.

— J'ai prévu d'y consacrer la nuit, lieutenant, renchérit Callendar. Mais il faut bien alimenter la machine. Nous avons embarqué huit ordinateurs de bureau, douze muraux et seize portables. Si l'un d'entre eux contient un élément menant à Coltraine, on le dénichera.

À condition d'avoir le ventre plein. Eve fourra la main dans sa poche.

— La pizza est pour moi. Peabody, je serai à la maison. Coordonnez les résultats, effectuez les recoupements nécessaires. Assurez-vous d'avoir barré tous les *t*. Ensuite, à vous de décider où vous serez le plus utile.

— Compris. Ah ! Un détail, lança Peabody en se précipitant vers Eve avant qu'elle ne monte dans son véhicule. Si Ricker et compagnie ont déménagé du mobilier, on devrait le voir sur les disques de sécurité de l'immeuble. Je propose donc...

— Je les ai. Je les visionnerai chez moi.

— Ah ! souffla Peabody, un peu déçue. J'aurais dû me douter que vous y penseriez. Je ne voulais pas en parler à l'intérieur de crainte d'être enregistrée.

— Vous avez bien fait.

— Bon. Euh... encore une chose. Si vous pensez qu'il vaudrait mieux repousser la fête pour Louise, je peux m'en charger.

— Merde ! grommela Eve en se tirant les cheveux. J'avais oublié. Non, laissez tomber. Nous aviserons. Si vous en discutez avec Nadine, et qu'elle essaie de vous soutirer des...

— L'enquête est en cours. Nous suivons toutes les pistes, blablabla.

— Parfait.

Eve grimpa dans sa voiture.

Elle repéra la filature en moins de trois minutes. Si ostensible que c'en était presque insultant.

Une berline noire de modèle récent et d'aspect banal. Vitres teintées. Plaques d'immatriculation new-yorkaises. Elle mémorisa le numéro, bifurqua pour rallonger son trajet. La berline l'imita, demeurant deux voitures derrière elle. Eve faillit se garer pour voir si l'autre la dépasserait, puis s'empresserait de faire demi-tour.

Elle préféra ralentir et se débrouiller pour rater le feu vert ; une marée de piétons traversa devant elle. Pourquoi Ricker avait-il engagé un aussi piètre chasseur ? Il avait le réseau et les moyens d'engager des professionnels, non ?

Mais ils étaient probablement plusieurs. La circulation était dense, elle n'avait peut-être pas prêté attention aux autres. Tant pis. Elle allait rouler un moment, histoire de leur faire perdre leur temps. S'ils se rapprochaient suffisamment, elle leur barrerait la route et leur cracherait son venin.

En attendant, autant se renseigner sur le propriétaire de la berline.

Elle brancha l'ordinateur de bord.

— Rechercher immatriculation New York, huit, six, trois, Zoulou, Bravo, Écho.

— Requête entendue. Recherche en cours...

Quand le feu repassa au vert, Eve démarra lentement, jeta un coup d'œil dans le rétroviseur. C'est alors qu'elle aperçut la camionnette. Comme celle-ci fonçait droit sur elle, elle appuya sur l'accélérateur pour enclencher le mode vertical.

— Allez, espèce de caisse pourrie, *allez* !

L'espace d'un instant, elle crut avoir sauvé la mise, mais la fourgonnette accrocha ses roues arrière alors que celles-ci quittaient péniblement le sol. L'impact plaqua Eve violemment contre le dossier de son siège. Tandis que la voiture tournoyait sur elle-même avant de piquer du nez vers Madison Avenue, l'habitacle se remplit de gel de sécurité.

« Merde ! » pensa Eve, juste avant le crash.

Elle entendit les bruits étouffés – fracas de tôle, grincements, craquements. Un nouveau tour sur trois cent soixante degrés, et elle heurta le pare-chocs avant de la voiture qui s'était arrêtée juste derrière elle au feu. Malgré le gel, le choc se répercuta dans tout son corps.

Étourdie, désorientée, elle bondit hors de sa voiture en dégainant son arme. Les passants se pressèrent autour d'elle, parlant tous en même temps.

— Reculez ! Je suis flic.

Elle se rua vers la camionnette défoncée. Scrutant les alentours, elle repéra la berline qui remontait tranquillement Madison Avenue.

Pistolet au poing, elle s'approcha de la fourgonnette : la cabine était vide.

— Ils se sont enfuis ! cria un témoin surexcité. Deux hommes ! Je les ai vus courir dans cette direction, ajouta-t-il en pointant le doigt vers Park Avenue.

— Il me semble que l'un d'entre eux était une femme, intervint un autre. Nom d'un chien, ils vous ont percutée *exprès* et ils se sont tirés !

— Ils étaient blancs.

— L'un d'eux était hispanique.

— Ils avaient les cheveux bruns.

— L'un était blond.

Eve se fraya un chemin à travers la foule, ouvrit les portes arrière de la camionnette. Écœurée, elle contempla le matériel électronique.

Quelle imbécile ! Elle s'était fait avoir comme un bleu.

Elle s'empara de son communicateur.

— Dallas, lieutenant Eve, véhicule de service accidenté, au coin de Madison et de... la 74e Rue. Demande des secours.

Elle se dirigea vers la voiture qu'elle avait emboutie en se crashant. Une femme était assise à l'intérieur, l'air ahuri.

— Madame ? Madame ? Vous êtes blessée ?

— Je n'en sais rien. Je ne pense pas, répondit la femme dont les pupilles étaient comme des têtes d'épingles. Que s'est-il passé ?

— Demande assistance médicale pour une civile, précisa Eve au standard avant de pivoter vers son propre tas de ferraille. Bordel !

D'après ses informations, elle n'était pas blessée. Mais s'agissant de son épouse, Connors ne se fiait à personne, pas même à elle. Naturellement, songeat-il, masquant sa peur par une colère sourde, ce n'était pas elle qui l'avait prévenu. Il avait essayé de la joindre à plusieurs reprises depuis qu'il avait entamé sa traversée de la ville, mais elle ne décrochait pas.

Lorsqu'il atteignit la barricade, il laissa sa voiture là où elle était. Qu'ils la mettent en fourrière si ça leur chantait. Il paierait.

Il poursuivit à pied.

Il vit tout d'abord l'amas de tôle – la carcasse pliée en accordéon, les vitres explosées.

La terreur le submergea.

Puis il l'aperçut. Elle était debout. Entière. Et, apparemment, se disputait avec un secouriste devant une ambulance.

— Je vais bien. Je n'ai pas besoin d'être examinée, et il n'est pas question que je monte dans ce bus. Le gel de sécurité m'a protégée. Vous voyez bien que j'en suis couverte ! Comment va la femme ?

— Elle est secouée. Rien de grave mais nous la transportons à l'hôpital par précaution. Vous devriez venir aussi. Vous êtes sous le choc.

— Je ne suis pas sous le choc, je suis énervée. À présent, allez-vous-en et...

Les mots moururent sur ses lèvres quand elle aperçut Connors. Elle le dévisagea, sidérée.

Il marcha droit sur elle, maîtrisant la terrible tentation de la soulever dans ses bras et de l'emmener. Du bout du doigt, il lui effleura le front, là où il y avait une entaille et un bleu.

— Tu n'as rien d'autre ? s'enquit-il.

— Non. Comment as-tu...

— Je m'occupe d'elle, annonça-t-il au secouriste. Le cas échéant, je veillerai à ce qu'elle se rende à l'hôpital.

— Ah, oui ? Comment ?

— C'est ma femme.

— Vraiment ? Bonne chance, camarade !

— Étais-tu obligé de...

— Oui, l'interrompit-il de nouveau. Je suis garé de l'autre côté de la barricade. Allons-y.

— Je ne peux pas quitter la scène tout de suite. Je n'ai pas tout vérifié, et je veux m'assurer que les collègues ont...

Il pivota lentement vers elle. Très lentement.

— Tu n'aurais pas quitté la scène si tu avais été inconsciente et qu'on t'avait transportée à l'hôpital le plus proche ? Allons-y, répéta-t-il, ignorant son regard noir.

— Une minute ! Officier Laney, merci d'être venue aussi vite.

— Dommage qu'on n'ait pas pu arrêter ces salauds, lieutenant.

Laney, une belle noire aux yeux d'oiseau de proie, fixa la camionnette qu'une dépanneuse s'apprêtait à emporter.

— Les techniciens la passeront au peigne fin, de même que la berline. Vous devriez faire un saut aux urgences, lieutenant. Vous avez pris un sacré coup.

— Je préfère rentrer chez moi. Merci.

Elle se tourna vers Connors et ils se mirent en marche.

— Je suis indemne.

— En général, quand on est indemne, on ne saigne pas.

— Je me suis cogné la tête, c'est tout. Seigneur, si j'avais su que tu passais dans le coin, je t'aurais averti.

Sur ce, remarquant l'embouteillage qui s'était formé, elle se dirigea vers l'un des uniformes, échangea quelques mots avec lui. Lorsqu'elle se retourna et vit Connors ouvrir la portière de sa luxueuse voiture, elle tressaillit.

— Euh... évite de me tapoter ou de me serrer contre toi pour l'instant. Je ne tiens pas à passer pour une mauviette.

— Loin de moi une telle pensée !

Il prit le volant, s'avança prudemment dans la brèche que les agents avaient ouverte pour eux, remonta Madison Avenue pour contourner Central Parc.

— Que s'est-il passé ?

— J'ai agi comme une idiote. Je suis tombée dans le piège. C'est grotesque. Merde.

— Mais encore ?

— On a fouillé le triplex de Ricker. Il avait eu tout le temps d'anticiper, mais nous n'avions pas le choix. Après quoi, j'ai décidé de rentrer travailler à la maison. Je me suis rendu compte qu'on me filait. J'aurais dû me douter du coup. C'était tellement évident que je ne me suis pas méfiée. J'étais en train de vérifier l'immatriculation, j'ai commencé à franchir le carrefour, et vlan !

Elle frappa dans ses mains, et sa douleur à la tête redoubla d'intensité. Elle se recroquevilla et résista à la tentation de tâter l'hématome parce que Connors s'en rendrait compte.

— Tout à coup, une camionnette a surgi de nulle part. Elle me guettait. J'ai enclenché le mode vertical, mais cette fichue caisse n'a pas réagi assez vite. La fourgonnette a accroché mes roues arrière et j'ai plongé. Je m'écrase, plie ma bagnole qui fait un tour sur elle-même et percute celle qui se trouvait juste derrière au feu. Je suis protégée par le gel mais, nom de nom, ça tourne, ça tourne ! Pendant ce temps, les mecs – ou un mec et une femme – qui pourraient être blancs, ou hispaniques, voire des extra-terrestres tombés de Vulcain à entendre les témoins, prennent leurs jambes à leur cou. La berline s'éloigne sereinement le long de Madison Avenue. Elle est abandonnée au coin de la 86e Rue et de la Troisième Avenue. Ni vu ni connu.

Connors paraissant concentré sur sa conduite, elle palpa avec précaution son œuf de pigeon. Ce qui ne fit qu'accroître la douleur.

— N'y touche pas, lui conseilla Connors calmement.

Agacée, gênée, elle laissa retomber sa main.

— La camionnette a été volée à une entreprise de coursiers du Bronx ce matin, enchaîna-t-elle. La berline est immatriculée au nom d'un habitant du Queens. D'après sa femme et son patron, il est à Cleveland pour affaires depuis deux jours. Le véhicule aurait été piqué sur le parking longue durée du centre de transports du Queens.

Elle se tassa sur elle-même.

— Merde.

— Employer de tels moyens pour te tuer est absurde, observa Connors.

— Ils n'essayaient pas de me tuer, juste de m'effrayer, de me déstabiliser. C'est réussi. Mais dans quel *but* ? Ils auront beau me mettre K-O, l'enquête continuera. Nous avons le matériel électronique de Ricker. Les disques de sécurité de son immeuble. Nous n'allons pas tout arrêter sous prétexte qu'un salopard a fracassé la charrette de Dallas.

— Pourquoi n'as-tu pas décroché ton communicateur ?

— Hein ? Je n'ai rien entendu.

Elle sortit l'appareil de sa poche, grogna.

— Il est mort, constata-t-elle. Le gel a dû s'infiltrer dedans. Une véritable explosion. Il y en avait partout. Tu vois ?

Elle se gratta la tête et une pluie de particules de gelée bleue tomba de ses cheveux.

— C'est ce qui t'a sauvée.

Elle s'autorisa une petite moue boudeuse.

— Ils ne répareront jamais ce véhicule. Il est bon pour la poubelle.

— Tu t'en inquiéteras un autre jour.

Il franchit le portail, arrêta la voiture, et attira Eve à lui.

— Je t'assure que je vais bien.

— Pas moi. Accorde-moi une ou deux minutes de répit.

Des lèvres, il frôla sa blessure, puis trouva sa bouche et l'embrassa avec ferveur.

— Je suis désolée, murmura-t-elle en encadrant son visage des deux mains. Vraiment. Je n'ai pas imaginé une seconde que tu emprunterais ce chemin, que tu tomberais sur ce chaos. À ta place, j'aurais eu la peur de ma vie.

— C'est Peabody qui m'a averti. Pour me rassurer, précisa-t-il comme elle ouvrait la bouche pour râler.

Elle craignait que les médias ne diffusent la nouvelle et ne voulait pas que je l'apprenne par ce biais.

— Je n'y ai pas pensé. Encore désolée.

— Tu étais préoccupée. À présent, dis-moi la vérité. Tu n'as que cette bosse à la tête ?

— Oui. Et quelques courbatures pour avoir été bousculée dans tous les sens. J'ai eu des nausées juste après la chute, mais c'est fini.

— Alors nous allons rentrer te soigner.

— Tu ne vas pas faire appel à Sa Majesté l'Épouvantail, j'espère ?

— Si tu n'as rien de grave, nous n'aurons pas besoin de Summerset.

— Je ne cesse de te répéter que nous n'avons pas besoin de lui. Tu ne m'écoutes jamais.

Il lui sourit, lui baisa la main et redémarra.

Eve s'était préparée à la réaction du majordome. Elle ne fut pas déçue.

— Je vois que vous avez encore démoli un véhicule de la police, commenta-t-il. Vous détenez sûrement le record.

Il avait peut-être raison, aussi se contenta-t-elle de pincer les lèvres et de foncer vers l'escalier. D'un signe de tête, Connors découragea Summerset de les suivre.

Ce dernier s'accroupit pour caresser le chat.

— Ce n'est rien, Galahad. Il va veiller sur elle. Tu restes avec moi jusqu'à ce qu'elle ait récupéré. *Tss*, je n'ai pas eu droit au moindre commentaire désobligeant, ajouta-t-il à regret en gagnant la cuisine avec le félin. Je suis sûr qu'elle sera de nouveau elle-même demain.

À l'étage, Eve accepta sans protester l'antalgique que lui présentait Connors et se laissa soigner docilement. À une époque, elle se serait battue pour qu'il lui fiche la paix.

— Tu te sentiras mieux après un bon bain.

— Tu veux me voir nue.

— À chaque instant de la journée.

Il entra dans la salle de bains, programma un bain à la température qu'elle aimait, versa une poignée de sels dans l'eau fumante, puis se tourna vers elle et entreprit de la déshabiller.

— Tu te baignes avec moi ?

— Non, bien que la tentation soit grande. Tu vas faire trempette, t'offrir un programme de relaxation. Après quoi, tu te restaureras, décréta-t-il en l'examinant avec soin, soulagé de ne pas découvrir d'autres lésions.

— Je préférerais qu'on fasse trempette à deux, qu'on s'offre un programme de relaxation à deux. Un truc sexy.

Il haussa un sourcil.

— Tu essaies de me faire oublier que tu as eu un accident. Bien joué.

Il la gratifia d'un baiser presque paternel.

— Allez, plonge, lieutenant. Seule.

— Tu te dérobes ? Je commence à me demander si ce n'est pas toi qui as reçu un coup sur la tête... Bon, d'accord, c'est divin, admit-elle en entrant dans la baignoire.

— Détends-toi.

— Mmm... soupira-t-elle.

Il alla se chercher un verre de vin et revint le boire, appuyé au chambranle, les yeux rivés sur elle.

Elle était rentrée à la maison. Elle était vivante et en bonne santé.

10

Détendue, reposée, Eve s'enveloppa dans un peignoir. Elle se planta devant la glace et repoussa ses cheveux pour examiner l'entaille sur son front. Rien de grave, décida-t-elle en rabattant sa frange dessus. À peine visible.

Faux, admit-elle. *Lui* la verrait. Il savait qu'elle était là. Elle lui avait fait peur, elle l'avait arraché à son travail sans raison. Si elle avait réfléchi deux secondes, elle l'aurait appelé pour lui annoncer qu'elle avait défoncé son véhicule, mais qu'elle était indemne. Il ne se serait pas inquiété.

Un mauvais point dans la colonne *Bonne épouse*. Elle avait une fâcheuse tendance à les accumuler.

Pis, il apprend qu'elle a eu un accident alors qu'elle enquête sur le meurtre d'un flic. Nul.

Rongée par la culpabilité, elle pénétra dans la chambre.

— Écoute, je voulais te dire…

Les mots moururent sur ses lèvres. Elle sentit les effluves de la sauce d'abord, puis repéra l'assiette de spaghettis bolognaise sur la table du coin séjour.

— Merde.

— Tu n'as pas envie de pâtes ? s'enquit-il, ses yeux bleus s'étrécissant. Le choc à la tête a dû être plus violent que nous ne l'avons cru.

— J'allais m'en charger… Du dîner, j'entends. Un de ces plats compliqués dont tu raffoles, parce que… Oh, et puis zut !

Elle le rejoignit, et l'enlaça.

— Je suis désolée. Vraiment navrée. J'étais tellement furieuse contre moi-même. Je n'ai pas réfléchi.

Il lui caressa la tête, tira légèrement dessus.

— Je ne suis pas fâché contre toi.

— Je sais. Tu pourrais l'être, mais tu ne l'es pas. J'en suis d'autant plus effondrée.

— Ta logique me fascine.

— Je ne peux pas te remercier avec une partie de jambes en l'air ou une daurade au four parce que tu es trop occupé à prendre soin de moi. Et maintenant, j'ai un mauvais point dans ma colonne contre une étoile scintillante dans la tienne, et…

— Tu tiens les comptes ?

— Non. Peut-être. Flûte.

— Je suis bien placé ?

— Champion incontesté.

— Tant mieux. J'adore gagner… Allons manger.

Elle s'accrocha à son cou.

— Je t'aime.

Et elle le gratifia d'un long baiser profond.

— Je t'aime. Je t'aime. Je vais le répéter en boucle, murmura-t-elle en se pressant contre lui, pour en avoir une collection au cas où j'oublierais de te le dire. J'aime qui tu es, ce que tu es, j'aime la façon dont tu parles, dont tu me regardes… J'aime ton corps. Ton visage, ta bouche, tes mains. Pose tes mains sur moi, Connors. Touche-moi.

Il avait prévu de patienter. De veiller sur elle… au cas où. Mais elle l'entraînait sous l'eau. Pour qu'il se noie avec elle.

Il fit glisser son peignoir à terre et la caressa.

— Encore. Encore. Je t'aime.

Elle lui mordilla le lobe de l'oreille, la gorge.

— Je veux davantage. Je te veux, toi, ronronna-t-elle en tirant sur sa veste. Tu es trop habillé. Comme la première fois, tu portes trop de vêtements. Je vais arranger ça.

Pour résoudre le problème, elle tira sur les pans de sa chemise, faisant sauter les boutons. Un rire sensuel lui échappa.

— Ah ! C'est mieux. Mon Dieu, que je t'aime.

Elle retint son souffle, frémit sous ses effleurements, tout en libérant son sexe durci.

— En moi, je te veux en moi.

Il l'aurait volontiers soulevée dans ses bras, portée jusqu'au lit, et prise fiévreusement, jusqu'au paroxysme du plaisir. Mais elle l'embrassa de nouveau, avec une telle tendresse... Il se sentit fondre.

— Viens au lit, murmura-t-il. Viens te coucher avec moi.

— Trop loin.

Elle accrocha son pied derrière le sien, bascula, et sous son œil brillant de désir, il atterrit sur le canapé.

Il n'eut pas le temps de reprendre son souffle que déjà leurs langues s'entremêlaient.

— C'est moi qui vais te prendre, chuchota-t-elle, haletante. Je ne m'arrêterai pas tant que je n'aurai pas terminé, et tu n'auras pas fini tant que tu ne seras pas en moi. Tant que je ne t'aurai pas laissé entrer.

Tour à tour exigeante, douce, insatiable et cajoleuse, elle lui offrit une véritable fête de tous les sens. Les yeux luisants, les muscles tremblants sous ses doigts, ses lèvres, il murmura son prénom, encore et encore, se répandant en un mélange d'anglais et de gaélique. Prières, supplications, injures, elle n'aurait su dire. Lorsqu'elle les lui présenta, il se régala de ses seins comme un affamé.

Eve avait l'impression que ses poumons allaient éclater.

— Maintenant, souffla-t-elle. Maintenant...

Le guidant en elle, elle le chevaucha comme un démon. La vision de Connors se brouilla. Eve lui apparaissait blanche et or, mince et musclée. Il se cabra sous elle, transporté par le plaisir. Et plongea dans le puits sans fond de la jouissance.

Il demeura immobile, incapable de bouger. La raison, la réalité reprirent lentement le dessus, et il se rendit compte qu'ils étaient bras et jambes emmêlés sur le canapé, à bout de souffle, ruisselants de sueur.

Seigneur, existait-il un homme plus heureux au monde ?

La peau d'Eve était encore brûlante. Sa tête reposait sur sa poitrine. Il songea sérieusement à fermer les yeux et à dormir durant deux jours.

Puis Eve laissa échapper un gémissement, et soupira. Il leva le bras, lui caressa le dos.

Elle ronronna.

— Je parie que tu n'avais rien vu venir, murmura-t-elle.

— En effet. Si j'avais su qu'un coup sur la tête te transformerait en maniaque sexuelle insatiable, il y a belle lurette que je t'aurais assommée.

Elle ricana.

— Ce n'est pas le coup sur la tête, c'est les spaghettis.

— Nous en mangerons à chaque repas jusqu'à la fin de nos jours.

Elle changea de position, se pelotonna contre lui.

— C'est juste que... ton geste m'a émue et j'ai craqué ; j'allais te la jouer romantisme et séduction.

Elle redressa la tête et le contempla en souriant.

— Et tout à coup, j'ai eu terriblement faim.

— Tu peux m'inscrire sur ton menu quand tu veux.

— Je t'ai envoyé au septième ciel.

— Au moins.

— Et maintenant, nous sommes trempés de sueur.

— Exact.

— On devrait peut-être prendre une douche avant de manger nos spaghettis froids.

— On les réchauffera.

— Je les aime froids.

— Tu m'étonneras toujours, souffla-t-il. Bon, d'accord pour la douche. Mais bas les pattes, petite perverse. Je suis éreinté.

— Allez, camarade, je te donnerai un coup de main.

Ils mangèrent les spaghettis froids, et dans la mesure où il pouvait témoigner de sa grande forme, Connors proposa à Eve un verre de vin pour les accompagner.

— Parle-moi d'Alex Ricker, de la perquisition. Ça m'intéresse.

— Je crois bien qu'il possède autant de vêtements et de chaussures que toi.

— Alors là, ça ne me plaît pas du tout. Je prends note de renflouer ma garde-robe dès demain.

Elle agita sa fourchette devant lui.

— Ce qui m'embête c'est que… tu ne plaisantes pas.

— Pourquoi plaisanterais-je ?

Elle enroula des pâtes à l'aide de sa cuillère.

— Peu importe. Il nous attendait, il s'était préparé. Il était entouré d'un trio d'avocats chargés de surveiller nos faits et gestes. Ils nous ont promis leur entière coopération. L'appartement est somptueux. Mais j'ai noté des bizarreries. Notamment la chambre d'amis, qui n'avait de toute évidence jamais été utilisée, et dont la commode semblait sortir tout droit du magasin. Ce n'est pas un crime de s'offrir des meubles neufs ou d'avoir chez soi une pièce dont on ne se sert pas, équipée d'un système de sécurité.

— Son bureau privé. Il devait y planquer du matériel illicite qu'il se sera empressé de déménager avant ta visite.

— C'est aussi notre avis, à Feeney et à moi. J'ai les disques de surveillance de l'immeuble, mais quand bien même on l'y verrait transporter des cartons ou une commode, il est blanc comme neige. Je n'ai rien contre lui hormis des soupçons, mais ce type est louche.

— Assez louche pour avoir tué Coltraine ou avoir commandité son meurtre ?

— Je n'en sais rien encore. Son assistant personnel, Sandy, a tenté de se couvrir ce matin en prétendant qu'il *supposait* qu'Alex avait passé toute la soirée à la maison. Tu parles !

— Parce que... ?

— Parce qu'ils se connaissent depuis l'université et partagent le même domicile. Parce que ce petit con sait précisément ce qui se passe, quand, où et comment.

— Pourquoi t'avoir menti alors qu'Alex s'est montré franc ?

— Bonne question. Peut-être avait-il conseillé à Alex de nous raconter qu'il n'avait pas bougé, afin que les deux versions coïncident, et qu'Alex n'en ait fait qu'à sa tête. Nous vérifions son alibi, mais pour l'heure, nous n'avons rien de nouveau. Alex est intelligent et du genre à garder la tête froide. Alors pourquoi s'en prendre à mon tas de ferraille ? C'est grotesque.

— Tu aurais pu être gravement blessée. Si la camionnette t'avait heurtée de plein fouet, je serais en train de manger des pâtes froides au chevet de ton lit d'hôpital. Ces véhicules de police sont de vraies boîtes de conserve.

— Renforcées, précisa Eve avant de hausser les épaules. Bon, d'accord, ce sont des caisses pourries. Mais je m'étais prise d'affection pour celle-là. Elle était plutôt plus confortable que les précédentes. Pas franchement moche. Je m'y étais habituée. Maintenant, je vais devoir consacrer deux bonnes heures à remplir de la paperasse. Quelle plaie !

— Et si c'était le but recherché ? Tu es blessée – plus ou moins sérieusement –, ta voiture est fichue, tu dois passer du temps sur tes formulaires plutôt que sur ton enquête.

— Beaucoup de risques pour un piètre résultat. Il fallait voler deux véhicules, suivre le mien, embaucher des hommes pour provoquer l'accident avec la camionnette. En plein jour, au beau milieu d'une artère particulièrement fréquentée. Je ne vois pas l'intérêt.

— Tu es responsable du sort de son père, et tu es ma femme. Peut-être que lui en voit l'intérêt.

— Possible. Autre hypothèse, c'était une idée du petit con. Il me déteste.

— Pourtant, je suis certain que tu as eu une attitude irréprochable envers lui.

— Non. Je me suis amusée à le titiller. Enfin ! Si c'est l'œuvre de l'un ou de l'autre, ils finiront par le payer. Alex pourrait bien se retrouver dans la cage voisine de celle de son père. Je travaille avec Mira. Sur certains points, il colle à son profil, sur d'autres, moins. Je dois continuer à creuser autour de Coltraine. Il existe un lien entre son assassin et elle, et c'est peut-être en passant par elle que je le coincerai.

— As-tu envie que ce soit Alex à cause de son père ?

Elle but une gorgée de vin, réfléchit.

— J'espère que non, mais je ne peux éliminer d'emblée cette éventualité. Je suis bien placée pour savoir que le passé fait de nous ce que nous sommes. Serais-je flic si je n'avais pas subi ce que j'ai subi dans l'enfance ? Serais-tu ce que tu es aujourd'hui sans ce que tu as vécu ?

— Pour moi, il s'agit davantage du destin. Bien sûr, on fait des choix tout au long de son parcours, mais le destin a son importance.

Elle fronça les sourcils.

— Paroles d'Irlandais.

— Probable. Tu as choisi de devenir policier. Tu aurais pu t'enfermer dans ton rôle de victime au lieu de défendre les autres.

— Tu as tort. Je n'ai rien décidé. Je ne *pouvais* pas vivre ainsi. Pas plus que toi. Tu ne pouvais pas être ton père, un homme qui obéissait aux ordres, battait des jeunes garçons, tuait des innocents.

— Et y prenait plaisir.

— Oui. Ils ont pris leur pied. Ton père, le mien. Max Ricker. Ils jouissaient de leur cruauté, du pouvoir qu'ils avaient sur des êtres plus faibles. Nous en savons un bout à ce sujet. Toi, moi. Et Alex. Parce que c'est en nous. Nous avons emprunté des voies différentes, toi et moi, mais jamais celle-ci.

— On ne peut que s'interroger sur celle qu'a empruntée Alex.

— Il a été formé pour diriger l'empire de son père. Cet empire a reçu un coup fatal il y a un an. Mais le fils avait ses propres activités. Il a les contacts, les réseaux, l'intelligence et le savoir-faire pour absorber certaines des entreprises paternelles, celles qui sont passées à travers les mailles du filet. Pour en restructurer d'autres. Il est tordu, et un flic avec lequel il couchait est mort. Coltraine n'avait peut-être rien à se reprocher, mais elle a eu une liaison avec lui. Elle avait pris ses distances, recommencé de zéro : prévoyait-elle de le détruire ? Voilà un mobile idéal pour s'en débarrasser.

— Sauf que… ?

— Sauf que… où est sa documentation ? Feeney et sa bande de fêlés de l'informatique auraient décelé un nettoyage intempestif, un sabotage. Si quelqu'un avait pénétré chez elle pour accéder à ses informations, je l'aurais su. Or ses ordinateurs sont nickel. Il est moins doué que toi.

— Merci, ma chérie.

— Sérieusement. Rien dans son passé ne donne à penser qu'il est à ce point habile en informatique. Qu'il serait capable d'effacer les fichiers de Coltraine, et de ne laisser aucune trace.

Elle fixa son verre de vin comme si elle espérait y détecter cette trace, cet indice vital.

— Si elle était à ses trousses, elle aurait rassemblé des preuves, reprit-elle. C'était une maniaque des rapports et des notes. C'était sa force.

— Supposons qu'elle les ait conservés ailleurs.

— Comme si je n'y avais pas pensé ! Je n'ai rien trouvé indiquant qu'elle avait un refuge, un coffre à la banque, une cachette. Rien qui... Oh, merde ! Merde !

Elle posa son verre et se leva abruptement.

— Morris. Elle tombe amoureuse de lui. Elle passe du temps avec lui. Chez lui.

— Ah ! Tu crois qu'elle a pu dissimuler des fichiers dans son ordinateur. Ou des copies parmi ses disques.

— Quelle idiote de ne pas y avoir songé plus tôt !

— Dans ce cas, nous sommes deux.

— Il faut que j'aille vérifier. Que je... Nom de nom, il pourrait être dans la ligne de mire, lui aussi.

— Si j'ai bien compris, nous sortons, conclut Connors en posant son verre.

L'estomac noué, Eve contemplait les fenêtres éclairées du loft de Morris. Les stores étaient baissés et la lumière diffuse.

— Seigneur ! Quel cauchemar. Il a envie d'être seul, de pleurer dans son coin, et moi, je vais le harceler, fouiller dans ses affaires.

— Si tu n'étais pas son amie, tu aurais patienté jusqu'à demain et expédié une équipe de la DDE à ta place. Tu respectes son chagrin autant que possible, la rassura Connors en lui prenant la main. Si j'étais à sa place, je t'en serais reconnaissant.

— J'ai promis de lui dire toute la vérité, de le tenir au courant. Bon ! Allons-y.

Elle fonça jusqu'à l'entrée, appuya sur la sonnette, fixa l'objectif de la caméra.

— Morris, je suis vraiment désolée de vous déranger. Nous avons besoin de vous parler.

En guise de réponse, elle entendit le mécanisme de déverrouillage. Ils pénétrèrent dans le hall, mais lorsqu'elle se tourna vers l'escalie, la grille de l'ascenseur s'ouvrit.

— D'accord, soupira-t-elle.

Elle inspira à fond et entra dans la cabine avec Connors.

Quand la grille se rouvrit, Morris se tenait de l'autre côté.

Comme dans l'après-midi, il paraissait fatigué. L'éclairage du loft était diffus, une musique douce emplissait l'air.

— Vous avez procédé à une arrestation ?

— Non. Mais je suis sur une autre piste.

Il opina, parut apercevoir Connors pour la première fois.

— Entrez, je vous en prie. Tous les deux.

Connors lui effleura le bras.

— Les mots sont forcément maladroits, mais sachez que je suis infiniment désolé.

— Je suis resté assis là, à essayer d'accepter. La mort est une réalité, une finalité dont j'ai fait mon métier. Mais je n'arrive pas à accepter.

— La mort est votre métier. Eve raisonne comme vous. Je ne suis pas de la partie, mais ce n'est pas ainsi que je vois les choses. Votre métier, c'est la vérité. Vous la recherchez pour tous ceux qui ne le peuvent plus. Elle s'inquiète pour vous.

— Connors.

— Chut ! répliqua-t-il. Elle a mal pour vous. Vous êtes notre ami. Nous ferons tout notre possible pour rendre justice à Amaryllis.

— Je l'ai vue aujourd'hui.

Morris s'écarta, s'assit. Ses gestes étaient empreints d'une grande lassitude.

— Clip, les collègues, tous ont fait de leur mieux. Combien de fois me suis-je tenu auprès d'inconnus venus voir ou reconnaître leurs proches ? Des centaines et des centaines de fois. Cela ne m'a en rien préparé. Ils vont bientôt la rendre à sa famille. Une cérémonie aura lieu en son hommage demain, dans l'une des suites de deuil du Central. À 14 heures. Sa famille organise les obsèques dans une semaine à Atlanta. Je m'y rendrai. Et pourtant, ça ne me paraît pas réel.

Eve s'assit sur la table basse devant lui.

— Avez-vous sollicité un soutien psychologique ?

— Je ne me sens pas encore prêt. Je devrais vous offrir à boire.

Comme Eve secouait la tête, il insista :

— Je prendrais volontiers un alcool. Il y a du cognac sur la console.

— Je m'en occupe, proposa Connors.

— Vous pourriez peut-être parler à Mira, suggéra Eve.

Morris attendit que Connors revienne avec un verre, le remercia.

— Je ne sais pas... Je pensais aux morts que j'aime... Mais vous êtes là. Saviez-vous que j'avais un frère ?

— Non.

— Je l'ai perdu quand j'étais enfant. Il avait douze ans, j'en avais dix. Nous étions très proches. Il a été victime d'un accident pendant les vacances. Il s'est noyé. Il voulait à tout prix aller se baigner aux aurores. Nous n'en avions pas l'autorisation. Pas sans les parents. Mais nous n'étions que des enfants. Il nageait bien, il était casse-cou. Je le vénérais.

Il s'adossa à son siège, avala une gorgée de cognac.

— Je lui ai promis de ne rien dire, promis, juré. Alors il m'a autorisé à l'accompagner. J'étais à la fois surexcité et terrifié.

Il ébaucha un sourire à ce souvenir.

— Quand il me laissait participer à ses aventures, j'étais comblé. Notre père nous aurait étripés s'il l'avait appris, ce qui rendait le défi d'autant plus excitant. Nous sommes entrés dans l'eau. Elle était chaude. Le soleil se levait à peine, les mouettes criaient.

Paupières closes, il redevint grave.

— J'étais moins bon nageur que lui et je n'arrivais pas à le suivre. Il s'est moqué de moi pendant que je regagnais la rive. J'étais à bout de souffle, le sel me piquait les yeux. Je me suis retourné pour lui crier de revenir avant qu'on se fasse pincer… Il avait disparu, ajouta-t-il en rouvrant les yeux. Je n'avais pas la force de retourner dans l'eau, de le secourir. Si j'avais essayé, au lieu de courir chercher mon père, je me serais sans doute noyé aussi.

Il poussa un soupir.

— On nous a expliqué qu'il avait pu souffrir d'une crampe, être emporté par une vague ou pris dans un courant. Ou qu'il avait simplement cédé à l'épuisement. Je voulais savoir comment et pourquoi mon frère était mort. Je voulais la vérité. Ils n'ont pas pu me la dire.

— Donc vous la cherchez désormais pour les autres, commenta Connors.

— Vous avez raison. Je ne suis pas sûr de supporter pour la deuxième fois la perte d'un être cher et de ne pas savoir pourquoi.

— Comment s'appelait-il ?

Morris plongea son regard empli de souvenirs, de larmes et de gratitude, dans celui d'Eve.

— Jin. Il s'appelait Jin, répondit-il en se penchant pour s'emparer de sa main. Je suis content que vous soyez là. Vous... vous vous êtes blessée au front ?

— Ce n'est rien. Je me suis cognée.

— Vous n'êtes pourtant pas maladroite.

Elle lui avait promis la vérité, se rappela-t-elle. Alors elle lui raconta ce qui lui était arrivé.

— Vous n'avez pas envisagé que ça puisse être simplement un individu qui en veut aux flics ?

— Ça ne colle pas. Ces incidents ne relèvent pas du hasard.

— Non, vous avez raison... Mais ce n'est pas l'objet de votre visite, n'est-ce pas ?

— La DDE a passé tous les ordinateurs d'Amaryllis au crible. RAS, Morris. Elle travaillait sur des affaires banales. Rien dans ses dossiers ou dans ses notes n'indique qu'elle avait des soucis, qu'elle se sentait menacée. Nous n'avons relevé qu'une seule référence à Ricker, dans son agenda, sous la forme des initiales A.R. La date et l'heure coïncident. Apparemment, elle ne savait pas qu'elle était ou avait été dans le collimateur du BAI. Or elle l'avait été.

— Le BAI a enquêté sur elle ?

— Ils ont appris sa liaison avec Ricker du temps où elle vivait à Atlanta. Ils la surveillaient de loin. Ricker et elle ont pratiquement vécu ensemble pendant plus d'un an.

— Je savais qu'elle avait eu une relation sérieuse, dit-il en soutenant le regard d'Eve. Elle ne m'avait jamais menti à ce sujet ni tenté de minimiser son importance.

— Elle voyageait parfois avec lui. Il lui a offert des bijoux. C'est tout ce qu'ils ont découvert sur eux. Aucune preuve qu'il s'agissait d'autre chose que d'une relation amoureuse.

— Et, bien entendu, il ne leur est jamais venu à l'esprit de l'interroger.

— Pas d'après ma source.

— Qui doit être Webster. Je ne suis pas idiot, Dallas. Le BAI de New York avait pris le relais ?

— Au début, oui. Il semble qu'elle ait rompu avec Ricker environ deux mois avant de demander sa mutation. D'après Webster, elle n'avait plus aucun contact avec Ricker, ils ont donc fini par laisser tomber.

— Ricker est votre principal suspect.

— C'est un suspect. Je sais qu'il est tordu. Elle devait le savoir aussi. Webster va faire des recherches, mais il a promis d'agir en toute discrétion.

— Le BAI… C'est…

— Je suis désolée. Il se peut qu'elle ait transmis des infos à Alex du temps où elle était à Atlanta. Je suis obligée de l'envisager, Morris. Si elle l'aimait, elle a peut-être franchi la frontière pour lui. Je ne peux pas négliger ce facteur. D'autre part, on peut imaginer qu'à son arrivée à New York, après vous avoir rencontré, elle ait eu envie de le dénoncer.

— Si c'est le cas, et s'il l'a appris…

— Avec des « si »… Cependant, nous n'avons rien trouvé dans ses ordinateurs. Elle passait du temps ici, avec vous. Ou peut-être en votre absence.

— Tout dépendait de nos horaires, et des impondérables. Vous pensez qu'elle aurait conservé des documents sur mon disque dur par précaution.

— Je souhaiterais que mon expert consultant y jette un coup d'œil. Je sais que ça va paraître bizarre, mais j'aimerais aussi effectuer une fouille. Au cas où elle aurait caché des disques ou des dossiers.

— Je vous en prie. Je vais préparer du café.

Morris lui donna un coup de main dans ses recherches. Elle inspecta la cuisine et le séjour, lui laissant la chambre pendant que Connors se concentrait sur le bureau.

Elle ouvrit récipients et bocaux, regarda au fond et derrière les tiroirs, sous les tables, les coussins, derrière les tableaux, entre les CD. Elle fouilla les placards, examina chaque marche de l'escalier avant de monter.

Dans la chambre, Morris se tenait devant l'armoire, une vaporeuse chemise de nuit blanche entre les mains.

— Elle sent encore son parfum, murmura-t-il en la raccrochant. Je n'ai rien trouvé.

— Peut-être que Connors aura plus de chance. Y aurait-il, selon vous, un autre endroit où elle aurait pu dissimuler quelque chose ?

— Je ne vois pas. Elle était sociable mais distante avec ses voisins. Vous savez ce que c'est. Elle était plus proche de ses collègues. Mais si elle leur avait confié un secret, ils seraient venus vous trouver, ou leur lieutenant, à l'heure qu'il est.

— Sans doute, acquiesça-t-elle. Mais peut-être n'avons-nous rien trouvé parce qu'il n'y a rien.

— J'ai enfin l'impression de m'être rendu utile, avoua Morris. Même si nous sommes bredouilles. Vous craignez qu'elle n'ait franchi les limites, ajouta-t-il à brûle-pourpoint.

— Le BAI n'a jamais pu le prouver.

— Mais vous le croyez.

— La vérité, Morris, c'est que je n'en ai aucune idée.

— Qu'a-t-elle fait des bijoux qu'il lui avait offerts ?

— Elle les lui a rendus quand ils ont rompu.

Pour la première fois depuis la veille, il sourit, un vrai sourire.

— Elle était comme ça, Dallas.

Sur le trajet du retour, Eve rumina.

— Trois heures pour rien. Rien de rien ! Une vraie perte de temps.

— Loin de là, contra Connors. Morris semblait de nouveau vivant après notre visite. Il souffre, il a du chagrin, mais il est vivant.

Il posa la main sur la sienne.

— Nous n'avons pas perdu notre temps.

11

De retour à la maison, Eve visionna les disques de sécurité. Elle vit Rod Sandy, une mallette à la main, émerger de l'ascenseur, traverser le hall et quitter l'immeuble à 11 h 26 le lendemain du meurtre de Coltraine.

Il paraissait morose.

— Rends-moi un service, Connors. Essaie de savoir quel est le premier média à avoir divulgué la nouvelle de l'assassinat de Coltraine.

Pendant que Connors s'exécutait, elle poursuivit sa tâche, observant les allées et venues. D'après l'affichage de l'ascenseur, personne n'était descendu des étages supérieurs jusqu'au retour de Sandy, à 10 h 08.

— CDI, la Chaîne des infos, a diffusé un premier bulletin à 10 h 53, annonça Connors. Les autres stations ont suivi à 11 heures.

— Ricker a réagi au quart de tour, grommela Eve, si Sandy transportait bel et bien disques et autres documents compromettants pour les transférer ailleurs – ce qui est tout à fait possible.

— Ça m'étonnerait qu'il ait baladé l'ordinateur non enregistré dans un lieu public.

— En effet.

Eve s'attaqua aux vidéos de l'ascenseur. Là encore, elle vit Sandy. Il descendit au rez-de-chaussée, sortit.

D'autres l'empruntèrent pour gagner divers étages. Soudain, l'écran devint neutre, puis noir.

— Qu'est-ce que… c'est le disque ou ma machine ?

— Ni l'un ni l'autre. La caméra de sécurité s'est éteinte. On l'a débranchée, rectifia Connors. Pas de *bip*, pas d'interférence, pas de sursaut comme c'est le cas lors d'une panne. Le bâtiment comporte sûrement un sous-sol, des zones de services, une entrée pour les livraisons.

— Elle donne sur une rue latérale… Merde ! Là aussi, la caméra est hors service. Malin. Quand bien même je dénicherais un témoin de l'immeuble ou de celui d'en face qui aurait remarqué des chargements ou déchargements, cela ne prouve rien. Encore que…

— Il avait besoin d'une fourgonnette pour déménager le gros matériel.

— Et apporter la commode, dit-elle. Il ne se serait pas servi d'un véhicule volé, ajouta-t-elle en réponse à la question muette de Connors. Un camion de livraison peut-être. Ricker possède un magasin d'antiquités sur Madison Avenue et un autre dans le bas de la ville. Imagine qu'un individu l'identifie, m'explique que « Oui, j'ai vu ces gars porter des cartons, une commode », ce n'est toujours pas une preuve. Cependant, je peux en conclure que Ricker a pris certaines dispositions le lendemain du décès de Coltraine. Il a couvert ses arrières.

— Quitte à jouer l'avocat du diable, ma chérie, à sa place, et si j'avais commis le meurtre, j'aurais couvert mes arrières plus tôt. Je me serais arrangé pour que les flics ne puissent rien trouver chez moi avant même qu'on ait découvert le corps.

— Je te l'ai déjà dit : il est moins doué que toi.

— Je ne me lasse pas de l'entendre.

— La nuit du meurtre, on le voit, sur les caméras de surveillance, sortir et rentrer aux heures qu'il nous a fournies. À quelques minutes près, pas de quoi chipoter. Mais il débranche le système pour déplacer son ordinateur non enregistré et se faire livrer une commode. Oui, décidément, il est moins futé que toi.

Elle dévisagea Connors d'un air songeur.

— Tu aurais trafiqué les disques si tu avais senti que cela valait mieux. Mais je suis presque sûre que tu aurais laissé les caméras tourner. Des colis qui vont et qui viennent ? Et alors ? Où est le problème ? Tu aurais envoyé les flics balader.

— Comme c'est réconfortant d'être aussi bien compris. Il vient de te dévoiler précisément ce que tu voulais savoir, n'est-ce pas ? Il a quelque chose à cacher.

— Ce qui ne fait pas de lui un tueur, concéda Eve. Mais si ses activités douteuses impliquent des flics, pourquoi se contenter d'une seule complice ? Je vais devoir me pencher sérieusement sur les autres membres de la brigade de Coltraine, ce qui signifie solliciter le BAI une fois de plus. Zut.

— Une fois de plus. Oui, c'est ce que j'ai cru comprendre chez Morris.

Se rendant compte qu'elle ne lui avait pas encore parlé de sa réunion avec Webster, elle détourna les yeux.

— Si une piste semble me mener sur les traces de ripoux, je suis obligée de m'adresser à ma source.

— À savoir ?

— J'ai rencontré Webster. Crack te transmet ses amitiés. Pour l'heure, nous maintenons le couvercle sur la marmite.

— Intéressant, comme lieu de rendez-vous.

— Grâce à mes liens avec Crack, j'y suis comme chez moi.

Connors lui tapota le menton.

— Une chance que je ne sois pas jaloux, pas vrai ?

Elle le fixa un instant.

— Oh, oui, une chance.

Comme il s'esclaffait, elle secoua la tête et alla se planter devant son tableau de meurtre.

— L'assassin est là. Celui qui a pressé sur la détente ou celui qui a commandité l'acte. Mais pourquoi ? Qu'a-t-elle fait ? Que savait-elle ? Qui menaçait-elle pour qu'on en vienne à la supprimer ?

Elle dormit mal.

Dans son rêve, elle était assise sur une table d'autopsie à la morgue. Coltraine lui faisait face sur la sienne tandis que les notes mélancoliques d'un saxophone s'égrenaient dans l'air glacial.

— Vous ne m'en dites pas assez, lâcha Eve.

— Peut-être que vous ne m'écoutez pas.

— Épargnez-moi vos salades, inspecteur.

— Vous n'arrivez pas à penser à moi en tant qu'Ammy ou Amaryllis. Vous avez du mal à me considérer comme une simple femme.

— Vous n'êtes pas une simple femme.

— À cause de l'insigne, devina Coltraine en le retournant dans sa main pour l'examiner. J'aimais le porter. Mais je n'en avais pas besoin. Pas comme vous. Pour certains, le boulot n'est que cela : un boulot. Vous savez que c'est mon cas. C'est une des raisons qui vous pousse à croire que j'ai pu utiliser cet insigne à des fins personnelles.

— L'avez-vous fait ?

De sa main libre, Coltraine repoussa ses cheveux blonds.

— Ne le faisons-nous pas tous ? Ne le faites-vous pas ? Je ne parle pas ici du salaire minable, mais de ce que vous gagnez jour après jour en étant le responsable, celui qui tient les rênes, en faisant le boulot. En refoulant ce que vous étiez pour ce que vous êtes devenue.

— Il ne s'agit pas de moi.

— Il s'agit toujours de vous. Victime, meurtrier, enquêteur, les trois sont liés, chacun apporte son lot sur la table. Dans ce jeu, l'un n'existe pas sans les deux autres.

Coltraine poussa une sorte de soupir d'irritation.

— Je ne m'attendais pas à mourir pour cela, et, croyez-moi, ça me fiche en rogne. Vous, si.

— Je m'attends à mourir ?

— Vous êtes assise sur cette table, non ? Comme moi. Contrairement à moi, toutefois, vous vous y êtes préparée. Vous êtes prête à mourir pour l'insigne. Pas moi. J'avais prévu de travailler jusqu'au jour où j'aurais estimé qu'il était temps d'arrêter pour me marier et fonder une famille. Vous n'en revenez toujours pas d'être à la fois flic et épouse. Vous ne comprenez pas comment on peut combiner les deux, aussi vous évitez d'y penser.

— J'ai une peur bleue des gosses. Ils sont...

— Ce que vous étiez quand votre père vous a battue, terrorisée et violée. Comment peut-on envisager de mettre un enfant au monde tant que l'on n'a pas compris, accepté, pardonné à celui que l'on a été ?

— Vous avez un diplôme de psy, maintenant ?

— C'est votre subconscient, lieutenant. Je suis juste un de vos morts désormais.

Elle tourna la tête vers le mur de tiroirs en acier.

— Parmi beaucoup d'autres. Morris et vous êtes si curieusement à l'aise ici. Vous n'avez jamais eu envie d'analyser cela ?

— Ce n'est *pas* mon subconscient !

— Encore moins le mien, s'esclaffa Coltraine. Mais aimer un homme sans que le sexe entre en ligne de compte, sans être parcourue par le moindre frémissement ? Ça, c'est précieux. Je suis heureuse que vous soyez là pour lui, qu'il y ait ce lien entre vous. Lui et moi, c'était autre chose. L'attirance physique dès le premier instant. Puis, à partir de là, bien davantage.

C'était le bon, celui avec qui j'aurais voulu vivre, avoir une famille.

— Et Alex Ricker ? Attirance physique ?

— Naturellement. Vous le savez. Vous savez exactement ce que ce genre d'homme provoque chez une femme.

— Il n'est pas comme Connors.

— Il n'est pas si différent… Et ça vous gêne, ajouta Coltraine avec un sourire. Vous n'êtes pas si différente de moi non plus. Nous avons fait un choix. Simplement, nous n'avons pas géré la situation de la même manière. L'auriez-vous quitté s'il n'avait pas retrouvé le droit chemin ?

— Je n'en sais rien. Je ne peux pas l'affirmer. En revanche, s'il m'avait demandé de vivre avec lui tout en ignorant ses frasques, il ne serait pas Connors. Le Connors avec qui je suis restée.

Coltraine agita l'index.

— Pourtant, il enfreint la loi.

— Pas à son profit. Plus maintenant. S'il transgresse la loi, c'est parce qu'il croit en la justice. Pas toujours la même que la mienne. Mais il y croit. Ricker n'a pas renoncé à ses incartades pour vous.

— Tous deux ont perdu leur mère très tôt, et subi les violences de leur père. N'est-ce pas en partie ce qui les a forgés, ce qui nous a attirées en eux ? Ils sont dangereux et captivants. Ils nous désirent et nous comblent de cadeaux.

— Je me moque des cadeaux comme d'une guigne. Pas vous. Sans quoi vous ne les lui auriez pas rendus. Vous y teniez et, pour cette raison précisément, vous ne pouviez pas les garder. La rupture n'aurait pas été nette. Vous avez préféré porter la bague que vos parents vous avaient offerte pour vos vingt et un ans ; elle vous rappelait qui vous étiez et d'où vous veniez. D'une famille bourgeoise unie.

— Au fond, vous m'écoutez.

— Peut-être avez-vous feint de ne rien voir quand vous viviez avec Ricker. Peut-être lui avez-vous même dit des choses que vous n'auriez pas dû – parce que l'insigne n'était pour vous qu'un boulot, un élément secondaire. Mais vous n'étiez pas corrompue. Ce n'est pas ce que vous vouliez de lui ni ce que vous lui auriez donné. Sans quoi vous auriez renoncé aussi à votre insigne. Tant que vous étiez avec lui, vous pouviez vous mentir à vous-même en vous disant que vos faits et gestes, qui vous aimiez ne regardaient personne d'autre que vous.

Le sourire de Coltraine s'élargit.

— Qui joue à la psy, à présent ?

Ignorant ce commentaire, Eve enchaîna :

— Malheureusement, même secondaire, votre boulot a commencé à vous poser problème, et Ricker n'avait aucune intention de changer. Vous ne pouviez continuer à l'aimer alors qu'il ne vous aimait pas assez pour se rendre compte de cela. Aussi vous lui avez rendu ses cadeaux et vous êtes partie. En conservant votre insigne.

Coltraine l'examina de nouveau.

— Pour ce qu'il m'aura servi… Je ne veux pas rester ici, murmura-t-elle en posant son regard bleu sur Eve, un regard empli de chagrin.

— Ils vont vous libérer bientôt.

— Il n'y a pas de paix sans justice.

— Non, admit Eve, consciente que c'était ce qui la motivait et la motiverait toujours. Vous ne traînerez pas ici. Je vous le promets.

Pouvait-on faire en rêve une promesse à une morte ? Que signifiait le fait qu'elle en ait éprouvé le besoin ?

Tout en s'habillant, elle jeta un coup d'œil à Connors confortablement installé avec son café, ses cours de la Bourse, son chat. Pas vraiment dangereux. Rien d'un voyou. Juste un homme absurdement beau commençant sa journée.

Sauf qu'il l'avait probablement commencée une ou deux heures plus tôt par une transmission internationale ou une holo-réunion interplanétaire.

— Tu avais déjà laissé tomber.

Il tourna les yeux vers elle.

— Laissé tomber quoi ?

— Tes activités prétendument criminelles. Quand nous nous sommes connus, tu étais en voie de guérison. J'ai juste accéléré le processus.

— Considérablement. Et irrévocablement. Sinon, j'aurais sans doute gardé le doigt enfoncé dans quelques gâteaux appétissants. Les habitudes sont difficiles à changer, surtout quand on s'amuse.

— Tu savais que c'était la seule solution pour que nous restions ensemble. Tu voulais tout ceci, tu me voulais encore plus.

— Plus que tout au monde.

Elle s'approcha et, comme avec Morris la veille, s'assit sur la table basse en face de lui. Galahad se retourna sur les genoux de Connors pour poser la patte sur le genou d'Eve. Un geste étrangement tendre.

« Il existe toutes sortes de familles », supposa Eve.

— Tes... hobbies – car c'était ce qu'ils étaient devenus pour toi – n'étaient pas ta motivation principale, pas comme à tes débuts. Ce n'était plus une question de survie ou d'identité. Le succès, la fortune, le pouvoir, la sécurité... c'est essentiel, mais tu n'as pas besoin de tricher pour les obtenir, ou les conserver. Je t'ai aidé, mais ton orgueil a joué un rôle. Bien sûr, arnaquer c'est drôle, mais au bout du compte, c'est moins satisfaisant que de jouer selon les règles... Voici ce qui me tracasse. Alex Ricker n'a renoncé à rien pour Ammy. Il attendait d'elle qu'elle détourne la tête, ce qu'elle a fait pendant presque deux ans. Mais ça ne pouvait pas durer. Il était incapable de laisser tomber parce qu'il ne voulait pas Ammy plus que tout. Elle venait en second, de même que son boulot pour elle. Ils s'aimaient peut-être...

— Mais ce n'était pas suffisant.

— Je me suis demandé si nous étions liés à son meurtre. Je n'en sais rien encore, mais nous sommes liés à *elle*. Nous avons enfermé Max Ricker, et ce jour-là, tout a basculé. Le fils pouvait soit gravir quelques échelons de la chaîne du pouvoir, soit...

— Revenir dans le droit chemin, acheva Connors. Ce qu'il n'a pas fait.

— Elle a senti qu'il ne le ferait jamais. À cause de cela, elle a pris sa décision.

Eve repensa à Coltraine assise sur la table d'autopsie, son insigne à la main, les yeux remplis de larmes.

— Il ne l'a pas tuée. À quoi bon puisqu'elle ne passait pas en premier ? Il a fait son choix et elle, le sien. S'il s'était vexé, on aurait eu un crime passionnel. Pourquoi attendre un an pour jouer la mouche du coche ?

— Il a peut-être changé d'avis.

— Ça me paraît plausible. Il a en tout cas suffisamment changé d'avis pour venir la voir à New York, tâter le terrain. Il était au courant de sa relation avec Morris. Fierté, vanité. Il en a à revendre. Il constate qu'elle est heureuse, qu'elle a tourné la page. Ça a dû le piquer au vif, mais assez pour la tuer ?

Elle secoua la tête.

— Non. Quand elle a rompu avec lui, il n'a pas cherché à la retenir. En outre, il ne la préférait toujours pas à son style de vie. C'est un homme d'affaires – tordu mais assez expérimenté pour savoir quand il n'y a pas de deal possible. Il n'y a pas assez d'amour là-dedans pour un meurtre prémédité, de sang-froid.

— Donc, exit la passion, exit l'amour.

Comme elle ne s'était pas servi de café, Connors lui en offrit un.

— Et si elle avait quelque chose contre lui ? enchaîna-t-il. Si elle avait travaillé pour lui ?

— Dans ce cas, elle aura gardé tout cela pour elle au moment de la rupture puis pendant un an.

— Pourquoi l'éliminer maintenant ? murmura Connors.

Eve lui rendit sa tasse vide.

— Cette question m'a taraudée parce que je la voyais en tant que flic, pas comme une femme qui avait été amoureuse. Si elle avait voulu le punir, elle l'aurait dénoncé alors que ses tuyaux étaient encore chauds, alors qu'elle était blessée ou en colère. Elle ne s'est jamais sali les mains. Elle lui a rendu les bijoux.

— Tu me l'as déjà expliqué, mais tu reviens dessus.

— Parce que j'ai négligé un détail, et que c'est ce qui me titillait, j'imagine. Non seulement elle a rendu les bijoux, mais elle a conservé son insigne. Ce n'était pour elle qu'un boulot, mais c'était *le sien*. Elle a continué de l'exercer. Voilà le détail que j'avais négligé.

Eve se leva pour réfléchir en marchant.

— Si elle n'avait rien à se reprocher, si elle ne cherchait pas à le faire tomber et qu'il l'a laissée partir, tout ce que nous avons, c'est un couple qui s'est séparé parce que leur histoire battait de l'aile. Tout le monde ne devient pas assassin pour une liaison qui a tourné court.

Elle pivota, revint vers Connors.

— L'alibi d'Alex est trop faible. S'il était coupable ou s'il avait commandité le meurtre, il se serait protégé. Il est trop minutieux pour ne pas en avoir concocté un. Je me suis acharnée sur lui parce qu'il s'appelle Ricker. J'ai perdu du temps.

— Non. Pas plus qu'hier soir avec Morris. Tu as éclairci la situation. Comment pouvais-tu ne pas t'entêter ? C'est le suspect le plus logique.

— Oui, et c'est... Nom de Dieu !

— Avec une demi-seconde de retard sur toi, je demande : Qui aurait à y gagner en plaçant Ricker sous ton nez ?

— Un concurrent. Il y a des tas de voyous que tuer un flic n'arrêterait pas.

— Tu as le don de me réconforter, murmura Connors. Quoi qu'il en soit, il a raté son coup.

— Au contraire. J'ai l'œil sur Ricker depuis le début. Il a dû débarrasser son appartement, transporter ses documents et son matériel ailleurs. Cela lui a coûté du temps, des tracas. Tu pourrais sans doute découvrir s'il prépare de gros coups que notre intervention pourrait mettre en péril.

— Sans doute.

Elle se pinça le haut du nez.

— Et voilà, je focalise de nouveau sur lui. Mais le lien est là, j'en suis sûre. Elle ne traitait aucun dossier lourd. Nous ne lui avons pas trouvé d'ennemis. Pourtant elle est sortie armée. Celui qui la guettait dans cet escalier était soit une crapule, soit un flic. Et un flic pourri, c'est pire qu'une crapule.

— Retour à la case BAI.

— Je pense, oui.

— Prends ton petit-déjeuner d'abord.

— J'avalerai un sandwich au Central. Je dois... Merde ! Ma voiture.

— Prends ton petit-déjeuner, répéta Connors. Nous réglerons ton problème de transport ensuite.

Elle fourra les mains dans ses poches et poussa un grognement.

— La perspective d'affronter ces salauds du service Réquisitions me coupe l'appétit.

Connors alla lui programmer un chausson aux œufs et au jambon.

— Tiens ! Vite fait, bien fait.

Elle mordit dedans sans conviction.

— Je demanderais bien à Peabody de leur proposer des faveurs sexuelles comme la dernière fois, mais je crains qu'ils ne l'envoient paître. Ils vont me forcer à les supplier et finiront par me refiler la caisse la plus pourrie de leur tas de caisses pourries. Remarque, je pourrais soudoyer Baxter pour qu'il s'en charge...

— Des faveurs sexuelles ?

— Non, mais... Peut-être. Il pourrait leur raconter qu'il a besoin d'un nouveau véhicule. Ils l'aiment bien. Sauf qu'ils sont au courant de mon accident. Ils ont des espions partout, conclut-elle d'un ton amer.

— Le problème est épineux, lieutenant. Cependant, je pense pouvoir t'aider.

— Ils me proposeraient le fleuron de la flotte si toi, tu leur offrais des faveurs sexuelles. Mais je refuse. Il y a des limites à ne pas franchir. En outre, je suis lieutenant. Je ne devrais pas avoir à supplier, poursuivit-elle, la bouche pleine. J'ai un statut de chef.

— Tu as parfaitement raison. Bande de salauds.

Il lui entoura les épaules du bras.

— Descendons. J'ai peut-être une solution.

— D'autant que je n'y suis pour rien, s'entêta-t-elle. Et qu'on m'a foncé dedans alors que j'étais en service. Connards.

— Je suis d'accord. Bande de connards !

Elle était tellement furieuse qu'elle ne décela pas la pointe d'amusement dans sa voix.

— Tu pourrais peut-être leur offrir une caisse de vin ou des places VIP pour un match de foot ? Un dessous-de-table bien clinquant. Je déteste recourir à ces méthodes, tu le sais. Mais j'ai une enquête à mener.

— Je le pourrais, aucun doute. Toutefois j'ai une autre proposition à te faire.

Il ouvrit la porte d'entrée.

Au bas du perron, elle vit une voiture d'un gris terne, aux lignes simples, d'aspect trop banal pour être franchement moche – ennuyeuse était le terme qui convenait, malgré quelques chromes qui scintillaient sous le soleil matinal.

— Peabody s'en est déjà occupée ?

— Non.

Eve s'en approcha, vaguement déçue par son aspect humble... encore plus humble que l'ancienne. Puis elle s'immobilisa, fronça les sourcils.

— Ne me dis pas qu'elle t'appartient ! Tu n'as rien d'aussi ordinaire dans ton coffre à jouets.

— Elle n'est pas à moi. Elle est à toi.

— Tu viens de me dire que Peabody n'avait pas... Tu ne peux pas m'offrir un véhicule officiel.

— Le règlement ne t'interdit pas de conduire un véhicule personnel en service. J'ai vérifié.

— Oui. Enfin, non. Je veux dire, tu ne peux pas m'offrir une voiture.

— Si, je le peux, et j'y tiens. C'était censé être ton cadeau pour notre anniversaire de mariage. Il ne me reste plus qu'à me creuser la cervelle pour trouver une autre idée.

— Tu allais m'offrir une voiture de service pour notre anniversaire de mariage au mois de juillet ? Tu es télépathe, maintenant ? Tu avais prévu que j'allais démolir la mienne ?

— Ce n'était qu'une question de temps, mais la réponse est non. Je pensais que c'était un cadeau que tu apprécierais. Tu vas donc me faire le plaisir de l'accepter, et de t'en servir.

— Je ne comprends pas pourquoi tu...

— Tout y est, l'interrompit-il. Systèmes internes d'informatique et de communication, primaires et secondaires, dernier cri. Fonction verticale et aérienne équivalente à celle de la nouvelle XS-6000.

— La XS... tu te fiches de moi ?

— Comme souvent, c'est ce qu'il y a à l'intérieur qui compte. Elle accélère de zéro à soixante – en l'air et sur terre – en 1,3 seconde.

— Charmant.

— Elle peut atteindre une hauteur de trois mètres dans ce même délai.

Il sourit tandis qu'Eve la contournait, l'examinait sous toutes les coutures. Lorsqu'elle souleva le capot, il faillit s'esclaffer. Elle n'y connaissait rien en moteur.

— Ça brille !

— Elle carbure à l'énergie solaire, au fuel combustible et non combustible. Carrosserie et vitres blindées. Un tank aussi rapide qu'une fusée. Navigation automatique, bien sûr, cartes holographiques, contrôles manuels ou vocaux. Un détecteur électronique t'avertira si quelqu'un a tenté de la fracturer ou de la voler. Le tableau de bord est muni d'une caméra qui peut filmer dans un rayon de cent cinquante mètres.

— Doux Jésus !

— Sièges ergonomiques à mémoire. Alarmes, gyrophares et sirènes conformes aux exigences du département de police. Si tu dois transporter des personnages peu recommandables, il te suffira d'activer l'écran de sécurité entre l'avant et l'arrière. Voyons... qu'ai-je oublié ?

— Les douze disques du mode d'emploi. Connors, je ne peux pas...

— On a programmé ta voix et tes empreintes. Aucun code n'est nécessaire. Pour le moment, tu te contentes de donner des ordres. J'y ai fait ajouter les données de Peabody, car je sais que tu lui laisses le volant de temps en temps. Ainsi que les miennes. Tu peux autoriser l'accès à un autre conducteur à ta guise.

— Attends une seconde. Elle vaut cinq, voire dix fois un véhicule du département. Du moins, je le suppose puisque je n'ai jamais eu à en acheter un. Je ne peux pas me promener à bord d'un engin qui coûte plus cher que notre flotte entière.

Décidément, dès qu'il était question d'argent, elle se comportait comme une vierge effarouchée.

— Mais tu n'hésiterais pas à m'envoyer soudoyer tes salauds et tes connards à grand renfort de caisses de vins et de billets VIP.

— Oui. Pas très logique, mais oui.

Il frôla du doigt l'entaille sur son front.

— Réfléchis. Si tu l'avais eue hier, non seulement tu aurais évité l'accident, mais tu aurais appréhendé les conducteurs de la fourgonnette. Tu serais peut-être sur le point de clore ton enquête.

— Voyons, tu...

— J'insiste. Ce n'est pas un cadeau. En l'acceptant, tu me fais une faveur. Je saurai que lorsque tu es au volant, tu es en sécurité. S'il te plaît, fais-le pour moi.

— C'est sournois de ta part. Tu ne te fâches pas, tu n'exiges pas, tu présentes la chose comme si tu le faisais autant pour toi que pour moi.

Il plongea son regard dans le sien.

— C'est le cas.

— Mouais, marmotta-t-elle au bout d'un moment. Mouais, je peux faire ça pour toi.

— Merci.

Il déposa un baiser sur ses lèvres.

— Hé ! s'exclama-t-elle en agrippant les revers de sa veste pour le gratifier d'un autre baiser, plus long. Tu es sacrément malin. Elle est juste assez laide pour passer inaperçue.

— J'ai eu du mal, je l'avoue. L'un des concepteurs a fini par craquer, d'ailleurs. Il a pleuré pendant une heure.

Elle éclata de rire.

— Tu l'as fait construire exprès pour moi ! Waouh !

— C'est la DLE Urbaine – un modèle unique.

— DLE ? Qu'est-ce que... Ah ! je sais ! Dallas, lieutenant Eve, énonça-t-elle, absurdement ravie.

— Un prototype, je te le répète.

— Youpi ! s'écria-t-elle en exécutant une petite danse sur le gravier. Le service Réquisitions peut aller se faire cuire un œuf. Merci, Connors ! À plus tard.

Elle monta à bord, posa le pouce sur le détecteur. Le moteur démarra.

— Gé-nial ! lança-t-elle avant de s'éloigner à toute allure comme si elle était à la poursuite de malfaiteurs.

— Je constate que le lieutenant apprécie son nouveau véhicule, commenta Summerset depuis le seuil de la maison.

— En effet. Ô Seigneur ! souffla Connors, tandis qu'elle exécutait un triple tour à trois cent soixante degrés – un test de maniabilité, de toute évidence. C'est la première fois qu'elle possède sa propre voiture. Je ne sais pas pourquoi j'ai tendance à oublier ce genre de détail. Au début, elle fera joujou avec, ensuite elle se calmera.

— Votre première voiture, celle que vous avez piquée vers l'âge de douze ans, a fini dans un fossé des faubourgs de Dublin.

Connors se tourna vers le majordome.

— Je ne savais pas que vous étiez au courant.

Summerset sourit.

— Je sais aussi que vous vous étiez débrouillé pour la cacher dans le garage de l'oncle de Mick pendant deux semaines avant de vous prendre pour un kamikaze. Vous avez appris la leçon, pas vrai ? La fois suivante, vous avez été plus prudent.

— Les voler m'excitait autant que de les conduire.

— Ça vous manque ?

— De temps en temps, avoua-t-il, sachant que Summerset comprendrait. Pas autant que je l'imaginais.

— D'autres plaisirs comblent votre existence… Je parle de vos activités personnelles et en collaboration avec la police, précisa le majordome comme un grand sourire éclairait le visage de Connors. Je ne sais pas s'il y a un rapport avec les unes ou les autres, mais pendant que vous montriez son nouveau jouet au lieutenant, Alex Ricker a appelé. Je n'ai pas voulu vous déranger, je lui ai dit que vous le rappelleriez.

— Intéressant.

— Méfiez-vous. Max Ricker aurait adoré se baigner dans votre sang. Son fils éprouve peut-être des sentiments du même ordre à votre égard.

— Le pauvre va être déçu.

Connors retourna dans la maison en se demandant quel genre de sensations fortes cette belle journée allait lui procurer.

12

Ce fut une épreuve, mais Eve résista à la tentation de foncer jusqu'au centre-ville tous gyrophares allumés, toutes sirènes hurlantes. Elle s'autorisa toutefois une petite danse sur son siège tandis qu'elle se faufilait à travers la circulation, contournant les maxi-bus et laissant les Rapid Taxis en plan aux feux verts.

Elle contacta Webster. Dès qu'il apparut sur l'écran du tableau de bord ultramoderne, elle sut qu'elle l'avait arraché à son lit.

— Le BAI bénéficie d'horaires aménagés ? railla-t-elle.

Il plaqua la main sur un de ses yeux.

— C'est mon jour de congé.

— C'est bien ce que je disais. Tu es seul ?

— Non, j'ai invité six strip-teaseuses et deux stars du porno.

— Tes fantasmes pitoyables ne m'intéressent pas. Je suis sur une nouvelle piste. J'aimerais savoir si le BAI a ou a eu à l'œil un ou plusieurs des membres de la brigade de Coltraine.

— Tu veux que je viole la vie privée d'une brigade entière sous prétexte que tu as une nouvelle piste ?

Eve faillit faire un commentaire acerbe sur les méthodes du BAI en matière de vie privée, mais se ravisa à temps.

— Si la victime est sortie armée de chez elle, je dois envisager qu'elle n'allait pas boire un pot avec des copains. Je dois également envisager qu'elle se considérait en service et, vu son profil, qu'elle ne s'aventurait pas seule sur le terrain.

— Ce ne sont que des supputations.

— Coltraine avait l'esprit d'équipe, Webster. Je dois envisager la possibilité qu'un ou plusieurs de ses collègues l'aient tuée, ou lui aient tendu un piège dans ce but. Auquel cas, j'ai besoin de savoir si le ou les individus en question a/ont éveillé l'intérêt du BAI dans le passé.

— Tu pourrais utiliser les voies officielles, Dallas. Tes interrogations sont légitimes.

— Je vais faire comme si je ne t'avais pas entendu.

— Merde. Bon, je te rappelle.

— En mode privé, précisa-t-elle avant de couper la communication.

Elle joignit ensuite le secrétariat de Whitney pour faire un briefing avec son commandant.

Parvenue au Central, elle fila droit dans son bureau dans l'intention de ruminer ses nouvelles hypothèses. Elle voulait effectuer divers calculs de probabilités – avec un peu de chance, sur la base d'informations soutirées à Webster – avant de rencontrer Whitney. Une deuxième consultation avec Mira lui permettrait d'étayer sa théorie.

Elle commença par se commander un café, puis elle aperçut le rapport de Baxter. Elle le parcourut, le relut, réfléchit.

Elle s'était déjà attaquée aux calculs de probabilités sans attendre des nouvelles de Webster quand Peabody apparut.

— La cérémonie en hommage à l'inspecteur Coltraine aura lieu cet après-midi à 14 heures, dans le salon mortuaire du Central, lui annonça celle-ci.

— Oui. Morris m'a prévenue. Rédigez un mémo à cet effet, voulez-vous ? Tous ceux qui le peuvent doivent y assister. Uniforme fortement conseillé.

— Entendu. Je vais juste…

— Une seconde. Question : comment interpréteriez-vous le fait qu'Alex Ricker n'a rendu visite à son père qu'une seule fois sur Omega, il y a huit mois ? Et qu'aucune correspondance entre eux n'ait été enregistrée depuis l'incarcération de Max Ricker ?

— Eh bien… il y a deux explications possibles. Ricker ne tient peut-être pas à ce que son fils le voie en prison. On peut imaginer qu'il lui a interdit de revenir, qu'il l'a encouragé à aller de l'avant, à vivre sa vie.

— Votre univers est-il peuplé de fées Clochette, Peabody ?

— Parfois, quand tout est calme et que personne ne peut les voir. J'allais ajouter qu'il est plus probable que le père et le fils n'aient jamais été proches. Que leur relation était peut-être du genre tendue, voire hostile.

— Si les renseignements que Baxter a obtenus des gardiens d'Omega sont exacts, j'opterai pour la deuxième possibilité, à ceci près que, selon moi, c'est Alex qui a choisi de prendre ses distances. Pour des raisons qui lui sont propres. Et que je serais curieuse de connaître.

— C'est mauvais pour ses affaires ? suggéra Peabody.

— Je ne vois pas en quoi. Son père est un voyou reconnu et puissant. Certes, Alex a hérité de sa piètre réputation, mais aussi de son nom. Du lien par le sang.

— En d'autres termes, vous pensez que les infos de Baxter sont peut-être fausses ?

— Je m'étonne que Max Ricker n'ait reçu ou émis aucune transmission depuis le début de sa détention.

— Aucune ? Zéro ? Le règlement a beau être sévère, les détenus ont droit à un minimum de communications par mois, non ?

— Si. Mais en ce qui concerne Ricker, c'est le néant. Aucune visite sinon celle d'Alex. Même dans un univers peuplé de fées Clochette, je n'y crois pas.

Sourcils froncés, Peabody s'adossa au chambranle.

— On peut donc se demander pourquoi Max Ricker tient à ce que ses échanges demeurent secrets. Et comment diable il y réussit dans un endroit comme Omega.

— Oubliez les fées, Peabody. Les dessous-de-table sont une plaie universelle. Il a pu se débrouiller, et nous allons nous pencher sur le sujet. Quant à ses motivations ? Il veut dissimuler toute relation avec son empire. Peut-être le fils couvre-t-il le père, ou se contente-t-il de s'asseoir sur le trône pendant que papa continue à tirer les ficelles.

— Le nom demeure fort, enchaîna Peabody, le fils récolte la gloire tandis que papa continue à faire joujou. Pas mal.

— Possible. Pour en revenir à nos moutons, Coltraine en savait peut-être trop, ce qui aura contrarié le père ou le fils une fois la rupture consommée. Je vote pour papa. Alex ignorait que Coltraine allait tomber. Il est trop intelligent pour s'inscrire de son plein gré sur la liste des suspects dans un meurtre de flic.

— Justement, argua Peabody. Vous...

— Les gens inventent des alibis boiteux quand ils prennent les flics pour des idiots. Ce n'est pas le cas d'Alex. Ils inventent des alibis boiteux quand ils sont sûrs d'eux et veulent tenter le diable. Il est prudent.

Elle pivota vers son tableau de meurtre.

— Il n'a commis qu'une imprudence : s'éprendre d'un flic. Il s'est efforcé de le dissimuler, mais cela demeure une imprudence. Débarquer à New York quelques jours avant l'homicide, y rester ? C'est stupide.

Elle consulta sa montre, maudit Webster entre ses dents.

— Je dois rendre compte au commandant. Prenez le relais sur ces calculs de probabilités. Et commencez des dossiers sur chacun des membres de la brigade de Coltraine, y compris son lieutenant.

— Sans blague !

— Il y a pire. J'attends un appel de Webster en mode privé. Bipez-moi si nécessaire.

Eve sortit son communicateur en quittant la pièce et se dirigea vers les tapis roulants.

— Yo ! répondit Feeney.

— Quel est le meilleur moyen de découvrir si Omega bloque ou modifie les registres de visites et de communications ?

— Aller là-bas et vérifier. Ne compte pas sur moi.

— D'accord, alors quelle est la solution de rechange ?

— Expédier un gars assez jeune pour trouver l'aventure excitante et assez brillant pour effectuer les recherches.

— Qui peux-tu me proposer parmi tes petits génies ?

Feeney souffla bruyamment.

— Dans la mesure où c'est en rapport avec le meurtre de Coltraine, il vaudrait mieux choisir quelqu'un qui est déjà au courant du dossier. Je pense à Callendar.

— De quelles autorisations aurais-tu…

— Hé ! N'oublie pas que je suis capitaine.

— C'est vrai. Tu peux l'y envoyer tout de suite ? Je m'arrangerai pour qu'on la mette au parfum en route. Qu'elle ne parte pas seule, Feeney. On ne sait jamais. Tu as des costauds dans ta boutique ?

— Génie de l'informatique n'est pas synonyme de fluet.

Il gonfla le biceps pour le lui prouver.

— Précise-moi pourquoi nous devons creuser, et je m'en occupe, conclut-il.

— Merci.

Elle joignit Peabody.

— Transmettez les données de Baxter à Feeney et rédigez-lui une note expliquant pourquoi je n'y crois pas. Il envoie Callendar et un de ses bouffons musclés sur Omega.

— Pas McNab, j'espère !

— Qualifieriez-vous McNab de bouffon musclé ?

— Il est… Bon, d'accord. Non.

— Pressez le mouvement, Peabody. Je veux qu'elle décolle au plus vite.

— Entendu. Un message en mode privé vient d'arriver.

— Merci.

Eve rangea son communicateur et s'empara de son portable personnel. Elle lut le texte en marchant, y chercha les points forts, puis le sauvegarda et rangea l'appareil avant de pénétrer dans le bureau de Whitney.

Elle fit son rapport debout alors que Whitney demeurait assis à son bureau.

— L'inspecteur Peabody poursuit les calculs de probabilités. D'autre part…

— Vous ne pensez pas que la présence d'Alex Ricker à New York et ses retrouvailles avec Coltraine la veille de sa mort soient de simples coïncidences ?

— Non, commandant. J'ai la ferme intention de le convoquer ici même, au Central, pour un interrogatoire officiel. Selon moi, cette rencontre fait partie du mobile. Je ne pense pas qu'il ait commis ou commandité le crime. À vrai dire, je suis convaincue qu'il aurait tout fait pour arrêter la machine, ou avertir Coltraine, s'il avait eu vent du complot.

Elle marqua une pause, choisit ses mots avec soin.

— Elle tenait une place importante pour lui, mais pas la plus importante. Il a pris des précautions pour dissimuler leur liaison, autant pour lui, pour sa réputation, que pour elle. La mort de Coltraine ramène cette relation à la surface. Il s'y attendait. Dès qu'il a appris qu'elle avait été tuée, il s'est préparé à l'invasion des flics.

— Pourquoi tant de discrétion, pendant et après ?

— Orgueil et prudence. C'est mal vu pour un homme dans sa position d'avoir une liaison avec un flic. Pour lui, les affaires passent en priorité, et sa réputation est un des éléments essentiels de sa réussite. Il se pourrait que l'assassinat de Coltraine soit destiné à jeter la suspicion sur lui et, par conséquent, à ternir sa réputation.

— On aurait utilisé l'inspecteur comme une arme contre lui.

— Exactement. Parce qu'il est Alex Ricker, mais surtout le fils de Max, sa liaison avec Coltraine le met en tête de la liste des suspects. Très mauvais pour les affaires.

— Vous penchez pour un concurrent ?

— Pourquoi pas ? Peut-être a-t-on éliminé Coltraine parce qu'elle était sa seule faiblesse. Elle représente son unique erreur de parcours sur le plan professionnel. Je ne pense pas qu'il l'avait corrompue, mais si c'est le cas, c'était stupide de sa part de développer et de poursuivre une relation avec un de ses instruments.

Elle hésita, puis décida de parler franchement.

— Certains se demandent si je suis l'instrument de Connors. Ou vice versa. À vrai dire, mon statut de flic lui complique la vie plus qu'autre chose. Et… vice versa. Pour Alex Ricker, vivre avec un flic, entretenir des rapports intimes et professionnels avec elle, c'est la porte ouverte aux ennuis, et il les fuit comme la peste.

— Vous en concluez donc que Coltraine a pu être tuée *à cause* d'Alex Ricker mais pas *par* lui ou *pour* lui.

— Oui, commandant.

— Un concurrent, un sous-fifre. Le champ est vaste, lieutenant.

— Je pense pouvoir le réduire, commandant. D'après les archives, Alex Ricker n'a rendu visite à son père qu'une seule fois à Omega au cours des huit derniers mois. Ils n'ont pas communiqué depuis ; en fait, Max Ricker n'a communiqué avec personne depuis qu'il purge ses multiples peines de prison à perpétuité.

— Aucune transmission adressée à ou reçue de la colonie pénitentiaire ?

— D'après les archives, non, commandant.

Whitney eut un sourire froid.

— Il nous prend à ce point pour des idiots ?

— Max Ricker n'éprouve que du dédain pour les flics, et ces dernières années, son ego a largement dominé son sens du jugement. C'est une des raisons pour lesquelles il se retrouve en cage. Comme nous ne sommes pas des idiots, j'ai demandé à Feeney d'envoyer deux de ses hommes à Omega, histoire de vérifier lesdites archives.

— Quand partent-ils ?

— Aujourd'hui, commandant. D'ici une heure, si tout va bien. Nous pourrions accélérer le processus en demandant au consultant civil de nous fournir un moyen de transport à cet effet.

Une lueur amusée dansa dans les prunelles de Whitney.

— Je vous laisse le soin d'organiser cela, lieutenant. J'ai des relations à Omega. Je les utiliserai pour activer les démarches une fois qu'ils seront sur le site.

Il s'adossa à son siège, tapota ses doigts les uns contre les autres.

— Plutôt qu'un concurrent ou un sous-fifre, vous soupçonnez Max Ricker d'avoir commandité le meurtre de l'inspecteur Coltraine.

— En effet, commandant.

— Pour sanctionner le fils ou pour le protéger ?

— J'espère avoir la réponse à cette question en interrogeant Alex Ricker.

Tandis qu'Eve s'entretenait avec son commandant, Connors descendit de sa voiture et adressa un signe de tête à son chauffeur. Alex Ricker en fit autant. Les eaux bleu d'acier léchaient le sable de Coney Island. Les deux hommes s'approchèrent l'un de l'autre.

« Terrain neutre, songea Connors, ne rime pas forcément avec triste et sérieux. » La nature de cette rencontre n'exigeait pas l'ambiance glauque d'une arrière-salle ou d'un parking désert. L'idée de cette réunion au beau milieu du parc d'attractions récemment ressuscité l'amusait. La grande roue représentait un symbole à ses yeux.

La vie n'était qu'une série de cercles.

La brise océanique fit claquer les pans de son manteau comme il levait les bras pour que le garde du corps d'Alex le passe au détecteur. Le sien fit de même avec Alex.

— Merci d'avoir accepté ce rendez-vous, attaqua Alex. J'avoue cependant être surpris par le lieu choisi.

— Pourquoi ? Une belle matinée de printemps, le grand air.

— Les carrousels, ajouta Alex en balayant les alentours du regard.

— Ce n'est pas tout. Un lieu historique laissé à l'abandon, puis carrément fermé. Dommage. Après les Guerres Urbaines, on a eu envie de renouveau, d'ambiances festives, et ce lieu en a bénéficié. Heureusement que le plaisir a encore sa place en ce monde.

— En quelle proportion vous appartient-il ?

Connors esquissa un sourire.

— Vous n'auriez aucun mal à le découvrir. Qu'avez-vous à me dire, Alex ?

— Pouvons-nous marcher ?

— Naturellement.

Ils s'éloignèrent sur les planches, leurs chauffeurs les suivant à une distance respectable.

— Quand j'étais jeune, vous étiez ma Némésis, commença Alex.

— Vraiment ?

— Mon père ne cessait de vanter vos mérites, du moins au début. « Voici ce que tu dois devenir. Impitoyable, froid, ayant toujours un train d'avance sur les autres. » Jusqu'au jour où il a décidé que vous n'étiez pas assez impitoyable, pas assez froid, et où il a commencé à se demander si vous n'aviez pas pris un peu trop d'avance sur lui. Pourtant, il a continué à brandir votre nom. Je devais faire mieux que vous, sans quoi je serais un raté.

— Agaçant, n'est-ce pas ?

— En effet. Quand il s'est mis à vous craindre et à vous détester, ç'a été pire. À ma connaissance, il a ordonné votre exécution à trois reprises.

— Cinq, rectifia Connors.

— Pourquoi n'avez-vous jamais riposté ?

— Je n'ai pas besoin du sang de mes concurrents. Ni même de mes ennemis. Pendant des années, je l'ai ignoré. Mais il n'aurait jamais dû s'en prendre à ma femme. Je n'aurais pas hésité à le descendre pour cela.

— Vous ne l'avez pas fait, et il est vivant.

— Parce que si je l'avais éliminé, un autre aurait pris la suite.

— Vous l'avez laissé vivre pour protéger votre épouse ?

Connors s'immobilisa, dévisagea Alex.

— Si vous vous imaginez que le lieutenant a besoin de protection, vous la sous-estimez sérieusement. Je l'ai laissé vivre par respect pour elle. Et je suis convaincu qu'il aurait préféré mourir que de finir ses jours à croupir en cellule.

— Vous n'avez pas tort. Il ne l'avouera jamais, même à lui-même. Une partie de lui est persuadée qu'il retrouvera sa place à la tête de son empire. Cet objectif l'aidera à tenir et à rêver longtemps de votre sang. Ainsi que de celui de votre flic.

— Je lui souhaite une très longue vie, ironisa Connors avec un sourire de prédateur.

— Je le hais plus que vous.

Oui, pensa Connors. Chaque mot, chaque silence d'Alex semblait imprégné de haine.

— Pourquoi ?

— Il a tué ma mère.

Alex s'arrêta et se tourna vers le garde-fou, face à l'océan.

— J'ai toujours cru qu'elle était tombée. Un accident tragique. Tout en me demandant, au fond de moi, si elle avait craqué et s'était jetée dans le vide. Je me suis trompé.

Connors demeura silencieux, attendant la suite.

— Ces dernières années, il devenait de plus en plus instable. Imprévisible. Il avait toujours été violent et coléreux. Enfant, j'étais incapable de le cerner. Une minute, il me traitait comme un prince, son plus précieux trésor. Celle d'après, je me relevais péniblement, la lèvre fendue ou le nez en sang. J'ai donc grandi en le craignant et en le vénérant tout à la fois, et en m'efforçant désespérément de lui faire plaisir.

— La plupart des gens qui travaillaient pour lui éprouvaient les mêmes sentiments.

— Pas vous. Bref… depuis une douzaine d'années, il prenait des décisions dangereuses et inutiles. Nous nous disputions sans arrêt. Ces querelles ont débuté à peu près à l'époque où je suis entré à l'université. Lorsqu'il s'est rendu compte que je ne tolérerais plus qu'il me démolisse physiquement, il a utilisé d'autres moyens. « J'aurais dû te faire ce que j'ai fait à la salope qui t'a mise au monde », enchaîna Alex, les phalanges blanches à force de serrer le garde-fou. C'est exactement ce qu'il m'a dit. Il aurait dû se débarrasser de moi comme il s'était débarrassé d'elle. Me regarder tomber, regarder ma cervelle éclater sur la chaussée.

Il s'accorda un instant de répit, aspira une bouffée d'air salin.

— Je lui ai demandé pourquoi. Il m'a répondu qu'elle ne lui était plus utile, qu'elle l'énervait. Que je ferais bien de me méfier. Peu après, il s'est rétracté. S'il m'avait dit ça, c'était uniquement parce que je l'avais mis en colère, parce que je lui avais manqué de respect. Mais je savais que c'était la vérité. Croyez-moi, je lui souhaite, moi aussi, une longue, une très longue vie derrière les barreaux.

— Je suis désolé. Sincèrement.

— Je vous crois. Ce qu'il vous reproche surtout, c'est d'avoir un code moral auquel vous n'avez jamais dérogé.

Il se tourna vers Connors.

— Vous n'avez aucune raison de penser que j'aie mon propre code moral, mais je vous le certifie : je n'ai pas tué Amaryllis. Je n'ai pas commandité son meurtre. Je ne lui aurais jamais fait de mal. Je l'ai aimée. Je tenais encore beaucoup à elle. La personne qui l'a tuée se sert de moi comme d'un bouclier. Une diversion. Et cela me rend furieux.

— Pourquoi m'en parler à moi ?

— À qui d'autre voulez-vous que j'en parle ? Votre femme ? À ma place, vous vous mettriez à nu devant un flic qui a tout lieu de vous suspecter d'avoir exécuté une collègue ?

— Non. Vous voulez que je plaide auprès d'elle en votre faveur ?

— Votre sens du fair-play exaspérait mon père. Je suppose que je compte un peu dessus. Je ne sais pas qui l'a tuée ni pourquoi. J'ai exploré toutes les sources possibles, en vain.

Sous la lumière presque aveuglante du soleil, Connors vit Alex lutter pour masquer sa douleur.

— J'étais venu à New York dans l'espoir de la récupérer. Parce que je l'aimais comme jamais je n'ai aimé quelqu'un. J'ai tout de suite compris que c'était fichu : elle était heureuse, elle était amoureuse. Nous n'avions pas changé depuis que nos chemins avaient divergé à Atlanta. Elle ne pourrait jamais accepter ce que j'étais, ce que je faisais, et être heureuse. Elle s'en est rendu compte et a décidé de partir. Après l'avoir revue, c'est moi qui ai pris conscience de ces faits.

— Vous n'avez jamais envisagé d'adapter vos projets professionnels à la situation ?

— Non. J'ai ça en moi. Héritage paternel. J'espère juste qu'il ne m'a rien transmis d'autre. Je n'ai jamais tué, jamais commandité un meurtre. Ce n'est pas… raisonnable.

— Les hommes qui ont dévalisé votre boutique d'antiquités à Atlanta sont morts, paraît-il, dans des conditions épouvantables.

— En effet. Je n'y suis pour rien.

— Max ?

— Il a prétendu que c'était *lui* que ces individus avaient insulté en me ridiculisant. La chair de sa chair. Il a donc réglé le problème à sa façon. Du coup, je me suis retrouvé sous le microscope. Je ne tue pas, mais si je savais qui a assassiné Ammy, je ne me montrerais pas raisonnable, et tant pis pour les affaires. Parce que je l'ai aimée, et parce que je n'ai pas eu le cran de tuer mon père pour ce qu'il avait fait à ma mère.

Alex se tut et pivota de nouveau vers l'eau. Connors l'imita.

— Que voulez-vous de moi ?

— Je veux… J'ai besoin de savoir qui l'a tuée, et pourquoi. Vous disposez de ressources que je n'ai pas. Votre prix sera le mien.

— Vous ne connaissez pas ma femme. Vous avez entendu parler d'elle, mais vous ne la connaissez pas. Vous avez tout intérêt à lui faire confiance : elle trouvera les réponses à vos questions. En outre, vous n'avez pas à payer pour des ressources qu'elle n'a qu'à demander pour en disposer.

Alex dévisagea Connors, hocha la tête.

— D'accord. Si j'apprends quoi que ce soit qui pourrait vous être utile, je vous en avertirai.

— J'accepte votre proposition ; malheureusement, je ne peux pas vous rendre la pareille. Ce sera au lieutenant d'en décider. Toutefois, sachez ceci : quand elle coincera le coupable – et cela ne saurait tarder –, si celui-ci connaît une fin sordide, je tairai votre rôle dans l'affaire.

Alex émit un petit rire.

— C'est mieux que rien. Merci, ajouta-t-il en tendant la main à Connors.

Ils étaient à peu près du même âge et tous deux avaient grandi sous l'influence d'hommes violents. Alex dans le rôle du prince, Connors dans celui du pauvre.

En dépit de ces similarités, de l'éducation et du passé de privilégié d'Alex, Connors sentait en lui une certaine naïveté.

— Votre père ne vous l'a sans doute jamais dit, commença-t-il, mais faire couler le sang vous salira à jamais. Quelle que soit la méthode, et si justifié que ce soit, vous en resterez profondément marqué. Soyez certain de vouloir en garder la trace avant d'agir.

De retour dans sa voiture, Connors désactiva la puce dissimulée dans son bouton de manchette. L'espace d'un instant, il envisagea de débrancher celle qu'il avait placée dans sa chaussure, puis se ravisa. On ne savait jamais.

Toutes deux étaient des prototypes en cours de développement, conçues à partir de matériaux indétectables par les scanners les plus sensibles sur le marché. Il en savait quelque chose, car son entreprise travaillait parallèlement sur la machine qui les repérerait.

On n'était jamais trop vigilant.

Il regrettait de ne pas avoir pu rassurer Alex en lui annonçant qu'il n'était pas le suspect principal d'Eve. Ni même un simple suspect parmi d'autres. Là encore, c'était au lieutenant d'en décider. Mais il pouvait le déplorer. Alex Ricker avait eu une mère qui l'aimait, et que son père avait tuée. Parce qu'elle ne lui était plus utile. Parce qu'elle l'énervait. Sur ce point, Connors compatissait avec lui.

En même temps, il s'interrogeait sur son manque d'acuité. Un homme qui avait préféré laisser partir celle qu'il aimait plutôt que d'abandonner du terrain ou, au moins, de trouver un compromis. Et qui, aujourd'hui encore, ne voyait pas ce qui se tramait sous son nez.

Son communicateur bipa et il sourit en lisant *Eve chérie* sur l'écran.

— Bonjour, lieutenant.

— Salut. J'ai un service à te demander. Pourrais-tu… Où es-tu ?

— Je sors d'une réunion.

— Tu… avais une réunion à Coney Island ?

— Exact. Dommage qu'il soit si tôt, je me serais offert un tour sur les montagnes russes. Nous reviendrons ensemble et je me rattraperai.

— Dans tes rêves ! Jamais tu ne me feras monter sur un manège. Peu importe. J'aimerais que tu…

— Réponds d'abord à une question, et je te promets de te rendre tous les services que tu voudras.

Elle plissa les yeux, sur ses gardes. Il adorait cette expression.

— Quel genre de question ?

— Pour l'heure, je me contenterai d'un oui ou d'un non. Max Ricker est-il derrière le meurtre de l'inspecteur Coltraine ?

— Quoi ? Tu m'as mise sur écoute ? Tu as planqué un micro dans le bureau de Whitney ?

Connors jeta un coup d'œil sur son bouton de manchette.

— Pas pour le moment. J'en déduis que c'est oui.

— Ce n'est ni oui ni non. Je *soupçonne fortement* Max Ricker.

— Cela me suffit. Alors, ce service ?

— J'ai besoin de ta navette hors-planète la plus rapide. Pour un aller-retour New York/colonie pénitentiaire d'Omega.

— On part pour Omega ?

— Non, Callendar et un autre informaticien. J'ai l'impression que Ricker tire les ficelles de là-bas, qu'on a effacé ou modifié les registres de ses transmissions et visites. Je veux savoir à qui il a parlé. On peut mettre jusqu'à vingt-six heures pour atteindre Omega par les moyens de transport publics.

— Je peux réduire ce délai de plus d'un tiers. Je m'en occupe et je te rappelle.

— Merci. Je te revaudrai ça.

— Je te propose un tour sur les montagnes russes.

— N'exagérons rien.

Il rit tandis qu'elle raccrochait.

L'heure était venue de tout arrêter, songea Eve en enfilant son uniforme. Les morts méritaient ce moment de recueillement. Toutefois, dans son esprit, ces cérémonies étaient surtout destinées à ceux qui restaient. L'heure était donc venue de tout arrêter. Pour Morris. Elle serait sans doute plus utile à Coltraine sur le terrain ou en train de cuisiner Alex Ricker dans une salle d'interrogatoire. Mais elle avait d'autres devoirs.

Elle se chaussa, se leva pour rajuster sa casquette.

Elle quitta le vestiaire et emprunta les tapis roulants jusqu'au salon mortuaire.

Callendar et un bouffon musclé prénommé Sisto s'apprêtaient à être propulsés vers Omega tels deux cailloux par un lance-pierres. Callendar avait paru enchantée à la perspective de sa toute première mission hors-planète.

Après tout, les goûts et les couleurs...

Demain à cette heure-ci, ils seraient sur le site. Ils fouilleraient dans les archives et en extrairaient les infos dont elle avait besoin. Ils avaient intérêt à les trouver. Parce que ses tripes lui disaient que Max Ricker était le commanditaire. Restait à savoir pourquoi et comment. Pour cela, Callendar et son partenaire devaient revenir avec le nom du contact de Ricker.

Max Ricker ne paierait pas pour avoir tué un flic : que pouvait-on infliger de plus à un homme déjà condamné à plusieurs peines de prison à perpétuité ? D'autres paieraient à sa place, et il faudrait s'en contenter.

Les portes de la salle que Morris avait choisie étaient ouvertes pour qu'on entende la musique de loin. Une mélodie nostalgique que lui et celle qu'il avait aimée avaient écoutée ensemble. Eve perçut le parfum des roses avant de pénétrer dans la pièce bourrée de flics.

Roses rouges, photos de la défunte. Clichés décontractés mêlés aux portraits officiels. Coltraine en uniforme, impeccable et sérieuse, Coltraine en robe légère, riant aux éclats sur une plage. Des dizaines de petites bougies blanches diffusaient une lumière douce.

Eve fut soulagée de constater qu'il n'y avait pas de cercueil. Les photos suffisaient.

Elle aperçut Morris en compagnie d'un homme qui devait avoir entre vingt-cinq et trente ans. Le frère de Coltraine, devina-t-elle. La ressemblance était frappante.

Peabody quitta le groupe dans lequel elle se trouvait pour rejoindre Eve.

— Il y a un monde fou. Tant mieux. Ça me fait tout drôle de me retrouver en uniforme, ajouta-t-elle en tirant sur sa veste. Mais vous aviez raison. C'est plus respectueux.

— Tous les membres de sa brigade ne semblent pas de cet avis.

Le lieutenant de Coltraine et l'inspecteur O'Brian étaient en tenue, les autres avaient choisi de rester en civil.

— Beaucoup de collègues font un saut avant d'aller sur le terrain ou au retour d'une mission. Ils n'ont pas forcément le temps de se changer.

— Mouais.

— C'est dur de voir Morris souffrir ainsi.

— Surveillez plutôt les flics. Les coéquipiers de Coltraine. Échangez quelques mots avec chacun d'entre eux. Je veux vos impressions. J'en ferai autant de mon côté.

Avant cela, elle avait une tâche douloureuse à accomplir : parler à Morris.

13

Eve frôla d'abord O'Brian, délibérément, puis s'arrêta.

— Inspecteur.

— Lieutenant.

Il croisa son regard, puis détourna les yeux.

— Morris a bien fait les choses. Pour elle, pour nous. C'est la bonne manière.

— La manière des flics ?

Il esquissa un sourire.

— En partie.

— C'est dur pour vous de perdre un membre de votre équipe.

— Je la revois à son bureau chaque jour. Quelqu'un d'autre prendra sa place bientôt et on finira par s'y habituer. Mais son absence est palpable. Le plus pénible, c'est de ne pas comprendre le pourquoi de tout cela. Mon épouse vient d'arriver. Je vous prie de m'excuser.

Il s'éloigna, se frayant un passage pour rejoindre une jeune femme sur le seuil de la salle. Il lui prit la main.

Eve attendit qu'un groupe de personnes bavardant avec Morris s'éloigne avant de s'approcher de lui.

— Dallas.

Cette fois, ce fut elle qui prit la main qu'il lui tendait.

— Vous avez bien fait les choses, dit-elle, répétant les paroles d'O'Brian.

Morris lui serra brièvement les doigts.

— J'ai fait ce que j'ai pu. Lieutenant Dallas, je vous présente Jules Coltraine, le frère d'Ammy.

Ce dernier étrécit les yeux.

— C'est vous qui êtes responsable de...

— Oui. Toutes mes condoléances.

— Li affirme que vous êtes la meilleure. Pouvez-vous me dire... Avez-vous avancé ?

— Tout ce que je peux vous dire, c'est que votre sœur est notre priorité.

Le chagrin obscurcissait ses yeux bleus. Il respira à fond, luttant visiblement pour se ressaisir.

— Merci. Je la ramène à la maison ce soir. Nous avons pensé qu'un membre de la famille devait assister à cette cérémonie. Tous ces gens... j'y suis sensible.

— C'était un bon flic.

— Elle voulait aider les gens.

— Elle en a aidé beaucoup.

— Le moment et le lieu sont mal choisis, mais je repars tout à l'heure. Mes parents voudront savoir. C'est important pour nous. Vous allez découvrir son assassin, n'est-ce pas ?

— Oui.

— Excusez-moi, souffla-t-il en hochant la tête.

Morris reprit la main d'Eve tandis que Jules s'éloignait.

— Merci. Pour l'uniforme, pour vos paroles réconfortantes.

— J'étais sincère. Tout ce que j'ai appris sur elle me confirme que c'était un bon flic. Et je démasquerai le coupable.

— Je sais. C'est ce qui m'aide à tenir.

Il portait un costume noir, sobre et élégant, et avait noué un cordon noir autour de sa tresse. Son visage semblait plus émacié que la veille. Elle s'en inquiéta.

— Son frère a raison. C'est important, tout ce monde...

Elle aperçut Bollimer, et la propriétaire du restaurant chinois où Coltraine avait commandé son dernier repas.

— Elle était très appréciée.

— Oui. Ils vont l'incinérer demain. Une autre cérémonie est prévue à Atlanta dans quelques jours. J'y assisterai. Vous me tiendrez au courant de l'évolution de votre enquête ?

— Je vous le promets.

Il lui pressa de nouveau la main et son regard se porta derrière elle. Pivotant, elle reconnut Mira et son mari. Mira s'approcha et, tout naturellement, serra Morris contre elle. Quand il posa la joue sur son épaule, Eve regarda ailleurs.

Dennis Mira frotta le bras d'Eve qui sentit sa gorge se nouer.

— Quand la mort frappe à la maison, murmura-t-il, c'est encore plus difficile pour ceux qui y font face au quotidien.

— Peut-être.

Il examina l'une des photos.

— Elle était ravissante. Si jeune, commenta-t-il. Je ne crois pas vous avoir jamais vue en uniforme, Eve. Je me trompe ? En tout cas, vous êtes impressionnante.

— Sans doute.

Il lui sourit avant de s'approcher de Morris. Eve s'éclipsa.

Elle se dirigea vers Clifton, qui était avec quelques collègues. En s'approchant, elle perçut des bribes de conversation : ils discutaient base-ball.

Cela ne signifiait rien. Dans ce genre de manifestation, on parlait de tout et de n'importe quoi.

— Inspecteur.

Il hésita une demi-seconde. Déconcerté par l'uniforme, sans doute.

— Lieutenant, fit-il en s'écartant du groupe. Du nouveau ?

— Nous avons quelques pistes. Nous les suivons. Et vous ?

— Je vous ai dit ce que je savais, et d'après ce que j'ai entendu, vous avez intérêt à surveiller vos arrières.

— Vraiment ?

— Il paraît que le meurtrier vous a envoyé son insigne et ses armes, puis essayé de vous descendre. Ça pue le tueur de flics qui s'en prend aux officiers de sexe féminin.

— Alors vous n'avez rien à craindre.

Une lueur de colère brilla dans ses yeux.

— Je n'ai pas choisi ce métier pour être en sécurité.

— Ah non ? L'auriez-vous choisi pour pouvoir asticoter les suspects ?

— Je fais mon boulot.

— Votre blouson est déchiré.

— Et alors ?

— Rien. Je fais la conversation.

— Vous autres, de la Criminelle, vous débarquez quand tout est fini. C'est nous qui sommes dans la rue chaque jour à essayer d'empêcher des connards de s'entretuer.

— Mince ! Si vous étiez plus efficace, je pointerais au chômage.

Il eut un mouvement de gros dur, léger roulement des épaules, moue de mépris.

— Vous n'avez aucune idée de ce que fait un vrai flic.

— Non ? Et si vous me l'appreniez ?

Il ricana.

— Dak ! intervint Cleo Grady. Newman te cherche. Il a un tuyau sur l'affaire de Jane Street.

Clifton fixa Eve encore quelques secondes.

— La récréation est finie. Faut que j'aille bosser.

— Bonne chance, lui lança aimablement Eve avant de pivoter vers Cleo. C'était vrai, ou était-ce une façon d'empêcher votre partenaire de s'attaquer à un supérieur ?

— C'est vrai. Et ça tombe bien. Nous sommes tous sur les nerfs ces jours-ci, lieutenant.

— J'ai l'impression que Clifton l'est en permanence.

Cleo haussa les épaules.

— On se sent un peu mis à l'écart, au-dessus du lot. On arrive ici et on le prend en pleine figure. Quelqu'un l'a tuée et on nous prive de l'enquête. Nous ne vous connaissons pas, mais nous savons que vous vous méfiez de nous. Vous ne vous attendiez pas à un minimum de ressentiment ?

— Le ressentiment ne me gêne pas, inspecteur Grady. Quant au meurtre… ça me met en rage. Si Newman avait un tuyau, pourquoi n'a-t-il pas bipé Clifton au lieu de vous envoyer le chercher ?

— Posez-lui la question, riposta Cleo froidement. Par respect, peut-être ?

— Quand l'un d'entre vous a un tuyau sur une affaire en cours et que vous êtes en congé ou séparés, comment vous contactez-vous ?

— Tout dépend des circonstances.

— Par portable, si vous êtes en solo sur le terrain. Mais supposons que l'un d'entre vous soit à la maison. Le fixe paraît plus logique. La plupart des flics rangent leur portable avec leur arme, leur insigne, etc.

— C'est ce que je fais. Si c'est ce que vous voulez savoir.

— Moi aussi. Mais j'essaierais d'abord le poste fixe. Vous traînez chez vous, vous n'avez pas forcément votre portable sur vous, n'est-ce pas ? Sauf qu'il y aurait une trace sur le fixe.

— Nom de Dieu, souffla Cleo. Vous nous soupçonnez ?

— Je soupçonne tout le monde.

— Soupçonnez autant que vous voudrez pendant que l'assassin court dans la nature. Quelle sorte de flic traîne d'autres flics dans la boue ?

Furieuse, Cleo tourna les talons et s'éloigna au pas de charge.

— Ah, te voilà ! Toujours aussi douée pour les mondanités.

Eve jeta un coup d'œil par-dessus son épaule, découvrit Connors.

— J'ai encore une ou deux personnes à voir.

— Je vais aller présenter mes condoléances à Morris. Nous devons avoir une petite conversation, toi et moi, ajouta-t-il en laissant courir l'index sur sa veste d'uniforme.

— Dès que j'ai un moment, promit-elle.

Elle trouva Delong à l'extérieur, en grande discussion avec le médecin légiste Clipper. Il se tut en apercevant Eve.

— Lieutenant Dallas.

— Lieutenant Delong.

— Je vous laisse, murmura Clipper. Je n'ai pas encore salué Morris.

Delong attendit un instant, puis fit signe à Eve de l'accompagner à l'écart.

— Vous avez une enquête à mener et personne, *personne* ne vous souhaite de réussir plus que moi. Mais je vous le dis ici et maintenant : je n'apprécie guère votre attitude envers mes hommes. Surtout ici, alors que nous pleurons l'un des nôtres.

— J'en tiendrai compte.

— Je l'espère. Sachez par ailleurs que j'ai la ferme intention de faire part de mes sentiments au commandant Whitney.

— À votre guise. En attendant, permettez-moi de vous préciser qu'à mon avis, l'inspecteur Coltraine a quitté son appartement ce soir-là pour effectuer une mission. On l'a contactée chez elle et attirée dans un piège. Quelqu'un qui connaissait ses habitudes, en qui elle avait toute confiance. Quelqu'un avec qui – ou pour qui – elle travaillait.

Delong s'empourpra.

— Vous n'avez aucune certitude. Elle est flic, elle sort de chez elle, elle emporte son arme. Pour effectuer une mission ou aller acheter un foutu carton de lait.

— Pas Coltraine. Si vous la connaissiez bien, vous le sauriez.

Il n'adopta pas l'attitude de gros dur de Clifton, mais s'avança néanmoins vers elle.

— Ça vous amuse de remuer le linge sale ? De dire qu'un de mes hommes aurait tué son supérieur et n'en paierait pas le prix ?

— Non. À votre place, je serais furieuse. Je me poserais aussi certaines questions. Je creuserais plus profond.

— Vous n'êtes pas à ma place.

— Non.

— Faites attention où vous mettez les pieds.

Il aurait pu s'en aller, mais Whitney et sa femme venaient de descendre du tapis roulant. Delong se dirigea vers eux d'une démarche raide. Échanges de poignées de mains, quelques mots. Puis Whitney opina tandis que Delong se retirait.

Les Whitney rejoignirent Eve.

— Commandant, madame Whitney.

Vêtue d'un tailleur noir à la coupe impeccable, cette dernière prit les deux mains d'Eve dans les siennes. Surprise par ce geste, Eve cligna des yeux.

— Vous avez un métier difficile. Plus difficile encore aujourd'hui.

— Oui, madame.

— J'arrive, murmura Whitney en tapotant le bras de son épouse. Bien, ajouta-t-il quand elle se fut éloignée. Le lieutenant Delong souhaite me rencontrer le plus vite possible. Vous ne sauriez pas par hasard de quoi il s'agit, lieutenant ?

— Aucune idée, commandant.

— Je n'en crois rien. Je suppose que vous approchez du but. En tant que chef de brigade, il veut défendre et protéger ses hommes.

— Oui, commandant. Ou lui-même.

— S'il existe un lien entre lui ou l'un de ses hommes et Ricker, débrouillez-vous pour avoir du solide. Pour mettre un flic en cage, nous ne pouvons pas nous permettre la moindre erreur.

Bien que pressée de remonter, Eve prit le temps d'aborder Clipper.

— Vous discutiez avec Delong, il y a un instant. Que voulait-il ?

Clipper parut peiné.

— J'enquête sur le meurtre d'un policier, reprit-elle. Si cela a un rapport avec le dossier, je veux savoir ce qu'il vous a dit.

— Il m'a simplement demandé si j'avais du nouveau ; il digère mal le fait de ne recevoir aucun rapport. Il est bouleversé et frustré, Dallas. Qui ne le serait à sa place ?

— Que lui avez-vous répondu ?

— Que je suis pieds et poings liés. Vous êtes responsable de l'enquête. C'est ainsi, ma patronne l'exige, point final. Il est furieux contre vous. Je suppose que vous le savez déjà.

— J'ai cru le comprendre.

— Tous ses hommes ont contacté l'institut médico-légal ou y sont venus en quête d'informations. J'ai dû tout boucler.

— Merci. Ils vous en ont tenu rigueur ?

Clipper caressa sa barbichette d'un air songeur.

— Disons que l'inspecteur Clifton m'a aimablement recommandé d'aller me faire foutre et a suggéré que je l'avais déjà fait à plusieurs reprises avec ma mère.

— Vous êtes un drôle de type, Clipper. Il a eu un geste envers vous ?

— Il se trouve que je tenais à la main un scalpel laser. Sinon, je pense qu'il se serait volontiers jeté sur moi.

— Bien.

— En fait, je n'ai pas grand-chose à leur dire.

— Ils ne le savent pas. Pour l'heure, c'est préférable.

Eve accrocha le regard de Connors, qui bavardait avec les Whitney. Elle lui indiqua discrètement qu'elle partait, puis fit signe à Peabody de la rejoindre. Connors saurait où la trouver.

— Vos impressions ? attaqua-t-elle d'emblée.

— Une équipe très malheureuse et quelque peu en colère. D'après la rumeur, nous dépenserions plus de temps et d'énergie à leur chercher des noises qu'à suivre des pistes sérieuses.

— D'où est née cette rumeur ?

— Vous savez ce que c'est, Dallas. X affirme avoir entendu de Y ce que Z a soutiré à W. Les flics adorent les ragots. Remarquez, je ne me suis jamais autant envoyée en l'air en un délai aussi court que depuis que McNab et moi habitons ensemble et avons décidé d'inaugurer chaque pièce de l'appartement. Deux fois.

— Peabody, épargnez-moi...

— Nous avons varié les techniques, poursuivit Peabody, ce qui rend cette soirée d'autant plus mémorable. Delong est direct et plutôt autoritaire. Il s'attend que je réponde à ses questions sous prétexte qu'il a du galon. Newman tourne autour du pot, essaie de vous prendre de court pour vous faire cracher le morceau. Quant à O'Brian, son regard triste et son attitude paternelle jouent en sa faveur. Grady joue à la solidarité entre filles. Et Clifton est une brute.

— Il vous a touchée ?

— Pas exactement. O'Brian est intervenu juste à temps. Avant cela, Clifton s'était énervé parce que je ne lui révélais pas ce qu'il voulait savoir. Il m'a traitée de lèche-cul. J'ai répliqué que je n'avais pas encore eu le privilège de lécher le vôtre qui, selon moi, est pourtant l'arrière-train féminin le plus séduisant du département.

— Et là, vous faites quoi ?

Peabody ricana.

— Si vous aviez vu sa tête ! Il est devenu kaki. Ou fuchsia ? C'est quoi, ce mot bizarre pour rose vif ?

— Aucune idée.

— Bref, je suis presque sûre qu'il s'apprêtait à me bousculer. Là-dessus, O'Brian s'est interposé.

— Et ?

— Il l'a remis à sa place : « Rappelle-toi où tu es, Dak. Ne fais pas honte à notre Ammy ni à tes collègues de la brigade. » Clifton a râlé, mais il a fini par tourner les talons. Puis O'Brian m'a présenté ses excuses avec ses airs de chien battu.

Eve grogna et pénétra dans le vestiaire.

— Intéressant.

Elle réfléchit à voix haute tout en se déshabillant.

— O'Brian est le sage de l'équipe. Le membre le plus âgé, le plus expérimenté. Les autres s'adressent à lui avant même de parler à leur lieutenant. Il les a reçus chez lui à des barbecues et à des repas improvisés.

Eve s'assit pour ôter ses souliers.

— Newman, c'est le type sans histoires. Celui avec qui on boit volontiers une bière après le service. Il garde profil bas et la boucle la plupart du temps. Tout l'opposé de Clifton : imprévisible, coléreux, odieux. Lui se sert de son insigne ou de ses poings pour malmener les gens.

— Vous aussi. Enfin, plus ou moins.

— Oui. Mais pour moi il s'agit d'un produit dérivé ; pour lui, c'est la priorité. Les règles, la politesse, connaît pas. Si vous franchissez une porte, il s'arrangera pour passer devant vous. Il ne se maîtrise pas. Les autres le surveillent, le calment le cas échéant, mais tôt ou tard… il va péter un plomb.

Eve suspendit son uniforme, rangea ses chaussures.

— Grady ? Elle est assez intelligente pour mettre en avant ou dissimuler ses atouts féminins selon la situation. Elle est ambitieuse et je vous parie qu'elle a de l'influence sur tous ses petits camarades.

— Vous croyez qu'elle vise le fauteuil du patron ?

Eve scruta les alentours.

— Possible, mais elle n'y travaille pas aussi fort que je m'y attendais. Elle semble heureuse au sein d'une petite structure. En ce qui concerne leur lieutenant, il est du genre stable. Il s'en tient pour l'essentiel à la paperasse. Il prend la défense de ses hommes, là-dessus je ne peux rien lui reprocher, mais franchement, il a l'intention de se plaindre auprès de Whitney de la manière dont je mène mon enquête. C'est nul. Une marque de faiblesse. Il ne tient pas la barre de son bateau.

Peabody poussa un soupir en boutonnant son chemisier.

— Le coupable se trouve parmi eux, n'est-ce pas ?

— J'en mettrais ma main à couper. Ils sont peut-être plusieurs… Callendar et Sisto devraient atterrir d'ici douze heures, ajouta Eve en consultant sa montre. Je vous ai transmis le rapport de Webster. Lisez-le. Connors a du nouveau, il va m'en parler. Ensuite, nous inviterons Alex Ricker à nous rejoindre ici pour une petite conversation.

— Il viendra avec une armée d'avocats.

— Ce sera d'autant plus amusant, non ?

— Comme une horde de singes enragés. Ah ! Nadine a fait un saut ici. Sans son équipe. Pour présenter ses condoléances. Le geste était sincère. Elle ne pouvait pas s'attarder et vous étiez occupée. Elle a dit qu'elle vous verrait demain.

— En quel honneur ?

— Dallas. L'enterrement de jeune fille de Louise.

— Merde ! C'est vrai.

— Nous viendrons vers 14 heures tout mettre en place.

— Mettre quoi en place ?

— Des trucs.

Devant l'expression furibonde de Dallas, Peabody se ratatina.

— D'accord, d'accord, concéda Eve. Mettez tout ce que vous voulez en place et prévenez-moi quand ce sera prêt. Je travaillerai jusque-là.

Voire plus tard, songea-t-elle en quittant le vestiaire. Ce serait en fonction des découvertes de Callendar. C'était sans doute trop espérer, mais la perspective de passer les menottes au complice de Max Ricker la réjouissait bien davantage que de voir une bande de filles s'extasier devant une pile de cadeaux de...

— Merde ! Merde ! Merde ! Le cadeau !

S'arrachant presque les cheveux, elle courut jusqu'à son bureau. Connors était installé dans le siège réservé aux visiteurs. Il leva les yeux de son mini-ordinateur et laissa échapper un soupir de regret.

— Tu t'es changée. Je n'ai pas eu le temps de te lorgner en uniforme.

— Il faut que j'aille faire du shopping !

Connors la fixa, sidéré, et appuya les doigts sur ses tempes.

— Excuse-moi, je crois que je viens d'avoir une légère attaque cérébrale. Qu'as-tu dit ?

— Ce n'est pas drôle, riposta-t-elle en se penchant vers lui pour saisir les revers de sa veste. J'ai oublié d'acheter un truc pour le machin, et je ne sais même pas par où commencer. Et maintenant, je dois me farcir les boutiques. À moins que... Nous avons des objets plein la maison. Si j'en emballais un...

— Non.

— Zut !

Connors demeura impassible tandis qu'elle se laissait tomber sur son fauteuil et se cachait le visage entre les mains.

— Quand tu parles de truc pour le machin, je suppose que tu fais allusion à ton cadeau pour l'enterrement de la vie de jeune fille de Louise ?

— Comme si je n'avais pas assez de soucis comme ça !

Il s'empara de son communicateur.

— Accorde-moi une minute... Caro ?

Eve se redressa, ressuscitée.

— Oui ! Tu es un génie ! Caro peut s'en charger.

— Non... Caro, répéta-t-il. Si vous organisiez l'enterrement de vie de jeune fille d'une bonne amie, que lui offririez-vous ?

Eve se recroquevilla. Connors et Caro discutèrent longuement, mais elle ne comprit rien à leur charabia.

— Merci. Je travaillerai de chez moi plus tard. Si vous avez besoin de moi, n'hésitez pas. Bon week-end !

Il raccrocha et Eve entrouvrit un œil pour l'observer à la dérobée.

— Qu'est-ce que...

D'un geste, il l'interrompit avant de pianoter sur son clavier.

— Bien... D'après Caro, il te faut un cadeau à la fois personnel et romantique.

— Quoi ? Un sex-toy ?

— Pas exactement. De la lingerie fine. Un déshabillé, ou un ensemble nuisette-négligé.

— Une tenue pour ses parties de jambe en l'air ?

— Quelle manque de délicatesse.

— Je ne peux pas ! Quand bien même j'en aurais envie, je… je ne connais pas sa taille.

— Moi, si. Je viens d'accéder à son fichier et tout y est. Il ne te reste plus qu'à courir les boutiques puisqu'il est trop tard pour commander en ligne.

— Doux Jésus ! Abats-moi sur place.

— Ne t'inquiète pas. Je connais le lieu idéal.

— Tu m'étonnes ! railla-t-elle. J'avais prévu de cuisiner Alex Ricker.

— Je croyais qu'il n'était plus suspect dans l'homicide Coltraine.

— Il ne l'est plus. Mais je dois le faire parler. Si Max Ricker a commandité ce meurtre, son fils en est la raison. D'une façon ou d'une autre. C'est Alex qui tient les rênes de l'empire, désormais. Il sait forcément des choses.

— J'en doute. C'est pourquoi je voulais te voir avant notre petite expédition à la boutique de lingerie.

Elle grimaça, jeta un coup d'œil vers la porte ouverte.

— Cesse de parler de lingerie. On est chez les flics, ici.

— J'ai rencontré Alex ce matin. Notre réunion venait de se terminer quand tu m'as appelé pour me demander de réquisitionner une navette pour Omega.

— Tu… Seigneur ! Tu n'as pas… à Coney Island ?

— C'est moi qui ai choisi le lieu de rendez-vous. Sollicité par lui.

— Et s'il t'avait tendu un piège ? Tu aurais pu…

— Ce n'était pas le cas. Du reste, comme je te l'ai dit, j'avais choisi le lieu, et, crois-moi, je n'avais rien à craindre.

Elle haussa les épaules. À quoi bon protester ? Ce qui était fait était fait.

— Que voulait-il ?

Connors lui tendit un disque.

— Tu pourras l'écouter pendant que je conduirai.

Elle fronça les sourcils.

— Tu as réussi à l'enregistrer sans qu'il s'en aperçoive ?

Connors se contenta de sourire.

14

Eve écouta l'enregistrement en entier, prit le temps de le digérer, le réécouta. Tout en réfléchissant, elle remarqua vaguement que Connors semblait prendre un plaisir fou à se faufiler dans les embouteillages tel un serpent ondulant dans des herbes hautes.

— Tu le crois ? Tu penses qu'il est sincère lorsqu'il évoque ses sentiments envers son père ?

Connors bifurqua vers l'est, enclencha le mode vertical pour passer au-dessus de deux camions de livraison garés en double file.

— Oui. Je regrette de ne pas avoir testé la fonction vidéo, tu en aurais eu le cœur net. Cela se lisait dans son regard. Il éprouve la même haine que moi à l'égard de mon propre père.

— Pour la même raison, fit remarquer Eve. Peut-être est-il au courant. Peut-être a-t-il joué cette carte parce qu'il savait que tu compatirais.

— Ce n'est pas impossible, mais je ne vois pas comment il l'aurait su puisque je ne l'ai découvert moi-même que l'an dernier. Crois-tu qu'il mente au sujet de sa mère ?

— Quand j'ai lu le dossier, j'ai tout de suite pensé que c'était l'œuvre de Ricker. Mais il faut se méfier de ses premières impressions. Toutefois, plus j'y songeais, plus j'en étais convaincue. Non, il ne ment pas.

Ricker a poussé sa femme par la fenêtre. Alex lui en veut-il ? Je m'interroge.

— Tu emploies de nouveau la méthode du miroir, tu cherches les reflets. Lui et moi avons tous deux des pères violents, des salauds d'assassins. Si le mien ne m'avait pas passé à tabac avant le coucher du soleil, sa journée était fichue. Celui d'Alex, du moins le prétend-il, l'étreignait un instant et le frappait celui d'après. Si tu veux mon avis, c'est pire. Au moins, moi, je savais toujours à quoi m'attendre.

— Il a eu une mère qui l'a aimé.

— Je n'ai pas eu ce privilège. Là encore, j'ai un avantage, celui de n'avoir jamais su ce que je perdais. Alex explique qu'il a grandi en s'efforçant de faire plaisir à son père. Je me souciais peu de ce que le mien pensait de moi... Le mieux serait d'en parler avec Mira, ajouta-t-il en remontant Madison Avenue. Mais il ne mentait pas.

— D'accord. D'accord, ça colle. Alex lui rend visite une fois à Omega, puis plus rien. Aucun contact. Si l'on considère sa relation avec Coltraine, la chronologie des événements...

— Tu fais tomber Max, et Alex en subit les conséquences. Il rumine, restructure, réévalue. Et sa dulcinée réalise qu'il ne profitera pas de l'occasion pour se remettre complètement dans le droit chemin.

— Elle prend sa décision et rompt avec lui. Il préfère la laisser partir plutôt que d'abandonner sa part d'ombre. Il n'est pas ton reflet, conclut Eve.

— Une fois de plus, il s'est fait avoir, n'est-ce pas ? Car me voici avec mon épouse, en route pour un magasin de lingerie. Lui n'a personne.

— Il est venu à New York dans la perspective d'y remédier. C'est l'élément déclencheur. C'est pour ça que Ricker a appuyé sur le bouton. Pour sanctionner son fils.

— Sans doute.

— J'en déduis qu'il suit de loin les activités d'Alex. Ce qui signifie que quelqu'un dans l'entourage du fils tuyaute le père. Quelqu'un de suffisamment proche pour savoir qu'Alex voulait renouer avec Coltraine. Je vote pour…

— Rod Sandy.

— Tu me coupes l'herbe sous le pied ! protesta-t-elle.

Il lui tapota la cuisse.

— Allons, allons… L'assistant personnel d'Alex, son ami de toujours. Son confident. Il devait savoir que Coltraine n'avait jamais rien eu à se reprocher. Qu'elle refuserait toute forme de corruption. Il savait aussi quand ils s'étaient rencontrés à New York et comment s'était passé le rendez-vous.

— Le lendemain, elle est morte. Sandy ne l'a pas appelée. Elle est sortie de chez elle armée ; je suis persuadée qu'elle allait retrouver un de ses coéquipiers. Sandy a pu se cacher dans l'escalier. S'il a réussi à saboter la sécurité – sachant qu'Alex était sorti…

— Hypothèse intéressante. Mets-la donc de côté pour le moment et branche-toi « lingerie ».

— Pourquoi… Oh ! Où sommes-nous ?

Scrutant les alentours, elle constata qu'il s'était garé. Comment avait-il réussi à dénicher un emplacement en plein centre-ville un vendredi en fin d'après-midi ?

Il la rejoignit sur le trottoir et lui prit la main.

— Par là… Nous devrions en profiter pour dîner au restaurant après notre petite séance de shopping. Je connais un endroit fort agréable tout près d'ici. Nous pourrons nous installer en terrasse et…

— Il faut absolument que je…

— … travaille, je sais.

Il lui embrassa les phalanges. Il se plierait à sa volonté, songea-t-elle. Parce qu'il la connaissait comme sa poche.

Au carrefour, elle s'immobilisa.

— En revanche, si c'était une proposition galante…

— Pardon ?

Elle inclina la tête, leva les sourcils en accent circonflexe, et regarda son visage se fendre d'un large sourire.

— Euh… Ma chérie, accepterais-tu d'aller dîner avec moi ce soir ?

— Si elle renonce, je prends sa place, lança une passante. Et c'est moi qui régale.

— Oui, j'accepte, répondit Eve.

Dans la vitrine de *Secrets*, les mannequins arboraient déshabillés de soie, dentelles et corsets audacieux. Des pétales de roses jonchaient le sol. Eve contempla l'ensemble, et conclut qu'en temps normal, elle n'aurait franchi le seuil de cette boutique que sous la menace d'un pistolet paralysant.

— C'est à toi ?

— Le magasin ? Je possède vingt pour cent des parts.

— Seulement vingt ?

— Le couple qui gère l'établissement, et détient le reste des parts, travaillait pour moi autrefois. Ils sont venus me présenter leur projet, le concept et un plan de croissance. J'ai consenti à les aider. C'était il y a cinq ans. Depuis, ils ont ouvert une succursale dans le Village, mais plus funky.

— J'aurais pu me contenter de passer une commande et de la faire livrer.

— Sois courageuse, petit soldat.

Il poussa la porte tout en esquivant un coup de coude dans les côtes. L'atmosphère respirait… la sensualité, décida-t-elle. Certaines pièces s'étalaient tels des papillons exotiques tandis que d'autres flottaient tels des joyaux en suspension. Dans un fauteuil rouge et or, une femme admirait une collection d'ensembles slips et soutiens-gorge minuscules comme si elle sélectionnait des pierres précieuses. Un peu plus loin, une vendeuse enveloppait pour une cliente un négligé rouge dans du papier de soie.

— Ça ne se voit même pas, marmonna Eve. Quel intérêt quand on va recouvrir tout ça de vêtements ?

— Je peux te dresser la liste.

Elle le gratifia d'un coup de hanche.

— Tu vois ? C'est bien ce que je disais, je...

Elle se tut quand la vendeuse repéra Connors et lui adressa un sourire éblouissant.

— Merci de votre visite et à très bientôt, dit-elle à sa cliente. Quelle merveilleuse surprise ! ajouta-t-elle à l'adresse de Connors.

C'était la propriétaire, en déduisit Eve. Perchée sur des talons aiguilles roses, elle vint vers Connors les mains tendues.

— Adrienne. Vous êtes ravissante.

Elle se recoiffa machinalement.

— Quelle journée ! Vous m'accordez un instant ?

— Prenez votre temps, répondit-il, et tandis qu'elle les abandonnait pour s'occuper de Mme Slips-Soutiens-gorge, il se tourna vers Eve. Tu as repéré quelque chose qui te plaît ?

— C'est ici que tu achètes mes sous-vêtements ? Les trucs qui apparaissent comme par miracle dans mes tiroirs ? Et les déshabillés qui trouvent le chemin de mon armoire ou de la patère de la salle de bains ?

— Parfois.

Il s'éloigna de quelques pas pour examiner une nuisette courte, presque transparente.

— Adrienne et Liv ont un goût exquis. Elles devinent ce qui plaît aux femmes.

Mme Slips-Soutiens-gorge quitta le magasin – avec un sac –, et Adrienne revint vers eux.

— Pardonnez-moi de vous avoir fait attendre. J'ai laissé partir Wendy, notre vendeuse, il y a une heure. Elle avait un rendez-vous avec son amoureux. Bien entendu, c'est toujours quand on est seule que les clientes se bousculent aux portillons. Lieutenant Dallas.

Elle serra la main d'Eve avec enthousiasme.

— Je suis heureuse de vous connaître enfin ! Connors me dit que vous n'adorez pas le shopping.

— C'est vrai. Cependant, cet endroit est bien agréable.

— Nous en sommes très fières, mon associée et moi.

— Comment va Liv ? s'enquit Connors.

— En pleine forme. Elle est enceinte, ajouta Adrienne à l'intention d'Eve. Huit mois.

— Félicitations.

— Nous sommes folles de joie. Elle était si fatiguée que je l'ai renvoyée à la maison à midi. Elle sera furieuse d'apprendre qu'elle a raté votre visite. En quoi puis-je vous aider ? Avez-vous un désir en particulier ?

— Moi ? Euh, non, non. Merci. Sans façons.

— Celle-là, décréta Connors en désignant la nuisette transparente. Mais ce sera pour tout à l'heure. Eve ?

— Ah, oui. Voilà, j'ai cette fête...

— Et vous cherchez un cadeau ?

— Oui, c'est ça.

— L'occasion ?

— Il faut lui arracher les mots de la bouche, n'est-ce pas ? plaisanta Connors.

— La ferme ! souffla Eve. Bon... il s'agit d'un enterrement de vie de jeune fille.

— J'ai exactement ce qu'il vous faut. Êtes-vous une proche de la future mariée ? Est-ce une amie ? Une parente ? Une simple relation ?

— Une amie.

— Eve sera sa demoiselle d'honneur, précisa Connors.

— Une très bonne amie, alors. Parlez-moi d'elle.

— Elle est blonde.

Connors soupira.

— Décrivez le sujet, lieutenant.

— Ah, oui. Type caucasien, sexe féminin, la jeune trentaine, cheveux blonds, yeux gris. Environ un mètre soixante-cinq. Menue, les traits fins.

Adrienne approuva d'un signe de tête.

— La qualifieriez-vous de traditionnelle, bohème, artiste, flamboyante...

— Classique.

— Parfait.

Adrienne se mit à déambuler dans la boutique en se tapotant les lèvres de l'index.

— Que fait-elle ?

— Elle est médecin.

— C'est son premier mariage ?

— Oui.

— Elle est très amoureuse ?

— Je suppose que oui. Bien sûr. Pourquoi ?

— Elle s'est peut-être déjà offert une tenue pour la nuit de noces. Toutefois, en tant que demoiselle d'honneur, je vous conseille de poursuivre dans cette direction. Voyons... Classique. Romantique... Que pensez-vous de ceci ?

Adrienne lui présenta un déshabillé long sur une chemise de nuit assortie. Ni tout à fait gris ni tout à fait argent, plutôt couleur... clair de lune.

— Pas mal.

— Soie et satin... bretelles fines, croisillons dans le dos.

— Pas mal, répéta Eve.

— Dommage que vous n'ayez pas une photo d'elle. C'est un cadeau important. Il faut qu'il soit parfait.

— Vous en voulez une ?

Perplexe, mais prête à jouer le jeu, Eve sortit son mini-ordinateur, lança une recherche sur Louise Dimatto.

— La voici.

— Formidable ! Elle est ravissante ! Pouvez-vous venir par ici ? J'aimerais la scanner... la photo.

— Euh...

— Viens, ça va t'amuser, la rassura Connors en prenant Eve par le bras pour l'entraîner dans l'arrière-boutique.

Adrienne se posta devant un ordinateur. Connors s'empara de l'appareil d'Eve, effectua quelques ajustements et imprima la photo de Louise.

— Tenez.

— Parfait ! Nous sommes les seules en ville à disposer de ce système. Nous n'aurions jamais pu nous l'offrir sans l'appui de Connors. Je scanne le cliché, j'entre ses données, taille, poids... À présent, j'ajoute l'ensemble Latecht – « Élégance au clair de lune ». Qu'en dites-vous ?

Un rayon lumineux jaillit de l'ordinateur au-dessus de la petite table.

— Un mini-hologramme, chuchota Eve.

— En un sens, oui. Regardez...

Eve se pencha.

— J'avoue que c'est impressionnant. Louise a peut-être un peu moins de...

Elle agita les mains devant ses propres seins.

Adrienne procéda à la rectification.

— Oui ! Génial. Si j'avais une machine comme ça dans mon département... je ne sais pas au juste ce que j'en ferais, mais je trouverais. Nous avons la possibilité de créer des hologrammes, mais il faut passer par le laboratoire de l'institut médico-légal. Pour reconstituer un cadavre... Bref, vous avez gagné. Merci.

— Je suis toujours ravie quand ça marche. L'ordinateur me signale qu'elle fait une taille six, ce dont je me doutais d'après les mensurations, mais...

— En effet, coupa Connors.

— Épatant. Naturellement, en cas de problème, elle peut le rapporter. Je vous fais un paquet cadeau. En attendant… « Mini-Cascade », c'est bien le modèle qui vous intéressait ? Nous avons vos mensurations en mémoire. Ce ne sera pas long.

En un clin d'œil, Louise disparut et Eve se retrouva devant sa propre image en nuisette courte, presque transparente.

— Nom d'un chien !

Adrienne éclata de rire.

— Elle vous sied à merveille. Vous ne vous trompez jamais, ajouta-t-elle à l'adresse de Connors.

— Nous la prenons.

Eve ravala sa salive, tenta vainement de détourner les yeux.

— Pouvez-vous éteindre ce machin ? C'est gênant.

— Bien sûr, répondit Adrienne avec un sourire. Autre chose ?

— Ajoutez une demi-douzaine de soutiens-gorge, commanda Connors.

Il embrassa Adrienne sur la joue.

— Nous dînons en ville. Pouvez-vous emballer le tout, le mettre sur mon compte, et le faire livrer chez nous ?

— Avec plaisir.

— Nos amitiés à Liv ! lança Connors en entraînant Eve vers la sortie.

— Elle sait ce que je porte sous mes vêtements. Elle sait comment je suis toute nue. Oui, vraiment, c'est très gênant.

— Elle fait son métier. Ne t'inquiète pas : elle te trouve peut-être séduisante, mais elle ne vit que pour Liv.

— Le problème n'est pas là. Et après ça, on se demande pourquoi je déteste le shopping. Je veux un verre de vin. Un grand.

Connors posa le bras sur ses épaules, déposa un baiser sur son crâne.

— Pas de problème.

Cela faisait du bien de prendre un peu de recul, de se rappeler qu'elle avait une vie privée, ne serait-ce que pour quelques heures, de profiter d'une belle soirée pour déguster en terrasse un repas exquis et boire du bon vin en compagnie de l'homme qu'elle aimait.

Elle se pencha vers lui.

— Sache que je suis pompette.

— Ah !

— Comme l'a dit Adrienne, tu ne te trompes jamais.

— Au sujet de la nuisette ?

— Tu l'as achetée pour toi, et on le sait tous les deux. Non, je parle de ce repas. De nous. C'est bien.

— C'est bien, oui.

— Je ne pense pas assez souvent à te faire du bien.

— Eve, murmura-t-il en posant la main sur la sienne. Bien sûr que si…

— Toi aussi, tu es pompette.

— Peut-être. À moins que ce ne soit une stratégie pour te convaincre de mettre – puis d'enlever – cette nuisette ce soir.

— Rusé comme un renard, murmura-t-elle.

Elle s'adossa à sa chaise, regarda passer les piétons, les voitures.

— J'aime cette ville. Elle n'est ni pure ni parfaite. Elle est souvent très dure. Mais je l'aime. Nous l'avons choisie tous les deux.

— Je ne t'ai jamais posé la question : pourquoi New York ?

— Pour m'échapper. Elle était assez grande pour m'engloutir si j'en éprouvais le besoin. Ici, tout va vite. J'avais envie de rapidité, de foules. Pour le boulot, aussi. À l'époque, le boulot était une nécessité absolue.

— Sur ce point, tu n'as pas beaucoup changé.

— Non, mais je respire, à présent... En arrivant ici, j'ai su. Je ne pourrais pas l'expliquer, mais j'ai su que j'étais à ma place. Et puis, il y avait Feeney. Il m'a aidée à m'en sortir. Je me sentais bien ici, mais s'il avait été muté au fin fond de l'Idaho, je l'aurais suivi.

En avait-elle eu conscience ? Elle n'en était pas certaine.

— Et toi ? Pourquoi as-tu choisi New York ?

— J'en ai rêvé quand j'étais enfant. C'était comme une grosse bague scintillante, je voulais mettre la main dessus. Je ne voulais pas être englouti. Je voulais posséder. Je suis venu, et j'ai eu le coup de foudre comme pour une femme fascinante et dangereuse.

— Et tu as amené Summerset avec toi.

— Oui.

Elle but une gorgée de vin.

— Nous avons chacun trouvé des pères de substitution, à moins que ce ne soit eux qui nous aient trouvés. Quoi qu'il en soit, cela compte.

— Tu es en train de te dire qu'Alex Ricker a perdu le sien le jour où il a appris que ce dernier avait tué sa mère. Et que, là aussi, cela compte.

— Tu lis dans mes pensées.

— En effet. Rentrons à la maison nous remettre au travail.

Elle attendit qu'il règle l'addition, puis se leva en même temps que lui.

— Merci pour ce dîner.

— De rien.

— Connors ?

Sur le trottoir, elle s'immobilisa, le dévisagea, puis haussa les épaules.

— Après tout, nous sommes à New York.

Sur ce, elle s'accrocha à son cou et le gratifia d'un baiser ardent.

— Merci de lire si bien dans mes pensées, murmura-t-elle avant de le lâcher.

— Je vais commander plusieurs caisses de ce vin.

Elle rit jusqu'à la voiture.

De retour à la maison, elle ôta sa veste, la jeta sur le divan. Relevant les manches de son chemisier, elle circula autour de son tableau de meurtre.

— Tu as dit à Caro que tu allais bosser de la maison.

— C'est mon intention, mais pas avant que tu ne m'aies fait part de tes projets.

— J'aimerais que tu joignes ton nouveau meilleur ami avant d'attaquer tes propres dossiers.

— En quel honneur ?

Décidément, elle avait trop bu… Parce que, rien que d'entendre sa voix teintée d'un léger accent celtique, elle salivait.

— Tu vas lui dire que son assistant et lui doivent rester à New York. Et que je veux leur parler demain.

— Un samedi. Alors que tu reçois le soir.

— Je les verrai dans la matinée. Peabody et Nadine ont prévu d'envahir la maison dès le début de l'après-midi. Je n'aurai à m'occuper de rien. Elles me l'ont promis.

— Du calme, ma chérie. Et je vais annoncer cela à mon nouveau meilleur ami parce que… ?

— En signe de ma bonne foi. Je suis prête à le croire, et blablabla. Je veux discuter avec lui de certains détails qui pourraient m'aider dans mon enquête.

— Et en profiter pour cuisiner Sandy. Entendu. Je m'en occupe. Ensuite, j'en aurai pour environ deux heures. Tu n'as pas oublié que je pars pour Vegas demain ?

— Je… Ah, oui, ton escapade de débauche entre mecs.

— Je pourrais peut-être m'arranger pour t'accompagner dans la matinée.

— Non, non. Tu t'es suffisamment démené pour moi. J'emmènerai Baxter.

— Bien.

Armée d'un café, Eve s'installa pour rédiger ses notes. Elle lança une recherche approfondie sur Rod Sandy et demanda ses relevés bancaires. Sandy baignait dans la marmite Ricker depuis l'université. Un bail.

Il devait connaître tous les ressorts pour dissimuler de l'argent ici et là. De l'argent que lui aurait donné le père pour trahir le fils ?

Elle consulta les rapports de la DDE sur le contenu des appareils électroniques confisqués dans le triplex. Rien sur Omega, bien sûr. Ce serait trop facile. Rien sur Coltraine hormis le coup de fil pour l'inviter à venir chez lui boire un verre. Rien concernant le commissariat de Coltraine et les membres de son équipe.

Mais Sandy était malin. Il n'aurait pas laissé de traces au risque que son ami Alex tombe dessus et s'interroge.

Un deuxième communicateur caché quelque part ou déjà jeté aux ordures ?

Elle consulta sa montre. Plusieurs heures s'écouleraient encore avant que Callendar puisse s'atteler à sa tâche. Eve décida d'en profiter pour peaufiner son hypothèse, chercher les failles.

Elle commençait à peine quand Connors pénétra dans la pièce.

— Tu as réussi à joindre Alex ?

— Oui. Il t'attend à 9 heures. Eve, Morris était au portail. J'ai demandé à Summerset de le faire entrer.

— Morris ?

— À pied.

— Merde, grommela-t-elle en se levant et en se précipitant vers l'escalier. Dans quel état est-il ? Est-ce qu'il...

— Je n'ai pas posé la question. Summerset a envoyé une voiturette le chercher.

— Une voiturette ?

— Eve, depuis combien de temps vis-tu ici ? Une des voiturettes électriques.

— Comment veux-tu que je sache que nous avons des voiturettes ? Est-ce que je m'en sers ? Summerset ! enchaîna-t-elle en atteignant la dernière marche. Comment est Morris ?

— Perdu. Pas sur le plan géographique. Sobre. Il souffre.

Eve se passa les mains dans les cheveux.

— Préparez-nous du café... Ou de l'alcool. Ce serait peut-être mieux. Je n'en sais rien. Qu'est-ce qu'on est censé faire ? Je ne sais pas comment l'aider.

Le majordome se dirigea vers la porte d'entrée, marqua une pause, pivota vers elle.

— Boire n'est pas une solution : la douleur s'efface un moment, puis elle revient en force. Un bon café et une bonne oreille, voilà ce dont il a besoin. Quelqu'un qui tient à lui et qui pourra l'écouter.

Il ouvrit la porte.

— Allez l'accueillir.

— Ne me bousculez pas, marmonna-t-elle, mais elle sortit.

Le véhicule remonta l'allée en silence, s'arrêta au pied du perron.

— Je suis désolé, dit Morris en se frottant le visage comme s'il venait de se réveiller. Pardonnez-moi. Je ne sais pas ce qui m'a pris de venir ici. Je n'aurais pas dû. Je n'ai pas réfléchi. Excusez-moi.

Elle lui tendit la main.

— Entrez, Li.

Il eut un frémissement comme s'il luttait contre une douleur insoutenable et secoua la tête. Bouleversée, elle s'avança vers lui et le laissa se jeter dans ses bras.

— Là, murmura Summerset. Elle s'y prend merveilleusement, n'est-ce pas ?

Connors posa la main sur l'épaule du majordome.

— Du café, ce serait bien. Et prévoyez un petit en-cas… je doute qu'il ait mangé.

— Je m'en occupe.

— Entrez, répéta Eve.

— Je ne savais pas où aller, que faire. Je ne pouvais pas rentrer chez moi après… Son frère l'a emmenée. Je les ai regardés charger le corps. C'était insupportable. Je ne sais même pas comment je suis arrivé ici.

— Aucune importance. Venez.

Le bras autour de sa taille, elle le guida en haut des marches où Connors les attendait.

15

— Je vous dérange...

— Non, assura Eve en le conduisant dans le salon. Nous allons boire un café.

Ses mains étaient glacées, son corps paraissait frêle. Les morts n'étaient jamais les seules victimes.

Elle le savait mieux que quiconque.

Elle le fit asseoir dans un fauteuil devant l'âtre, soulagée de constater que Connors, toujours aussi attentionné, était déjà en train d'allumer le feu. Elle s'installa en face de Morris.

— C'était plus facile quand j'avais des démarches à accomplir, des étapes concrètes à franchir. Je me suis concentré sur la cérémonie, j'ai aidé son frère. Puis elle s'en est allée. Elle n'est plus là. C'est fini et je n'ai plus rien à faire.

— Parlez-moi d'elle. Des petites choses, des anecdotes, n'importe quoi.

— Elle adorait se promener dans la ville. Elle préférait marcher plutôt que de prendre un taxi, même par temps froid.

— Elle aimait être dans le bain, devina Eve.

— Oui. La nuit, surtout. Elle était toujours à l'affût d'un nouvel endroit où boire un verre, écouter de la musique. Elle voulait que je lui apprenne à jouer du saxophone. Elle n'avait aucun talent. Seigneur !

Un frisson le secoua.

— Mais vous avez essayé.

— Elle travaillait si sérieusement. Mais elle n'émettait que... que du bruit. Elle en riait. Elle me tendait l'instrument et me demandait de lui jouer un morceau. Elle s'allongeait sur le canapé pour m'écouter.

— Vous l'y voyez ?

— Oui. Son visage éclairé par la lueur des bougies, son demi-sourire. Elle se détendait complètement et me regardait.

— Vous la voyez toujours. Elle n'est pas partie.

Il pressa les paumes sur ses yeux.

Paniquée, Eve jeta un coup d'œil vers Connors. Il hocha la tête, lui redonnant courage, alors elle continua de parler.

— Je n'ai jamais perdu un être cher. Pas comme ça. Pendant longtemps, je n'ai eu personne qui comptait. Je ne sais pas ce que vous ressentez. Pas complètement. Mais je ne suis pas insensible. Je comprends. Je ne sais pas comment les gens surmontent une telle épreuve, Morris. Comment ils arrivent à mettre un pied devant l'autre. Il faut pouvoir se raccrocher à quelque chose. Vous la voyez, accrochez-vous à cette image.

Morris laissa retomber ses mains et les fixa.

— Oui. Vous avez raison. Je vous suis reconnaissant à tous les deux de me soutenir. Je m'appuie sans cesse sur vous. Je m'en veux d'avoir interrompu votre soirée.

— Taisez-vous. La mort est une saloperie. Quand elle sévit, ceux qui restent se reposent sur leur famille. Nous sommes la vôtre.

Summerset apparut, poussant devant lui une table roulante. Grave et efficace, il s'affaira entre Eve et Morris.

— Docteur Morris, vous allez prendre un peu de soupe.

— Je...

— Cela vous fera le plus grand bien.

— Pourriez-vous préparer la suite du deuxième étage ? demanda Connors en venant se percher sur l'accoudoir du siège d'Eve. Le Dr Morris dormira ici cette nuit.

Morris ouvrit la bouche, la referma, et inspira profondément.

— Merci.

— Je m'en occupe tout de suite, dit Summerset.

Comme il s'éclipsait, Eve se leva et lui courut après. Elle le rattrapa près de la porte.

— Vous n'avez pas mis un somnifère dans son potage, j'espère ? chuchota-t-elle.

— Certainement pas.

— D'accord, d'accord, inutile de vous vexer.

— Je ne me vexe *jamais*.

— Bon. Comme vous voudrez.

Elle avait mieux à faire que de se quereller avec Summerset.

— Lieutenant, fit-il tandis qu'elle se détournait, je ne vous le redirai sans doute pas avant longtemps, si tant est que cela arrive jamais. Mais sachez qu'à cet instant précis, je suis fier de vous.

Elle faillit s'étrangler.

— Bizarre, marmonna-t-elle en le regardant s'éloigner. Très, très bizarre.

Elle retourna se rasseoir. Apparemment, Morris s'était ressaisi. Il mangeait tout en parlant avec Connors, et sa voix était plus ferme. Elle en fut soulagée.

— Une partie de mon cerveau devait fonctionner puisqu'il m'a amené jusqu'ici.

— Vous consulterez Mira quand vous vous sentirez prêt ?

Morris réfléchit avant de répondre à la question de Connors.

— Je suppose que oui. Je sais ce qu'elle peut m'apporter. Nous sommes confrontés à la mort jour après jour, mais comme vous le disiez, Dallas, nous ne sommes pas insensibles.

— Je… je connais un prêtre.

Morris esquissa un sourire.

— Un prêtre.

— Ce catholique que j'ai rencontré au cours d'une enquête.

— Ah, oui, le père Lopez, de Spanish Harlem. Je m'étais entretenu avec lui à l'époque.

— Oui, bien sûr… C'est quelqu'un de solide. Si vous souhaitez vous adresser à une personne hors de notre cercle, vous pourriez peut-être aller le voir.

— Je suis d'une famille bouddhiste.

— Ah…

— Dans ma jeunesse, poursuivit-il, j'ai tâté de diverses religions. Les plus organisées ne me convenaient guère. Cela dit, discuter avec un prêtre pourrait m'aider. Croyez-vous en une vie après la mort ?

— Oui, rétorqua Eve sans la moindre hésitation. Je ne peux pas croire qu'on subisse toutes ces conneries pour rien. Si c'est le cas, je vais être folle de rage.

— Exactement. Mes morts, je les sens, et je suis sûr que vous aussi. Parfois, lorsqu'ils m'arrivent, c'est fini : il ne reste qu'une coquille vide. Chez d'autres, c'est différent. On dirait que quelque chose s'attarde. Vous comprenez ?

— Oui, répondit-elle, sincère. Et là, c'est plus difficile à supporter.

— Cela me donne de l'espoir. Quand je l'ai vue, Ammy était partie. Égoïstement, j'aurais voulu que quelque chose s'attarde, mais elle s'en était allée là où elle devait aller. J'avais besoin qu'on me rappelle qu'elle ne m'a pas complètement quitté puisque je continue à la voir. Mais qu'elle est là où elle doit être. Vous avez raison, le père Lopez pourrait m'être d'un précieux secours. Mais vous aussi.

— De quelle manière ?

— Mettez-moi au courant. Dites-moi tout ce que vous savez. Pas uniquement ce que vous pensez que je doive savoir. Tout. Et confiez-moi une tâche, si insignifiante soit-elle. Vérifier des listings, acheter des beignets pour vos hommes. J'ai besoin de m'impliquer, de prendre part à la recherche du salaud qui l'a tuée.

Eve le dévisagea. Oui, le besoin était là, si intense qu'il lui transperça le cœur.

— Soyez franc avec moi. Respectez-la, respectez-moi, et dites-moi la vérité.

— Je le serai.

— Quand nous l'aurons démasqué, que ferez-vous ?

— Vous voulez savoir si j'aurai envie de me venger, de lui ôter la vie ?

— Oui.

— J'y ai songé, je l'ai même imaginé. Il existe de multiples méthodes et, dans ma position, une large palette de possibilités. Oui, je l'ai envisagé. Toutefois, ce serait pour moi, pas pour elle. Ce n'est pas ce qu'elle aurait souhaité. Or, je ne veux pas la décevoir. Comment le pourrais-je ? Je veux ce qu'elle aurait voulu.

— À savoir ?

— La justice. Cependant, là aussi, les nuances sont nombreuses. Nous le savons aussi, ajouta-t-il en posant le regard sur Connors. Tous autant que nous sommes. Je veux qu'il souffre très longtemps. La mort met fin à tout – du moins à cette partie de nous. Je ne veux pas qu'il meure et je vous promets de ne pas attenter à ses jours. Je veux qu'il pourrisse dans une cage pendant des décennies. Je veux vous aider à l'y enfermer.

Il se pencha vers Eve, lui saisit la main.

— Je ne vous trahirai pas, ni vous, ni elle, Eve. Je vous le jure.

— Entendu.

Elle s'empara de sa tasse à café.

— Pour commencer, je vous dirai qu'elle était clean. Rien n'indique qu'elle était corrompue ou en affaires avec un quelconque malfrat. Au contraire. À Atlanta, elle a mis un terme à sa relation avec Alex Ricker. Elle n'entretenait plus avec lui que des rapports amicaux.

— C'est lui qui l'a éliminée ?

— Je n'en ai pas l'impression. Je pense qu'elle a été assassinée à cause de lui, mais pas par lui ; il n'était pas au courant, n'en a pas donné l'ordre. D'après moi, c'est Max Ricker qui en a donné l'ordre, pour punir son fils, pour le détruire.

— Il l'aurait tuée pour… Oui, je peux le concevoir.

— À cette fin, il se sera servi d'un proche d'Alex et de Col… d'Ammy. Deux enquêteurs de la DDE sont en route pour Omega. Je suis persuadée que Max Ricker s'est arrangé pour qu'un complice altère ses relevés de visite et de communications. Je pense qu'il a encore des contacts ici et qu'il a orchestré toute l'affaire – voire d'autres. Je dois interroger Alex demain matin et, surtout, son secrétaire. C'est ce type, ce Rod Sandy, que j'ai dans le collimateur. Par ailleurs, je me renseigne en douce sur les membres de la brigade d'Ammy.

— Sa brigade ? Mon Dieu !

— C'est un coup monté de l'intérieur – de son milieu à elle, de celui d'Alex. J'en ai la certitude.

Morris fixa longuement les flammes dans la cheminée.

— Je ne vous croyais pas si près du but. J'aurais dû m'en douter. Que puis-je faire ?

— Commencez par réfléchir à tout ce qu'elle a pu vous dire à propos de ses collègues. Commentaires, observations, plaintes, plaisanteries. Tout ce dont vous vous souvenez ou que vous avez pu observer personnellement en allant la chercher à son bureau, en buvant un verre ou en partageant un repas avec un de ses coéquipiers. Notez tout.

— Entendu.

— Et essayez de dormir. Vous ne me serez d'aucune utilité si votre cerveau se ratatine sous l'effet de l'épuisement. Réfléchissez, notez, dormez. Dans la matinée, j'interrogerai Alex Ricker et Rod Sandy. Envoyez-moi tout ce qui vous vient par courrier électronique. Je pourrai vous en dire davantage après ces interrogatoires.

— Bien. Je vais m'y mettre tout de suite.

Connors se leva.

— Je vous montre votre chambre ?

Summerset surgit sur le seuil.

— Justement, j'allais vous le proposer. Venez avec moi, docteur Morris, vous me direz si vous avez besoin de quelque chose.

— Merci, fit Morris avant de se tourner vers Eve. J'ai tout ce dont j'ai besoin.

Quand Morris et Summerset eurent disparu, Connors caressa les cheveux d'Eve.

— « Vous ne me serez d'aucune utilité si votre cerveau se ratatine sous l'effet de l'épuisement. » Je ne sais pas comment tu as pu lui sortir ça sans t'étouffer. Bien joué, toutefois. Il va se sentir obligé de prendre du repos.

— C'est le but, fit-elle en se levant à son tour. Je vais terminer deux ou trois choses et ranger mon tableau de meurtre. Je ne tiens pas à ce qu'il tombe dessus en venant me voir dans mon bureau. C'était gentil de ta part de lui proposer de dormir ici cette nuit.

Connors lui prit la main.

— Nous sommes sa famille.

Eve sentit vaguement qu'on la soulevait de son siège. Elle parvint à se réveiller juste assez pour se rendre compte que Connors la transportait jusqu'à l'ascenseur.

— Merde ! Je me suis écroulée. Quelle heure est-il ?

— 2 heures, madame Cerveau Ratatiné.

— Désolée.

— Il se trouve que j'étais moi-même absorbé dans mon travail. Je viens à peine de refaire surface.

Elle bâilla.

— C'est peut-être moi qui devrais te porter.

— Facile à dire maintenant que nous sommes dans la chambre, rétorqua-t-il en la lâchant sans cérémonie sur le lit. Je doute que nous ayons l'un ou l'autre le courage d'inaugurer ta nuisette.

Eve ôta une chaussure, la jeta au loin.

— Qui sait ? Je pourrais avoir un sursaut d'énergie en l'enfilant.

— Tu parles ! Tu dors debout.

— Pas du tout, je suis assise, riposta-t-elle en enlevant son pantalon, puis son chemisier. Au diable les chemises de nuit, marmonna-t-elle en se glissant sous la couette, en slip et soutien-gorge.

Quand Connors s'allongea près d'elle, elle s'était rendormie.

Dans son rêve, Coltraine tournait autour de son tableau de meurtre. Elle portait un pull bleu pâle sur un pantalon à la coupe impeccable, son arme à la ceinture.

— J'ai participé à plusieurs enquêtes pour homicide, dit-elle. Cambriolage, agression ayant mal tourné, ce genre d'affaire. Ces missions me déprimaient. J'avoue n'avoir jamais imaginé être un jour la victime d'un meurtre.

— Qui l'imagine ?

Coltraine eut un sourire.

— Certes. Vous en savez davantage sur moi maintenant qu'au début.

— Normal.

— Une partie vous est transmise à travers le regard de Li. Vous ne pouvez vous y fier à cent pour cent.

— Non. Mais il ne mentira pas.

— Vous avez raison, confirma Coltraine en venant s'appuyer contre le bureau derrière lequel était installée Eve.

— Autrefois, j'étais convaincue qu'il fallait être froid pour appartenir à la Criminelle. Suffisamment désabusé pour affronter la mort au quotidien. Pour fouiller dans les vies, dévoiler tous les secrets de personnes qui ne pouvaient plus les dissimuler. J'avais tort. S'il faut être capable de se contrôler, il faut aussi avoir des sentiments. Sans quoi on ne se sent pas assez impliqué pour aller jusqu'au bout.

— Parfois il est nécessaire de savoir prendre du recul.

— Possible. Je vous connais mieux depuis que je hante vos pensées. Vous respectez profondément la loi. Pourtant, c'est la victime qui vous pousse à avancer, et c'est aussi la victime qui peut vous inciter à remettre la loi en cause.

— Il ne s'agit pas de moi.

— Bien sûr que si. Nous sommes aussi intimes que des amants, désormais. Flic/victime. Mon visage est un de ceux qui peuplent vos réflexions, vos cauchemars. Vous ne les oubliez jamais, quel que soit leur nombre. C'est à la fois votre fardeau et votre talent. Vous acceptez la collaboration de Li à l'encontre de toutes les règles. Il était trop proche de moi. Cependant, vous n'hésitez pas parce que lui aussi est une victime. Il a besoin d'en être. Vous vous interrogez sur la sagesse de votre décision, mais une partie de vous (la plus sensible) est convaincue d'avoir eu raison.

— Quelle partie de vous a quitté Alex Ricker ?

Coltraine s'accroupit pour caresser Galahad qui se frottait contre son mollet.

— Joli chat.

— Répondez-moi.

— Vous vous demandez si j'ai rompu parce qu'il ne m'aimait pas assez pour revenir dans le droit chemin, me prouver à quel point il tenait à moi. Ou si je l'ai largué parce que je me suis rappelé tout à coup que j'étais flic et que mon devoir était de servir la loi.

Eve haussa les épaules.

— Aucune importance. Vous êtes partie, c'est le principal.

— C'est essentiel à vos yeux à cause de Li. De votre insigne. Et parce que vous vous demandez comment vous auriez réagi si Connors ne vous avait pas montré à quel point vous comptiez pour lui.

— D'accord pour les deux premières propositions, mais pas la troisième. Connors me le montre chaque jour. Je crois comprendre combien vous avez souffert qu'Alex ne l'ait pas fait parce que je n'ai pas à me poser la question. Je sais. Et ce n'est pas le flic qui est parti. Le flic est venu après. Et je pense que, peut-être, vous étiez un meilleur flic une fois à New York.

— C'est gentil. Merci. Mais je ne devais pas être suffisamment bon flic puisque je n'ai pas pu empêcher qu'on me descende avec ma putain d'arme de service.

— En effet, c'est ennuyeux. Mais je pense qu'on vous a tendu un piège, inspecteur. Et que vous n'aviez pas la moindre chance de vous en tirer.

— Voilà qui me réconforte.

— Je n'ai rien de mieux pour l'instant.

Une petite bruine tombait lorsqu'Eve sortit de la maison. Elle regarda Baxter arriver à bord de sa voiture de sport dernier cri et lui indiqua du pouce son nouveau véhicule.

— Allez, Dallas, pourquoi s'encombrer de votre tas de ferraille quand j'ai mon carrosse de luxe ?

— Déplacement officiel. Et c'est moi qui conduis.

— Vous m'arrachez du lit un samedi matin pluvieux, et je n'ai même pas le droit de faire le trajet dans une bagnole décente, grommela-t-il. Bon, d'accord, les sièges sont pas mal, concéda-t-il en s'installant du côté passager.

— Vous avez le cul bien calé ?

— À vrai dire, oui. Étonnant comme... Waouh ! s'exclama-t-il en se penchant pour admirer le tableau de bord. Mazette ! Quel...

Il se tut, plaqué contre le dossier comme Eve démarrait en trombe.

— Bon sang, l'accélération ! Ce n'est pas le département qui vous a confié cette caisse. Je ne suis pas idiot.

— Tout dépend à qui vous posez la question, lâcha-t-elle. J'ai l'autorisation d'utiliser ma voiture personnelle à condition qu'elle soit aux normes. De même que vous vous servez de votre joujou, là-bas.

— Je n'en reviens pas, Dallas... Peabody ne m'avait rien dit.

Eve grimaça.

— Elle n'est pas encore au courant. Alors motus et bouche cousue. Sans quoi elle va gémir parce qu'elle n'a pas été la première à la voir. Les coéquipiers sont parfois une plaie.

— Pas le mien. Trueheart est une perle. Donc, vous pensez que l'assistant personnel de Ricker Junior a trahi son meilleur ami et tué Coltraine ?

— Soit il s'en est chargé lui-même, soit il a aidé à la piéger. En prenant la précaution d'impliquer Alex Ricker.

— Les meilleurs amis sont parfois une plaie.

Elle ne put s'empêcher de rire.

— Vous n'imaginez pas à quel point ! Nous les cuisinerons séparément. On commencera par des questions directes, histoire de vérifier quelques détails. Puis je m'attaquerai à Sandy et je vous laisserai Ricker.

J'ai l'intention de le bousculer, et je ne tiens pas à ce que son copain me barre le chemin.

— Parfait. Vous croyez vraiment en l'innocence de Junior ? Pourtant, on a un mobile, une occasion et même un alibi. Il lui suffisait de claquer des doigts.

— S'il avait voulu claquer des doigts, il l'aurait fait à distance. Son vieux l'a manipulé. On va épingler Sandy ; il craquera, et il retournera sa veste parce que c'est sa nature. Et on pourra embrocher le complice de Ricker au sein de la 18e brigade.

— Je hais l'idée que ce soit un flic. Mais j'ai lu les dossiers, vos notes. Ce n'est pas possible autrement.

Le communicateur du tableau de bord bipa.

— Dallas.

— Ici Callendar.

Le visage de la jeune femme apparut sur l'écran. Elle avait les traits tirés, mais le sourire aux lèvres.

— Nous avons eu un peu de retard, mais nous sommes sur les lieux. Nous avons franchi toutes les barrières de sécurité et un gardien va nous escorter jusqu'au service Communications. Le directeur nous a autorisé l'accès à... à pratiquement tout.

— Dégotez-moi quelque chose, Callendar.

— Entendu. Ma parole, ce lieu est sinistre ! Vous êtes déjà venue ?

— Non.

— Tant mieux pour vous. Même les employés ont l'air lugubres. On devrait obliger les mômes à visiter cet endroit, je vous garantis que ça les découragerait de commettre le moindre délit. Ah ! On nous appelle.

— Contactez-moi dès que vous aurez du nouveau.

— Entendu. À plus tard. Terminé.

Eve se gara devant l'immeuble de Ricker.

— En service, commanda-t-elle.

Le panneau lumineux s'alluma et elle se trémoussa de satisfaction.

— Génial ! commenta Baxter.

— Au retour, je vous ferai une démonstration en mode vertical.

Elle présenta son insigne et se propulsa vers l'ascenseur dès que le portier lui eut annoncé que M. Ricker les attendait.

Ce dernier se tenait dans l'entrée.

— Lieutenant.

— Monsieur Ricker. Voici l'inspecteur Baxter. Merci de nous accorder un peu de votre temps.

— Je tiens à coopérer de toutes les façons possibles, répondit-il d'un ton aussi neutre et courtois que celui d'Eve.

— Comme je vous en avais averti, nous souhaitons aussi parler à M. Sandy.

— Il doit être dans la cuisine en train de préparer du café. Asseyez-vous, je vous en prie. Je vais le chercher.

— Très chic, commenta Baxter en inspectant la pièce. Et on dit que le crime ne paie pas.

— Il n'y a que les imbéciles pour le prétendre.

— Le monde est rempli d'imbéciles.

Alex revint seul.

— Désolé, en général il se lève tôt, j'ai donc supposé… Il est sans doute là-haut. Je reviens.

Tandis qu'Alex se dirigeait vers l'escalier, Eve et Baxter échangèrent un regard.

— Vous pensez à la même chose que moi ? murmura Baxter.

— Quelqu'un a pris la poudre d'escampette. Nom de nom ! Un entretien de routine. Qu'est-ce qui a pu l'effrayer ? En s'enfuyant, il ne fait que risquer sa place et attiser nos soupçons. C'est stupide.

— Lieutenant ?

Alex apparut en haut des marches. Il était pâle.

— Rod n'est pas là. Il n'a pas dormi dans son lit. Si vous voulez vous en assurer par vous-même.

Eve le rejoignit, Baxter sur les talons.

— Quand l'avez-vous vu pour la dernière fois ?

— Hier soir aux alentours de 20 heures. Il avait un dîner en ville. Mais il savait que vous veniez aujourd'hui. Il n'a pas l'habitude de rater ses rendez-vous. Je viens d'essayer de le joindre sur son communicateur. Il ne décroche pas.

Eve s'arrêta sur le seuil de la chambre de Sandy.

— Avec qui avait-il rendez-vous ?

— Je ne lui ai pas posé la question.

Elle s'approcha de l'armoire, fronça les sourcils.

— Ses affaires sont encore là. Pouvez-vous me dire s'il manque quelque chose ?

— Que portait-il hier... voyons, que je réfléchisse. Une veste en cuir marron, un pantalon noir, il me semble. Je ne me rappelle pas la couleur de sa chemise. Tenue décontractée. Tous ses vêtements sont là, apparemment. Du reste, je ne vois pas pourquoi ils n'y seraient pas. Il n'avait aucune raison de partir et ne serait de toute façon pas parti sans me prévenir.

— Une décision soudaine ? suggéra Baxter avec une pointe de sarcasme qui lui valut un regard froid d'Alex.

— Il ne prend pas de décision soudaine et il travaille pour moi. C'est mon plus vieil ami. Visiblement, il a décidé de passer la nuit chez la personne avec qui il a dîné. Il a eu une panne d'oreiller et il n'entend pas son communicateur. Je suis à votre disposition, lieutenant. Je veillerai à ce que Rod le soit dès son retour... Je n'ai pas contacté mes avocats. Je ne les ai pas avertis de votre visite. Je ne vous mène pas en bateau. Rod a juste...

— Eu de la chance ? proposa Eve. Baxter, attendez-moi en bas.

— Oui, lieutenant.

— Rod n'a rien à se reprocher sinon d'avoir manqué un rendez-vous, commença Alex.

— Épargnez-moi ça. Qui était votre chauffeur hier ?

— Parce que… ?

— Parce que je veux le savoir, monsieur le champion de la coopération. Qui vous a conduit là où vous aviez rendez-vous avec Connors ?

— Carmine. Carmine Luca. Il vit dans un appartement au rez-de-chaussée que je mets à la disposition de mes employés.

— Faites-le monter.

— Je ne comprends pas pourquoi vous voulez l'interroger.

— Vous comprendrez après. Faites-le monter ou appelez vos avocats et dites-leur de vous retrouver au Central.

Le regard d'Alex devint glacial.

— J'ai peut-être mal jugé la situation. Je l'appelle et nous verrons si vous réussissez à me convaincre. Sinon, à moins d'avoir un mandat, je vous mettrai à la porte.

Alex sortit son communicateur de poche tandis qu'ils redescendaient l'escalier.

— Carmine, j'ai besoin de vous ici.

Quelques instants plus tard, l'imposant Carmine apparut. Son visage évoquait un rocher battu pendant des décennies par le vent et les vagues. Dur, vérolé, et sans expression.

— Ces officiers de police souhaiteraient vous poser quelques questions, Carmine. Répondez-leur, c'est compris ?

— Oui, monsieur Ricker.

— Quand Rod Sandy vous a-t-il interrogé à propos de la rencontre entre M. Ricker et Connors ?

— Je ne suis pas au courant de cette rencontre.

Eve jeta un coup d'œil à Alex.

— Voulez-vous mettre les points sur les *i* ou dois-je m'en charger ?

— Carmine, nous n'avons rien à cacher. J'avais un rendez-vous hier matin avec Connors à Coney Island. C'est vous qui m'y avez conduit.

— Oui, monsieur Ricker, mais j'ai pensé que...

— Ne pensez plus, l'interrompit Alex sans méchanceté. J'apprécie votre délicatesse, Carmine, mais nous nous efforçons d'éclaircir un problème. Vous pouvez donc répondre. Sauf ordre contraire. D'accord ?

— Oui, monsieur Ricker.

— Quand Rod Sandy vous a-t-il interrogé à propos de la rencontre entre M. Ricker et Connors ? répéta Eve.

— Eh bien... avant, pour s'assurer que tout était prêt. M. Sandy veille sur tout. Je lui ai dit qu'on était prêts, qu'on avait la voiture, les détecteurs...

Il s'interrompit, lança un regard inquiet à Alex.

— Continuez, Carmine.

— Le café dans le mini-autochef. Ce genre de truc.

— Il vous a aussi interrogé après ?

— Il a voulu savoir comment je sentais M. Ricker. Son état d'esprit, tout ça. J'ai dit que tout s'était bien passé sauf que peut-être M. Ricker avait paru un peu déprimé sur le trajet du retour. Mais qu'il n'y avait eu aucun problème sur place. Je lui ai dit que M. Ricker et Connors avaient eu l'air de s'entendre plutôt bien. M. Sandy se fait du souci pour vous, monsieur Ricker. Je croyais bien faire.

— Tout va bien, Carmine.

— Que lui avez-vous dit d'autre ? insista Eve.

Alex hocha la tête, encourageant son chauffeur à poursuivre.

— Pas grand-chose. On a bu une bière, on a discuté du match, et il a dit, comme s'il réfléchissait tout haut, que M. Ricker et Connors feraient peut-être des affaires ensemble finalement. Alors j'ai dit que, pour moi, ils n'avaient pas parlé boulot. Je lui ai expliqué que je n'avais pas entendu grand-chose parce que je n'étais pas supposé écouter la conversation, mais que la brise portait leurs voix par moments... Qu'ils avaient semblé parler surtout de Mlle Coltraine et du père de M. Ricker, et que peut-être...

— Peut-être ?

— Monsieur Ricker.

— Continuez, ordonna Alex d'un ton plus brusque.

— Eh bien, que j'avais l'impression que M. Ricker soupçonnait son père d'avoir fait quelque chose. Je bavardais juste avec M. Sandy, monsieur Ricker.

— Bien sûr, fit Eve avant qu'Alex ouvre la bouche. Avez-vous abordé d'autres sujets ?

— Pas vraiment. Je n'avais presque rien entendu. Je ne cherchais pas à être indiscret, je vous le jure. Maintenant que j'y pense, M. Sandy m'a posé beaucoup de questions et il semblait agacé que je n'en sache pas plus. J'ai dit qu'à la fin M. Ricker et Connors s'étaient serré la main.

— Parfait, Carmine. Merci. Vous pouvez regagner vos quartiers, déclara Alex.

— Oui, monsieur Ricker. Si j'ai fait...

— Ne vous inquiétez pas. Tout va bien.

— Un dernier détail, lança Eve. Avez-vous conduit M. Sandy quelque part, hier ?

— Non. Je ne transporte que M. Ricker, sauf ordre contraire.

— Avez-vous – ou quelqu'un d'autre a-t-il – emmené M. Sandy quelque part cette semaine ?

— Non. Nous n'avons qu'une seule voiture ici et c'est moi qui la conduis. Pas vrai, monsieur Ricker ?

— En effet, Carmine. Vous pouvez disposer.

Alex pivota sur ses talons pour regagner le salon où il s'assit.

— Vous pensez que Rod travaille pour mon père.

— Pas vous ? rétorqua Eve.

— Nous nous connaissons depuis plus de douze ans. Nous sommes amis. Amis. Il me connaît par cœur. Il savait combien je tenais à Ammy. Je ne peux pas croire qu'il soit impliqué dans cette affaire.

— Pourquoi ne lui avez-vous pas révélé le contenu de votre discussion avec Connors ?

— C'était personnel. Même entre amis, on ne partage pas tout.

— Sandy n'est pas de cet avis, à en juger par la manière dont il a tiré les vers du nez de Carmine.

Alex pressa les doigts sur ses tempes.

— Donc, il n'a jamais été vraiment mon ami. Juste un instrument de plus. Durant toutes ces années.

— À moins qu'il n'ait changé de camp récemment.

— S'il a tué Ammy…

— Aurait-il pu quitter l'appartement ce soir-là sans que le système de sécurité l'enregistre ?

— Il y a toujours un moyen… Oui. Le salaud ! Ce soir-là, il m'a encouragé à aller prendre l'air, un verre, un bain de foule à Times Square. Ce que j'ai fait.

— Selon ses déclarations, il était persuadé que vous étiez resté chez vous toute la soirée.

— Nous mentons tous, lieutenant. Vous le savez autant que moi. Je suppose qu'il me couvrait, j'en ai fait autant en vous disant que j'étais sorti sans qu'il le sache. Petits mensonges pieux. Je n'aurais jamais fait de mal à Ammy. Il m'a tendu un piège, mon ami, en m'envoyant me balader dans New York pendant qu'il allait la tuer. Pourquoi ? *Pourquoi ?*

— Où a-t-il pu se réfugier ?

— Si je le savais je vous assure que je vous le dirais. Il m'a convaincu de venir à New York. Cette semaine… pour le travail, pour elle. Il m'a encouragé à la voir, à lui parler. Il savait ce que je ressentais. Je me confiais à lui comme à un frère. Il s'en est servi contre moi.

— Je veux tous ses relevés bancaires.

— Pas de problème.

— Quand il voyage, quand il prend des vacances, vous ne savez pas forcément où il est.

— Non.

— Savez-vous qui votre père soudoie au sein de la brigade de Coltraine ?

— Non. Je ne peux du reste pas vous confirmer qu'il a soudoyé un de ses partenaires. Il a toujours été très secret sur ce plan.

— De quoi avez-vous discuté quand vous lui avez rendu visite à Omega ?

— Cela n'a rien à voir avec ce dossier.

— Tout a à voir avec ce dossier.

Une lueur de colère s'alluma brièvement dans les prunelles d'Alex.

— Rien ne m'oblige à vous répondre, lieutenant. Toutefois, sachez que j'ai été très clair avec lui. Je lui ai déclaré que je ne reviendrais plus, que je ne communiquerais plus jamais avec lui. Que j'étais venu uniquement pour m'assurer qu'il était là où je voulais qu'il soit.

— Comment a-t-il réagi ?

— Il a rétorqué qu'il n'avait pas besoin de moi. Il a juré de me détruire, et a affirmé que lorsqu'il en aurait fini avec moi, je n'aurais plus rien, parce que je ne méritais rien. *Grosso modo*.

Paupières closes, Alex tenta de se ressaisir.

— Qu'a-t-il pu offrir à Rod en échange de ce crime ? Qu'a-t-il pu lui promettre que Rod n'aurait pu me demander ?

— Vous allez me dire tout ce que vous savez sur Sandy. Tout ce qui ne figure pas dans sa biographie officielle. Pendant ce temps, l'inspecteur Baxter va passer sa chambre au peigne fin. Monsieur Ricker, avons-nous la permission de fouiller les appartements de Rod Sandy ?

— Oui. Je vous autorise à fouiller ses appartements autant que vous le voudrez, à le traquer comme une bête. À entreprendre toutes les démarches nécessaires pour l'arrêter. Est-ce suffisant ?

— C'est un bon début. Baxter ?

— J'y vais de ce pas.

Eve s'assit.

— Revenons à Rod Sandy. Je vous écoute.

16

Eve fonça pour se frayer un chemin dans la circulation dense du samedi matin. À ses côtés, Baxter pianotait fébrilement sur l'ordinateur auxiliaire du tableau de bord.

— Nous aurons besoin d'un informaticien pour accéder à certains de ces comptes, annonça-t-il. Je ne peux sortir que les relevés standards. Aucune activité majeure au cours des dix derniers jours. Pour les autres, c'est plus compliqué. Ça risque de prendre du temps.

— J'ai l'homme qu'il nous faut. Consultez de nouveau les sociétés de transport.

— Il n'a pas emprunté les transports publics pour quitter la ville, du moins pas sous sa propre identité. Il s'est forcément tourné vers le privé. Il a pu prendre un taxi ou une limousine pour sortir de New York et…

— Il a bien été obligé de taper dans ses finances, riposta Eve.

Il restait toujours une trace, songea-t-elle.

— Il va contacter Ricker à Omega, poursuivit-elle. Il obéit aux ordres. Ce n'est qu'un robot, un putain de robot. Il suivra les instructions à la lettre, qu'il les reçoive directement de Ricker ou de son complice.

— Il a paniqué, il a détalé comme un lapin avec les vêtements qu'il avait sur le dos, une poignée de billets et probablement des dossiers. Pour l'instant, la peur travaille pour lui.

— Ça ne va pas durer. Il réussira peut-être à s'échapper, mais c'est déjà un homme mort. Seigneur, Baxter ! s'exclama-t-elle comme il se tournait vers elle. Ricker ne va pas le laisser dans la nature ! Rod Sandy n'a plus aucune valeur pour lui. Nous devons le dénicher avant que Ricker l'élimine.

Trop énervée pour patienter devant le portail, Eve enclencha le mode vertical et passa par-dessus.

— Youpi ! s'écria Baxter.

Eve remonta l'allée à toute allure.

— On découvre quel compte il a débité, quand et où. On interroge les sociétés de transport privées. Et on contacte les collègues dans toutes les localités où Sandy et Alex Ricker possèdent des résidences. Il se sera réfugié quelque part, le temps de reprendre son souffle et de rassembler quelques affaires. S'il est malin, et c'est le cas, il est déjà reparti. Mais une fois qu'on saura par où il est passé, on pourra se lancer à ses trousses.

Elle descendit de la voiture et gravit les marches du perron au pas de course.

— Vous ! gronda-t-elle en enfonçant l'index dans la poitrine de Summerset. Rendez-vous utile. Appelez Feeney et McNab, dites-leur de me rejoindre ici. Immédiatement. Baxter, convoquez votre perle.

— N'oubliez pas que vous recevez vos amies pour un enterrement de vie de jeune fille dans environ six heures.

Eve faillit pousser un hurlement.

— Un enterrement de vie de jeune fille ? répéta Baxter.

— Bouclez-la. Pas un mot.

Elle fonça en direction de son bureau et faillit percuter Morris de plein fouet. Baxter s'immobilisa brutalement.

— Ah ! Salut, Morris.

— Vous avez quelque chose, devina le légiste.

— On a quelqu'un, on l'a perdu mais on va le retrouver, répondit Eve en poursuivant son chemin.

Un juron lui échappa lorsqu'elle constata que la lumière rouge au-dessus de la porte séparant sa pièce de celle de son mari était allumée.

« Je lui revaudrai ça, se promit-elle. Mille fois. »

Elle frappa.

Une lueur irritée dansait dans les prunelles de Connors lorsqu'il lui ouvrit.

— Eve. Porte fermée. Lumière rouge.

— Je suis désolée, je ramperai à tes pieds tout à l'heure si tu veux.

Derrière lui, elle aperçut plusieurs silhouettes en costume. Elle venait de l'interrompre en pleine holoréunion. Elle allait le payer cher.

— J'ai besoin de ton aide et l'horloge tourne.

— Dix minutes, répondit-il en lui claquant la porte au nez.

— Aïe ! Baxter, concentrez-vous sur les sociétés de transport. Ensuite, nous nous pencherons sur les amis, parents, relations, fiancées, son foutu tailleur. Ce type n'est pas un solitaire. Il a contacté quelqu'un, quelque part.

— Je peux vous aider, dit Morris depuis le seuil. Laissez-moi vous donner un coup de main.

Elle l'examina brièvement. Il paraissait reposé, ce qui était un plus. Summerset avait dû lui dénicher une chemise et un pantalon propres.

— Morris, je vais devoir ressortir mon tableau de meurtre. Êtes-vous sûr de pouvoir le supporter ? La vérité.

— Oui.

— Je vous mettrai au courant au fur et à mesure. Pour l'instant, passez dans la kitchenette commander un grand pot de café.

Elle s'approcha de son bureau.

— Ordinateur, afficher toutes les données connues sur Rod Sandy, écran numéro un. Recherche prioritaire autorisée, Dallas, lieutenant Eve.

— *Requête entendue. Recherche en cours...*

— Il prend peur, marmonna-t-elle comme les premières pages s'affichaient. La sonnette d'alarme retentit quand Alex lui annonce son intention de rencontrer Connors. Il l'y encourage, bien sûr : il joue à fond son rôle de secrétaire. Mais il s'inquiète. Il rumine. Il interroge le chauffeur parce qu'il craint que cette conversation n'ait éveillé les soupçons d'Alex. Il ne peut pas questionner ce dernier, aussi il s'acharne sur Carmine. Un type loyal, mais pas très futé.

Elle se mit à arpenter la pièce, poursuivit son raisonnement tout en étudiant les données.

— Les maigres révélations du chauffeur suffisent à faire grimper son inquiétude de plusieurs crans. Que faire ? Il se demande qui pourrait l'aider. Est-ce qu'il prévient Ricker ? Non, ce n'est qu'un automate. Un rouage. Il faut respecter la hiérarchie. Les sous-fifres ne parlent pas directement au bon Dieu. Il contacte son complice sur le meurtre de Coltraine.

Elle s'immobilisa, inclina la tête.

— Ordinateur, figer l'affichage. Tiens, tiens ! Intéressant. Il n'est jamais en tête de quoi que ce soit. Classé dixième de sa promotion universitaire alors qu'Alex arrive premier. Co-capitaines de l'équipe de football en dernière année. Mais à qui décerne-t-on le titre de meilleur joueur ? Pas à Rod. À Alex. Et qui doit se contenter de la place de vice-président de la classe alors qu'Alex est élu président ? Encore ce pauvre Rod Sandy. L'éternel second. Je parie qu'il a mouillé son pantalon quand Max Ricker lui a offert une chance de se venger de son bon ami Alex. Qu'il a versé des larmes de joie. Quant aux femmes... celles qu'il a lorgnées n'ont sans doute pas daigné lui accorder un regard parce qu'elles lui préféraient Alex. Coltraine, entre autres. Elle en était sans doute consciente. Elle était intelligente, sûre d'elle. Elle devait savoir qu'il en pinçait pour elle. Je suppose qu'elle avait pitié de lui. Il a dû la haïr. Participer à son élimination ? Un bonus !

Elle se remit en marche, aperçut Morris.

— Merde. Désolée. Je n'ai pas…

— Ne vous excusez pas, l'interrompit-il en s'approchant pour lui tendre une tasse de café. Si vous me dites où il est, je vais chercher votre tableau de meurtre. Je la vois telle qu'elle était.

— Ce panneau, là-bas, dissimule un espace de rangement. Le tableau est là. Si vous éprouvez le besoin de faire une pause…

— Ne vous souciez pas de moi. Il s'agit d'Ammy.

— Personne correspondant à la description de Sandy n'a loué un moyen de transport privé pour quitter la ville dans le délai défini, annonça Baxter. Je vais élargir le cercle.

— Faites.

Eve retourna à son bureau pour établir une chronologie des événements. Lorsque Connors apparut, elle leva les yeux.

— Tu ramperas plus tard, lâcha-t-il avant qu'elle puisse prononcer un mot. J'ai ma petite idée sur la punition que je t'infligerai. En attendant, qu'y a-t-il ?

— Feeney et McNab sont en route. J'ai besoin d'une recherche approfondie et détaillée sur les finances de Sandy. Alex m'a fourni un certain nombre de comptes secrets dont il avait connaissance. Je suis sûre qu'il en existe au moins un de plus. Sandy a pris la fuite.

— Il ne peut pas aller très loin sans un minimum de trésorerie. Je m'en occupe. Toutefois, ton équipe d'informaticiens te laissera tomber à 16 heures.

— Mais…

— Nous partons comme convenu pour Las Vegas, lieutenant. L'enterrement de la vie de garçon de Charles.

— Vous allez à Las Vegas ? s'exclama Baxter, à la fois désolé et plein d'espoir. Je connais Charles.

Connors lui sourit.

— Voulez-vous vous joindre à nous, inspecteur ?

Eve agita furieusement les bras.

— Hé ! Hé !

— C'est comme si j'y étais. Je peux amener ma perle ?

— Plus on est de fous, plus on rit, approuva Connors avant de pointer le doigt sur Eve, qui suffoquait littéralement de rage. Tu seras toi-même prise de ton côté. Ce que nous ne trouverons pas dans les heures à venir, nous ne le trouverons jamais. Afin de palier cette éventualité peu probable, je programmerai une recherche automatique.

— Je ne vois pas pourquoi on ne repousse pas ces festivités jusqu'à...

— Normal. Malheureusement, tu es minoritaire.

— La vie doit continuer, intervint Morris en s'écartant du tableau qu'il venait de placer au milieu de la pièce. Sans quoi, quel intérêt ?

— D'accord, attendez. Attendez... 16 heures, murmura-t-elle. Mais si on localise Sandy ou si on a une piste sérieuse à 15 h 59 ?

— Nous aviserons, coupa Connors. Donne-moi ce que tu as.

Elle lui remit un disque.

— Envoie-moi Feeney et McNab dès qu'ils seront là. Nous utiliserons l'ordinateur du labo.

Déchirée entre l'impatience et la culpabilité, Eve lui courut après.

— T'ai-je fait rater quelque chose d'important en t'interrompant ?

— Que signifie la perte de quelques millions de dollars en ce bas monde ? Je m'efforcerai de combler le trou à Las Vegas.

— Ô mon Dieu !

Il s'esclaffa et encadra son visage des deux mains.

— Je te taquine. Ce n'est pas grave. Mais c'est irritant, et tu ne t'en tireras pas à bon compte. À présent, va travailler. Avant mon départ, j'ai d'autres affaires à régler en plus de ta requête.

Bon. Parfait. Elle regagna son bureau.

— Rien ! annonça Baxter. Morris a revérifié ses comptes et ses cartes de crédit.

— Aucune activité, précisa Morris.

Eve hocha la tête et se replongea dans sa chronologie. Une fois celle-ci complétée, elle l'épingla sur son tableau. Au même instant, ses génies de l'informatique débarquèrent. Elle fixa Feeney.

— Qu'est-ce que c'est que cette tenue ? Pas vous, ajouta-t-elle à l'intention de McNab. Les vôtres ne me surprennent plus.

— C'est ma chemise porte-bonheur, répliqua Feeney.

Une liquette vert caca d'oie, couverte de flamants roses hilares. Pour faire bonne mesure, il avait ajouté une casquette noire agrémentée d'un autre flamant rose ricanant sur la visière.

— Seigneur, Feeney, une chemise pareille ne peut pas porter bonheur !

— Quand je dis porte-bonheur… Ce vêtement a une histoire. Grâce à lui, j'ai empoché huit cents…

— Peu importe. Direction le labo. Connors vous y attend, coupa-t-elle avant de leur résumer brièvement la situation.

— Je crois bien que cette chemise m'a brûlé la cornée, grommela-t-elle lorsqu'ils eurent disparu.

— Que voulez-vous, ce sont des bouffons, commenta Baxter.

À ses côtés, Morris ébaucha un sourire.

— Mettez-vous en mode automatique et venez jeter un coup d'œil à ma chronologie, dit-elle en indiquant le tableau. Alex Ricker appelle à 7 h 30. Summerset lui promet que Connors le recontactera dès que possible. Connors parvient à joindre Alex juste après 8 heures et ils se donnent rendez-vous. La transmission dure huit minutes. Ils se rencontrent à Coney Island à 10 heures, pour une durée de trente minutes environ. Alex affirme s'être arrêté à deux reprises sur le chemin du retour. La première fois à son magasin d'antiquités de Tribeca, où je suis presque certaine qu'il a caché son ordinateur non enregistré juste avant notre perquisition. Il en est reparti vers 13 h 30 pour un déjeuner d'affaires en ville – alibi confirmé. Il n'est pas rentré chez lui avant 16 heures. Selon ses déclarations, Sandy était dans l'appartement à ce moment-là. Ils ont échangé quelques mots et au cours de cette conversation, Alex a signalé à son assistant que le chauffeur avait conduit la voiture au garage.

— Il a dû commencer à suer à grosses gouttes, fit remarquer Baxter.

— Il n'a pas pu discuter avec le chauffeur avant 17 heures. D'après le disque de sécurité, Sandy réintègre le triplex à 17 h 43. En effet, il n'a pas l'air dans son assiette. C'est peut-être à ce moment-là qu'il a contacté son complice. Il l'a appelé à coup sûr quand Connors a joint Alex pour l'informer de notre visite du lendemain matin. C'est-à-dire à 19 h 05. Sandy est à bout. Tout s'écroule. Malgré cela, il ne quitte pas les lieux avant une bonne heure. Le temps d'obtenir des instructions, de se préparer.

— On ne peut pas savoir de quelle somme en liquide il disposait, intervint Morris.

— Pas assez, en tout cas. Alex conserve des fonds dans un coffre-fort, mais Sandy ne pouvait pas l'ouvrir sans qu'Alex en soit averti. Il est programmé spécialement. Disons qu'il avait de quoi sortir de la ville et se terrer quelque part, histoire d'organiser la suite. Tout se précipite. Or Sandy est un méthodique.

Il s'était affolé. Que faire ? Où aller ?

— Peut-être est-il titulaire à l'insu d'Alex d'une carte de paiement et que nous n'avons pas encore trouvée ? reprit-elle. Peut-être. Il aura donc payé son transport avec et *pfuittt !* Envolé. Si oui, nous le débusquerons. Il ne peut pas fonctionner sans fric.

— Les autorités des diverses localités où ils ont des résidences commencent à réagir, précisa Baxter. Rien à signaler. Aucune trace de passage.

— Il en aurait laissé une. Il n'a jamais eu à fuir auparavant, il n'a aucune idée de la manière dont il doit procéder. Il a vécu une existence privilégiée. Il ne supportera pas longtemps de vagabonder.

Eve se tut, fronça les sourcils.

— Où diable est passé Trueheart ?

— Il ne va pas tarder, mais avec cette histoire de Las Vegas... Il fait un petit détour. Il me faut une tenue appropriée, vous comprenez ?

— Vous l'avez envoyé faire vos bagages ?

— Je n'ai pas besoin de grand-chose. Et puis, Morris me donne un coup de main.

— Vous voulez peut-être aller à Las Vegas, vous aussi ? aboya-t-elle à l'adresse de Morris. Merde ! Pardon, je...

— Je serais presque tenté, avoua Morris. C'est vous dire à quel point j'ai confiance en vous. Mais ce sera pour une autre fois.

Elle se rassit et entreprit de se renseigner sur l'entourage de Sandy. Parents divorcés, remariés – deux fois pour les deux. Un frère, un demi-frère. Selon Alex, Sandy n'entretenait guère de relations avec sa famille. Mais lorsqu'on était dans l'embarras, les proches étaient les premiers vers qui l'on se tournait. Elle s'attela donc à la pénible tâche de contacter, questionner, intimider, trier.

Elle leva à peine le nez quand Trueheart apparut, mais nota que le jeune aspirant de Baxter s'était habillé pour les festivités à venir. Pantalon repassé, chemise décontractée, baskets dernière mode.

Elle en avait terminé avec les ex et s'attaquait à la liste des maîtresses actuelles de Sandy quand Summerset entra, poussant une grande table devant lui.

— Quoi encore ?

— Le déjeuner.

— J'ai une faim de loup ! admit Baxter en se passant la main dans les cheveux. Je suis dans une impasse, Dallas, et mes yeux n'en peuvent plus.

— Je vais utiliser votre kitchenette pour faire monter les plats que je vous ai préparés, prévint le domestique.

Eve se rembrunit tandis que Summerset s'éloignait, le chat sur ses talons.

— Quand on ne trouve rien, déclara Morris, c'est que l'on épluche l'écorce autour du noyau.

— C'est une pensée zen ? s'enquit Eve.

— Non, mais ça pourrait l'être.

Connors, Feeney et McNab entrèrent alors que Summerset réapparaissait avec une table roulante à deux niveaux dont Eve ignorait l'existence.

— Voulez-vous de l'aide ? proposa McNab en se ruant sur le majordome.

— Merci, inspecteur. Allez plutôt chercher la deuxième table dans la kitchenette. Si ça ne vous ennuie pas.

McNab s'exécuta avec allégresse. Feeney se délia le cou, les épaules. Eve perçut les craquements à l'autre extrémité de la pièce.

— Je me rouille.

— J'ai prévu deux masseuses à bord, le rassura Connors.

Baxter applaudit avec vigueur.

— Ça, c'est un homme !

— Des jumelles.

— Épatant !

— Un bon massage me ferait le plus grand bien, observa Feeney. D'un point de vue strictement médical, ajouta-t-il en accrochant le regard noir d'Eve. Dallas, nous avons trouvé le compte mystérieux. Sandy l'avait bien enseveli. Ce type est loin d'être bête. Douze mille dollars à Zurich. Il n'y a pas touché. Cependant, nous avons procédé à deux ou trois petites manipulations qui nous ont permis de constater qu'il avait consulté son relevé – ou prié quelqu'un de s'en charger – par communicateur. La transmission en provenance de New York est signalée à 16 h 55, heure normale de l'est.

— Donc, avant sa conversation avec le chauffeur, nota Eve en se levant pour aller mettre à jour sa chronologie. Il commençait à couvrir ses arrières. Il avait flairé le danger.

— Nous n'avons noté aucun mouvement sur ses comptes, enchaîna Connors. Il possède des coffres dans quatre endroits différents.

Comme Eve pivotait vers lui, l'œil soupçonneux, il arqua les sourcils.

— On a un peu trafiqué, c'est tout. Ce n'est pas lui qui a signé la demande d'ouverture.

— Des amis, suggéra Feeney. De la famille.

Eve secoua la tête.

— Pour l'instant, je n'ai aucune piste de ce côté.

Feeney se tourna vers Morris.

— Nous avons peut-être une information liée à l'inspecteur Coltraine. Le communicateur utilisé pour contacter Zurich. Nous l'avons identifié. L'abonnement est au nom de *Intérêts Divers*.

— La société d'Alex Ricker.

— En effet. Un appareil de fonction. Les appels étaient déroutés sur un autre portable, un de ces jetables quasiment indétectables. Mais nous avons réussi à en relever l'identité et les fréquences. Nous avons ainsi pu consigner plusieurs échanges entre les deux communicateurs, de New York à New York, la veille, le jour même et le lendemain du meurtre.

Feeney se gratta la nuque.

— Le jetable était muni d'un filtre. Nous en avons l'empreinte. C'est comme une empreinte digitale. Aussi efficace qu'un échantillon d'ADN.

— Et si Callendar repère un appel réceptionné à Omega ?

— On pourra effectuer une comparaison.

— S'il y en a eu un, Callendar mettra le doigt dessus.

Aussi fasciné que le chat, McNab regarda Summerset disposer savamment plateaux de charcuteries et de fromages, corbeilles de pain, coupes de fruits et salades variées.

— Callendar est une flèche, conclut-il.

— Nous avons lancé une analyse automatique, compléta Connors. Si le moindre mouvement apparaît sur l'un de ses comptes ou s'il ouvre l'un de ses coffres, nous en serons alertés.

— Parfait.

McNab s'impatientait.

— Bon, on mange ?

Ils se ruèrent sur le buffet. « Des fourmis grouillant autour d'un pique-nique », songea Eve. Elle s'apprêtait à se diriger vers Morris, mais Connors la devança.

Ignorant le chaos, elle retourna à son bureau déclencher un calcul de probabilités, histoire de voir si l'ordinateur confirmait son instinct. Un instant plus tard, Connors se plantait derrière elle pour lui masser les épaules.

— Morris va bien ?

— Mieux, je crois. Ça l'aide d'être ici, avec les autres. Tu as remis ton tableau de meurtre en place.

— Je lui ai d'abord demandé la permission.

— Peu importe. Il est là et il se rend compte qu'Ammy en est le point central. Même pendant qu'ils se goinfrent tous comme s'ils n'avaient rien mangé depuis des semaines, elle demeure le point central. Il en est réconforté.

— Il le sera moins si la machine et moi sommes d'accord, marmonna-t-elle en se tournant vers Connors. J'ai deux hypothèses. Sandy s'est volatilisé depuis bientôt dix-sept heures. Numéro un : il se cache dans un coin en suçant son pouce. Numéro deux, il est déjà mort.

— Tu penchais plutôt pour la deuxième et ton calcul de probabilités vient de te le confirmer. Je suis de cet avis. Vivant, c'est un boulet. Ricker n'a plus besoin de lui et il a toutes les raisons de s'en débarrasser.

— Quelqu'un en qui il avait confiance lui a tendu un piège, comme à Coltraine. Une fois de plus j'en reviens à la thèse d'un membre de sa brigade. C'est forcément l'un d'entre eux.

— Tu ne peux pas faire plus que ce que tu fais, Eve. Accorde-toi un répit. L'individu en question se sent en sécurité. Il ne prendra pas ses jambes à son cou comme Sandy.

— Non. Et tant qu'il pourra rendre service à Ricker, il restera en vie.

— Avalons quelque chose avant que tes flics n'aient dévoré la nappe et les serviettes. J'ai encore deux ou trois choses à régler avant de partir.

— Oui, tu as raison. Ainsi, tu as embauché des masseuses jumelles ? ajouta-t-elle tandis qu'ils se dirigeaient vers la table.

— Pourquoi pas ?

Eve se confectionna un sandwich, mordit dedans. Soudain, parmi les conversations masculines et les bruits de mastication, elle perçut un rire de femme.

Peabody et Nadine, toutes deux en robes à froufrous, s'arrêtèrent sur le seuil.

Oubliant momentanément son estomac, McNab se précipita vers Peabody, la souleva dans ses bras et la fit tournoyer. Elle se laissa aller en gloussant jusqu'à ce qu'il la pose et réclame ses lèvres.

— Non ! Non ! protesta Eve. Pas de ça ici !

Peabody gratifia son lieutenant d'un regard éperdu d'amour.

— Trop tard, riposta-t-elle en pinçant ostensiblement la fesse de McNab.

— Ma foi, tout ceci paraît délicieux ! roucoula Nadine en papillonnant des cils.

Elle tapota la joue d'Eve en passant et s'arrêta près de Trueheart, qui devint écarlate.

— Vous êtes en service, officier ?

— Abandonne, conseilla Connors en frottant le dos d'Eve. C'est l'heure de la récré.

Peabody saisit un bâton de carotte.

— Pour l'heure, je m'en tiens aux crudités. Nous avons prévu des gourmandises fabuleuses pour plus tard. C'est Ariel qui les a préparées. J'ai pris deux kilos rien qu'en transportant les cartons. Vous me mettez au parfum ?

— Plus tard, décida Eve. Nous sommes au point mort.

— Bon, concéda Peabody avant de croquer dans sa carotte. Nadine et moi avons presque tout apporté. Mavis et Leonardo devraient arriver d'ici peu avec le reste.

— Youpi, railla Eve.

— Trina et ses assistantes seront là à 16 heures pour l'installation du matériel.

— Youp... Quoi ? Qui ? Trina ? *Pourquoi ?* Qu'est-ce que vous avez fait ?

— Vous avez dit que vous ne vouliez ni jeux débiles ni strip-teaseurs, lui rappela Peabody. Ce sera donc une réunion entre filles dans toute sa splendeur. Champagne, calories à gogo, soins des cheveux, du visage, du corps. Vidéos à l'eau de rose, cadeaux, desserts décadents. Soirée pyjama et, demain, brunch au champagne.

— Vous voulez dire que... ?

Eve était en état de choc.

— ... toute la nuit ? Jusqu'à demain ?

— Oui ! confirma Peabody avec un grand sourire. Je ne vous l'avais pas précisé ?

— Je vais devoir vous tuer.

— Ah, non ! Pas de jeux débiles, pas de strip-teaseurs. Ce sont les seules règles que vous nous aviez imposées.

— Vous allez le regretter.

— On va s'amuser !

— Je vais vous saigner comme un porc !

Elle vit Connors s'éclipser dans son bureau et se rua à ses trousses.

— Attends ! Attends !

Elle entra derrière lui, ferma la porte.

— Tu ne peux pas aller à Las Vegas.

— Parce que ?

— Parce que tu ne peux pas me laisser ici. Nous sommes mariés. Tu n'as pas le droit de m'abandonner dans une pareille situation !

— Quelle situation ?

— Toutes ces femmes ! Et Trina ! *Trina !* répéta-t-elle en s'agrippant à la chemise de son mari. Desserts décadents, vidéos à l'eau de rose, soins du corps. Soirée pyjama. Toute la nuit ! Tu te rends compte ?

— Vous avez prévu une bataille d'oreillers ?

— Ne. M'abandonne. Pas.

— Ma chérie, murmura-t-il en l'embrassant sur le front. Il le faut.

— Non. Tu n'as qu'à faire venir Las Vegas ici. Parce que tu... tu peux le faire. Oui, voilà !

— Impossible. Je serai de retour demain pour te poser un linge humide sur le front.

— *Demain* ? Tu ne rentres pas ce soir ?

— Si tu avais prêté attention à ce que je te disais, tu ne serais pas dans un tel état. J'emmène une navette pleine d'hommes à Las Vegas en fin d'après-midi. J'ai tout arrangé. Je ramènerai ladite navette pleine d'hommes – espérons-le – demain après-midi.

— Laisse-moi t'accompagner.

— Montre-moi ton pénis.

— Doux Jésus ! Tu ne peux pas me prêter le tien ?

— Un autre jour. À présent, ressaisis-toi, et rappelle-toi que, quand tout cela sera fini, tu seras sans doute en mesure d'arrêter un assassin doublé d'un flic pourri. Deux pierres d'un coup.

— Ça ne me console pas.

— Je n'ai rien de mieux à te proposer.

— Je vais me cacher quelque part. Et hurler.

— Excellente idée, approuva-t-il en la poussant vers la porte donnant dans le couloir. J'irai à ta recherche avant de partir.

— Il n'est pas encore 16 heures, répliqua-t-elle sombrement. On pourrait avoir du nouveau d'ici là.

— Si tu ne me fiches pas la paix maintenant, je te tords le cou.

Et pour la deuxième fois de la journée, il lui claqua la porte au nez.

17

Elle ne se cachait pas vraiment. Certes, elle se trouvait dans une pièce dans laquelle elle ne se souvenait pas d'être jamais entrée. Enfermée à clé. Mais elle ne se cachait pas. Ici, elle était au calme. Elle y resterait volontiers les prochaines vingt-quatre heures. Aucun problème. Elle avait à sa disposition un divan et un ordinateur dernier cri. Elle n'avait pas vu d'écran mural, mais quand elle alluma l'appareil et en requit un, la glace du miroir devint noire.

Quelques manipulations sur le panneau de contrôle lui permirent de dénicher un autochef et un réfrigérateur miniatures dans le comptoir sous la fenêtre.

La salle de bains attenante était équipée de tous les accessoires indispensables et d'une douche conçue comme une cascade. Oui, elle serait heureuse ici.

Elle commanda du café et s'installa devant le poste de travail.

Pour commencer, elle allait tenter de joindre Callendar.

— Yo ! lança celle-ci quand son visage s'afficha.

— Rapport.

— Cet endroit est macabre, mais le matériel électronique est impressionnant. Pas moyen de s'échapper. Sécurité maximum. Malgré les autorisations et les laissez-passer, il nous a fallu un bon moment pour accéder au cœur du système. On nous a laissé nos engins personnels de communication parce qu'on est flics. Sinon, ils sont confisqués à l'atterrissage.

— Où en êtes-vous ?

— Je travaille sur les transports, Sisto sur les visites. Jusqu'ici, il est bredouille. J'ai eu quelques bips, mais je suis loin du gong. Ça risque d'être long.

— Quel genre de bips ?

— Voyons... J'ai repéré un appel d'ici à New York, mais j'ai dix mille filtres à éplucher pour pouvoir en être sûre. *A priori,* il s'agit d'une transmission effectuée l'après-midi du décès de Coltraine – et elle n'est pas archivée. Ce pourrait être un technicien qui appelait en douce une ligne rose. Mais je suis d'un naturel soupçonneux.

— J'ai l'empreinte d'un portable jetable. Je vais avoir besoin d'une comparaison.

— Je pourrai le faire dès que j'aurai la confirmation. Fastoche.

— Savez-vous où était Ricker au moment où cette communication a eu lieu ?

— D'après les registres, il était dans sa cellule. Toutefois, ces mêmes registres montrent qu'une trentaine de minutes avant, il profitait de son privilège hygiénique quotidien. Une douche en solitaire sous haute surveillance.

— Il a pu l'envoyer en différé ou soudoyer quelqu'un pour le faire à sa place. Avez-vous le nom des gardiens qui l'ont accompagné de sa cage aux bains ?

— Oui. Nous avons effectué une recherche standard sans surprise. Je me suis dit qu'on creuserait davantage si le bip se transforme en gong.

Callendar avala une gorgée d'une boisson rose vif.

— Vous les voulez ?

— Oui... Merci, murmura Eve après les avoir notés. Continuez de creuser.

Elle raccrocha, se cala dans son fauteuil et réfléchit. C'était le feu vert de Ricker pour que l'on procède à l'exécution. Forcément.

— Ordinateur, étude approfondie, priorité autorisée, commanda-t-elle.

Elle énuméra les noms et numéros d'identité des deux gardiens.

— Voyons un peu…

Une heure plus tard, Connors pénétra dans la pièce.

— Eve…

— J'ai du nouveau. Rouche, Cecil, gardien à Omega depuis six ans. Aile sécurité maximum. Celle de Ricker. Divorcé. Curieusement, les revenus de son ex-épouse ont augmenté de façon sensible depuis un an. Enfin, son assurance-vie, pour être précise. Cinq millions. Qu'est-ce que l'ex-épouse d'un gardien à Omega, qui a démissionné de son boulot de fonctionnaire il y a huit mois et quitté une location à Danville, Illinois, pour emménager dans une villa de vingt-deux pièces dans le sud de la France, peut bien posséder qui ait une telle valeur ?

— Des œuvres d'art. Des bijoux. Des liquidités converties en investissements solides.

— Exactement. Sans compter l'immobilier. Elle a payé sa maison cash et l'a mise à son nom ainsi qu'à celui de son ex. Callendar va l'interroger dès que les pièces du puzzle se seront mises en place. Ce qui ne saurait tarder. Je n'ai pas réussi à remonter la filière financière. De l'ex jusqu'à Ricker. Tu pourrais sans doute…

— Non. Je pars pour Vegas.

Elle le fixa d'un air ahuri, la bouche ouverte, les yeux exorbités.

— Mais, *Seigneur* !

— Callendar, qui est plus que qualifiée, est sur le coup. Tu as ton lien avec Ricker – qui ne risque pas de s'enfuir. Vous continuez à pourchasser Sandy, dont tu penses qu'il est déjà mort.

— Mais...

Connors demeura inébranlable.

— Vu les méthodes de Ricker, je serais très étonné que ce gardien connaisse l'identité du contact à New York. Tu as réduit le champ à la brigade de Coltraine. Lundi, tu te concentreras là-dessus. Quel que soit ce flic, tu es plus intelligente et beaucoup plus tenace que lui. Pour l'heure, tes amies sont arrivées et une limousine pleine d'hommes pressés de picoler et de perdre du fric tourne au ralenti devant le perron. C'est la vie.

Il lui prit le visage entre ses mains et l'embrassa avec tendresse.

— C'est notre vie. Celle que nous allons vivre pendant les prochaines vingt-quatre heures.

— Vu sous cet angle... marmonna-t-elle.

— Morris est rentré chez lui.

— Ah. Flûte.

— Il me charge de te transmettre ses amitiés. Il veut que tu te détendes. Il se sent nettement mieux qu'hier. Il a eu une brève conversation avec Mira juste avant de s'en aller.

— Tant mieux. C'est déjà ça.

— Viens. Accompagne-moi jusqu'à la voiture.

Prise au piège, elle se leva.

— Comment m'as-tu retrouvée ? Le réseau interne, devina-t-elle. Je n'y avais pas songé. À quoi sert cette pièce ?

— C'est un bureau pour les invités. Ça peut servir. La preuve.

— Tu ne pourrais pas, par hasard, pendant le voyage...

— Non, coupa-t-il d'un ton ferme. Je m'en occuperai demain à mon retour. D'ici là, nous allons prendre un peu de bon temps.

— Parle pour toi.

Il lui adressa un sourire dénué de la moindre compassion.

— Ah ! Te voilà !

Mavis, en minijupe blanche et bottes moulantes rouge pivoine remontait le couloir de son pas sautillant. Ses cheveux, du même rouge que ses bottes, cascadaient jusqu'à sa taille.

— Tout le monde te cherche. Je suis juste montée jeter un coup d'œil sur Bella. Tu es la merveille des merveilles ! La nursery est adorable !

— Nous tenons à ce que Belle se sente chez elle quand elle nous rend visite, assura Connors.

Eve s'immobilisa.

— Tu as amené le bébé ?

— J'avais prévu une baby-sitter, mais Summerset m'a assuré qu'il préférait s'occuper de Bellissima plutôt que d'aller à Vegas. Cet homme est un trésor. Ils sont en train de jouer à Bisou Bibou et Patapouf.

Eve ignorait en quoi consistait ce divertissement et préférait ne pas l'imaginer.

— Nous allons nous amuser comme des folles, enchaîna Mavis. Attends un peu de voir le décor. Et la nourriture ! Le salon de beauté est méga top ! Je vais vite embrasser ma choupinette, et que les festivités commencent !

— Qu'est-ce que je vais faire ? gémit Eve, tandis que Mavis disparaissait dans l'escalier.

— Tu vas m'embrasser, moi.

Combien étaient-ils ? se demanda Eve, effarée, en les voyant tous descendre d'une limousine aussi longue que Manhattan. Elle ne les connaissait même pas tous.

Le futur marié l'étreignit avec enthousiasme.

— Merci ! s'exclama Charles. Merci pour tout. Louise est absolument enchantée !

Du coin de l'œil, Eve aperçut cette dernière auprès de Dennis Mira. Jésus, Marie, Joseph ! Connors emmenait M. Mira à Las Vegas. Tout son univers s'écroulait.

Les hommes remontèrent à bord, et la voiture s'éloigna tranquillement. Baxter jaillit de l'une des lucarnes du toit en faisant le V de la victoire et toutes ces dames l'applaudirent.

Puis Eve se retrouva seule avec elles.

Elles couinaient. Elles gambadaient. Elles émettaient des sons inhumains dans un tohu-bohu de couleurs.

— Je rêve, souffla Eve.

En riant, Mira lui entoura les épaules du bras.

— Je ne vous avais pas vue, avoua Eve.

— Il y avait tant de monde. Et quelle dynamique intéressante ! D'un côté, les hommes qui s'en vont s'adonner à leurs plaisirs, de l'autre, les femmes qui restent ici pour s'adonner aux leurs. Des célébrations très précises, très traditionnelles afin de préparer deux individus à devenir une entité.

— Ça me semble se résumer à des abus de boissons et des piaillements.

— Et ça vous paraît incompréhensible, je sais. Mais vous verrez, ce sera amusant.

— Bon.

Elle remarqua que Mira portait une robe bleu pâle d'une élégance subtile.

— Dois-je me changer ?

— Ce serait bien. Histoire de vous mettre dans l'ambiance. À vrai dire, j'adorerais jeter un coup d'œil dans votre armoire et vous choisir une tenue.

— Parfait.

Elles pourraient en profiter pour parler de l'affaire en cours.

— Connors m'a dit que vous aviez parlé avec Morris avant son départ.

— Oui, et nous nous parlerons de nouveau. Il paraît que vous lui avez suggéré de consulter le père Lopez, enchaîna Mira, tandis qu'elles gravissaient l'escalier. C'est une excellente idée. Morris est un homme de spiritualité, et je pense que Lopez pourra lui être d'un secours précieux. Le fait de lui avoir confié du travail l'a aidé, et je suis contente qu'il soit suffisamment lucide pour vous avoir demandé de participer à l'enquête.

— J'ai des questions.

— Je m'en doute.

Mira pénétra dans la chambre. En réponse au geste d'Eve, elle ouvrit la garde-robe et laissa échapper un soupir.

— Oh, Eve !

— Il n'a de cesse de la remplir.

— Quel rêve ! On se croirait dans une boutique. Vous voyez, je m'amuse déjà. Interrogez-moi, je me mets en mode multitâches. Dieu du ciel ! Ces robes du soir !

— Je ne suis pas obligée d'en porter une, j'espère ?

— Non, non. Pardonnez-moi, j'ai eu un instant d'égarement. Dites-moi ce que vous avez appris depuis notre dernier entretien.

Eve lui rapporta les déclarations d'Alex Ricker au sujet de son père ; elle lui parla de Rod Sandy, des progrès de Callendar à Omega, du gardien de prison. À en juger par les borborygmes en provenance du fond de l'armoire, elle avait l'impression de parler toute seule. Mais exprimer ses pensées à voix haute lui permettait toujours d'y voir plus clair.

— Voilà !

Mira reparut avec une robe légère de couleur prune, à fines bretelles.

— Simple, confortable et ravissante.

— Si vous le dites.

— Un petit plus : les poches dans lesquelles vous pourrez glisser votre communicateur... Vous vous demandez si Ricker a pu tuer Coltraine uniquement pour punir son fils. S'il a ordonné son exécution par simple dépit.

— Je ne pensais pas que vous m'écoutiez.

— J'ai élevé des enfants. Je sais écouter tout en accomplissant d'autres activités. À votre interrogation, je réponds oui. Sans conteste. C'est sa pathologie. De plus son fils est libre, pas lui. Son fils le méprise. Et, oui, il n'aura pas hésité – il y aura même pris plaisir – à se servir de l'homme que son fils considère comme son meilleur ami.

— En demandant sa mutation à New York, ma ville et celle de Connors, Coltraine a signé son arrêt de mort, n'est-ce pas ?

— Vous n'y êtes pour rien, Eve.

— Je sais. Selon vous, l'a-t-il éliminée pour se venger à la fois de son fils et de moi ? Il s'est servi d'un flic pour parvenir à ses fins. Il aurait pu utiliser d'autres moyens. Il a opté pour le flic. Par ce choix, c'est moi qu'il visait. En m'envoyant l'arme de service de Coltraine, il adressait un message de menace, il rappelait que ç'aurait pu être moi. Là, c'était pour Connors.

— Vu les éléments dont nous disposons actuellement et son passé, je vous répondrais par l'affirmative. Il a mis en œuvre cet acte unique pour frapper les trois personnes qui l'obsèdent.

— C'est bien ce que je pensais. Épingler son complice et le mettre devant le fait accompli n'en sera que plus satisfaisant.

— Je sais que vous n'avez pas l'esprit à la fête.

Eve enfila sa robe.

— Ça ira. Je me mets en mode multitâches.

Quelques instants plus tard, un vertige la saisit. Ses amies avaient transformé le pool house en un univers extravagant de divans et de baldaquins blancs et or, éclairé par d'énormes bougies blanches. Les tables nappées de blanc croulaient sous les flûtes en cristal remplies d'une boisson rose pétillante et les plateaux de canapés. Sur la dernière s'élevait une montagne de cadeaux enrubannés.

Elles avaient installé le salon de beauté à l'extrémité du bassin. Fauteuils inclinables, tables de massage, postes de manucure et de pédicure… L'estomac d'Eve se noua.

— Des cocktails Bellini ! annonça Mavis en en fourrant un dans la main d'Eve. Le mien contient des bulles non alcoolisées puisque j'allaite toujours. N'empêche que c'est divin. D'ici peu, nous allons procéder au tirage au sort pour les soins. Mais d'abord, buvons.

— Oublie mon nom.

Le visage de Mavis se fendit d'un large sourire.

— Trop tard ! trancha-t-elle avant de s'éloigner en sautillant.

Après tout, se dit Eve. Elle vida la moitié de sa coupe. Divin.

— Qu'en pensez-vous ? s'enquit Peabody en montrant le décor d'un grand geste du bras.

— On dirait un bordel chic, sans mecs. C'est plutôt réussi.

— C'était l'idée. Pendant qu'elles papotent, on peut s'éclipser, si vous voulez me mettre au courant.

Eve dévisagea Peabody, regarda autour d'elle, posa les yeux sur Louise, qui riait avec un groupe de femmes.

— Profitons de la fête. Le reste peut attendre.

Mavis démarra le tirage au sort. Les femmes poussèrent des cris stridents, et Eve acheva son Bellini. Louise lui glissa aussitôt un autre cocktail dans la main et trinqua avec elle.

— Quand j'étais adolescente, je rêvais de mariage et de tout ce qui allait avec. Devenue adulte, j'ai longtemps mis ces rêves de côté. Pour mon travail, mais aussi parce que personne n'était à la hauteur de mes rêves d'enfant. Aujourd'hui, avec Charles, avec tout ceci, je suis comblée.

— Vous semblez ivre de bonheur, Louise.

— Je le suis. Je sais que c'est un moment difficile pour vous – festoyer alors que Morris traverse une telle épreuve...

— N'y pensons plus pour le moment. Alors, d'après vous, combien de temps avant que l'une d'entre nous soit ivre au point de tomber dans la piscine ?

— Pas plus d'une heure.

Une heure pile s'écoula, mais personne ne tomba. Mavis ôta ses bottes, sa robe et plongea, nue comme un ver. Cette initiative fut accueillie avec enthousiasme : vêtements et chaussures volèrent dans les airs. Des femmes de toutes tailles et de toutes formes se joignirent à elle.

— Mes yeux, geignit Eve.

Elles nagèrent, puis quelqu'un réclama de la musique, et elles se mirent à danser. Elles jacassèrent comme des pies et burent comme des trous. Elles s'allongèrent sur les tables pour se faire masser le corps et le visage, se rassemblèrent par petits groupes pour discuter.

— Tout le monde s'éclate.

Eve se tourna vers Nadine.

— Ah bon ?

— Regardez Peabody qui se trémousse avec Louise. Et Mira, là-bas, en grande conversation avec Reo et... je ne sais plus comment elle s'appelle, une collègue de Louise. Elles papotent comme des sœurs pendant qu'on les pomponne. Moi, je me laisse absorber par mon boulot. Vous savez ce que c'est. J'en oublie de traîner avec les copines, tout simplement. Puis je me retrouve au beau milieu d'un événement comme celui-ci, et je jubile. Je m'éclate.

— Je ne vous ai pas vue sauter toute nue dans la piscine.

— Je n'ai pas encore assez bu. Mais la nuit ne fait que commencer, murmura Nadine avec un lent sourire. Vous dansez ?

Eve éclata de rire.

— Non merci, c'est gentil. Deux choses, puis nous irons remplir nos verres. Primo. J'ai peut-être un tuyau sur l'affaire Coltraine et je vous tiendrai au courant dès qu'il sera confirmé. Ne me demandez pas de quoi il s'agit, pas ici. Deuzio. J'ai lu votre livre sur Icove. Vous avez parfaitement cerné le personnage. Je connaissais déjà la fin, mais vous avez réussi à me donner l'envie d'aller jusqu'au bout.

— Je n'osais pas vous le demander. Merci, Dallas. Sincèrement.

— Ce n'est pas moi qui l'ai écrit.

Les amuse-bouches « je surveille ma ligne » cédèrent la place aux gourmandises irrésistibles : gâteaux recouverts de sucre glace, biscuits, tartelettes étincelantes de sucre, pâtisseries dégoulinantes de crème. Eve, qui espérait avoir des nouvelles de Callendar, passa au café. Nadine, jugeant enfin qu'elle avait assez bu, se dévêtit et exécuta un saut de carpe impeccable depuis le plongeoir. Plusieurs paires de seins rebondissaient dans les eaux tourbillonnantes propulsées par les jets dans le petit bassin. Eve lutta pour ignorer le fait que l'une d'elles appartenait à Mira.

— L'heure est venue d'ouvrir les cadeaux, lui dit Peabody.

— Tant mieux, ça devrait… Qu'est-ce que vous avez sur le dos ?

— Mon pyjama de soirée.

Peabody baissa les yeux sur son débardeur et son pantalon jaune canari, ce dernier étant parsemé de dessins d'escarpins.

— Il est mignon, non ?

— Quelle idée d'arborer des chaussures sur son pantalon !

— J'aime les chaussures. J'aime mon pyjama, riposta Peabody avant de serrer les bras autour de son propre corps en titubant. C'est rigolo.

— Peabody, vous êtes complètement bourrée.

— Je sais. J'ai bu des millions de belamies, de bibis, de bimi... bref. Et je me suis goinfrée. Alors si je vomis, toutes ces calories en trop s'envoleront. Vous saviez que McNab m'avait appelée ? Il a gagné cent dollars.

— Cent dollars ?

— Ouais. Il a dit que s'il en gagnait cent de plus, il m'achèterait un cadeau. Oups ! Les cadeaux ! C'est l'heure de les ouvrir.

Eve demeura à l'écart, car cette activité semblait impliquer tout un rituel et un passage de la piscine au salon au-delà. À l'instar de Peabody, nombre des invitées souhaitaient d'abord se changer.

Mavis reparut en débardeur à pois et culotte à rayures, identiques à ceux de la petite Bella, qu'elle tenait dans ses bras.

— Elle a faim. Et puis, elle avait envie de participer aux festivités.

Sur ce, Mavis libéra un sein, auquel Bella s'accrocha avec enthousiasme.

Louise commença à déballer ses cadeaux. On poussa des cris d'admiration. Les sex-toys et autres gadgets suscitèrent quelques rires gras. On se mit à parler mariage, hommes et sexe.

Les pauvres étaient loin d'imaginer ce que les femmes racontaient sur eux en leur absence, songea Eve. Études comparatives, sondages... longueur, épaisseur, durée, positions, manies, préférences.

Mavis présenta son autre sein à sa fille.

— Leonardo peut tenir toute la nuit. C'est un...

— Gros nounours, acheva Eve, arrachant un gloussement à Mavis.

— Oui, mais un nounours qui a de l'énergie à revendre.

— Quel est votre record ? demanda quelqu'un.

— Six fois en une nuit. Bien entendu, c'était avant la venue de ma Bellissima, précisa-t-elle par-dessus le crépitement des applaudissements. Ces temps-ci, on doit glisser nos séances de bêtes à deux dos où et quand on le peut. Mais le nounours a encore du ressort.

Peabody agita son verre plein.

— Nous, on tourne autour de quatre fois pour les grandes occasions. Mais le plus souvent une seule, bien longue, nous suffit. McNab est un peu comme un chiot. Il joue, il joue, puis tout à coup, il s'enroule et il s'endort.

— Un jour, je suis sortie avec un type qui en avait une *énorme* ! intervint Nadine en écartant les mains, ce qui provoqua l'hilarité générale. Il la levait, puis se dégonflait. Comme une tortue qui rentre dans sa coquille. Lui, c'est la tortue.

— Je me suis envoyé ce mec, une fois, enchaîna Trina en engloutissant un éclair au chocolat, et c'était pas mal du tout. On s'est revus plusieurs fois, puis il m'a proposé de mettre un peu de piment dans nos ébats. J'ai tout de suite pensé sex-toys, pourquoi pas ? Mais lui voulait qu'on fasse ça à trois. Faut garder l'esprit ouvert, n'est-ce pas ?

Elle arrosa sa pâtisserie d'un Bellini rose.

— Sauf que la troisième n'était nulle autre que sa sœur. Lui, c'est le serpent.

— Dennis peut encore…

Eve plaqua les mains sur ses oreilles.

— Je ne veux pas entendre ça ! s'écria-t-elle. Ma tête va exploser.

— Quoi ? Je ne peux plus faire l'amour sous prétexte que je suis grand-mère ? protesta Mira.

— Oui. Non. Je n'en sais rien. Le problème n'est pas là.

— Vous êtes si prude, Eve, c'est charmant. Comme je m'apprêtais à le dire, Dennis arrive encore à me combler deux fois de suite. Quand on est ensemble depuis aussi longtemps que nous, on connaît de longues périodes durant lesquelles la tendresse, la chaleur, le rythme de la vie remplacent aisément le sexe. Je vous le souhaite, Louise. La chaleur et la tendresse d'une longue existence à deux entrecoupée de câlins qui vous prennent par surprise. Dennis est le hibou. Doux et sage.

— Et Charles ? voulut savoir Nadine. Le compagnon licencié devenu thérapeute sexuel. Ce doit être un bonheur.

Une lueur dansa dans les prunelles grises de Louise et elle afficha un sourire satisfait.

— Charles est le Léopard. Élégant, gracieux, fort. Et endurant.

— Léopards, chiots, hiboux, même les serpents sont sexy, se plaignit Nadine. Moi, je suis tombée sur la tortue. À votre tour, Eve.

Celle-ci refusa d'un signe de tête.

— Alors je suggère la panthère, continua Nadine. Souple, mystérieuse, prête à bondir avec grâce et virtuosité.

— D'accord.

— Allez, Dallas ! Votre record ? Combien de fois ?

— Si vous arrivez à les compter, c'est qu'il ne vous a pas épuisée.

Nadine poussa un grognement, frissonna, sourit.

— Peste !

Au milieu des rires, Louise ouvrit le cadeau suivant. Eve but une gorgée de café.

— Loup, murmura-t-elle sans réfléchir.

Mira lui tapota la main.

— Oui, approuva-t-elle. Ils sont fidèles pour la vie.

Quand elles se furent exclamées sur le dernier cadeau, Trina se leva.

— Bon, les filles, retour au salon de beauté. Prochain round de soins...

Elle pivota vers Eve, découvrit les dents.

— C'est vous que j'ai tirée au sort.

— Je ne suis pas...

— Si ! Tout le monde doit jouer le jeu. Allez lui chercher à boire. Je m'occupe de ses cheveux.

Une coupe, d'accord. Elle supporterait le supplice. D'autant qu'elle n'avait aucune échappatoire.

— Je ne veux pas d'un massage. Ni d'un nettoyage de peau. Je ne veux pas...

— Gnagnagna. Asseyez-vous ! ordonna Trina en lui tendant le Bellini qu'on venait de lui apporter.

Sous son œil effaré, elle sélectionna ses instruments de torture.

— C'est sympa, ce que vous faites.

— Qu'est-ce que je fais ?

— Nous recevoir toutes ici. Louise est une fille bien. Moi, je n'ai pas beaucoup de principes, mais je n'aurais jamais pu tomber amoureuse d'un compagnon licencié. Elle a pu, parce que c'était le bon.

Eve commençait à se détendre quand, subitement, Trina étrécit les yeux.

— Qu'est-ce que vous avez fait à vos cheveux ? Vous les avez tailladés ! Vous ne pouviez pas les laisser tranquilles ou m'appeler à la rescousse ?

— Je... j'ai seulement... C'est ma tête ! argua Eve.

— Vous avez de la chance que je sois un génie. Je vais vous arranger ça.

Trina s'empara d'un spray et entreprit d'asperger d'eau la chevelure d'Eve.

— Vous avez le regard fatigué. Un soin...

— Ce n'est pas la fatigue, c'est l'alcool.

— Si je vous dis que vous avez le regard fatigué, c'est que vous avez le regard fatigué. Vous allez l'arrêter votre monstre, mais pas dans cet état lamentable. Je ne le permettrai pas.

— Coupez-moi les cheveux si ça vous chante, mais pour le reste, fichez-moi la paix. J'ai…

Son communicateur bipa. Eve plongea la main dans la poche de sa robe. Trina lui arracha l'appareil.

— Elle est occupée, aboya-t-elle.

Eve poussa un juron.

— Empreinte vocale non identifiée. Transmission pour Dallas, lieutenant Eve.

— Donnez-moi ça, bordel ! gronda Eve. Dallas.

— Dispatching à Dallas, lieutenant Eve. Veuillez vous rendre au 509 Pearl Street. Uniformes sur le site. Cadavre au premier étage visuellement identifié comme étant Sandy, Rod.

— La scène a-t-elle été sécurisée ?

— Affirmatif.

— J'arrive.

Trina l'avait déjà débarrassée de sa cape de plastique et avait redressé son fauteuil.

— Vous voulez que je prévienne Peabody ?

— Non, elle peut rester ici. Si on vous interroge, dites que je suis allée me coucher.

— Entendu.

Eve fila à l'anglaise.

— Hé ! cria Peabody, qui s'était lancée à ses trousses d'un pas chancelant. Vous ne pouvez pas vous enfuir comme ça. Nous allons attaquer la séquence vidéos. Vous… vous avez du nouveau, bafouilla-t-elle.

— Il faut que j'y aille. Retournez à la fête.

— Non, lieutenant. Je viens avec vous. J'ai apporté des cachets de Sober-Up. J'aurai récupéré dans quelques minutes. C'est au sujet de Coltraine, donc je viens.

— D'accord, mais dépêchez-vous. Je vais me changer. Et vous aussi.

Eve attendait l'ascenseur quand Mira la rejoignit.

— Un souci ?

— Un corps. Sandy. Je file. Si elle veut m'accompagner, il faut la dégriser.

— J'y tiens, marmonna Peabody.

— Je m'occupe d'elle, promit Mira. Elle vous retrouvera là-haut.

— Dix minutes ! glapit Eve.

Elle se propulsa dans la cabine. Jamais sa partenaire ne serait dégrisée d'ici dix minutes.

Elle avait eu beau se démener toute la journée, elle n'avait pas eu l'ombre d'une chance de coincer Rod Sandy vivant.

18

Eve arracha sa robe, enfila un pantalon et une chemise, fixa son harnais. Elle attrapa au vol un blouson de cuir et le revêtit tout en descendant l'escalier au pas de course. Elle se rendit compte qu'elle avait sous-estimé sa coéquipière quand celle-ci émergea de l'ascenseur en compagnie de Mira et de Mavis.

— Je suis à moitié dessoûlée, annonça Peabody.

— Si vous ne l'êtes pas complètement à notre arrivée, vous resterez dans la voiture. Mira, je compte sur vous pour veiller sur les invitées.

— Ne vous inquiétez pas. Tout est sous contrôle.

— Absolument ! renchérit Mavis. J'ai expliqué le pourquoi du comment à Summerset. Votre véhicule vous attend.

— Merci. Nous serons de retour… quand nous serons de retour. Peabody.

Celle-ci blêmit légèrement comme l'air frais la giflait, mais parvint à grimper dans la voiture avec un minimum de gémissements.

— Vous n'allez pas vomir, j'espère ?

— Non, j'ai dépassé ce stade. Où allons-nous ?

— Pearl Street.

— Je serai en pleine forme le temps que nous… D'où sortez-vous cette bagnole ?

— Elle est à moi. Désormais, c'est celle que nous utiliserons.

— À *vous* ? Vraiment à vous ? Waouh, les gadgets ! s'extasia Peabody en examinant le tableau de bord.

— Servez-vous en donc pour m'indiquer le chemin le plus court jusqu'au 509, Pearl Street et me décrire l'immeuble.

Peabody s'exécuta.

— Trois étages, locations multiples, inhabité pour le moment. Demandes de permis de rénovation en cours. Vous voulez le GPS visuel ou vocal ?

— Visuel. Je déteste quand cette machine vous parle. Apparemment, Sandy a été découvert au premier étage. On dirait que l'assassin ne voulait pas qu'on le retrouve aussi vite cette fois-ci. Ce bâtiment est en dehors du secteur de la 18e brigade, mais pas très loin. Les membres de l'équipe de Coltraine connaissent sûrement le terrain.

— Qu'en est-il de Callendar et de Sisto ?

Eve la mit au courant tout en enfonçant l'accélérateur.

L'immeuble était trapu et triste, ses murs gris couverts de graffitis. Les fenêtres ressemblaient à des bouches béantes bordées de dents cassées. Quelques-unes avaient été condamnées par des planches de contreplaqué. La chaîne et le cadenas de l'entrée étaient fracassés.

Deux véhicules de patrouille étaient garés face à face le long du trottoir. Deux uniformes faisaient le guet sur la plateforme en béton devant l'entrée.

— Criminelle ! annonça Eve en accrochant son insigne à sa ceinture pendant que Peabody sortait leurs kits de terrain du coffre.

— Premier étage. Nous sommes venus en renfort. Les premiers arrivés sur la scène sont là-haut. L'endroit est vide, nous avons vérifié. Nous avons apporté des projecteurs, car il n'y a pas d'électricité.

Eve opina, examina la chaîne et le cadenas.

— Ça ne date pas de ce soir.

— Non, lieutenant. De deux mois environ. On est affectés à cette zone. Un groupe de junkies squattait les lieux. Le propriétaire a porté plainte, on les a chassés.

L'endroit empestait l'urine, le vomi et la crasse.

Les agents avaient installé l'un de leurs projecteurs sur le palier. Des ombres dansaient sur des piles de chiffons, de papiers, de débris divers abandonnés par les junkies. Les lattes de parquet manquantes avaient dû servir de bois de chauffe, un tonneau en métal faisant office de poêle.

La lampe d'Eve illumina un nid de souris entre deux lattes.

— Beurk ! fit Peabody, sur ses talons.

— Ne dites pas « beurk ! », bon Dieu. Nous sommes flics.

— J'ai horreur des souris. Mais c'était peut-être des rats. Et je n'ai vu que la mère et ses petits. Papa doit se promener dans les parages.

Elle dirigea le faisceau de sa torche électrique à droite, puis à gauche.

— Il guette l'occasion de grimper dans la jambe de mon pantalon pour me mordre les fesses.

— Si cela se produisait, évitez les « beurk ! ». Lieutenant Dallas et inspecteur Peabody, de la Criminelle, annonça-t-elle en atteignant le palier.

L'un des uniformes les rejoignit.

— Officier Guilder, lieutenant. Mon partenaire surveille les types qui ont prévenu les secours. Vous voulez les voir ou vous préférez commencer par le corps ?

— Le corps.

— Par là. Ce sont deux pilleurs de poubelles qui ont donné l'alerte. Pourtant, il n'y a rien à voler ici. Ce qui reste, même les junkies n'en voulaient pas, mais ils ont tenté leur chance malgré tout. Ils l'ont découvert en triant un tas de couvertures. Au début, ils ont cru qu'il était simplement endormi, puis ils se sont rendu compte qu'il était mort.

— Des pilleurs de poubelles à l'esprit civique ?

— C'est rare, n'est-ce pas ? Mais ils me paraissent corrects. Ils ne sont pas armés, pas même un cutter. Ils nous ont conduits droit ici. Nous l'avons reconnu d'après l'avis de recherche... Le voilà.

Eve se rendit compte qu'elle était sur le seuil de ce qui avait dû être autrefois un studio.

Rod Sandy était assis sur le sol crasseux, le dos au mur. On l'avait déshabillé et son torse nu était percé d'un petit trou d'où coulait un filet de sang.

Rien à voler, songea Eve. C'était le message qu'avait voulu transmettre le meurtrier. Elle s'accroupit pour étudier l'angle du corps et les détritus tout autour.

— J'ai des empreintes ici, dans la poussière, mais ce sont sans doute celles des pilleurs. Et ça ? Ces taches ? Le tueur s'était protégé les mains et les pieds, apparemment. Si les choses s'étaient passées autrement, quelques jours, voire une semaine auraient pu s'écouler. La saleté se serait accumulée, on n'aurait rien remarqué. Un coup de couteau dans le cœur, lame fine. Vérifiez l'identité et l'heure du décès, Peabody.

Eve s'enduisit les mains de Seal-It et chaussa une paire de microlunettes.

— Je parie pour un stylet, déclara-t-elle en examinant la blessure. Pas d'éclaboussures. Vite fait bien fait. Il le recouvre de bâches et de chiffons. Dans le noir, on ne remarque rien. La fenêtre est condamnée. Un junkie, un vagabond tombe dessus : les chances pour qu'il se précipite au commissariat sont minces.

— Il s'agit bien de Rod Sandy, annonça Peabody. Heure du décès : 1 h 15 du matin.

— Malin. Très malin. On lui laisse le temps de paniquer, de suer à grosses gouttes, on le mène en bateau.

Puis on l'attire ici sous un prétexte quelconque. Il est tellement agité qu'il ne réfléchit pas. L'assassin arrive le premier, l'attend. Il pose la main sur son épaule. « Du calme, tout va bien. » Il le regarde droit dans les yeux et le poignarde.

Elle ôta ses lunettes.

— Il le déshabille pour faire croire à une agression pour récupérer ses vêtements, le contenu de ses poches. Mais il a commis une erreur en le recouvrant. C'est le geste de trop. Comme la méthode. Ce n'est pas le mode opératoire d'un voyou qui détrousse un passant. Notre meurtrier est un prétentieux.

— Il aurait dû le poignarder à plusieurs reprises, et l'abandonner *sur* ce tas de loques, ajouta Peabody.

— Exactement. Il est habile. Aucune trace des lésions *post mortem* qu'on aurait dû trouver si on lui avait arraché ses vêtements. Normal. Il devait manipuler le corps avec soin, pour ne pas laisser de traces. Mais il a perdu son temps, car nous ne sommes pas idiotes.

Elle se redressa.

— Appelez les techniciens et les gars de la morgue. Je me charge des pilleurs.

Leur allure ne la surprit pas. Deux masses plus ou moins humaines dissimulées sous des couches de vêtements et de crasse. Impossible de déterminer leur sexe ni leur âge. Ils étaient assis par terre, de part et d'autre d'un Caddie rempli à ras bord de guenilles, chaussures, jouets cassés et appareils électroniques déteriorés.

Ils se présentèrent : Kip et Bop.

— J'apprécierais de connaître vos véritables noms.

— On les a pas gardés, rétorqua Kip. Nous, on garde que ce qu'on veut.

Bop serrait un énorme cabas dans ses bras.

— On ramasse, on utilise, on vend. On fait de mal à personne.

— D'accord. Vous êtes donc venus ici à la recherche d'objets que vous pourriez ramasser, utiliser ou vendre ?

Kip haussa les épaules.

— Personne d'autre en veut. L'immeuble est abandonné. Tout le monde s'en fiche.

— Avez-vous aperçu quelqu'un ?

— Juste le mort.

— Vous êtes peut-être venus aussi hier soir.

— Non, hier on était sur Bleecker Street. Y a une dame qui sort des trucs tous les vendredis soir. Si on se dépêche, on a des chances de récupérer des affaires intéressantes.

— Bien. À quelle heure êtes-vous arrivés ?

Kip souleva le bras, tapota la face brisée de sa montre.

— Marche pas. Je vous explique : on débarque, on commence par le dernier étage et on descend au fur et à mesure. Pas grand-chose au deuxième, mais ici, on se dit qu'on trouvera peut-être une bonne couverture ou une paire de chaussettes dans cette montagne de chiffons. Sauf qu'on tombe sur un mort.

— Lui avez-vous pris quelque chose ?

— On vole pas les morts.

— Sinon, on va en enfer, renchérit Bop en hochant la tête d'un air solennel.

— Qu'avez-vous fait ensuite ?

— On a appelé les secours. C'est le moins.

— Oui, c'est le moins. Vous avez un communicateur ?

À cette question, Bop resserra son étreinte autour du sac.

— Il est à moi.

— Oui. Il est à vous. Merci de l'avoir utilisé à bon escient. On peut vous escorter jusqu'à un refuge si vous le souhaitez.

— Pas de refuge. On va nous piquer nos affaires.

Eve se gratta l'oreille.

— Bien. Que diriez-vous de deux nuits à l'abri ? Une chambre, un lit.

Kip et Bob échangèrent un regard.

— C'est où ? demanda Kip.

— Officier Guilder, connaissez-vous un hôtel dans le coin qui accepterait de les héberger quarante-huit heures ? C'est la municipalité qui paiera.

— Bien sûr. Le *Metro Arms*, Broad Street.

De nouveau, les deux comparses se regardèrent.

— On aura rien à payer ?

— Non. La municipalité vous l'offre pour vous remercier de votre aide.

Bien que les siennes fussent encore protégées, Eve se retint de leur serrer la main.

— Pas la peine de tuer pour récupérer des trucs, dit Kip.

— Les gens les laissent traîner partout, conclut Bop.

Une fois dans la rue, Eve examina l'édifice et ceux qui l'entouraient tandis que les techniciens allaient et venaient.

— Quand on vit ou qu'on travaille dans ce secteur, on repère des bâtiments comme celui-ci, observa-t-elle. C'est le territoire du tueur, loin, loin de celui de la victime.

— Sans Kip et Bop, on se serait mordu la queue pendant des jours. Toutes les flèches pointent dans la direction de Rod Sandy pour le meurtre de Coltraine. Il disparaît, le véritable assassin lui tend un piège et l'élimine. De notre côté, on peut supputer que Sandy a pris la fuite par peur d'être arrêté – et parce qu'il est persuadé, comme il est l'ami d'Alex, qu'Alex figure encore parmi nos suspects.

— On peut supputer.

— Sauf que, comme vous l'avez dit, nous ne sommes pas idiotes.

— Contrairement à Sandy, précisa Eve. Dommage pour lui. Allons rédiger nos rapports.

On avait beau être en pleine nuit, le Central vibrait d'activité. Braillements des prostituées, jérémiades et gloussements des junkies, sanglots des victimes… Eve s'enferma dans son bureau et s'attela à sa tâche.

Quand son communicateur bipa, elle sauta littéralement dessus.

— Callendar ! Je vous écoute.

Callendar eut un large sourire.

— Deux bonnes nouvelles. Deux transmissions d'Omega à New York confirmées. Toutes deux émises et réceptionnées sur des appareils non enregistrés. Et, oui, ma belle, il s'agit bien du portable utilisé sur la planète Terre. Ça colle.

— Pas mal, *ma belle* !

— Les communications cryptées d'ici à là-bas n'ont pas été archivées.

— Vous allez parvenir à les décoder ?

— Certainement. Mais cela va prendre un peu de temps, et j'ai besoin de deux heures de sommeil. Entre-temps, Sisto a eu une petite conversation avec le vieux copain de beuverie de notre ami Cecil Rouche qui, comme par hasard, était affecté au service Communications à l'heure en question. Un certain Art Zeban. Zeban a commencé par jouer les idiots, mais il s'est ressaisi quand Sisto l'a cuisiné. Zeban prétend que Rouche lui a proposé mille dollars le coup pour dissimuler les transmissions. Juste un petit service rendu à un ami en échange d'une compensation.

— Excellent.

— Encore mieux : on a effacé toute trace de la pause hygiène de Ricker.

— Merde !

— Je vous en prie, rétorqua Callendar en balayant l'espace de la main comme si elle chassait un moustique. Tant que je suis là, rien n'a totalement disparu. Je vais creuser. Cerise sur le gâteau, j'ai obtenu la permission de fouiller les quartiers de Rouche.

— Il est au courant ?

— Pas encore. Nous...

— Ne lui dites rien pour le moment. Débrouillez-vous pour qu'il ne puisse contacter personne. Coincez-le, Callendar. Ramenez-le-moi ici avec son copain.

— Pas de problème. Je m'amuse comme une folle.

— Continuez, mais arrangez-vous pour qu'aucune fuite ne parvienne jusqu'à Ricker. Je veux qu'on l'isole complètement. Si le directeur n'est pas d'accord, qu'il m'appelle.

— Compris.

Callendar raccrocha. Eve mit à jour ses données, puis se leva pour compléter son tableau de meurtre.

— J'ai fini, annonça Peabody sur le seuil de la pièce. À moins que vous ne teniez à prévenir les membres de la famille ce soir, nous... Vous avez du nouveau !

— Callendar confirme les transmissions d'Omega. Elles sont cryptées mais elle m'assure qu'elle peut les décoder. Par ailleurs, elle a réussi à établir une correspondance avec le portable récupéré par Feeney.

Eve indiqua la photo de Zeban.

— Voici le type que le complice de Ricker a soudoyé pour qu'il efface toutes les traces de ces appels ainsi que de la pause hygiène de Ricker. Callendar va procéder à une reconstitution.

— Elle est douée. McNab ne cesse de le répéter. Dites-moi, ça fait beaucoup de pots-de-vin.

— Oui, et au beau milieu d'une colonie pénitentiaire. Choquant, non ? Une véritable chaîne alimentaire. Ricker au sommet. Puis Sandy, Rouche, Zeban et probablement d'autres en dessous. Cependant, c'est le lien entre Ricker et Sandy qui nous permettra de rassembler toutes les pièces du puzzle.

Elle se retourna, fronça les sourcils.

— Quelle heure est-il en France ?

— Euh...

— Moi non plus, je n'en ai aucune idée. Connors pourrait me renseigner mais il est à Las Vegas. Je me demande quelle heure il est là-bas... Débusquez-moi le flic français chargé du secteur où s'est installée l'ex de Rouche. Je veux qu'on la surveille. Qu'on la mette sur écoute.

Il fallut persuader, cajoler et, pour finir, faire état de fonds illicites et d'acquisitions immobilières obtenues grâce auxdits fonds illicites, toutes situées en France, pour obtenir sa coopération.

La perspective de confisquer des biens d'une valeur de plusieurs millions de dollars incita Luanne Debois à se prêter au jeu.

— Ça va être long, bougonna Eve tandis qu'elles descendaient au parking. Il faut des autorisations spéciales. Mais quand j'ai évoqué la possibilité de blanchiment d'argent sur son propre territoire, j'ai vu son regard s'illuminer.

— Entre ça et les exploits de Callendar, nous finirons bien par épingler Ricker. Quant à son acolyte ici, c'est une autre histoire.

— J'y travaille.

Peabody s'immobilisa et plissa les yeux tandis qu'Eve montait à bord de son véhicule.

— Je suis perplexe. Comment avez-vous pu choisir une caisse aussi moche alors que vous avez de quoi vous offrir tout ce dont vous rêvez ? La 2X-5000, par exemple, ou un 4 x 4 ou...

— Ce n'est pas moi qui l'ai choisie, c'est Connors.

— Vous fracassez tous mes rêves, tous mes espoirs.

— Il est suffisamment malin pour savoir qu'il me faut un véhicule qui se fond dans la masse. Je vous dépose chez vous, oui ou non ?

— Non, je retourne chez vous. Toutes mes affaires y sont et c'est là que McNab arrivera demain. Sans oublier le brunch.

Eve sentit les prémices d'une migraine.

— Elles ne sont pas encore là, j'espère ? Si ? Pourquoi ?

— Parce que c'était prévu comme ça. Et, oui, elles sont toujours là, j'ai vérifié.

— Je voulais faire un saut à la morgue.

— En quel honneur ?

— Parce qu'on a peut-être négligé un détail.

— Je joins l'institut médico-légal pendant que vous nous conduisez jusqu'à un somptueux buffet de petit-déjeuner.

Eve aurait volontiers refusé, mais s'avoua vaincue. Elle pourrait toujours travailler de la maison, se consola-t-elle. Se terrer dans son bureau jusqu'à ce que toutes ces femmes s'en aillent enfin.

Pour pouvoir interroger Rouche, elle devait s'adresser au bureau du procureur. Son adjointe, Cher Reo, cuvait une nuit de débauche comme toutes les autres, elle l'aurait donc sous la main.

Atout supplémentaire : Mira était aussi sur place.

Si elles voulaient leur brunch, elles devraient le mériter.

Du coin de l'œil, Eve constata que Peabody s'était endormie.

Bon, d'accord, elle leur accorderait à toutes quelques heures de répit.

L'aube se levait lorsqu'elles atteignirent la propriété. Au fond, tant mieux si tout le monde roupillait. Elle aurait ainsi le temps de se changer, de réfléchir, d'aller et venir, d'envisager divers angles d'analyse sans être dérangée.

Oui, vraiment, un peu de tranquillité lui ferait le plus grand bien.

Lorsqu'elle secoua sa partenaire, celle-ci grogna.

— Réveillez-vous, entrez, montez et couchez-vous.

— Je suis réveillée. En pleine forme. Où... Ah ! Nous sommes chez vous.

— Pas la peine de vous y habituer. Prenez deux heures. Vous mangerez quand vous vous lèverez et ensuite, vous serez de service jusqu'à ce que je vous dise le contraire.

— Entendu.

Peabody emboîta le pas à Eve en se frottant les yeux.

— Vous allez vous reposer, vous aussi ?

— Je veux profiter du calme pour...

Comme elle poussait la porte, un hurlement retentit. Instinctivement, elle dégaina son arme. Peabody lui agrippa le bras.

— Stop ! C'est le bébé.

Eve conserva la main sur son pistolet tandis que les cris reprenaient de plus belle.

— Impossible. Une créature aussi petite ne peut pas émettre des sons aussi puissants.

Elle suivit toutefois les cris jusqu'au salon, où Mavis, en pyjama, berçait une Bella écarlate de colère.

— Ah ! Vous voilà ! Désolée, elle est énervée.

— À croire qu'on est en train de la hacher menu, grommela Eve.

— Elle a de bons poumons.

Eve eut un sursaut quand Mira – en peignoir bleu paon – se leva du canapé.

— Donnez-la-moi. Viens voir tante Charley, mon bébé. Oui, oui, tout va bien.

— Ouf ! souffla Mavis en s'emparant d'une tasse sur la table. Je l'ai amenée ici pour épargner les tympans des autres, là-haut. Elle est dans un état.

— Pourquoi ? Que lui as-tu fait ? Ce n'est pas normal. Mira, vous êtes médecin… Réagissez !

Mira continua d'aller et venir en roucoulant.

— Pauvre bout de chou, tu fais tes dents, n'est-ce pas ? Je parie que tu boirais volontiers un café, ma poupée.

Mavis tendit à Mira un engin rose et bleu que celle-ci s'empressa d'enfourner dans la bouche de Belle, puis alla remplir deux tasses de café pour Eve et Peabody.

Les cris de Belle cessèrent, remplacés par des bruits de succion entrecoupés de grommellements.

— Alors… tout le monde dort ? s'enquit Eve.

— Pour autant que je sache, oui, répondit Mavis. Quelques-unes se sont écroulées en bas, au beau milieu de la séance vidéo. D'autres ont réussi à trouver le chemin de leur chambre. C'était vraiment génial. Dommage que vous ayez dû partir.

Eve contempla Belle d'un air soupçonneux : plus elle suçait sa tétine, plus son regard devenait vitreux.

— Tu lui as filé un somnifère ? C'est légal ?

— Non, ce n'est pas un somnifère. Et, oui, c'est légal. C'est le froid qui soulage ses gencives enflammées, expliqua Mira en caressant la joue du bébé. Elle est épuisée. Pas vrai, mon lapin ? Alors ? enchaîna-t-elle. Cet appel avait un rapport avec l'affaire Coltraine ?

— Oui. L'un de nos principaux suspects vient de finir à la morgue. Callendar est sur une piste. J'attends de ses nouvelles. Je pourrais… Je vais vous laisser.

— Vous avez besoin de moi ?

— Ça peut attendre.

Mavis s'avança pour reprendre sa fille.

— Je vais la recoucher. Merci, Mira.

— Ce fut un bonheur.

Sidérée par la sincérité de Mira, Eve gagna le hall.

— Reo est encore là, j'espère.

— Oui. Elle nous a abandonnées aux alentours de 2 heures, il me semble. Vous avez besoin d'elle ?

— Tôt ou tard.

— Voulez-vous que j'aille la chercher ?

— Rien ne presse mais... oui, pourquoi pas ? Peabody, je vous ai donné deux heures de repos.

— Je suis réveillée. Et j'ai faim. Je vais chercher quelques victuailles. Que préférez-vous ? Protéines ou hydrates de carbone ?

— À votre guise.

Dans son bureau, Eve fonça sur son tableau de meurtre pour le mettre à jour. Elle venait d'entamer un calcul de probabilités quand Peabody posa devant elle une assiette pleine et un café brûlant.

— Des œufs au bacon. Docteur Mira, un petit-déjeuner ? C'est moi qui fais le service.

— Quelle bonne idée ! s'exclama Mira en tournant autour du tableau. Comme Eve, ce sera parfait.

Elle examina la photo du corps de Sandy.

— Une seule blessure ?

— Oui. Un coup de stylet en plein cœur.

— Encore un acte personnel. L'arme et la méthode diffèrent, mais le sentiment demeure. Il aime les regarder mourir... Il l'a déshabillé. Une manière de l'avilir, comme il a humilié Coltraine en l'abattant avec son arme de service et en l'emportant ainsi que son insigne.

— Mouais...

Contre toute attente, Eve était déstabilisée : comment Mira pouvait-elle apaiser un bébé un instant et jauger froidement un assassin celui d'après ?

— Il a maquillé la scène pour que cela ressemble à une agression, dit Eve. Il avait recouvert le corps de vieux chiffons, de guenilles et de couvertures ignobles.

— Il le méprisait, le trouvait de peu de valeur.

— Ricker se débarrasse de ceux qui ne lui sont plus utiles.

— Il a peut-être ordonné l'exécution, mais la personne qui a commis l'acte avait sûrement le choix de la méthode. L'heure, l'endroit... Merci, Peabody, ça m'a l'air délicieux... Vous soupçonnez les membres de la brigade de Coltraine. Si nous nous penchions sur eux ?

— Mmm ! Ça sent bon !

Hirsute, vêtue d'un pyjama orné de pâquerettes, Cher Rio pénétra dans la pièce.

— Du café ! De la nourriture et de la caféine, je vous en supplie !

— Je peux me charger du service, proposa Mavis, sur ses talons. Belle s'est endormie et je suis affamée. J'ai envie de pain perdu.

— Mmm ! approuva Reo.

— Va pour deux commandes de pain perdu. Nadine, vous en voulez aussi ?

— Certainement ! Qui est mort ? s'enquit la journaliste qui venait de surgir à son tour. Mira n'a pas voulu lâcher le morceau.

— Seigneur, allez-vous-en, gémit Eve, résistant à la tentation de s'arracher les cheveux. J'essaie de bosser !

— Je garderai l'info pour moi, promit Nadine en s'emparant d'une tranche de bacon dans l'assiette d'Eve. Je peux vous être utile. Nous sommes des filles intelligentes. Résolvons le crime !

Quand elle tenta de s'emparer de la tasse d'Eve, celle-ci lui agrippa le poignet.

— Si vous touchez à mon café, il y aura un autre crime.

— D'accord, je vais m'en chercher un.

Mais elle fit un détour par le tableau de meurtre. Et s'arrêta devant la photo de Sandy.

— Un coup en plein cœur. Net et précis.

Eve fronça les sourcils tandis que Nadine gagnait la kitchenette. Le drame, c'était qu'elles étaient bel et bien intelligentes !

— Je me rends. Reo, fermez cette fichue porte avant que quelqu'un d'autre ne débarque.

À cet instant précis, Louise apparut.

— Je n'arrivais pas à dormir, alors... Mmm ! Du pain perdu !

— Elle aussi, c'est une fille intelligente, fit remarquer Nadine en allant fermer la porte. Mavis, Louise veut du pain perdu. Nous donnons un coup de main à Dallas.

Eve était à bout de nerfs.

— Asseyez-vous, toutes autant que vous êtes et bouclez-la. Nadine, vous ne diffuserez rien sans mon accord. Louise, vous vous rendez dans le quartier de Pearl Street avec votre fourgon médical, il me semble ?

— Oui.

— Connaissez-vous deux énergumènes dénommés Kip et Bop ?

— Oui. Ils...

— Vous pouvez rester. J'aurai peut-être des questions à vous poser. Reo, j'aimerais vous parler d'un certain gardien de la prison d'Omega.

Comme elles s'étaient mises à manger, Eve attaqua ses œufs tout en leur expliquant le lien entre Cecil Rouche et Ricker.

19

C'était grotesque. Voilà qu'elle briefait un groupe de femmes – des civiles pour la plupart, en plus ! – sur une enquête en cours. Des femmes en pyjama qui se régalaient de pain perdu ou grignotaient des tranches de bacon.

Intelligentes, d'accord. Mais tout de même. Hormis Peabody, Reo et Mira, qu'est-ce que les autres connaissaient au métier de flic ? En ce qui concernait Nadine, passe encore : celle-ci était une spécialiste des affaires criminelles et Eve faisait confiance à son sens de l'éthique.

Louise n'était pas complètement en dehors du coup. En tant que médecin, elle s'était occupée d'innombrables victimes. Quant à Mavis, elle avait vécu dans la rue, ce qui n'avait pas grand-chose à voir avec une enquête. Aucune importance : elle se contentait essentiellement de verser le café.

— En somme, vous voulez négocier avec Rouche, l'inciter à dénoncer Max Ricker et son complice à New York qui aurait assassiné Coltraine et Rod Sandy, résuma Reo.

— Oui. Si Rouche connaît son nom.

— Si tant est qu'il le connaisse, renchérit Reo. Et vous voulez aussi lui faire avouer que Max Ricker a ordonné les exécutions. Ricker, qui purge déjà plusieurs peines de prison à perpétuité dans la plus redoutable de nos colonies pénitentiaires. Nous ne pouvons plus rien contre lui, mais Rouche, qui n'est qu'un troisième couteau, peut tomber pour conspiration de meurtre. Il le paiera cher. Si Callendar vous déniche les infos que vous espérez, vous aurez de quoi l'accuser et le pousser à cracher le morceau.

— Le problème n'est pas là. Si Ricker a appuyé sur le bouton, et c'est le cas, il doit être puni aussi. Déféré, poursuivi et jugé pour ces deux homicides. Dont celui d'un flic. Deux sentences à vie de plus ne changeront rien sur le plan pratique. Mais sur le plan symbolique, c'est important. Pour Coltraine.

Louise se tourna vers le tableau de meurtre et la photo de Coltraine.

— S'il n'est pas tenu pour responsable de ses actes, où est la justice ? Deux personnes sont mortes parce qu'il en a décidé ainsi.

— La justice concerne aussi les familles et les proches des victimes, ajouta Mira. Elles y ont droit.

Reo poussa un soupir.

— Je suis de votre avis, et je vais devoir utiliser cet argument, entre autres, pour convaincre mon patron de frapper Ricker tout en relâchant un autre poisson pour y parvenir. Mais Rouche et le contact new-yorkais de Ricker subiront les conséquences de leurs actes.

— J'y compte bien. Échanges de dessous-de-table, sabotage, falsification de documents, blanchiment d'argent, les charges ne manquent pas. Nous pouvons aussi pousser son ex-femme dans ses retranchements, histoire de renforcer la pression. Rouche n'échappera pas à la prison, mais je suis prête à parier qu'il accueillera une condamnation à dix ans comme un cadeau du ciel en comparaison de ce qu'il risque.

— On l'incrimine pour conspiration, intervint Reo, puis on discute. Si vous pouvez me procurer les preuves dont j'ai besoin, je soumettrai cette proposition au procureur. Mais le deal dépendra de ce que Rouche aura à nous révéler. Croyez-vous qu'il connaisse le nom du tueur ?

— Non. D'après moi, il passait par Sandy. Mais il en sait peut-être assez pour réduire le champ des recherches. Et pour nous aider à boucher l'entonnoir dont Ricker se sert pour financer son opération. S'il a encore un flic dans la poche, il se peut qu'il en ait plusieurs.

— Vous êtes sûre que c'est un flic ? intervint Nadine.

— Non seulement c'est un flic, mais c'est un collègue de Coltraine.

Eve commanda un affichage sur l'écran mural.

— Delong, Vance, son lieutenant. Une figure autoritaire qui préfère éviter les conflits. Bon père de famille. Vingt ans de service. Plus doué pour l'administratif que pour le terrain. Il s'y risque de temps en temps, mais rarement.

— Il préfère un sol plus stable, commenta Mira sur un signe d'encouragement d'Eve. S'il possède de solides qualités de leader, il est plus à l'aise à la tête d'une petite équipe.

— O'Brian, Patrick. Inspecteur, poursuivit Eve. Le plus âgé du groupe. Le plus expérimenté. Il entretenait une relation de type paternel avec Coltraine, dont il était parfois le partenaire.

— Selon moi, le plus fiable de tous, intervint Mira. Les autres le respectent. D'après les documents que j'ai lus et les notes de Dallas, les hommes de Delong sollicitent plus facilement ses conseils que ceux de leur lieutenant.

— Coltraine ne lui aurait posé aucune question, déclara Peabody. S'il l'avait contactée pour lui dire qu'il avait besoin d'elle sur une affaire, elle aurait réagi exactement comme nous pensons qu'elle l'a fait ce soir-là. Elle aurait pris ses armes et serait allée le retrouver. Mais… Il paraissait si triste à la cérémonie. Et sa femme l'accompagnait. Son chagrin m'a semblé sincère.

— Parfois, pour certains, tuer n'est qu'un boulot comme un autre, observa Eve.

— Oui, approuva Mira. Et on peut l'accomplir en prenant du recul par rapport à ses sentiments. C'est souvent le cas chez les flics. Un homme comme lui, après tant d'années de carrière, peut parfaitement avoir commis l'acte comme une banale mission tout en regrettant la perte d'une amie et collègue. Il a la maturité, l'expérience. Cependant, le caractère personnel de ces crimes ne correspond guère à son profil. Il n'aurait pas cherché à humilier les victimes.

— On lui en a peut-être donné l'ordre, suggéra Louise.

— Possible, admit Mira.

— Il n'aurait pas employé le mot « pute » dans le message, argua Eve en examinant le visage d'O'Brian. Trop vulgaire. D'autre part, je ne pense pas qu'il aurait loupé à ce point la filature quand on m'a prise en chasse. Delong, oui. Pas O'Brian. Pour le moment, il est le dernier de ma liste.

Elle fit apparaître la fiche suivante.

— Clifton, Dak. Inspecteur. Un grossier personnage. Arrogant, imbu de lui-même et nettement moins doué qu'il ne l'imagine. Il est le plus jeune et se prend pour un séducteur. Il a dragué Coltraine. Elle l'a envoyé promener.

— Les mecs ont horreur de ça, asséna Nadine en s'offrant une autre part de pain perdu. De là à devenir un assassin, je n'y crois guère mais… ils ont horreur de ça.

— Ces crimes indiquent un certain degré de colère, fit remarquer Mira. Ce besoin, ce plaisir à les commettre de près. Un type comme Clifton aurait sans doute laissé des traces d'abus sexuels sur Coltraine.

Il ne l'aurait pas forcément violée, mais il l'aurait molestée. Pour prouver son pouvoir sur elle.

— Il l'a peut-être fait sans laisser de traces, répliqua Louise. Il a pu la toucher, l'agonir d'injures. Eve, vous ne pensez pas que c'est lui. Pourquoi ?

— J'aimerais que ce soit lui. C'est un connard. Mais il a le sang chaud, on l'a déjà sanctionné pour violences et insubordination. Ricker préfère les individus plus intelligents, plus posés. Bien entendu, Ricker n'avait pas nécessairement le choix. Je ne l'élimine pas, mais Clifton n'est pas en haut de la liste... Newman, Josh. Inspecteur. Baba cool. Baisse le nez et travaille sans rechigner.

— Lui non plus n'est pas en haut de ta liste, devina Mavis en s'approchant, son assiette à la main. C'est la femme... C'est évidemment la femme.

— Pourquoi ? voulut savoir Nadine.

— Eh bien, Coltraine respectait sans doute son lieutenant et le vieux. Elle s'entendait peut-être avec le connard, même si elle avait repoussé ses avances. Mais avec la femme... Elles devaient entretenir une autre sorte de relation. Entre filles, on discute de toutes sortes de choses qu'on n'oserait jamais évoquer en présence de pénis. Tiens ! Nous, par exemple... Pardon, Mira, je marche sur vos plates-bandes.

— Pas du tout, c'est intéressant. Si je comprends bien, vous pensez que Cleo Grady a tué Coltraine parce qu'elles étaient toutes deux des femmes.

— Je suppose juste qu'elle était plus proche de Coltraine que les autres, si vous voyez ce que je veux dire. Coltraine ne va pas aller raconter au connard qu'elle a ses règles et qu'elle rêve d'un bain chaud, ni au vieux qu'elle attend avec impatience de sauter dans le lit de Morris. En revanche, c'est le genre de détail qu'elle a pu confier à Cleo.

— Notamment qu'elle serait seule chez elle ce soir-là, renchérit Nadine. Bravo, Mavis.

Mavis sourit, haussa les épaules.

— Alors, Eve ? J'ai raison ou j'ai tort ? conclut-elle.

— Tu mérites la médaille de la fille la plus intelligente.

— Super !

— Grady est votre principale suspecte ? Vous auriez pu me le dire, se plaignit Peabody.

— Depuis ce matin seulement, précisa Eve. Elle est très posée en apparence, mais je sens de la rage derrière cette façade. Et puis, il y a la bague. Admettons que l'assassin l'ait empochée parce qu'il voulait maquiller la scène en agression pour vol. Mais il ne l'a pas renvoyée avec l'insigne et l'arme. Il l'a gardée. Un homme l'aurait conservée en guise de trophée. Mais Grady aime les bijoux – subtils, élégants. C'est un élément à prendre en compte. Coltraine a pu annoncer à toute l'équipe qu'elle allait passer la soirée seule chez elle, mais je pense qu'elle se sera contentée de le révéler à Grady. D'autant qu'elles collaboraient sur une affaire. Grady en aura profité pour l'appeler sous prétexte d'un tuyau concernant leur enquête. Par ailleurs, Ricker aime exploiter les femmes. Se servir d'elles, les malmener, s'en débarrasser. Son plus grand bonheur est de les monter les unes contre les autres.

— Sandy.

Oubliant momentanément son pain perdu, Peabody alla se planter devant le tableau.

— Plus facile pour une femme de se rapprocher de lui. Pour peu qu'elle ait titillé son ego – et il aurait eu moins de raisons de la craindre physiquement.

— Mais la force physique est un facteur important, non ? répliqua Nadine. Le tueur n'a-t-il pas transporté Coltraine jusqu'au sous-sol ? Ou vous croyez que Sandy a pu s'en charger ?

— Possible. Cela dit, Grady a très bien pu le faire.

— J'ai descendu Dallas sur mon dos, annonça Peabody avec un sourire. Nous avons reconstitué le scénario.

— À supposer qu'elle soit votre coupable, elle aurait agi seule, intervint Mira. Elle aurait tenu à un face-à-face entre femmes. Elle obéissait peut-être aux ordres, mais le geste était personnel.

Reo écarta les mains.

— Les théories ne suffisent pas. Désolée. Vous n'avez ni cause probable ni témoin, rien qui permette d'affirmer que votre suspecte ait participé à l'un ou l'autre de ces crimes. Nous ne disposons d'aucune preuve tangible. Il faudrait que Rouche ait traité directement avec elle et accepte de cracher le morceau. Ou que Ricker décide de la trahir par pure malveillance.

Mavis se percha sur le bord du bureau d'Eve.

— Mon instinct me souffle que cette salope est notre meurtrière.

— Il faut plus que cela pour l'inculper, s'entêta Reo. Pour commencer, Callendar doit achever sa recherche. Ensuite, en fonction de ses résultats, il faudra que Rouche accouche. Votre hypothèse me convient sur le principe, mais vous n'avez rien de plus contre Grady que contre les autres.

— L'instinct devrait compter, protesta Mavis. D'ailleurs... Oups ! Bellissima s'est réveillée, enchaîna-t-elle en tapotant le papillon rose épinglé au-dessus de son oreille. À plus !

— Mavis, cria Eve tandis que son amie se ruait vers la sortie, merci pour ta contribution !

— Les doubles chromosomes X doivent se serrer les coudes.

— Les autres commencent sans doute à se réveiller, déclara Louise en se levant. Je vais les rassembler et les conduire à la salle à manger afin que vous puissiez travailler tranquillement.

Nadine étira les jambes devant elle.

— La fête est presque finie. Je pourrais lancer une recherche, histoire de savoir si le chemin de Ricker a pu croiser celui de cette Cleo Grady. Il existe forcément un lien quelque part. Vous avez sûrement fouillé du côté financier. Je doute qu'elle ait éliminé deux personnes juste pour prendre son pied.

— J'ai consulté ses relevés bancaires, du moins dans la limite autorisée. Je pense qu'elle a été payée, mais aussi qu'elle a pris son pied en cours de route. Ricker a un faible pour les femmes plus jeunes. C'est donc de l'histoire ancienne, raisonna Eve.

— Si vous parvenez à établir un lien entre Ricker et elle – je veux du solide –, je pourrai peut-être me débrouiller pour obtenir un mandat de perquisition, proposa Reo. Arrangez-vous pour faire dire à Rouche que Ricker a un complice au sein de l'équipe de Coltraine. Je n'ai pas besoin d'un nom. Le BAI pourrait peut-être...

— Ils n'ont rien, interrompit Eve. J'ai vérifié.

— Ils devraient peut-être persévérer.

— Je vais relire son dossier afin de vous soumettre un profil plus complet, promit Mira.

— Quant à moi, je rédige un rapport et je lance un calcul de probabilités, décréta Peabody en ramassant les assiettes vides. Pendant que Nadine cherchera le lien entre Grady et Ricker, j'explorerai la piste Grady/Sandy. Après tout, c'est peut-être ce dernier qui l'a recrutée.

— Ou vice versa, rétorqua Eve.

Elle afficha de nouvelles données sur l'écran mural.

— Sandy, Grady, Alex Ricker. Ils ont à peu près le même âge. On remonte de dix ou quinze ans en arrière. Copains de fac. Si Max Ricker et elle se connaissent depuis tout ce temps, il l'a peut-être utilisée pour atteindre Sandy. Voyons si... Une seconde !

Elle décrocha son communicateur.

— Dallas !

— Par quoi voulez-vous que je commence ? lui demanda Callendar. Parce que j'ai touché le jackpot !

— Avez-vous décodé les transmissions ?

— Et pas qu'un peu. Je suis éreintée. Donc... j'ai un premier texte, d'Omega à New York

Elle bâilla, cligna des yeux.

— Excusez-moi. Je cite : *Supprimer cible d'ici quarante-huit heures. Prendre dispositions pour débarras du corps. Régler détails avec chasseur. Rémunération habituelle après contrôle mission accomplie.* Et un deuxième texte, toujours d'Omega à New York : *Foncez. Entendez-vous avec taupe. Ne me décevez pas, ma chère.*

— Il n'y en a pas d'autres ?

— Ça ne vous suffit pas ?

— Rien en partance d'Omega au cours des dernières vingt-quatre heures ?

— Pas que je sache. Je continue : message transmis de New York à Omega. Texte : *Mission accomplie. Je ne déçois jamais.* Expédié une heure après celle du décès de Coltraine à un portable non enregistré que nous avons récupéré chez Rouche. Nous avons aussi découvert des registres de comptes, Dallas. Il consignait tout. Les paiements reçus sont classés par date sur une période de dix mois ; les sommes sont réparties sur divers comptes listés par numéros. Un jeu d'enfant. Et puis, il y a des courriers électroniques, tous archivés dans son ordinateur. Apparemment, il s'est débrouillé pour contourner la sécurité grâce à son camarade Art. Mails adressés à Luanne DeBois.

— Je l'aurais parié !

— Tout plein de déclarations à l'eau de rose. Et d'instructions sur le lieu et la manière d'accéder aux fonds. Ce type est cinglé.

— Inculpez-les et ramenez-les-moi. Mais soyez discrète. Je ne veux pas que Ricker sache que ses complices sont démasqués. Violations de systèmes de sécurité, fraternisation avec les détenus, suspicion de complicité. Les charges ne manquent pas. Débrouillez-vous pour séparer Rouche et Art. Si vous en ressentez la nécessité, demandez au directeur de vous fournir du renfort pour le voyage. Je le préviens de mon côté. Au boulot, Callendar !

— Sisto, on rentre à la maison !

— Beau boulot, conclut Eve avant de raccrocher.

— Nous avons tout ce qu'il nous faut pour inculper Rouche, déclara Reo, mais à moins de pouvoir mettre ce fameux portable dans la main de Ricker…

— Ménagez-moi, s'il vous plaît. Je suis débordée et vraiment très heureuse.

Eve joignit le directeur de la colonie pénitentiaire, puis Whitney. Enfin, parce qu'en ces circonstances elle ne rechignait pas à cafter auprès du BAI, elle contacta Webster.

Il avait bloqué la vidéo.

— Bon sang, Dallas, geignit-il, on est dimanche matin ! Je suis en congé.

— J'ai un tuyau pour le BAI mais si tu es trop…

— Quoi, quoi, quoi ?

— Tu es seul ?

— Qu'est-ce que ça peut te faire ? Oui, oui, je suis seul, grommela-t-il après avoir juré entre ses dents. Je suis aussi dans mon lit, nu comme un ver. Je peux mettre en marche la caméra si tu veux rêver de moi.

— Je t'ai déjà vu nu et ça n'a jamais hanté mes rêves. Écoute-moi attentivement. J'informe le BAI que je soupçonne l'inspecteur Cleo Grady d'être au service de Max Ricker et d'avoir assassiné l'inspecteur Amaryllis Coltraine ainsi que Rod Sandy.

— Attends, attends. Tu vas procéder à une arrestation ?

— Je n'ai pas dit cela. Je t'avertis, en ta qualité de membre du BAI, que je soupçonne une collègue de mener des activités illicites avec un criminel notoire et actuellement incarcéré. Je la soupçonne d'avoir éliminé l'inspecteur Coltraine sur ordre de Max Ricker. Ainsi que Rod Sandy.

— Qui diable est Rod Sandy ?

— L'assistant personnel d'Alex Ricker. Il est à la morgue. Je pense que Grady et Sandy, toujours sur ordre de Max Ricker, ont œuvré ensemble sur l'homicide Coltraine et tenté de faire porter le chapeau à Alex Ricker.

— Des preuves ?

— Je ne suis pas obligée de t'en fournir, répliqua-t-elle.

Webster apparut sur l'écran en train d'enfiler un tee-shirt.

— Je te fais part de mes soupçons et cela devrait suffire pour que le BAI enclenche la machine.

— Du calme. Tu sais pertinemment qu'on ne lâche pas les chiens sur un flic à cause des on-dit d'un autre flic.

— Tu sais qu'il ne s'agit pas de ça, précisa Eve. Menez une enquête approfondie sur elle, Webster, et, pour l'amour du ciel, allez-y mollo. Je suis en train de rassembler des preuves. Si je me plante, je me plante, et tant pis pour moi. Mais je sais que j'ai raison.

Sur ce, elle coupa la transmission. Les dés étaient jetés, il ne lui restait plus qu'à patienter. Elle quitta son bureau, se rappela que la maison grouillait de femmes, fit un détour et s'engouffra dans l'ascenseur. Lorsqu'il s'ouvrit sur sa chambre, elle alla sur la pointe des pieds fermer la porte à clé. Puis elle s'approcha du lit, laissa échapper un soupir et s'écroula, face contre l'oreiller.

Coltraine était à son bureau dans la salle commune, Eve occupait la place de Grady.

— Elle n'a jamais été une amie ni une véritable partenaire, avoua-t-elle d'un ton empreint de tristesse. Pour aucun d'entre nous. Elle nous aurait tous éliminés si Ricker lui en avait donné l'ordre.

— Je doute que vous ayez été la première. Pour agir avec un tel sang-froid, il faut une certaine habitude. Elle n'a jamais abattu quelqu'un en service. Au fond, c'est dommage, car les tests infligés ensuite sont redoutables. Plus que les entretiens et les évaluations imposées pour l'obtention de l'insigne.

— Vous semblez tellement convaincue que c'est elle.

— Vous l'avez regardée dans les yeux quand elle vous a abattue.

Coltraine fit pivoter son fauteuil dans un sens puis dans l'autre.

— Nous sommes dans votre rêve, Dallas, votre point de vue. Je n'ai rien à vous apprendre que vous ne sachiez déjà.

— D'accord, comme vous voulez. Oui, c'est elle. De mon point de vue.

— Parce que nous sommes des femmes.

— En partie, oui. Mavis a soulevé des points intéressants. Mais Grady figurait parmi mes deux principaux suspects depuis le début ; le second étant Newman, parce qu'il courbe l'échine et ne se rebelle jamais. Il est sympa, il ne fait pas de vagues. Un homme tel que lui est un bon instrument. Contrairement à Clifton. Trop inconstant. Le lieutenant ? Il respecte les règles à la lettre, quant à O'Brian… je ne vois rien à lui reprocher. Un bon flic, fier de son métier. On ne peut pas être fier de ce que l'on trahit. Sans oublier qu'il a une femme, une famille. À quoi bon se démener pour payer ses factures, offrir des études supérieures à ses enfants quand on peut se contenter de plonger la main dans un puits sans fond ?

— Vous l'appréciez.

— Oui. Delong se sent à l'aise dans le cadre de sa brigade. Clifton prend des poses, il traîne avec les copains pour pouvoir se vanter de ses exploits de la journée et impressionner les filles. Newman fait son boulot, s'offre de temps en temps un verre avec son coéquipier après une mission difficile, puis rentre retrouver son épouse et son chien. Grady, c'est une solitaire. Personne ne l'accueille à son retour à la maison. Je connais la chanson. Mais elle ne vit pas pour son boulot, sans quoi, avec son intelligence et sa ruse, elle serait montée en grade depuis longtemps. Elle n'y tient pas. Par crainte d'être examinée à la loupe. Elle a quelque chose à cacher.

— Vous aussi. Poignarder son père à l'âge de huit ans est un lourd secret pour un flic.

— Je ne m'en souvenais pas, pas de façon claire. Le contraire n'aurait rien changé. J'ai embrassé cette profession par nécessité. Pour moi, c'était aussi indispensable que de respirer. Et Feeney…

Elle se tut, inclina la tête.

— Quelqu'un voulait de moi. Une première. Quelqu'un m'a vue, m'a choisie et a *misé* sur moi. Une sensation grisante. Peut-être que Ricker l'a vue. Et si…

Elle se tut de nouveau, émit un juron.

— Le chat est en train de vous masser les fesses, remarqua Coltraine.

Eve se réveilla. Confortablement calé contre elle, Galahad lui pétrissait les fesses. Soudain libérée de ce poids, elle se retourna et découvrit Connors, le chat dans les bras.

— Désolé. Il est gros mais rusé. Il m'a devancé.

— Tu allais me masser les fesses ?

— J'en rêve jour et nuit.

Il s'assit auprès d'elle tout en caressant Galahad.

— J'ai appris que tu avais dû t'absenter au beau milieu de la fête. Rod Sandy.

— Oui, fit-elle en se redressant. Je n'ai pas dû manquer à grand monde, alors...

— À moi, si.

Le visage d'Eve se fendit d'un sourire.

— Vraiment ?

— Oui, assura-t-il en se penchant pour l'embrasser.

— Je devrais sans doute te demander si tu t'es bien amusé ?

— J'étais avec un groupe d'amis ; nous avons écumé casinos et bars à strip-tease de toutes catégories.

— Vous avez emmené Trueheart dans des bars à strip-tease ?

— Il brille dans la nuit quand il rougit. C'est charmant. Il a aussi gagné plus de cinq mille dollars aux machines à sous.

— Non ! Trueheart ?

Connors s'esclaffa.

— Ô mon Dieu ! Attends une seconde. Reviens en arrière. Tu as débauché M. Mira.

— C'est un grand garçon et il était enchanté. Il s'est fait autour de mille deux cents dollars au 421. McNab a empoché deux mille trois cents dollars et quatre-vingt-cinq cents. Précisément – il nous l'a assez répété. Charles, un peu plus. Feeney n'a encaissé que vingt-cinq dollars malgré sa chemise porte-bonheur. Quant à Baxter, il est rentré dans ses frais.

— Et toi, l'expert ?

— Comme je suis le propriétaire du casino, si je gagne, je perds, en quelque sorte. Et toi ? C'était bien ?

Elle fronça les sourcils et il lui caressa brièvement la joue.

— Ce n'est pas une question piège, assura-t-il.

— Il fallait que j'y réfléchisse. Je dois avouer que oui. J'en suis la première étonnée. Puis, ce matin, je me suis retrouvée malgré moi en train de mener un petit-déjeuner de travail avec le groupe de base. Et Mavis a détecté l'assassin.

— Mavis ?

— Oui. J'ai tous ces cerveaux à ma disposition – non pas que Mavis soit stupide – mais me voilà en face d'un inspecteur de police, d'une profileuse, d'une journaliste spécialisée dans les affaires criminelles et d'un médecin. Pourtant, c'est l'ex-arnaqueuse devenue star de la chanson et mère gâteuse qui a mis le doigt dessus. Je te raconterai en détail plus tard mais, pour l'heure, j'imagine qu'il vaut mieux que je descende faire ce qu'on attend de moi jusqu'à ce que tout le monde s'en aille.

— Elles sont toutes parties.

— Sans blague !

— Elles se sont confondues en remerciements pour cette soirée exceptionnelle.

Eve faillit sourire, se ravisa.

— J'ai manqué à tous mes devoirs, pas vrai ? Je voulais juste me reposer une heure pendant qu'elles prenaient leur petit-déjeuner. J'avais l'intention de les rejoindre pour leur dire au revoir et les remercier d'être venue.

— Je peux t'assurer que toutes celles qui étaient encore là à notre arrivée étaient contentes que tu te sois accordé un repos bien mérité. McNab a dû monter réveiller Peabody, tu n'es donc pas la seule.

— Je dors depuis combien de temps ?

— Je n'en sais rien, mais il est presque 16 heures.

— Merde. Merde. Je dois vérifier si Callendar est en route.

— Je peux te répondre qu'elle l'est, ainsi que son partenaire, deux prisonniers et un représentant de la prison. C'est moi qui ai donné le feu vert pour la navette.

Il changea de position, s'installa confortablement sur le lit.

— Approche-toi et explique-moi qui sont ces prisonniers que je transporte jusqu'à New York et quel lien ils ont avec Ricker, Coltrainc ct Sandy.

— Je te préviens, ça risque d'être long.

— Crois-moi, après bientôt vingt heures de machines à sous, de femmes nues, de musique assourdissante et de blagues graveleuses, je suis content d'être à la maison.

Elle se pelotonna contre lui.

— Toi aussi, tu m'as manqué.

Et tandis que Galahad entreprenait une toilette minutieuse, Eve résuma la situation à Connors.

20

Connors écouta attentivement, heureux de sentir sa femme blottie contre lui. Le chat remonta le long du lit et vint se lover contre sa hanche.

Oui, décidément, c'était bon d'être chez soi.

— Ils l'isoleront un moment, dit-il enfin, faisant allusion à Ricker. Mais il finira par dénicher un autre Rouche. Son pouvoir est diminué, il est privé de liberté, il éprouve le besoin de se défouler. De… se distraire.

— Il a suffisamment de pouvoir et de liberté pour avoir commandité deux meurtres. Ou au moins l'un des deux, rectifia Eve. Je ne pense pas qu'il ait ordonné celui de Sandy. Si Callendar n'a rien trouvé à ce sujet, c'est qu'il n'y avait rien. Grady a commis ce crime gratuitement. Pour son propre compte.

— À long terme, Ricker ne s'y serait pas opposé. Sandy était anxieux et cela se voyait. Ricker avait peut-être décidé de couper ce fil alors même qu'il planifiait l'assassinat de Coltraine.

— Je ne sais pas.

Eve voulut s'écarter, mais Connors resserra son étreinte.

— Je reviens, fit-elle. Il s'est servi de Sandy pendant des années, poursuivit-elle en se levant. Anxieux ou pas, c'était son lien avec Alex. Le moyen infaillible de garder un œil sur son fils. Désormais, c'est fini.

Connors la regarda se diriger vers le panneau dissimulant la cave à vin.

— Grady pense peut-être faire en sorte que la situation tourne à son avantage.

— Je la sens ambitieuse, et je ne comprenais pas pourquoi elle se contentait de ce poste de second plan dans une petite brigade sans envergure, dit Eve en sélectionnant un rouge de Toscane. À présent, je comprends mieux : ses appétits sont ailleurs. Donc, oui, j'en déduis qu'elle a des projets. Elle se croit à l'abri en ce qui concerne le meurtre de Coltraine. Sandy est le coupable tout désigné. Or je m'efforce d'établir un lien entre Alex et son défunt copain. En apparence.

— Tu as tes propres projets.

— J'y travaille.

Elle remplit deux verres, puis alla à l'autochef programmer une commande : plateau de fromages, petits pains, coupe de fruits. Elle revint avec les verres, en tendit un à Connors et abandonna momentanément le sien sur la table de chevet. Quand elle posa le plateau sur le lit, le chat et Connors la regardèrent.

— Ma foi, comme c'est cosy !

— Ma façon de... ramper à tes pieds, murmura-t-elle en effleurant ses lèvres d'un baiser.

— Joli début.

Elle lui prépara une tartine, la lui offrit.

— Alex et Sandy se sont connus à l'université. Le père et le fils n'étaient déjà pas en très bons termes à cette époque. Il est possible que Ricker ait encouragé Sandy à se lier d'amitié avec Alex... Le hic, d'après les éléments dont je dispose actuellement, c'est que Grady a suivi des études supérieures, elle aussi. Pas dans le même établissement, mais elle a passé six mois en Europe. Une sorte d'échange.

— Tu te demandes si elle était au service de Ricker à cette époque et si c'est elle qui a recruté Sandy.

— On peut s'interroger. Elle devait être très jeune. Tu l'étais aussi quand tu as traité avec Ricker. Tu ne te souviens pas d'elle ? Elle avait peut-être un autre nom, une autre allure.

— Max Ricker adorait s'entourer de jolies femmes. Il se servait d'elles – dans tous les sens du terme. J'ai vu sa photo d'identité et je l'ai observée attentivement lors de la cérémonie en hommage à Coltraine. Son visage ne m'a pas paru familier.

Eve rumina quelques instants.

— Elle le connaît forcément depuis longtemps. Il ne pouvait pas savoir que Coltraine avait été mutée à New York avant qu'elle l'apprenne elle-même. Grady appartient à cette brigade depuis trois ans, elle est flic depuis plus de huit. Il n'aurait jamais confié une mission de ce genre à une nouvelle recrue. Qui plus est, il était incarcéré avant l'arrivée de Coltraine à New York. Donc, comment aurait-il pu sélectionner Grady et la convaincre d'éliminer Coltraine ? Dans le message, il emploie le terme *chasseur*. Ce n'était pas une première pour elle.

— Elle était donc en place, et il se trouve que c'était le bon endroit et le bon moment pour accomplir cette mission.

— Oui. Si elle n'avait pas été disponible, il se serait adressé à quelqu'un d'autre. Pourquoi, comment et quand a-t-elle retourné sa veste ? Elle n'a pas rejoint la police en sortant de l'université. Elle a pris deux ans de recul. Je n'ai aucune trace d'emploi durant cette période.

— Il n'est pas rare de s'accorder quelques mois de répit entre l'obtention de son diplôme et le démarrage d'une carrière. Dans le cas de Grady, elle a pu en profiter pour suivre une formation spécifique.

— Inspecteur, troisième échelon, petite brigade… Elle passe inaperçue. Elle vit seule. Personne ne se demande où elle est, ce qu'elle fait. Elle a toujours pris tous ses congés.

— Contrairement à une certaine personne de notre entourage, déclara Connors à l'adresse de Galahad en lui offrant un bout de fromage.

— Elle partait régulièrement en vacances. Pas de quoi éveiller des soupçons, mais tout de même. Si on cumule ses jours d'absence, elle avait chaque fois le temps d'accomplir une *mission*. J'ai besoin de savoir où elle était pendant ces deux années. Si elle a croisé le chemin de Sandy lors de son séjour en Europe. Où elle se réfugie quand elle ne travaille pas. Un seul lien suffira pour que Reo m'accorde un mandat de perquisition.

— J'en déduis que nous allons passer la soirée à travailler.

Eve goba un raisin et se leva pour porter le plateau sur la commode.

— Il est encore un peu tôt, ronronna-t-elle en s'allongeant sur son mari. Et je n'ai pas fini de ramper.

— En effet.

D'un mouvement preste, Connors inversa leurs positions.

— M'interrompre en pleine réunion est un délit grave, murmura-t-il. Ça risque d'être long.

— Tant pis. Je mérite ma punition.

Dormir, faire l'amour, manger – quelle meilleure façon de retrouver tout son tonus ? Vêtue d'un vieux jean et d'un tee-shirt de l'école de police encore plus vieux, elle passa par la kitchenette chercher du café. Lorsqu'elle pénétra dans son bureau, elle découvrit Connors devant son tableau de meurtre.

— « Parce que c'est une femme » ?

Eve lui tendit une tasse fumante.

— Je sais, ça peut paraître étrange. Dommage que tu n'aies pas assisté à la réunion. Ce pourrait être n'importe lequel d'entre eux, mais elle colle mieux que les autres. Le problème, c'est que je me fie uniquement à mon instinct. Sans un indice probant, je n'obtiendrai jamais mon mandat. Or, la perquisition est peut-être le seul moyen de découvrir l'indice.

— Si indice il y a, je peux faire une recherche avec mon matériel.

— Pas question de sauter les étapes, répondit-elle en secouant la tête. La première fois, on l'a fait pour Morris. Je pourchasse un autre flic. Je dois absolument respecter les règles, pour le bien de l'enquête. Et pour le mien. Elle a forcément commis une erreur quelque part, négligé un détail. En me renvoyant l'arme et l'insigne de Coltraine, pour commencer. En bâclant la filature.

— À supposer que c'était Grady. Celui-ci, enchaîna Connors en indiquant le portrait de Clifton, sent mauvais. Je connais ce genre-là.

— Je ne serais pas surprise d'apprendre un jour qu'on l'a sommé de rendre son insigne. Si Coltraine avait reçu des coups, il figurerait en haut de ma liste. C'est sur ce point que Grady a eu tort. Ce n'était pas assez physique, les deux fois. Elle est fière de son travail, irréprochable au boulot, elle a les félicitations de son lieutenant. Elle exécute les ordres de Ricker, il la congratule. Elle joue sur tous les tableaux.

— « Ne me décevez pas, ma chère », murmura Connors. Ça sent la mise en garde. Et c'est une façon de la remettre à sa place de subordonnée, tout en impliquant une relation.

— Tu appelles tes subordonnées « ma chère » ?

— J'espère que non ! C'est une espèce de gifle, non ? Si je veux m'en prendre à une employée, je le fais face à face.

— Exactement. Ricker ne le peut pas, vu qu'il est en cage sur une autre planète. Tu as raison, cette phrase est une insulte et une menace. Vu son passé avec les femmes, ça colle avec le personnage. Alors où a-t-elle pu attirer son attention ? Je vais commencer par ces six mois en Europe, les études universitaires. Je trouverai peut-être un lien avec Sandy. À partir de là, je pourrai commencer à creuser.

Elle gagna son bureau. Connors demeura devant le tableau.

Belle femme, pensa-t-il. Solide, athlétique, visage sévère, mais bouche gourmande, jolie ligne du menton. Tout à fait le genre de Ricker – pour autant qu'il s'en souvenait. Mais si le lien remontait aussi loin que semblait le croire Eve, Grady devait avoir dix-huit, vingt ans à peine. Ricker n'avait jamais hésité à coucher avec des filles très jeunes, mais s'était-il jamais vraiment intéressé à elles ?

Non. Le Max Ricker qu'il avait connu considérait les femmes comme des objets de consommation. Il les utilisait, les payait, les rejetait. Ou, comme dans le cas de la mère d'Alex, les éliminait.

— Renseigne-toi sur sa mère.

— Pardon ?

— Sa mère, répéta Connors. Effectue une recherche sur ses parents. S'il te plaît, insista-t-il devant son air dubitatif.

Eve s'exécuta, et la biographie de Lissa Grady s'afficha sur l'écran.

— Jolie, commenta Connors. Travaille à mi-temps dans une galerie d'art. Son mari est à la retraite. Ils vivent en Floride. Salaire respectable.

— Pas de casier. Le père non plus. Il dirigeait son propre cabinet de comptable. Une petite entreprise. Deux employés seulement. RAS. Aujourd'hui il joue au golf et propose ponctuellement ses services comme consultant.

— Ils ont dû ramer pour offrir une telle éducation à leur fille. Où étaient-ils quand elle a entamé ses études supérieures ?

Eve demanda l'historique.

— Bloomfield, dans le New Jersey.

— Revenons à Lissa. Où était-elle disons, neuf mois avant de donner naissance à sa fille ?

— Chicago. Étudiante en histoire de l'art et assistante à temps partiel dans une galerie. Elle a déménagé dans le New Jersey, où vivaient ses parents, durant sa grossesse. Elle a profité des allocations, puis est devenue mère professionnelle.

— Et elle est restée célibataire jusqu'à... son quatrième mois de grossesse.

— Comme si ça n'arrivait jamais. C'est... Attends !

— Fais une recherche sur la galerie, Eve. Celle où Lissa travaillait quand elle est tombée enceinte.

Elle commença, secoua la tête.

— Elle n'existe plus depuis six ans. C'est un magasin d'antiquités, à présent. Quelle idiote je suis ! Grady n'est pas la protégée de Ricker, pas exactement. Elle n'est pas son employée, pas uniquement. Elle n'est pas sa maîtresse, mais sa putain de fille !

— Alex a expliqué qu'il avait passé l'essentiel de sa jeunesse à tenter de satisfaire son père. Peut-être en est-il de même pour elle. Ricker possédait plusieurs galeries d'art – idéal pour le trafic et la reproduction de faux. Lissa Grady, ou Lissa Neil à l'époque, a très bien pu retenir son attention.

— Et il se serait débarrassé d'elle sous prétexte qu'elle attendait un enfant ? risqua Eve.

— Si ce n'était pas un fils, j'imagine que oui. Elle passe une échographie, le bébé est une fille. S'il était d'humeur généreuse, il a pu la rétribuer sous une forme ou sous une autre. Sinon, il l'aura menacée.

— Nantie de l'un ou de l'autre, Lissa s'est précipitée chez ses parents dans le New Jersey. Elle a abandonné ses études, son boulot. Elle a accouché. Elle s'est mariée avec le premier venu.

— Le premier venu est toujours là au bout de trente ans, observa Connors. Je dirais plutôt que Lissa a su reconstruire sa vie.

— Tu crois que Ricker a veillé de loin sur sa fille ?

— J'en doute. Cette femme et son enfant n'existaient pas pour lui.

Eve se mit à aller et venir.

— D'accord. Donc, à un moment, les parents apprennent à leur fille l'histoire de sa naissance. À moins qu'ils ne lui en aient parlé dans son enfance, qu'elle ait toujours su que l'homme qui l'élevait n'était pas son père biologique. Un jour, la curiosité l'emporte, elle se met en quête de son géniteur.

— Et tombe sur Max Ricker.

— Tu découvres que ton père biologique est un criminel suspecté de plusieurs meurtres et instigateur d'une multitude de guerres de gangs. De quoi avoir la nausée. Si nous sommes sur la bonne voie, si... si Lissa est le lien, Grady est allée le trouver. « Je suis ta fille, espèce de salaud, que penses-tu de ça ? » Comment a-t-il réagi ?

— Une fois de plus, tout dépend de son humeur. Il est possible que sa démarche l'ait amusé. Voire intrigué, d'autant qu'il était brouillé avec Alex. La perspective de façonner l'une de ses progénitures a pu le divertir.

— Il l'aura éduquée, formée. Exploitée, enchaîna Eve.

Elle savait ce que c'était. Elle connaissait les méthodes qu'un père pouvait employer pour *façonner* son rejeton. Elle se concentra sur Grady, et ajouta :

— Et ne serait-ce pas un vrai bonheur de se servir d'elle pour punir le fils qui l'avait tant déçu ?

— Pour elle aussi, tu ne crois pas ? dit Connors en se tournant de nouveau vers le tableau. Comme ce devait être réjouissant d'aider à détruire ce fils qui, vu de l'extérieur, avait toujours vécu comme un prince ! Celui qui possédait tout ce dont elle avait été privée. La fortune, les privilèges, l'attention. Le nom. Cette unique pièce permet de recomposer le puzzle. Il ne reste plus qu'à prouver que cet élément est un fait acquis.

— Pas compliqué, répliqua Eve avec un sourire féroce. L'ADN ne ment jamais. Je mets tout ça noir sur blanc, je le soumets à Mira pour qu'elle me peaufine le profil. Toutefois, il me manque encore le lien avec Sandy.

— Tâche que tu pourrais me confier.

— Certainement, mais je t'interdis de trafiquer.

— Tu t'obstines à gâcher mon plaisir.

— Tu as déjà eu ta dose : j'ai rampé à tes pieds.

— C'est vrai.

Il s'approcha d'elle, posa les mains sur ses épaules et plongea son regard dans le sien.

— Je te connais. Tu te demandes si elle est ce qu'elle est, si elle a fait ce qu'elle a fait *à cause* de cet ADN.

— La question mérite d'être posée.

— Le miroir se retourne, et tu t'interroges sur ta propre histoire. Sur ce qu'un père peut transmettre à sa fille.

— Je ne suis pas comme elle. Mais, là encore, la question mérite d'être posée.

— Voici une réponse. Trois pères, le sien, le mien, le tien, et trois produits de leur sang, si l'on peut dire. Chacun d'entre nous a vécu en fonction de cet héritage. Peut-être à cause de lui. Tu sais que tu n'es pas comme elle, tu en as la certitude. Je te connais. Tu n'aurais jamais pu l'être.

Sur ce, il l'embrassa et sortit.

Elle résuma son hypothèse pour Mira. Dommage que l'ADN de Grady ne soit pas fichée. Elle obtiendrait ses mandats de perquisition d'un claquement de doigts si elle parvenait à prouver que Grady était la fille de Max Ricker. Elle n'avait besoin que d'un peu de salive, d'une particule de peau, d'un cheveu...

Elle expédia des messages à son commandant, à Reo, à Peabody, puis, après une brève hésitation, à Morris.

Enfin, elle réfléchit à la méthode la plus efficace, légale et satisfaisante de récupérer un échantillon de l'ADN de Cleo Grady.

— J'ai une info intéressante, annonça Connors en revenant. L'équipe de football représentant l'université où Alex et Sandy sont devenus amis a eu, comme par hasard, l'occasion de jouer contre l'équipe représentant l'université que Grady fréquente en tant qu'auditeur libre.

— C'est un fait avéré ?

— Oui. Ces équipes entretiennent une rivalité depuis des lustres et leurs matchs sont de véritables événements. Rallyes, bals, fêtes extravagantes. Deux desdits événements ont eu lieu pendant le séjour de Grady.

— Génial.

— Alex a eu droit aux honneurs de la presse, car il a marqué plusieurs buts au cours des deux matchs. Les journalistes n'évoquent pas Sandy, mais son nom apparaît dans la liste des joueurs.

— Remplaçant, condamné à réchauffer le banc. De quoi râler. Reo va me dire – ou me dire que son patron va lui dire – que des milliers de spectateurs assistaient à ces matchs. Difficile de prouver que Sandy et Grady se sont effectivement rencontrés. Mais ça va peser son poids. Peut-être qu'Alex l'a rencontrée, spécula-t-elle. Ou qu'il a vu Sandy en sa compagnie. Savait-il qu'il avait une demi-sœur ?

— Max ne le lui aurait avoué que dans un but intéressé.

— Néanmoins, il faut explorer cette voie. J'ai beaucoup de gens à interroger demain matin. J'en reviens à l'éducation de Grady, à la situation financière de ses parents. Si Ricker a tout payé, il existe des traces quelque part. Je ne peux pas fouiller davantage chez Grady, mais Ricker est un livre ouvert. J'ai tous les droits, à condition de respecter les règles.

— Moi qui espérais faire joujou avec mon ordinateur !

Eve sourit.

— Voyons un peu comment elle a payé ses études. Histoire d'ajouter dans la balance un poids supplémentaire pour Reo.

Eve finalisa ce qu'elle pouvait, puis fignola sa stratégie le lendemain au cours d'un débriefing au Central.

— Si j'obtiens ce mandat et que vous revenez bredouille, ce n'est pas uniquement moi qui en subirai les conséquences, prévint Reo.

— Nous trouverons quelque chose. Entre le lien du sang avec Ricker et le profil de Mira, je suis sûre que…

— Le lien du sang *supposé*, rectifia Reo. Le profil en dépend. Le besoin d'impressionner son père biologique, de punir son demi-frère, et tout le blabla psychologique – sans vouloir vous offenser, Mira.

— Je ne le suis pas.

— Tout repose sur sa filiation avec Ricker et le fait qu'elle soit au courant.

— Nous en aurons confirmation aujourd'hui. Morris, vous vous sentez d'attaque ?

— Oui.

— Peabody et moi allons convoquer Alex, le cuisiner un peu. S'il sait ou s'il soupçonne qu'il a une demi-sœur, il finira par craquer. On répandra la rumeur : on interroge Alex Ricker sur les homicides de Coltraine et de Sandy. Grady aura le sentiment du devoir accompli. Je parie qu'elle voudra une tape dans le dos de la part de papa.

— Sans doute, approuva Mira. Elle tentera peut-être de le joindre par ses sources habituelles.

— Qui seront aussi chez nous d'ici quelques heures. Rouche nous donnera Ricker, et celui-ci nous donnera Sandy. Avec un peu de chance, nous aurons une bûche de plus à jeter sur le feu Grady.

Elle se tourna vers Feeney.

— Si elle essaie de le contacter, il faudra nous prévenir dans la seconde. Vous serez prêts ?

— Nous serons prêts. Si elle envoie quoi que ce soit sur le portable récupéré chez Rouche, on l'épinglera. Quand Rouche vous aura expliqué le processus de réponse, nous lui répondrons selon vos instructions.

— Parfait. Reo, obtenez-moi ces mandats. Peabody, attendez-moi dehors, s'il vous plaît. McNab, au boulot ! Morris, restez encore une minute.

— Je ne suis pas inquiet.

— Vous avez tort. Cette femme est une meurtrière. Si elle pressent quelque chose, elle se débarrassera de vous d'abord et réfléchira ensuite. Vous devez juste…

— Nous avons revu par trois fois ce que vous attendiez de moi. Je peux le faire. Et c'est à moi de le faire, non seulement pour Amaryllis, mais aussi parce que je suis le seul choix logique. Faites-moi confiance comme je vous fais confiance.

Elle n'insista pas.

— Quoi qu'il arrive, appelez-moi.

— Naturellement.

Eve le regarda s'éloigner, puis fourra les mains dans ses poches tandis que Peabody revenait.

— Il va s'en sortir, Dallas. McNab sera là. Enfin, virtuellement.

— S'il commet un faux pas et si elle sort une arme, McNab l'enregistrera. Morris n'en sera pas moins un homme mort. Je ne peux pas y aller à sa place, elle se méfierait de moi. J'avais envisagé de la pousser à m'agresser afin de pouvoir l'agresser en retour. Puis, oups ! j'ai son sang sur mon chemisier. Mais, dans ce cas, je l'aurais obligée à me donner un échantillon d'ADN malgré elle.

— Morris réussira. C'est important pour lui.

— Bien. Joignez Alex Ricker et priez-le très aimablement de bien vouloir se rendre au Central afin que nous puissions bavarder.

— Il viendra avec une armée d'avocats.

— Je trépigne d'impatience.

Eve acheva ses préparatifs, alignant tous les fils qu'elle allait tresser pour serrer le cou de Grady.

Il ne lui restait plus qu'à attendre. Attendre que Reo obtienne les mandats, que Callendar et Sisto lui livrent Rouche, que Morris joue son rôle.

Alex Ricker ? Pour l'heure, il était davantage un pion qu'un fil. Elle se servirait de lui. Et elle lui prouverait que son père, son ami, sa demi-sœur s'étaient servis de lui. Elle lui démontrerait que tous les fils venaient de lui, tout simplement parce qu'il existait.

Elle ne s'apitoierait pas sur son sort. Il avait choisi de suivre les traces de son père, ou du moins une route parallèle, en enfreignant les lois. Il avait préféré rester sur cette route plutôt que d'en changer pour une femme qui avait dû l'aimer. Une femme qui était morte parce qu'elle l'avait aimé, puis quitté.

Sa tasse de café à la main, Eve se posta devant la fenêtre pour réfléchir. On frappa.

— Entrez !

Mira pénétra dans le bureau, et referma la porte derrière elle.

— Voulez-vous que j'observe votre entretien avec Ricker ?

— Pas la peine.

— Bien. En revanche, j'aimerais être là *si* et *quand* vous interrogerez Cleo Grady.

— *Quand*. L'ADN réglera le problème. J'en ai besoin parce que la loi me l'impose. Mais je sais qui elle est. L'instrument de Ricker. Ce que j'ignore, et ce qui m'intrigue, c'est ce qu'elle voulait ou espérait obtenir de lui. La reconnaissance, l'argent, le frisson ? Sans doute un peu des trois. Le fait que ce soit elle qui l'ait recherché et non le contraire correspond à leurs profils.

— En effet. Elle n'était rien pour lui, il était tout pour elle. Elle voulait devenir importante à ses yeux.

— Elle a dû y parvenir puisqu'il lui a payé ses études. À travers cette bourse dont elle était l'unique bénéficiaire. Une initiative stupide de la part de Ricker. Pourquoi ne pas dépenser un peu plus et en faire profiter d'autres étudiants ? Il avait dissimulé le don. Il aurait pu procéder ouvertement et le déduire de ses impôts.

— Max Ricker ne donne jamais rien sans but précis, s'il n'y trouve pas son intérêt. Ce n'est pas dans sa nature.

— Une fois qu'elle avait accepté cet argent, elle était sous sa coupe. Était-elle trop naïve pour s'en rendre compte ou s'en fichait-elle ? Elle s'en fichait, enchaîna Eve sans laisser à Mira le loisir de répondre. J'ai lu votre profil. Je réfléchis à voix haute, c'est tout.

— L'aspect génétique vous gêne.

— Possible. Mais je n'en suis que plus décidée à l'enfermer. D'après ce que j'ai pu constater, elle a mené une vie normale. Des parents unis, un foyer stable. Elle l'a jetée par-dessus bord. Certaines personnes naissent cinglées… Peut-être aurait-elle mal tourné même en ignorant qui était son père. Peut-être que le besoin de connaître ses origines et ce qu'elle a découvert l'ont déstabilisée. Juste assez pour qu'elle continue. Je serais curieuse de le savoir.

— Est-ce que cela changera quelque chose dans votre façon d'agir ? Ou de gérer la situation ensuite ?

— Je dirais non à la première question. Pour la seconde, je n'en suis pas sûre. Je ne vais pas vous mentir : je veux la détruire. Parce qu'elle est flic. À cause de Ricker. À cause de Morris et de Coltraine. J'en fais une affaire personnelle, je l'avoue.

— Ce qui ne vous facilite pas la tâche.

Eve croisa le regard de Mira et répondit d'un ton calme, froid.

— Je veux lui faire mal, physiquement, avoir son sang sur les mains. Je veux cela pour toutes les raisons que je viens de vous citer. Et pour moi.

— Mais vous n'en ferez rien.

Eve haussa les épaules.

— On verra bien.

— Même si vous en rêvez, vous ne prendrez pas le risque de mettre en péril cette enquête pour votre seule satisfaction. En soi, cela répond à l'une de vos questions, Eve. Les gênes sont en nous, nous ne pouvons pas le nier. Mais à partir de là, chacun d'entre nous construit sa vie. Au bout du compte, vous ferez ce que vous avez à faire. Pour Amaryllis Coltraine.

— Je ne lui ai pas laissé sa chance, vous savez ?

— Comment cela ?

Eve poussa un soupir, fourragea dans ses cheveux.

— Quand elle était avec Morris. Je ne sais pas pourquoi, leur histoire m'irritait. C'est grotesque.

— Non. Vous ne la connaissiez pas, et vous êtes très attachée à lui, la rassura Mira avec un sourire.

— J'ai fait des rêves dans lesquels je discute avec elle. C'est bizarre. Bizarre, parce que je sais que c'est mon cerveau qui imagine chacun des échanges, mais… l'autre soir, durant la fête chez moi, je me suis dit que j'aurais fini par l'apprécier si je lui avais donné sa chance, quand c'était encore possible. Si l'enterrement de vie de jeune fille de Louise avait eu lieu six mois plus tard, je l'aurais invitée.

Peabody passa la tête dans la pièce.

— Dallas… Excusez-moi, docteur Mira. Alex Ricker arrive.

— Parfait. Réquisitionnez une salle d'interrogatoire.

L'attente était terminée, songea Eve.

21

Dans la salle d'interrogatoire, Eve et Peabody trouvèrent Alex entouré de ses avocats. Eve mit le magnétophone en marche, énonça les formules d'usage. Elle cita de nouveau le code Miranda révisé.

— Questions ? s'enquit-elle d'un ton aimable. Remarques ? Commentaires désobligeants ?

Comme elle s'y attendait, l'avocat principal avait préparé un speech pour souligner la bonne volonté de M. Ricker : il s'était déplacé de son plein gré, était prêt à coopérer, d'ailleurs il en avait déjà donné la preuve, exemples à l'appui. Eve l'écouta patiemment, puis hocha la tête.

— C'est tout ? Vous avez terminé ? Ou vous souhaitez vanter la générosité de M. Ricker à l'égard des orphelins et des chiots abandonnés ?

Harry Proctor la toisa.

— Je prends note de vos sarcasmes et de votre attitude déplaisante.

— Ma partenaire ici présente sauvegarde le tout sur un disque.

— Je peux vous en procurer une copie, proposa Peabody.

— De mon côté, je prends note du fait que le coopératif et magnanime M. Ricker est venu avec non pas un, ni deux, mais *trois* avocats, enchaîna Eve. Qu'est-ce qui vous inquiète donc tant, Alex ?

— J'aime être préparé, notamment face à la police.

— Je m'en doute. Mais, flûte alors, n'est-il pas étrange qu'un individu aussi prévoyant, un homme d'affaires de votre... calibre, ait pu ignorer les machinations – j'adore ce mot, pas vous, Peabody ?

— Tout en haut de mon hit-parade.

— Je le répète pour le plaisir : les machinations de son secrétaire et ami de longue date, Rod Sandy ? N'est-il pas étrange vous n'ayez jamais eu vent des complots montés par Sandy et votre père ? Vous ne vous sentez pas stupide ?

Alex s'empourpra mais sa voix demeura neutre.

— J'ai fait confiance à Rod. J'ai eu tort.

— Et comment ! Ce manège durait depuis des *années*, Alex. Votre copain empochait l'argent que votre papa lui donnait pour vous espionner et lui refiler des infos. Je suis sûre qu'en fouillant dans vos souvenirs, vous vous rappellerez un projet tombé à l'eau et vous demanderez si c'est parce que votre père était dans le coup.

— Suis-je ici pour admettre qu'un ami en qui j'avais confiance s'est servi de moi à des fins personnelles et que mon père prend plaisir à me compliquer l'existence ? Je l'admets. Sans problème. Est-ce tout ?

— Certainement pas. Ça a dû vous énerver.

— Là encore, je l'admets sans problème.

— À votre place, j'aurais envie de me venger.

Eve posa sur Peabody un regard songeur.

— Si ma coéquipière m'avait traitée de cette manière et que je m'en étais rendu compte... elle ne s'enfuirait ni assez vite ni assez loin.

— Pourtant, quand je suis motivée, je cours très vite, intervint Peabody.

— Je lui ferais payer sa trahison. Comment m'y prendrais-je, d'après vous, Peabody ?

— De la manière la plus douloureuse et la plus humiliante possible.

— Comme vous pouvez le constater, nous nous connaissons bien. En ce qui me concerne, je ne l'éliminerais pas. Je me débrouillerais pour qu'elle ait vraiment peur de moi, pendant très, très longtemps. Mais chacun ses divertissements ! Avez-vous pris plaisir à tuer Sandy, Alex ?

— Cette accusation...

Alex intima le silence à son avocat d'un geste de la main.

— Rod est mort ? Comment ?

Elle n'avait pas divulgué la nouvelle et s'en félicita. Alex n'était pas au courant. Son réseau n'avait pas retrouvé Sandy ou n'avait pas reçu l'ordre de creuser davantage.

— C'est moi qui pose les questions. Il vous a trompé, il vous a bafoué, et maintenant, il est mort. Pour nous, un raisonnement de type : un plus un égalent deux. Dans la mesure où nous vous considérons comme le bouc émissaire, bien entendu.

Elle se balança nonchalamment sur sa chaise.

— On pourrait supposer que Sandy et vous dupiez votre père. Vous lui preniez son fric et Sandy lui donnait à manger ce que vous vouliez qu'il mange. Vous êtes assez intelligent pour cela.

— Si j'avais su, c'est exactement ce que j'aurais fait.

— Vous êtes dans le pétrin, Alex. Affirmer que vous étiez au courant pourrait vous blanchir de l'homicide Sandy Rod. Mais aussi, ce dernier étant impliqué dans le meurtre de Coltraine, vous relier à la mort d'un flic. Nier vous fait passer pour un abruti probablement avide de se venger.

— Lieutenant Dallas, intervint Proctor, mon client ne peut être tenu responsable des actes de...

Eve ne prit la peine ni de l'écouter ni de lui couper la parole. Elle dévisagea Alex sans sourciller. Au bout de quelques instants, ce fut Alex qui fit taire l'avocat et se pencha vers elle.

— Je ne sais pas quand mon père a planté ses griffes dans Rod. J'ai l'intention de le découvrir. Je ne sais pas pourquoi Rod m'a trahi pour de l'argent. Je ne le saurai jamais. Le « pourquoi » ne vous paraît peut-être pas important, mais pour moi, il est essentiel. Je n'ai jamais souhaité du mal à Rod. Je voulais juste savoir s'il était impliqué dans la mort d'Ammy. Je voulais lire la réponse dans ses yeux.

— Il n'y a pas de « si ». Il l'a bel et bien tuée. Pour quelle raison ? Souvent, l'argent suffit. Ajoutez-y un zeste de sexe et l'orgueil, et l'affaire est dans le sac. Voyons, Alex, il sautait probablement votre sœur régulièrement depuis l'université.

— Je n'ai pas de sœur, cette supposition est donc...

— Seigneur, Peabody, je commence à croire que notre ami est un imbécile heureux !

Eve sortit la photo de Cleo Grady et la jeta sur la table.

— La ressemblance n'est pas frappante mais c'est courant entre demi-frères et demi-sœurs.

Alex la fixa et blêmit.

— Sortez, ordonna-t-il à ses avocats. Sortez d'ici, tous.

— Monsieur Ricker, il n'est pas dans votre intérêt de...

— Dehors ou je vous vire !

Ces messieurs s'empressèrent de ramasser leurs mallettes et de quitter les lieux. Alex regarda Eve droit dans les yeux.

— Si vous me menez en bateau, j'utiliserai tous les moyens à ma disposition pour qu'on vous confisque votre insigne.

— Aïe ! J'ai peur !

— Ne jouez pas les imbéciles avec moi !

Sa fureur, son émotion sincère suffirent à convaincre Eve.

— Je poursuis l'enregistrement. Vous avez renvoyé vos avocats ?

— Bon Dieu, oui. Dites-moi qui est cette femme et ce qu'elle a à voir avec moi.

Morris ouvrit la porte de l'appartement d'Ammy.

— Morris, murmura Cleo Grady en lui prenant les mains.

— Je suis désolé de vous mêler à ça, Cleo. Je n'avais pas réfléchi.

— Ne vous excusez pas. C'est une épreuve trop douloureuse à surmonter seul. C'était mon amie. Je veux vous aider.

Elle semblait sincère, songea-t-il. Cette voix légèrement éraillée par l'émotion… s'il n'avait rien su, il l'aurait crue. Il s'effaça pour la laisser entrer et referma la porte.

— Quand sa famille m'a demandé de… je… Ils ne veulent pas revenir ici. Je ne peux guère le leur reprocher. Mais trier ses affaires, les emballer…

— Je peux m'en occuper. J'ai des congés à prendre. Mon lieutenant sait que je suis ici aujourd'hui. Pourquoi ne pas me laisser tout prendre en charge, Morris ? Vous n'êtes pas obligé de…

— Si, je le leur ai promis. J'ai déjà commencé, mais j'invente mille prétextes pour repousser l'échéance. La police a toujours son matériel électronique et ses fichiers, mais je me suis attaqué à ses vêtements. Ses parents m'ont dit de garder ce que je voulais et de distribuer le reste à ses amis. Comment voulez-vous que je sache à qui les donner, Cleo ?

— Je vais vous aider.

Elle balaya le séjour d'un regard circulaire.

— Elle a toujours aimé l'ordre. Ici, au travail. À côté d'elle, nous avions tous l'air de souillons. Elle aurait voulu que tout soit rangé comme il faut, si vous voyez ce que je veux dire.

— Avec soin.

— Oui, avec soin... Nous ferons cela pour elle, Morris. Voulez-vous en finir avec sa garde-robe ?

— Ce serait mieux.

Il la conduisit dans la chambre où il avait entrepris de vider l'armoire d'Ammy. À présent, il allait s'y remettre en compagnie de la femme qu'il soupçonnait de l'avoir tuée.

Ils parlèrent d'elle et d'autres choses. Morris regarda Cleo droit dans les yeux tandis qu'elle pliait un des pulls préférés d'Ammy. Il pouvait faire cela, songea-t-il. Il pouvait la laisser toucher aux habits d'Ammy, l'évoquer, se déplacer dans la chambre où Ammy et lui avaient fait l'amour. Il tiendrait parce que pour l'instant – au moins pour l'instant –, il ne ressentait rien.

Un bref frémissement le parcourut quand elle commença à empaqueter les bijoux.

— Elle avait le don de choisir le bon accessoire, murmura Cleo en croisant le regard de Morris dans le miroir. Un talent que je ne partage pas. J'ai toujours admiré... Oh ! s'exclama-t-elle en s'emparant d'une paire d'anneaux en argent tout simples. Elle les portait souvent au travail. Ces boucles d'oreilles lui ressemblent tellement. Parfaites, discrètes, élégantes.

Le cœur de Morris se serra, mais il se raccrocha à sa mission.

— Vous devriez les emporter.

— Oh, non ! Sa famille...

Salope ! pensa-t-il.

— Je suis certain qu'elle serait contente de vous les offrir en souvenir.

— Dans ce cas, si vous pensez que c'est possible... Cela me ferait très plaisir d'avoir quelque chose lui ayant appartenu. Merci, ajouta-t-elle, le regard embué. Je les chérirai.

— Je sais.

Il existait tant de manières de tuer, se dit-il tandis qu'ils fermaient et scellaient les cartons. Lentes, rapides, douloureuses, attentionnées. Obscènes. Il les connaissait toutes. Et Cleo ? Quelles étaient ses méthodes préférées ?

Avait-elle ressenti quelque chose en ôtant la vie à Ammy ? Ou n'était-ce qu'une tâche parmi tant d'autres ? Il aurait voulu lui poser la question. Au lieu de quoi, il lui demanda si elle voulait du café.

— Volontiers. Voulez-vous que je le prépare ? Je sais où tout se trouve.

Comme elle se dirigeait vers la cuisine, il la suivit jusqu'au salon et s'accroupit devant le robot chaton. Il l'activa, puis se redressa pour emballer le vase en cristal vert pâle dans lequel Ammy mettait toujours les roses qu'il lui envoyait. Le chaton miaula, tel que programmé. Il étira son corps soyeux alors que Cleo reparaissait avec le café.

— Merci.

Morris garda les mains pleines – sa tasse, le papier d'emballage – pendant que le petit chat s'enroulait autour des jambes de Cleo.

— Ammy l'adorait, murmura-t-elle. Oui, vraiment, elle l'adorait. Vous allez le garder ?

— Je suppose que oui. Je n'y ai pas encore réfléchi.

Cleo rit doucement comme le droïde continuait de se frotter contre elle en miaulant.

— Croyez-vous que les droïdes se sentent seuls ? On croirait qu'il cherche désespérément à attirer notre attention.

— Il est réglé en mode « sociable »...

— D'accord, d'accord ! Je vais te consoler.

Cleo posa son café et se pencha. Retenant son souffle, Morris se concentra de nouveau sur l'emballage du vase.

Elle ramassa le chat. Le caressa. Et poussa un juron.

— Ne me dites pas qu'il vous a griffée, fit Morris en s'approchant d'elle.

— Non, mais…

Cleo leva la main. Du sang jaillit d'une petite coupure à l'index.

— … c'est son collier, je crois.

— Fichus brillants, grommela-t-il. Montrez-moi ça. Ce n'est pas profond, mais mieux vaut désinfecter la plaie.

— Ce n'est rien. Une égratignure.

— Il faut la nettoyer et mettre un pansement, insista Morris en sortant un mouchoir de sa poche pour éponger le sang. Vous trouverez le nécessaire dans la salle de bains. Ordre du médecin.

— Dans ce cas, je ne discute pas. J'en ai pour une minute.

Il plia le carré de tissu et le glissa dans un sachet transparent. Il ôta le collier du droïde, examina brièvement les brillants qu'il avait aiguisés lui-même, le fourra dans un autre sachet. Puis il s'empara du chaton et le serra contre lui.

— Oui, oui, tu vas rentrer avec moi. Tu ne seras plus tout seul.

Quand Cleo revint, Morris était assis dans un fauteuil.

— Tout va bien ?

— Impeccable ! Où est le chat ?

— Je l'ai mis en mode sommeil, répondit Morris en désignant d'un air absent la boule blanche sur son coussin. Merci encore pour tout, Cleo. Vous n'imaginez pas combien votre aide m'a été précieuse. Mais je crois que ce sera tout pour aujourd'hui. Je n'en peux plus.

Elle s'approcha de lui, posa la main sur son épaule. Il dut se retenir pour ne pas bondir de son siège et lui serrer le cou en lui posant la question qui le hantait : « Qu'avez-vous ressenti en tuant Ammy ? »

— Voulez-vous que je revienne demain ?

— Je ne sais pas. Puis-je vous appeler ?

— Bien sûr. Quand vous voulez, Morris. Vous pouvez compter sur moi.

Il attendit qu'elle soit partie avant de crisper les poings de toutes ses forces. Quand son communicateur bipa deux fois de suite – signal de McNab indiquant que la voie était libre –, il alla ramasser le chaton, son coussin, ses jouets.

Il ne récupéra rien d'autre chez la femme qu'il avait aimée. Rien, excepté un échantillon du sang de celle qui l'avait assassinée.

Dans la salle d'interrogatoire, Eve faisait face à Alex.

— Vous voulez me faire croire que votre père ne vous a jamais parlé de votre demi-sœur ?

— J'aimerais savoir ce qui vous fait croire que j'en ai une.

— Avez-vous déjà vu cette femme en compagnie de Sandy ?

— Non.

— Vous me répondez bien rapidement, Alex. Vous connaissez Sandy depuis l'université, mais vous êtes absolument sûr de ne jamais l'avoir vu avec cette personne ?

— Je ne la reconnais pas. Si vous essayez de me dire que Rod et elle avaient une liaison, je ne suis pas au courant. Je n'ai pas rencontré toutes ses conquêtes. Pourquoi pensez-vous qu'elle est ma sœur ?

— Sa mère a eu une aventure avec votre père.

— Pour l'amour du ciel...

— Votre père a payé les études supérieures de cette femme. Elle a passé six mois à l'université de Stuttgart, dont l'équipe de football était une grande rivale de la vôtre. Jetez encore un coup d'œil.

— Je vous dis que je n'ai jamais vu cette femme de ma vie.

— Essayez de vous remémorer vos années de fac. La deuxième, celle de tous les succès. Votre équipe a remporté le championnat. Votre copain réchauffait le banc.

— Nous n'étions pas...

— Pas encore copains, compléta Eve avec un sourire.

— Nous nous connaissions, bien sûr. Nous nous entendions plutôt bien.

Eve lui présenta une autre photo représentant Cleo âgée de dix-huit ans.

— Regardez celle-ci, prise à l'époque.

— Je ne...

Les mots moururent sur ses lèvres.

— Elle n'a pas la même allure, n'est-ce pas ? Elle est plus jeune, bien sûr, mais ce n'est pas tout. Les cheveux sont longs. Le visage plus plein. Elle est plus féminine, plus fraîche. Alors ?

— Plus de dix ans se sont écoulés. Je ne peux pas me rappeler toutes les femmes que j'ai croisées ou rencontrées.

— Vous mentez. Parfait. Passons à la suite.

Il plaqua la main sur la photo avant qu'Eve ne s'en empare.

— Qui est-ce ?

— Je pose les questions, vous y répondez. Vous souvenez-vous d'elle ?

— Je n'en suis pas certain. Elle me rappelle quelqu'un qui traînait dans les parages. Avec Rod.

Nous commencions à devenir amis lui et moi. J'ai aperçu cette fille – ou quelqu'un qui lui ressemblait – avec lui à plusieurs reprises. J'ai interrogé Rod à son sujet ; elle me plaisait assez. Il s'est montré réticent, s'est contenté de me dire qu'elle était de passage à Stuttgart. Je l'avais baptisée Mlle Mystère. Ça, je m'en souviens. Ce n'est pas ma sœur.

— Parce que ?

— Parce que je n'ai *pas* de sœur. Je l'aurais su. Mon père se serait débrouillé pour l'utiliser contre moi d'une façon ou d'une autre. Il aurait…

Alex s'interrompit abruptement. Eve patienta.

— Vous croyez que mon père l'a envoyée à Rod. Pour le recruter, l'embaucher comme espion. Afin qu'il se rapproche de moi. Que tout ce temps, depuis le début, Rod a été le chien de mon père.

Il se leva, alla se planter devant la glace sans tain, y contempla son reflet.

— Oui, je commence à y voir plus clair. Il a parfaitement pu orchestrer un stratagème pareil. Ce n'est pas pour autant que cette femme est ma sœur. Elle n'est qu'un instrument de plus entre les mains de Max Ricker.

Le communicateur de Peabody bipa. Elle parcourut le texte, fit un signe de tête à Eve.

— Nous pourrons le vérifier sous peu. Si vous avez été franc avec moi, si vous voulez vraiment savoir qui a tué Coltraine et pourquoi, vous allez faire ce que je vous demande.

— C'est-à-dire ?

— Vous allez rester ici. Je vais mettre un peu de temps pour clore cette affaire, et je veux vous avoir sous la main.

Alex ne bougea pas.

— Je ne suis pas pressé.

Eve sortit dans le couloir avec Peabody.

— Morris a réussi ? s'enquit-elle.

— Grady a quitté l'appartement de Coltraine. On la suit et elle se dirige vers son commissariat. Tant mieux parce qu'on n'a pas fini de fouiller son domicile. J'ai reçu des dizaines de messages pendant tout l'entretien avec Ricker. Son ordinateur est codé et muni d'un système de sécurité secondaire. Ils vont le confier à Feeney. Ils n'ont pas encore déniché de portable.

— Elle l'a sur elle. À sa place, je ne m'en séparerais pas.

— Si elle a conservé la bague de Coltraine, elle ne l'a pas rangée avec le reste de ses bijoux. Ils n'ont pas encore mis la main dessus. La navette de Callendar atterrira à l'heure. Morris va porter personnellement l'échantillon de sang au labo.

— Je meurs d'impatience de l'arrêter, mais il est encore trop tôt. Il nous faut l'ADN, la bague ou le communicateur jetable.

— On pourrait la convoquer ici. Prétexter l'enquête sur l'homicide de Sandy et le lien avec Alex Ricker. Nous pensons qu'il est responsable des deux meurtres. Nous souhaitons la questionner, au cas où elle pourrait nous révéler un détail. Nous sommes dans une impasse, nous avons besoin d'elle.

— Pas mal, Peabody. Arrangez-moi ça. Réquisitionnez une salle de conférences dans un autre secteur du bâtiment. Je ne veux pas qu'elle se retrouve nez à nez avec Rouche quand Callendar nous le livrera.

Elle se détourna pour contacter Baxter.

— Pourquoi n'avez-vous pas trouvé ce dont j'ai besoin ?

— On est dessus. On a déniché un code. La mallette de son arme est équipée d'un double fond. C'est un coffre de banque. Et inutile de me prier de prévenir Reo, je m'en suis déjà chargé. Pour pouvoir fouiller le coffre, il faut un autre mandat, et nous n'avons de quoi le justifier.

— Merde !

— Comme vous dites. Jusqu'ici, rien n'indique qu'elle menait un train de vie extravagant. Pas d'appareils électroniques sophistiqués, de joyaux précieux ou d'œuvres d'art. En revanche, elle possède plusieurs armes : six pièces en plus de son arme de service. Et un assortiment de couteaux. Pas tous autorisés, mais elle a un permis de collectionneur. Nous avons cherché des empreintes, du sang. Rien à signaler. Elle prend soin de ses outils.

— Elle a un stylet ?

— Plusieurs. On les a mis de côté pour l'institut médico-légal.

— Continuez à chercher.

Elle raccrocha alors que Peabody revenait.

— Grady prévient son lieutenant. Elle est surexcitée à l'idée de participer à la destruction d'Alex.

— Épatant. Je vais déménager Alex dans une des salles d'attente et lui attribuer un baby-sitter. Vu la façon dont les choses se présentent, nous allons interroger Grady, Rouche et Zeban simultanément. Prenez Zeban. Il est tout en bas de l'échelle, ce qui signifie qu'il va cracher. Il a simplement rendu service à son copain et maintenant, il est dans de sales draps. Ne le ménagez pas, Peabody. Fichez-lui les jetons.

— Youpi ! s'exclama Peabody en se frottant les mains.

Eve organisa le déplacement d'Alex et se débrouilla pour qu'on emmène Cleo directement dans la salle de conférences.

Lorsqu'on lui annonça son arrivée, Eve s'empara d'une tasse de café et d'un sac de dossiers ; elle s'arrangea pour entrer dans la pièce quelques minutes après Peabody.

— Merci d'être venue, attaqua-t-elle d'un ton empreint d'une pointe de ressentiment.

— Aucun problème. Toute l'équipe veut participer. Il paraît que vous avez mis ce salaud en garde à vue.

— Pour l'heure. Il a une armada d'avocats. J'aimerais enregistrer cet entretien. Vous n'y voyez pas d'inconvénient ?

— Aucun.

— Voulez-vous du café, inspecteur ? proposa Peabody.

— Volontiers. Merci. J'ai entendu parler d'un deuxième meurtre. Rod Sandy ? C'est Ricker, là encore ?

— Forcément. Bien, voici où nous en sommes... Ricker et Sandy éliminent Coltraine. Ricker se débarrasse de Sandy pour jeter les soupçons sur ce dernier. Ça pourrait marcher, mais quel est le mobile de Sandy ? Nous n'avons rien qui prouve que Coltraine et Sandy étaient en relation. Sandy est l'instrument de Ricker. *Était.* Tel père, tel fils, ajouta Eve avec un haussement d'épaules. On se sert de l'outil tant qu'on en a besoin, puis on le casse pour que personne d'autre ne puisse l'utiliser. Le sang de Ricker ? Du poison.

Cleo sourit.

— C'est peut-être votre avis, mais ce n'est pas ainsi que vous parviendrez à inculper Alex Ricker pour l'assassinat d'Ammy. Si vous n'avez rien de plus, vous n'êtes pas aussi douée que tout le monde le prétend.

— J'ai fait incarcérer le vieux, rétorqua Eve. Personne avant moi n'y était arrivé. Ne l'oubliez pas. Je coincerai aussi son fils, je vous le garantis.

— Dans ce cas, pourquoi avez-vous besoin de moi ?

— Vous avez travaillé avec Coltraine. Morris est trop bouleversé, je ne peux rien en tirer. Vous étiez sa partenaire, son amie. Et selon l'inspecteur Peabody, vous étiez d'autant plus proches que vous étiez les deux seules femmes au sein de votre brigade.

— Vous l'avez dit vous-même, lui rappela Peabody. Entre filles, on papote. On aborde des sujets qu'on n'oserait pas aborder même avec son amant. Qui plus est, vous étiez toutes les deux flics.

— Elle n'a jamais évoqué Ricker devant moi. Pas en le nommant, en tout cas. Mais comme je vous l'ai déjà expliqué, elle a parlé d'un type avec qui elle avait eu une liaison à Atlanta. Ils ont rompu et elle est venue à New York.

— Vous n'avez pas cherché à en savoir plus ? insista Eve.

— C'était ses affaires. J'ai peut-être tendu une perche ici ou là.

Comme à contrecœur, Cleo marqua une hésitation, but une gorgée de café.

— Je ne vois pas en quoi cela peut vous être utile mais... elle m'a dit qu'il était riche et qu'il l'avait emmenée avec lui en voyage. Que malheureusement, leur histoire avait tourné court. Un jour, elle m'a sorti qu'il ressemblait trop à son père mais elle ne s'est pas étendue là-dessus. Je n'ai pas insisté parce que j'étais loin d'imaginer qu'il s'agissait de Ricker.

Elle fronça les sourcils et Eve vit littéralement les rouages tourner dans sa tête.

— Je me souviens qu'elle m'a dit qu'il avait un ami proche. Ils étaient inséparables au point que c'en devenait agaçant. Elle a ajouté que, pour un peu, elle les aurait soupçonnés d'avoir une relation amoureuse s'il n'avait pas été aussi occupé à se la faire, elle.

Non, pensa Eve. Coltraine n'aurait jamais dit un truc pareil.

— L'ami ne l'aimait pas, enchaîna Cleo. Il y avait des tensions entre eux. Du ressentiment. Ils y ont mis les mots et il l'a traitée de pute.

Eve étrécit les yeux.

— Vous en êtes sûre ? Il a employé ce mot ? Précisément ?

— « Pute de flic », voilà ce qu'il lui aurait lancé à la figure alors qu'elle emportait les affaires qu'elle avait laissées chez son amoureux. Elle l'a ignoré. Ammy était comme ça. À quoi bon se fâcher quand tout est fini ? Elle était soulagée que ce soit terminé, point final. Elle a demandé sa mutation ici. C'est ce qu'elle m'a raconté.

— Mais ?

— J'ai beaucoup ressassé, analysé, à l'affût des nuances. Je dois reconnaître qu'elle était très amoureuse de Morris. Elle tenait vraiment à lui. Mais elle était encore accro à son ancien amant. À mon avis, si Ricker l'avait contactée et avait tenté de la reconquérir, elle aurait cédé. Il a pu utiliser ses sentiments pour la piéger.

Eve s'apprêtait à intervenir quand son communicateur bipa.

— Merde. Désolée. Une urgence.

Elle quitta la salle pour répondre à Morris, laissant Peabody prendre le relais.

— Dallas. Quoi de neuf ?

— Je suis au labo. Cleo Grady est bien la fille de Max Ricker. Nous procédons à une deuxième analyse, mais...

— C'est tout ce dont j'ai besoin.

— J'arrive, Dallas. Je veux être là quand vous l'inculperez.

— Je suis en train de l'interroger. Elle croit m'aider à serrer Alex Ricker. Je ne veux pas qu'elle vous voie, Morris.

— Elle ne me verra pas.

Il coupa la communication. Eve contacta aussitôt Baxter.

— ADN confirmé. Avertissez Reo. Je veux un mandat pour ce coffre de banque.

À peine avait-elle raccroché que la sonnerie retentissait de nouveau, tandis que son portable sonnait aussi. Elle vit Connors s'afficher sur l'écran.

— Une minute, lança-t-elle avant de prendre l'autre communication.

— Lieutenant ! Nous sommes de retour sur la planète Terre !

— Ramenez vos fesses au Central, Callendar. Livrez-moi vos prisonniers. Et rentrez chez vous vous reposer.

— Affirmatif pour le un et le deux. Négatif pour le trois. Allez, Dallas, je veux assister au dénouement !

— À votre guise. Peabody vous indiquera les salles d'interrogatoire. Beau travail, inspecteur.

Eve reprit sa communication avec Connors.

— Oui ?

— Tu es débordée.

— Oui. Pas moyen de placer un rendez-vous de manucure, railla-t-elle.

— J'ai une réunion qui vient d'être annulée, je suis disponible. Pour reprendre les propos de Callendar, j'aimerais beaucoup assister au dénouement.

— Tu vas avoir de quoi te régaler ici. Si tu viens, ce serait bien que tu restes auprès de Morris. Feeney est sur les appareils électroniques. À moins qu'il n'ait besoin de toi, je préférerais que Morris ait un ami à ses côtés.

— Entendu.

— Alors qu'est-ce que tu attends ? Grouille-toi !

Elle joignit Feeney.

— Du nouveau ?

— Elle n'a pas essayé de joindre Ricker sur le portable.

— Je vais lui laisser encore un peu de temps pour qu'elle essaie de parler à papa.

Tel un boxeur avant un match important, Eve fit rouler ses épaules avant de réintégrer la salle de conférences.

22

L'idéal serait de balancer tous les joueurs dans l'arène et de les laisser s'étriper entre eux. Chaque minute comptait. Si Eve tardait trop, Grady commencerait à avoir des soupçons.

— Prenez Sisto et Zeban. Vous en êtes responsable.

— Le bonheur ! déclara Peabody avec un grand sourire. Et Grady ?

— Je m'occuperai d'elle dans un instant. Je veux lui octroyer suffisamment de temps et d'espace pour le cas où elle voudrait contacter papa.

Elle appela de nouveau Feeney.

— Lâche du leste ! gémit-il. Je ne peux pas obliger cette femme à utiliser son putain d'appareil. Quant à l'ordinateur, McNab planche dessus.

— Le consultant civil est en route parce qu'il veut être de la partie. Mais je veux que tu lui confies une autre tâche, au cas où Grady ne se servirait pas du portable. Il faudra que tu obtiennes le feu vert de Whitney et d'Omega, mais voici mon idée.

— Ça me plaît, approuva-t-il quand elle eut terminé. Ça me plaît beaucoup.

— Tu crois que ça peut marcher ?

— Nous sommes des magiciens.

— Dans l'heure ?

— Le délai est court, mais avec le civil, on devrait s'en sortir.

— Parfait. Je règle tout de mon côté. Bipe-moi quand vous serez prêts.

— Votre plan est retors, commenta Peabody dès qu'Eve eut coupé la communication. Comment pouvez-vous être certaine qu'ils ne vont pas se serrer les coudes au lieu de se retourner les uns contre les autres ?

— Parce qu'ils sont ainsi. Retournons auprès de Grady.

Elle pénétra dans la salle de conférences en arborant un air contrarié.

— Désolée. On me fiche la pression pour procéder à une arrestation pour le meurtre de Coltraine. Je vais interroger Ricker une fois de plus, mais c'est une vraie tête de mule. Écoutez, si je demande l'autorisation à votre lieutenant, vous pourriez rester parmi nous ? J'ai des dossiers que j'aimerais vous confier : si vous voyez quelque chose à ajouter, si un détail vous saute aux yeux... J'ai pas mal d'éléments, mais il me reste à les relier entre eux pour coffrer ce salaud.

— Aucun problème. Mon patron est aussi impatient que nous tous d'en finir avec cette affaire.

— Parfait. Souhaitez-vous travailler avec un de vos coéquipiers ? Je peux...

— Non. Du moins pas tout de suite. Je vais d'abord parcourir les documents. Nous aviserons ensuite.

— Comme vous voudrez. Si vous avez besoin de renfort, prévenez-moi. Merci encore, inspecteur. Merci de ne pas m'avoir tenu rigueur de vous avoir attaquée ainsi que vos camarades au début de l'enquête.

— C'est le boulot, répliqua Grady en prenant les disques que lui tendait Eve.

— Cette pièce vous convient-elle ?

— Il y a un autochef pour le café ?

— Oui.

— Dans ce cas, tout va pour le mieux.

— Je repasserai vous voir dès que possible. Peabody, avec moi.

— Que lui avez-vous donné ? s'enquit celle-ci quand elles furent dans le couloir.

— De quoi se distraire, de quoi l'inciter à inventer encore quelques mensonges. Allez secouer Sisto et Zeban. Pas de pitié, Peabody !

Elle aperçut Reo qui venait vers elles.

— Bonjour, Reo ! Quelle merveilleuse journée !... Ma principale suspecte, alias la fille de Max Ricker, est dans la salle de conférences. Elle croit m'aider à prendre Alex. Je vais poster deux uniformes devant la porte, au cas où, mais la pièce est truffée de mouchards.

— Vous avez mis des... ? Ma foi...

— Je lui ai demandé dès le départ si cela l'ennuyait que j'enregistre notre entretien. Elle m'a répondu non. Je sais, c'est limite, mais ça tiendra. Alex est dans l'une des salles d'attente. Je pourrais lui sauter dessus, mais il n'a rien à me donner pour l'heure. En revanche, je souhaite sa présence lors du final. C'est un criminel, mais il tenait à Coltraine. Le père, la demi-sœur et le meilleur ami ont tenté de lui faire porter le chapeau pour son meurtre. Il mérite d'assister au dénouement.

Reo accéléra le pas pour rester à la hauteur d'Eve.

— Votre plan ?

— Peabody encourage Zeban à balancer Rouche. J'encourage Rouche à balancer Ricker et, si possible, au passage, Sandy et Grady. Ensuite, j'obtiens les aveux de Grady pour les meurtres de Coltraine et de Sandy, et elle balance son père.

— C'est tout ?

— Ils sont tous liés. Ça va s'écrouler comme un château de cartes.

Eve s'immobilisa devant le distributeur, sortit une poignée de crédits de sa poche.

— Prenez-moi un tube de Pepsi. Je refuse de traiter avec cette foutue machine. Je suis sur un coup énorme, et je ne veux pas que ce bidule me porte la poisse.

— Vous avez d'étranges manies, Dallas.

Eve étudia les chaussures à talons de Reo pendant que cette dernière s'exécutait.

— Moi, je ne suis pas perchée sur des échasses. Le spectacle va exiger de nombreux allers et retours. Vos pieds pleureront comme des bébés avant le tomber de rideau.

Eve but une gorgée de soda, lui expliqua le déroulement probable des événements.

— Morris peut observer… ce qu'il veut. Mira tient à observer mon entretien avec Grady.

— Si vos hommes découvrent quelque chose dans le coffre, ce dont je ne doute pas, vous serez tranquille.

— Ce n'est pas suffisant. Certes, nous aurons la bague et sans doute plein d'autres éléments assez compromettants pour l'inculper. Mais j'ai promis à Morris de rendre justice à Coltraine. J'ai l'intention de tenir parole.

— Si votre stratagème réussit, vous aurez sacrément facilité mon travail.

— Je compte sur vous pour le faire, votre travail.

— Yo ! lança une Callendar aux yeux cernés. Vous permettez ? Je meurs de soif ! ajouta-t-elle en arrachant son tube de Pepsi à Eve avant d'en avaler une longue gorgée. Merci !

— Gardez-le.

— Double merci ! Sisto est avec Peabody et Rouche en salle A comme vous l'avez ordonné.

Elle termina le Pepsi.

— Ça devrait me permettre de tenir le coup pour observer votre interrogatoire jusqu'au bout.

— Vous allez l'interroger avec moi.

— Vraiment ? Mince, alors, je n'en crois pas mes oreilles !

— Vous le méritez.

— Je file, intervint Reo. Bonne chance !

— Comment avez-vous abordé ce type ? s'enquit Eve.

— J'ai fait profil bas. Le ton posé et froid. « Je ne suis qu'une fille », poursuivit Callendar en papillonnant des cils. Mes nénés le fascinaient, comme tous les autres. Qui le leur reprocherait ?

— En effet, ils sont exceptionnels. N'hésitez pas à les mettre en avant si vous le jugez nécessaire.

— Rouche ne m'a pas encore déclaré son amour, mais ça ne saurait tarder. Je le sens.

— Il peut exiger la présence d'un avocat. Aucune importance. S'il insiste, on arrête la négociation. Je ferai la méchante. Jouez l'indignation. Allons-y.

Elles entrèrent.

— Enregistrement ! commanda Eve en jetant à peine un coup d'œil sur l'homme corpulent recroquevillé devant la table.

Elle cita les formules d'usage, la main levée pour l'empêcher de protester.

Visage large, nota-t-elle. Cheveux courts, hérissés. Le regard affolé.

Elle s'assit.

— Agent Rouche, bienvenue sur la Terre, attaqua-t-elle avec un grand sourire. Vous avez le droit de garder le silence...

Elle le fixa sans ciller jusqu'à la fin de son discours.

— Avez-vous compris vos droits et obligations ?

— Oui. Ce que je *ne comprends pas*, c'est pourquoi vous prenez la peine de me les exposer. Ni pourquoi vous m'avez arraché à mon boulot et amené ici comme un vulgaire criminel.

Eve se pencha en avant.

— Mais si, vous comprenez. Et quand vous retournerez chez vous, ce ne sera pas pour reprendre votre travail. On vous mettra en cage. Peut-être tout près de celle de votre bon copain Max Ricker.

— Vous êtes cinglée ! J'exige un...

— Un avocat ? Prononcez ce mot et vous êtes cuit, gronda-t-elle en faisant mine de pointer un pistolet sur lui. Je ne vous laisse aucune chance, je m'en lave les mains et vous, vous êtes inculpé, jugé et condamné pour complicité dans le meurtre d'un officier de police.

— Compli... s'étrangla-t-il, le visage écarlate. Je n'ai jamais... bordel, qu'est-ce que ça veut dire ? Je n'ai jamais tué personne !

— D'où l'emploi du terme « complicité ». Vous n'êtes pas obligé de passer à l'acte pour mériter une sanction tout aussi sévère. C'est la vie, Rouche. Mais, hé, après tout, ce n'est pas la fin du monde pour vous puisque vous vivez déjà sur Omega. Ce n'est pas comme si vous prévoyiez de prendre votre retraite et de vous installer, disons... dans le sud de la France.

Elle sourit en le voyant blêmir.

— Tenez, Rouche, intervint Callendar en lui tendant un gobelet d'eau. Vous devez en avoir besoin. Mince ! Le meurtre d'un flic. Vous êtes grillé. Et pour ne rien arranger, vous avez mis un ex-gardien dans le coup !

— Votre camarade Zeban est dans une autre salle semblable à celle-ci, enchaîna Eve. Il va retourner sa veste si vite qu'il aura l'air d'un chien de cirque. Si on frappe à cette porte avant que vous n'ayez parlé, vous me serez totalement inutile.

Callendar émit un sifflement. Rouche s'adressa à elle, la lèvre supérieure emperlée de sueur :

— Je ne sais pas de quoi elle parle. Dieu m'est témoin, je n'ai jamais tué personne. Un flic ? Pourquoi j'aurais fait ça ?

— Je vous entends, compatit Callendar en le gratifiant d'une tape amicale sur le bras. Mais – et ça me coûte de le dire vu les circonstances – vous étiez copain-copain avec Max Ricker. J'en ai trouvé la preuve moi-même. Je me sens un peu responsable de ce qui vous arrive, mais bon, je faisais mon boulot. Les archives altérées, le portable récupéré dans vos quartiers. Les messages. Sans compter... Oh ! le sud de la France ! s'exclama-t-elle en se tournant vers Eve comme si elle venait de saisir. Les échanges avec l'ex-épouse !

— Qui, par conséquent, se trouve dans la même galère, précisa Eve. Les collègues sont en train de l'arrêter en ce moment pour complicité de meurtre, fraude fiscale, blanchiment d'argent et une multitude de délits divers.

— Luanne n'a rien à voir là-dedans. Elle a simplement suivi mes instructions. De quoi s'agit-il, bon sang ?

— Max Ricker a ordonné l'assassinat d'un officier de police, l'inspecteur Amaryllis Coltraine, grâce à l'appareil jetable que vous lui avez fourni. Vous avez accepté de l'argent de sa part. Plusieurs paiements dont nous avons retrouvé la trace. Vous vous êtes débrouillé pour qu'on trafique le registre des visites et pour qu'on supprime toutes les transmissions émises et reçues par Ricker. Vous lui avez remis l'arme qui a causé la mort de Coltraine !

Rouche pivota vers Callendar, paniqué.

— Regardez-moi ! *Moi !* aboya Eve. Je connaissais Coltraine. Croyez-moi, j'en fais une affaire personnelle, et je me fiche éperdument que vous et votre ex finissiez vos jours derrière les barreaux. Je pense même que je célébrerai cet événement chaque jour. Vous me croyez ?

— Oui.

Callendar ravala ostensiblement sa salive.

— Waouh ! Moi aussi.

— Voici le marché. J'espère que vous êtes trop stupide pour l'accepter. Nous retirons les charges de complicité si vous avouez tout le reste. Vous purgerez dix ou quinze ans sur Terre à condition de coopérer et de nous raconter tout ce que vous savez au sujet des communications de Ricker.

— Dix à quinze ans sur Terre, comparé à la perpétuité à Omega, précisa Callendar. Si j'étais vous, je gazouillerais comme un oiseau un matin de printemps. Alors, qu'en pensez-vous ?

Rouche s'essuya la bouche du revers de la main. Il s'éclaircit la voix. Et gazouilla.

Lorsqu'il eut fini, Callendar et Eve sortirent dans le couloir.

— Incroyable ! Il a tout déballé… Je suis épuisée.

— Rentrez chez vous vous reposer. Vous avez fait un sacré bon boulot.

— Merci. Hé, Peabody ! J'ai aidé Dallas à cuire la dinde. À plus !

— Elle semble éreintée. Sisto aussi, commenta Peabody. Mais nous avons fait rôtir notre dinde de notre côté.

— Comparons nos notes.

Eve salua Reo, qui émergeait de la salle d'observation.

— Faisons quelques pas. Il nous faut… Morris ! Vos impressions ?

— Ce type est un imbécile. Un imbécile cupide. Sa bêtise et sa cupidité ont contribué à tuer Ammy.

— Je sais, une peine de dix à quinze ans, ce n'est pas grand-chose, mais…

— C'est suffisant, l'interrompit-il. Pour lui.

— Suivez Reo si vous voulez observer l'étape suivante. Mira vous attend.

Son communicateur bipa. Sur l'écran, le nom de Baxter s'afficha.

— Allez-y. Je vous rejoins tout de suite.

Dès que Morris fut suffisamment loin, elle décrocha.

— Je suis tout ouïe.

— On a des tonnes d'espèces, de cartes de crédits, de faux papiers, de codes d'accès à des comptes bancaires. Un communicateur et un mini-ordinateur non enregistrés, non encore activés. Et, cerise sur le gâteau, Dallas : la bague de Coltraine.

— Embarquez le tout et rappliquez au Central. Vous avez gagné vos beignets pour aujourd'hui, Baxter.

— Faites-la souffrir, Dallas.

— Comptez sur moi.

Elle coupa la transmission et appela Feeney.

— Elle a mordu ?

— Rien sur les portables.

— Et son ordinateur ?

— J'ai décodé les mots de passe et contourné le filtre de sécurité. Elle est habile mais nous le sommes encore plus. Je m'attaque aux données.

— Plan B, dans ce cas. Connors ?

— Posez-lui la question vous-même. Hé, beau gosse, ta femme veut te causer.

— Bonjour, mon chou, fit Connors.

— Pas de *ça*, s'il te plaît ! Je suis en service. Tu es prêt ?

— C'est quand tu veux. Félicitations, ton stratagème est brillant. Je suis enchanté d'y apporter ma contribution.

— Je m'en doutais. Je te biperai deux fois pour le démarrage.

— J'aime beaucoup le « mon chou », commenta Peabody. C'est à la fois désuet et romantique. Surtout avec l'accent.

— Peabody !

— Je pensais tout haut, c'est tout. Bon, on va la faire frire ?

— Tout de suite.

Devant la salle de conférences, Eve prit le temps de donner de nouvelles consignes aux uniformes.

— Je ne la laisserai pas faire, mais si jamais elle réussit à s'échapper, abattez-la.

Elle entra. Grady était à la table, buvant son café, l'œil rivé sur l'écran. Elle semblait très contente d'elle.

— J'allais justement partir à votre recherche. Je crois que j'ai quelque chose.

— C'est drôle, moi aussi. Grâce à vous.

— Ah, oui ? s'enquit Cleo, visiblement ravie. Je peux assister à l'arrestation de ce salaud ?

— Certainement. Croyez-vous que c'est dans les gênes ? enchaîna Eve sur le ton de la conversation. Vous savez, « le mal engendre le mal ». Moi, pas vraiment. Après des années de carrière, on s'aperçoit que ce n'est pas si simple. On voit des gens sortis du ruisseau qui parviennent à se construire une vie convenable. Et d'autres, issus d'un milieu aisé, qui deviennent des voyous. Par plaisir. Remarquez, le sang de Ricker est en partie souillé.

— Alex Ricker ne possède pas l'intelligence de son père. Il s'est contenté de l'imiter. Sans vouloir vous vexer, tôt ou tard, quelqu'un aurait fini par le coincer.

— Possible. Il a commis l'erreur de s'éprendre d'une femme. Il ne l'aimait pas assez pour changer de vie, mais suffisamment pour en être déstabilisé. Il a la fibre sentimentale, je suppose. Ah, les hommes ! Ils se croient plus forts, plus solides que les femmes. Nous savons qu'il n'en est rien. Les assassins les plus cruels que j'ai connus étaient de sexe féminin. Revenons-en au sang. Je suis curieuse. Étiez-vous une meurtrière sans cœur *avant* de découvrir que vous étiez la fille de Ricker ou l'êtes-vous devenue après ? Ne répondez pas tout de suite, poursuivit Eve tandis que Grady se levait lentement. Débarrassons-nous des formalités. Cleo Grady, je vous arrête pour les meurtres d'Amaryllis Coltraine et de Rod Sandy. Vous êtes aussi accusée de...

À l'instant précis où Cleo voulut dégainer, Eve l'imita.

— J'adorerais vous buter, dit cette dernière. Je prendrais un immense plaisir à vous voir vous affaler sur le sol. Mais peut-être est-ce vous qui tirerez la première. Peut-être. Ensuite, ma partenaire prendra le relais. Vous ne sortirez pas d'ici, Grady. Baissez votre arme si vous ne voulez pas connaître le même sort que Coltraine.

— Mon arme est à la puissance max. Vous tomberez et vous ne vous relèverez pas.

— Possible. Mais ma partenaire ne vous ratera pas. Baissez votre arme.

— Jamais ! Dégagez...

Eve appuya sur la détente. Son pistolet était programmé au niveau le plus faible. Cleo eut un sursaut et lâcha le sien.

— C'est mesquin de ma part, mais ça m'a soulagée. Peabody, vous récupérez son arme ?

— Oui, lieutenant.

— Mains derrière le dos, Cleo, reprit Eve en brandissant une paire de menottes. Et je vous en prie, essayez de vous enfuir, j'aurai un prétexte pour vous botter le train.

— Facile à dire quand vous et votre coéquipière me braquez.

— C'est vrai, concéda Eve avec un sourire. Vous voulez que je le répète ?

— Vous n'avez rien contre moi.

— On parie ?

Elle poussa Cleo jusqu'à sa chaise et l'enchaîna avec les bracelets aux barreaux du dossier tout en lui citant le code Miranda révisé.

« Je n'ai pas de sang sur les mains », songea Eve.

— J'imagine que Mira avait raison, marmonna-t-elle, avant de secouer la tête devant le regard interrogateur de Peabody. Rien, rien. Je sais que vous êtes la fille de Max Ricker, que vous avez recruté Rod Sandy et qu'il était chargé de renseigner Max Ricker sur son fils Alex. Je sais que vous communiquez avec votre père depuis son incarcération à Omega et que vous avez communiqué la nuit de l'assassinat de Coltraine.

— Vous pouvez me taper sur les doigts, me priver de mon insigne. Mais vous ne pouvez pas m'accuser de meurtre.

— Oh, que si ! Vous l'avez cherché, n'est-ce pas ? Votre papa.

— Et alors ? Ce n'est pas un crime.

— Vous espériez son amour et son affection. Pathétique.

Sous l'insulte, Cleo tira sur ses chaînes.

— Je sais qui vous êtes, rétorqua-t-elle. C'est l'État qui vous a élevée. Vous ne savez même pas d'où vous venez. Ça, c'est pathétique.

— Je sais où j'ai atterri, riposta Eve en enfourchant une chaise. Max Ricker vous a payé vos études.

— Et alors ? C'est interdit par la loi ?

— Mais ce n'était pas gratuit. Max ne donne jamais rien sans rien. À personne. Bien sûr, vous avez dû prendre un malin plaisir à duper votre frère.

— Mon demi-frère.

— Le fils qui a bénéficié de toute son attention, et d'un tas de privilèges, pendant toutes ces années. Les hommes sont si fiers d'avoir un fils !

— Ça dépend du fils.

— Rod Sandy n'a pas été difficile à motiver. Il était si jaloux d'Alex. Il vous a suffi de planter les graines, de lui montrer les opportunités et de lui promettre les récompenses.

— Vous ne pouvez pas le prouver parce que, ah, oui ! c'est vrai, il est mort.

— Nous avons votre stylet, Cleo.

— Je collectionne les couteaux. J'ai un permis.

Elle bâilla bruyamment.

— Je ferais bien appel à un avocat, mais cette scène est si divertissante.

— Nous avons ouvert votre coffre. Nous avons trouvé la bague de Coltraine. Un geste stupide. Un flic qui conserve un trophée la reliant à un meurtre.

Cleo haussa les épaules, l'air de s'ennuyer.

— Elle me l'avait prêtée quelques jours avant de mourir. Je l'ai rangée là par respect.

— Très plausible. Vous trouvez ça plausible, Peabody ?

— Même pas dans un univers peuplé de fées, rétorqua celle-ci en se perchant sur un coin de la table. Je parie que Max lui avait dit de s'en débarrasser ainsi que de tout le reste. Mais c'est une très jolie bague. Vous n'avez pas résisté à la tentation, conclut-elle avec un sourire à l'adresse de Cleo.

— Elle me l'avait prêtée. Vous ne pouvez pas prouver le contraire.

— Vous croyez que Max va vous sortir de là ? ricana Eve. Qu'il en a le pouvoir ? Qu'il a les solutions et les relations pour tout arranger ? Possible. Encore faudrait-il qu'il se soucie de vous. Ce qui n'est pas le cas.

Cleo tira de nouveau sur les menottes, le regard luisant de rage.

— Vous ne savez rien de rien.

— Je sais qu'il vous a utilisée. Vous vous êtes servis l'un de l'autre pour obtenir ce que vous vouliez. Pour détruire Alex. Et si Coltraine devait mourir pour le démolir complètement, elle n'était rien sinon le moyen de justifier une fin. Combien de fois avez-vous tué pour lui ?

— À vous de me le dire. Vous vous basez sur des spéculations. Vous n'avez *rien*.

— Oh, mais si ! riposta Eve en se levant. Il n'aime que lui, Cleo. Vous lui avez été utile pendant un temps. Mais votre valeur à ses yeux vient de chuter. Il se débarrassera de vous comme d'une tumeur.

— Vous n'avez rien, répéta Cleo, les dents serrées. Vous ne savez rien.

— Bien. Si nous allions directement à la source ? suggéra Eve en bipant Connors. Regardez l'écran, Cleo. Je vais saluer votre père pour vous.

Quelle étrange sensation de se trouver dans cette salle de conférences, de savoir qu'elle n'en avait pas bougé, tout en voyant son hologramme dans la minuscule cellule en béton d'Omega. De découvrir l'homme émacié allongé sur le lit étroit.

Elle fut surprise de constater à quel point son séjour en détention l'avait marqué. Il avait moins de cheveux, son corps avait perdu de sa tonicité, la peau de son visage était flasque. Mais son regard était plus vif et plus féroce que jamais.

— Bonjour, Max.

Il se redressa lentement et elle perçut les tressaillements – de stupéfaction, d'excitation, de peur ?

— Lieutenant Dallas.

Il bondit, traversa l'image holographique et s'écorcha les mains sur le mur lorsqu'il les leva pour arrêter son élan.

— Oui, contente aussi de vous revoir, railla-t-elle. Asseyez-vous donc, que nous bavardions.

Il s'avança jusqu'à ce que leurs visages se touchent presque. Eve eut l'impression de sentir son souffle sur sa figure.

— Rien ne m'oblige à vous parler. Votre holoprésence est une violation de mes droits.

— Je pense que vous allez avoir envie de me parler. À propos de vos droits, permettez-moi de vous citer le code Miranda révisé.

Lorsqu'elle eut terminé, elle lui sourit.

— Piégé une fois de plus, Max. Complicité d'homicide d'un officier de police. Nous savons que vous avez commandité l'exécution de Coltraine. Nous avons toutes les preuves. Je tenais à vous annoncer personnellement que vous allez écoper d'une nouvelle peine de prison à vie.

Il se laissa choir sur le matelas, les mains sur les genoux.

— Je ne comprends rien à ce que vous racontez, mais même si c'était le cas, vous croyez que ça m'importerait ? Cette salope est morte, non ?

— Nous avons Rouche ; vous ne pourrez plus solliciter ses services. En outre, le directeur de la colonie pénitentiaire ayant été informé de vos activités, vous allez être placé en isolement complet.

Il se raidit.

— On trouve toujours quelqu'un prêt à négocier, répliqua-t-il. Toujours. Un de ces jours, je serai condamné pour *votre* meurtre. J'y réfléchis très sérieusement.

— Sandy ne vous sera d'aucun secours. Il est mort.

Elle vit son visage se crisper de colère, puis il afficha un regard froid.

— Dommage. Cependant, il existe des multitudes de Sandy.

— Votre fils sait tout. Vous n'avez plus votre bouc émissaire, Max.

— Mon fils est un incapable. Il avait un flic dans son lit, mais il n'a même pas été fichu de se le mettre dans la poche... Cela dit, il s'est empressé de me prêter main-forte quand j'ai émis l'idée de la supprimer et mis le projet en route, ajouta-t-il avec un sourire narquois.

— Je vous en prie, Max. Alex vous a déçu parce qu'il a refusé d'utiliser vos méthodes. Il n'a pas tué Coltraine. Je suis avec votre fille, Cleo Grady.

— Vous délirez, lâcha-t-il avant de se détourner comme un enfant boudeur. J'en ai par-dessus la tête.

— Cleo est inculpée. Deux homicides. Elle ne vous a pas demandé votre avis avant d'éliminer Sandy. Vilaine fille. Elle a tout gâché, Max, et c'est vous qui allez payer les pots cassés. C'est sa faute si vous êtes dans le pétrin.

Elle s'adossa nonchalamment contre le mur quand il pivota vers elle.

— Côté progéniture, vous avez tout raté. Toutefois, puisque vous êtes déjà foutu, peut-être souhaiterez-vous lui tendre la main ? Prendre ces crimes à votre compte et lui donner de quoi se défendre. Vous l'avez forcée… chantage, lavage de cerveau, menaces. Vous réussirez peut-être à me convaincre de réduire les charges à son encontre. Après tout, elle est flic. Je veux bien discuter. Je pourrais requérir vingt ans au lieu de perpète. N'oubliez pas que votre sang coule dans ses veines.

— Elle n'est rien pour moi. Elle ne l'a jamais été, elle ne le sera jamais. Moins que rien. Je lui ai donné beaucoup plus qu'elle ne méritait. L'assassin de Coltraine, c'est elle. Je suis un vieil homme, en prison. Je ne peux pas contrôler les faits et gestes d'une pute sur la planète ?

— Cette pute est votre fille, Max.

— Elle ne m'est rien et elle n'obtiendra rien de moi. Elle détestait Alex parce qu'il était mon fils, mon héritier. De toute évidence, elle a descendu cette salope de flic pour se venger de lui. Cela n'a rien à voir avec moi.

— Il y a une minute, vous prétendiez que c'était Alex, le meurtrier.

— Alex n'a pas les *couilles*. Au moins, Cleo sait se battre pour ce qu'elle veut, peu importe le prix. Mais elle n'a pas le cerveau d'Alex. À eux deux, ils forment à peine une personne utile.

— Savez-vous si Cleo Grady a assassiné l'inspecteur Coltraine ?

De nouveau, il sourit.

— Elle en rêvait il y a deux ans, à l'époque où Coltraine vivait à Atlanta avec Alex. Je le lui ai déconseillé. Je vous le répète, elle n'est rien pour moi. Enfermez-la. Putain d'idiote. Putain d'idiote. Putain...

— Arrêter l'holo, commanda Eve. Papa est de fort mauvaise humeur, ajouta-t-elle à l'intention de Cleo, dont le regard s'était voilé de larmes.

— C'est un menteur.

— Oh, oui, mais pas cette fois. Il est cuit, et vous aussi. À moins d'être d'une incroyable naïveté, vous savez pertinemment qu'il ne lèvera pas le petit doigt pour vous tirer de là.

— Je veux négocier.

— Pas question, trancha Eve en reprenant sa place en face de Cleo. Homicide volontaire avec préméditation pour Coltraine. Nous avons toutes les preuves. Votre lien avec Max Ricker ne servira qu'à les renforcer.

— Je veux négocier, bordel !

— J'ai dit : *pas question* ! Pas pour Coltraine. Pas tant que je serai en vie. Vous avez voulu faire plaisir à votre père et bousiller votre frère, à cette fin vous avez tué une femme innocente. Une collègue, une coéquipière. Vous le payerez jusqu'à la fin de vos jours. Quant à Sandy, même s'il m'importe peu, vous paierez pour lui aussi.

— Dans ce cas, nous n'avons plus rien à nous dire.

— À votre guise. Peabody, notez : deux inculpations pour homicide volontaire avec préméditation.

— Un peu d'indulgence, nom de Dieu !

— Un peu d'indulgence, *inspecteur* ? De ma part ? Vous êtes consciente et indemne, je ne vous accorderai pas davantage.

— Je connais les contacts de Max, ceux qui vous ont échappé. Je sais où il a des comptes, des comptes assez fournis pour continuer à payer lesdits contacts.

— Ça m'est égal. Un bon flic est mort, alors, croyez-moi, je me fiche de vos filons pitoyables.

Eve marqua une pause, faisant mine de réfléchir.

— En revanche, je veux bien vous offrir une chance de rétribution pour Max Ricker. La possibilité de l'anéantir. Il prétend que ça n'a aucune importance, mais vous savez aussi bien que moi que c'est faux. Une condamnation à vie de plus, l'isolement complet... Ôtez-lui tout pouvoir. Crachez tout, ici et maintenant. Si je sors de cette pièce sans rien, vous aurez tout perdu. Rendez-lui la monnaie de sa pièce, Cleo. Détruisez-le pour vous avoir jetée comme une vielle chaussette.

— C'était son idée. Coltraine. Il a tout planifié. Elle n'est pas la seule.

— Commençons par elle.

— Il a encore des relations à Atlanta. Il les a utilisées dès qu'il a su qu'elle comptait demander sa mutation. Pour qu'elle puisse venir à New York, dans mon commissariat. Si elle n'avait pas saisi la balle au bond, c'est moi qui l'aurais rejointe, où qu'elle aille. Elle nous a facilité la tâche.

— Il l'a ciblée à cause d'Alex ?

— Alex et lui se sont disputés avant l'incarcération de Max et juste après. Max a juré de le lui faire payer.

— C'est vous qui avez contacté Coltraine ce soir-là.

— Max avait tout prévu. Il a demandé à Sandy d'encourager Alex à venir à New York pour ses affaires. Sandy savait qu'Alex avait des remords vis-à-vis de Coltraine et il a joué sur ses sentiments. Il l'a poussé à l'inviter chez lui pour boire un verre.

Ensuite, tout s'est déroulé sans heurt. Sandy a convaincu Alex d'aller prendre l'air. J'ai appelé Coltraine, je lui ai annoncé qu'on avait du nouveau sur notre affaire à Chinatown et que j'avais besoin d'elle au plus vite. Max m'avait dit comment je devais procéder et j'ai suivi ses indications à la lettre.

— Vous l'avez guettée dans l'escalier.

— Là, je me suis contentée de la neutraliser. Je l'ai transportée au sous-sol et ranimée pour lui transmettre le message de Max. « C'est Alex qui te tue, salope. Alex qui t'a pris ton arme et l'appuie sur ta gorge. Tu la sens ? On ne tourne pas le dos à un Ricker. » Il voulait qu'elle meure en croyant qu'Alex était le commanditaire. Si Alex tombait dans la foulée, tant mieux. Le petit plus, c'était que tout se passerait sur votre territoire. Une piqûre de rappel. Il pense énormément à vous.

— Comme vous allez penser à moi, rétorqua Eve.

Épilogue

Quand ce fut fini, partagée entre le dégoût et la satisfaction du devoir accompli, Eve ordonna aux uniformes d'emmener Cleo.

— Vous voulez qu'on fasse le point ? s'enquit Peabody.

— Non. Franchement non.

— Je m'en charge. Ça vous glace les sangs. Elle a tué plus d'une douzaine d'individus pour lui. Simplement parce qu'il le lui demandait.

— Pas uniquement. Elle a ça en elle. Dieu seul sait pourquoi.

— Je rédige le rapport. J'y tiens, ajouta Peabody avant qu'Eve n'intervienne. Pour Coltraine.

— D'accord.

Restée seule dans la salle de conférences, Eve se rassit, l'esprit en ébullition. Morris entra sans bruit et s'installa en face d'elle.

— Merci, murmura-t-il

Eve posa les coudes sur la table et pressa les paumes sur ses yeux.

— Vous éprouvez de la compassion pour elle, devina-t-il.

— Je ne sais pas ce que je ressens.

— Un zeste de compassion pour une femme méprisée par son père. J'ai vu le visage de Grady quand il vous parlait d'elle. Il l'a littéralement dépecée. Moi aussi, j'ai eu un élan de pitié.

Eve se redressa.

— Elle a ce qu'elle mérite.

— Oui. Et pourtant... C'est ce qui nous rend différents d'elle, Eve. Nous ressentons de la compassion. Je pars ce soir pour Atlanta. J'aimerais pouvoir annoncer à la famille d'Ammy que son assassin – ses assassins sont sous les verrous. J'aimerais le faire moi-même.

— Entendu. Bien sûr. Vous...

Elle s'interrompit, osant à peine lui poser la question.

— Vous allez revenir ?

— Oui. C'est ici que je vis, que je travaille. Je reviendrai.

Il déposa une boîte sur la table.

— Ceci appartenait à Ammy. Je veux vous l'offrir.

— Morris, je ne peux pas...

Il souleva le couvercle, révélant un papillon en verre aux ailes incrustées de pierres minuscules.

— C'est peu de chose. Elle m'a raconté que c'était le premier bijou qu'elle s'était acheté après s'être installée à New York. Qu'il lui donnait toujours le sourire. Je vous serais reconnaissant de l'accepter.

Eve acquiesça, posa la main sur la sienne.

— Ce n'était pas une mission comme les autres.

— Je sais. Mais pour vous, ce n'est jamais une mission comme les autres.

Il se leva, contourna la table, encadra son visage des deux mains et déposa un baiser sur sa bouche.

— Je reviendrai, je vous le promets.

Sur ce, il s'éclipsa. Plongée dans ses réflexions, Eve perdit toute notion du temps jusqu'à ce que Connors apparaisse. Comme Morris, il s'assit en face d'elle, la dévisagea en silence.

— Je suis fatiguée, avoua-t-elle.

— Je sais.

— J'aimerais pouvoir me réjouir d'avoir résolu cette affaire, mais je n'y parviens pas. Nous avons fait du bon boulot. Pourtant je n'éprouve aucune satisfaction. Je me sens simplement exténuée.

Elle reprit son souffle.

— J'avais envie de la découper en morceaux et je savais que Ricker ne s'en priverait pas. Je le savais. Je le voulais. J'avais largement de quoi l'inculper sans faire intervenir ce salaud. Cependant…

— Coltraine et Morris méritaient davantage. Et nous savons qu'une inculpation n'est pas une condamnation.

— Reo l'aurait coffrée. Mais, oui, Coltraine et Morris méritaient davantage.

— Ils se sont trahis mutuellement avec une telle aisance ! Sans hésitation, sans scrupules. Si j'ai apprécié la manière dont tu as abordé Ricker, si j'ai jubilé de le voir au fond de sa cage, j'ai malgré tout ressenti une certaine répugnance à regarder deux personnes censées s'aimer se jeter l'une sur l'autre tels des vautours sur un cadavre.

— Elle avait des sentiments pour lui. C'est peut-être ça le problème.

— Tu as sans doute raison. Cela ne l'a pas empêchée de le balancer. Tu l'avais pressenti, et tu t'en es servi. Bravo, lieutenant… Qu'est-ce que c'est ? demanda-t-il en tapotant la boîte.

— Un bijou qui appartenait à Coltraine. Morris me l'a offert.

Connors lui sourit.

— Je suis certain que cet objet t'apportera du réconfort dans les jours à venir. Tu es prête à rentrer à la maison ?

— Oui. Peabody s'occupe de la paperasse.

— Allons chez nous, et passons la soirée à être reconnaissants de ce que nous sommes.

Eve ferma la boîte et la glissa dans sa poche, puis elle contourna la table et enlaça Connors, qui s'était levé à son tour.

— Je le suis, murmura-telle. Reconnaissante. Je rêve de regarder un film où tout explose dans tous les sens, de me goinfrer de pop-corn, de m'imbiber de vin et de faire l'amour à même le sol, grisée par l'alcool.

— Curieusement, c'était exactement ce que j'avais en tête.

Il lui prit la main.

— Nous sommes parfaits l'un pour l'autre.

Elle n'avait pas encore complètement récupéré, songea-t-elle tandis qu'ils quittaient la salle de conférences pour gagner la sortie. Mais elle se sentait nettement mieux.